KB104603

원티드

고즈넉이엔티 GOZKNOCK ENT

원티드 2

초판 1쇄 발행 2019년 4월 29일

지은이 초연
펴낸이 배선아
펴낸곳 (주)고즈넉이엔티

출판등록 2017년 3월 13일 제2018-000115호
주소 서울시 중구 퇴계로26길 52 1층
대표전화 02-6269-8166 **팩스** 02-6166-9199
이메일 gozknock@naver.com

ISBN 979-11-6316-045-8 04810
979-11-6316-043-4 (세트)

이 도서의 국립중앙도서관 출판예정도서목록(CIP)은 서지정보유통지원시스템
홈페이지(http://seoji.nl.go.kr)와 국가자료공동목록시스템(http://www.nl.go.kr/kolisnet)에서
이용하실 수 있습니다. (CIP제어번호: CIP2019014543)

차례

Day 7.

내 아들로 태어나줘서 고마워

"어서 오세요! 어머, 우리 채윤이 친구분이시네?"

참으려고 했지만 쉽지 않았다. 이름도 모르는 채 반갑게 맞아주는 단우 엄마를 마주친 순간, 지훈은 그녀를 재회했을 때처럼 가슴 깊은 곳에서부터 뜨겁게 치받아 오르는 감정을 억누르기 어려웠다.

일부러 그녀의 얼굴이 아닌 벽 메뉴판 쪽으로 시선을 돌리며 구석진 자리에 가서 앉았다. 저녁 식사 타임을 한참 넘긴 시간대라 그런지 식당 안에 다른 손님은 없었다.

"사장님, 제육볶음 정식 1인분만 부탁드려도 될까요?"

"당연히 되지, 왜 안 되겠어요. 잠깐만 기다리세요."

홀에 앉아 TV로 드라마를 보고 있던 단우 엄마는 싹싹하게 대답하더니 곧바로 자리에서 일어나 앞치마를 걸쳤다. 그동안 지훈은 온몸을 꽁꽁 싸매고 있던 패딩을 주섬주섬 벗어 옆자리에 놓았다. 버스 한 번 타고 이 식당까지 오는 길이 뭐 딱히 먼 것도 아니었는데, 한

동작이라고는 그저 의자를 빼서 자리에 앉고 패딩을 벗은 것밖에 없었는데, 그것만으로도 괜히 숨이 가쁘면서 현기증이 몰려왔다.

벽에 등을 기대고 고개를 뒤로 젖히면서 얕은 한숨을 토해내는데, 주방으로 들어가는 줄 알았던 단우 엄마가 어느새 옆으로 다가와 조심스럽게 말을 걸어왔다.

"젊은 손님, 주제넘게 참견한다고 생각 안 했으면 좋겠는데 혹시 어디 아파요?"

"별 건 아니고 그냥 감기 기운이 좀 있나 봐요. 춥고, 열나고, 여기저기 얼얼하고 욱신거리고 그러네요."

지훈은 평소보다 살짝 쉰 것 같은 목소리로 띄엄띄엄 대답했다. 어젯밤 채윤의 말대로 만사 제쳐두고 병원으로 달려갔어야 하는 게 아닌가 후회가 들기 시작하던 참이었다. 구청에 출근하는 길 약국에서 진통제를 사서 먹었지만, 약효가 가시자마자 다시 통증이 찾아오기 시작하면서 계속 경과가 나빠지고 있었다. 단우 엄마는 전에 봤던 것보다 색이 훨씬 옅어진 지훈의 얼굴을 들여다보며 걱정스럽게 말했다.

"감기몸살인가 보네. 컨디션이 떨어졌으면 제육볶음은 소화하기 힘들 텐데."

사실 지훈도 뭘 먹고 싶은 마음은 별로 없었다. 추운 날씨에, 몸까지 아프고, 채윤도 없는 집에 들어갈 마음도 나지 않아 충동적으로 온 게 여기였다. 그냥 엄마 얼굴만 보고 가도 위안이 될 것 같았다. 그런 지훈을 두고 잠시 뭔가 고심하는 듯하던 단우 엄마가 조심스레 제안했다.

"저기, 혹시 손님이 괜찮으시면 오늘 메뉴는 내가 알아서 해 드려도 될까? 마침 딱 좋은 게 생각났는데."

"아, 네. 전 괜찮습니다. 뭐든."

뭐가 나오든 만든 사람 기분이 상하지 않을 정도로 적당히 먹는 시늉만 할 작정이었던 지훈은 선뜻 승낙했다. 단우 엄마는 종종걸음으로 주방으로 사라진 후, 한참이나 모습을 나타내지 않았다. 냄비와 그릇이 달그락거리는 소리와 야채 써는 도마 소리, 물 끓는 소리와 왔다 갔다 하는 발소리만이 그녀가 분주하게 움직이고 있음을 알려주었다.

거의 30분이 지난 후, 김이 모락모락 피어오르는 죽이 한 그득 담긴 커다란 사발이 밑반찬과 함께 쟁반에 올려진 채 지훈의 테이블에 놓여졌다. 웅크리듯 앉아 기운을 잃고 있던 지훈은 코끝에 진하게 스며드는 고소한 냄새에 번쩍 고개를 쳐들었다.

"이건……."

"닭죽이에요. 토종닭에 녹두랑 대추, 표고버섯 넣고 압력솥에서 푹 쪄낸 거예요. 먹기에도 부드럽고 속도 편하고, 아플 때는 이거만 한 게 없어, 내가 잘 알아요. 옛날에 우리 아들 아플 때마다 내가 해줬던 거거든."

엄마가 손수 끓여주는 닭죽은 지훈에게 있어서는 소울푸드였다. 냄새만 맡아도 마음이 푸근해지는 그 음식을 마지막으로 먹어본 게 언제였는지 기억도 나지 않았다.

지훈은 이루 말할 수 없는 감회를 느끼며 숟가락을 들었다. 다른 손님이 없어서 그런지, 단우 엄마는 서빙이 끝난 후에도 주방으로 돌아가지 않았다. 그 대신 지훈의 대각선에 놓여 있는 의자에 걸터앉아 친근한 태도로 말을 걸어왔다.

"왜 채윤이랑 같이 안 왔어요? 둘이 친한 줄 알았는데."

"일하는 중이에요. 많이 바쁜가 봐요."

채윤이 다른 남자와 데이트하러 갔다는 말을 차마 할 수 없었던 지훈이 대충 둘러대자, 단우 엄마는 순순히 수긍했다.

"그렇구나. 하긴, 회사 시작한 지 얼마 안 돼서 정신없겠죠. 무리하지 말아야 할 텐데."

턱을 괴고 진지하게 걱정하는 단우 엄마를 보고, 지훈은 기쁘기도 슬프기도 하고, 어딘가 안심이 되기도 하면서 안타깝기도 한 복잡미묘한 심정이 되었다.

"사장님, 채윤 씨가 그렇게 좋으세요?"

"그럼, 어디 거슬리는 데가 한 군데라도 있어야지. 붙임성 좋고, 진국이고, 속 깊고, 제 일 열심히 하고, 좋은 일 생기면 아낌없이 베풀 줄도 알고, 반찬 투정 안 하고 밥 잘 먹고. 얼굴도 그 정도면 아주 참하고 예뻐. 볼수록 새록새록 정이 가고. 가끔은 진짜 딸로 삼으면 좋겠다 싶어."

"딸이요?"

'내 아들이 우주 제일이다'라는 말을 입버릇처럼 달고 살던 엄마에게서 딸을 원한다는 말을 듣는 건 이번이 정말로 처음이었다. 나만 있으면 되는 줄 알았는데. 어린아이 같은 생각으로 눈을 동그랗게 뜨고 있는 지훈을 향해 단우 엄마는 조금 쑥스러운 듯 웃어 보였다.

"실은 딸이 아니라 며느리로 맞고 싶었는데. 예전부터 쭉. 채윤이가 말 안 했지? 채윤이하고 우리 아들하고, 함께 일하는 사이였거든. 우리 아들은 잘 모르는 사람들한테는 까칠하고 오해를 사기 쉬운 성격에, 속내도 잘 드러내지 않아서, 채윤이처럼 인내심 있고 남을 잘 헤아릴 줄 아는 여자가 곁에 있어 줬으면 했어."

"……."

지훈은 순간적으로 잠시 할 말을 잃었다. 대한민국 제일 절세미남 차단우로 살던 시절, 여성편력이라고까지는 할 수 없어도 틈틈이 꽤 많은 여자들을 만났다. 그중에는 내로라하는 영화배우도, 가수도, 모델도 있었고, 일류대를 나온 전문직 종사자나, 심지어 재벌집 손녀딸도 있었다.

직업이 무엇이건, 그들의 공통점은 하나같이 눈이 휘둥그레지고 입이 떡 벌어질 만큼 화려한 외모에, 풍만하면서도 늘씬한 몸매에, 평생 죽어라 써도 다 쓰지 못하고 죽을 만큼 많은 돈이 있다는 거였다. 여자친구라고 말하기엔 부족하고, 짧고 빈번하게 바뀌는 데이트 상대였던 그들 중 누구도 엄마의 눈에 흡족하게 들었던 적은 없었다.

단우는 그게 잘난 외아들을 둔 홀어머니라면 으레 갖고있는, '누구를 갖다 대도 내 아들에겐 부족하다'는 의식의 발로인 줄 알았다. 세상에서 제일 가까운 사람이 엄마였음에도 불구하고 알지 못했다. 그가 자신을 더욱 빛나게 해줄 번쩍이는 트로피 같은 여자를 찾는 동안, 엄마는 그를 행복하게 만들어줄 따뜻한 담요 같은 여자를 찾았던 것이었다.

곰곰이 생각에 잠기는 지훈의 표정을 단우 엄마는 다른 의미로 해석했는지, 얼른 손사래 치며 한다는 말이 이거였다.

"경계할 필요는 없어요. 젊은 손님은 채윤이랑 그 뭐라더라, 시쳇말로 썸 타는 사이 맞죠? 우리 애는 지금 아주 먼 곳에 있거든요. 라이벌이 되진 않을 거예요."

엄마 마음이라는 게 그랬다. 3년이 지났는데도, 아니 30년이 지나더라도 아들의 죽음을 죽음이라고 표현할 수 없는 모양이었다. 지훈은 그녀로 하여금 자세한 설명을 하는 고역을 피하게 해 주기 위해 먼저 아는 척했다.

"지난번에 채윤 씨한테 얼핏 들었습니다. 3년 전에 교통사고를 당하셨다고요. 송채윤 씨 말로는 제가 그분하고 목소리가 비슷하다던데요."

"아니, 그뿐만이 아닌데. 생긴 것도 많이 닮았어."

"제가요?"

"응, 물론 우리 아들한테 15킬로그램 정도 지방주입을 한 것 같은 느낌이긴 한데. 눈도 작고 코는 낮고 입도 좀 튀어나오고 턱도 뭉툭하긴 한데, 그런데도 묘하게 닮았단 말이야. 골격이나, 눈코입 위치나 움직이는 모양 같은 게."

과연 차단우를 꼬박 열 달 동안 뱃속에 넣어가지고 다니다가, 무려 23시간의 진통 끝에 이 세상에 내놓은 사람의 안목과 관찰력은 차원이 달랐다. 지훈은 단우 엄마가 우리나라 최고의 성형외과의가 바꾸어놓은 부분과 바꾸지 못한 부분을 단번에 정확하게 짚어내는 것에 살짝 등골이 서늘해질 정도였다. 단우 엄마는 큼직하게 빚어놓은 강원도 감자옹심이처럼 수수하고 소박한 지훈의 이목구비를 정감 넘치는 눈으로 보면서 말을 이었다.

"욕같이 들리겠지만 이거 칭찬이에요. 내 입으로 말하기는 그렇지만 우리 아들, 완전히 세기의 미남이었거든. 어린 나이부터 그 고달픈 연예계에 들어가서 온갖 고생이란 고생은 다 하고, 욕이란 욕은 다 들어먹고. 잠 한 번 편히 못 자고, 밥 한 번 양껏 못 먹고. 교통사고도 그래요. 우리 애가 조금만 덜 피곤했으면, 조금만 더 기운이 있었으면, 어쩌면 충돌하기 직전에 피할 수 있었을지도 모르는데."

"……."

엄마는 걱정하는 게 일인 사람이었다. 단우가 아무리 큰 상을 타도, 아무리 많은 인기를 누려도, 모두가 그를 동경하고 선망하고 칭찬해도, 엄마는 그가 얼마나 피곤하고 힘들지 그것만을 생각하며 애간장을 끓이고 안쓰러워했다. 지훈은 평생 그녀의 근심거리였던 자신이 마지막까지도 걱정만을 남겼단 사실에 가슴이 시렸다.

"밉지 않으세요? 몸 관리도 제대로 못 해서 걱정만 잔뜩 시켜드리고, 결국 일찍 가버리기까지 했는데. 부모보다 먼저 가는 것만큼 불효막심한 게 없다잖아요."

지훈이 넌지시 던진 말에, 단우 엄마는 턱을 괴고 있던 손을 떼면서 발끈하고 나섰다.

"밉다니, 불효라니, 무슨 소리예요. 우리 아들은 생후 10개월 만에 평생 해야 할 효도 할당량은 다 채워놨어요. 어찌나 귀엽고 잘생기고 총명한지, 보고 있으면 밥 안 먹어도 배 부르고 불 안 때도 등 따뜻해서."

생기라고는 한 점도 찾아볼 수 없던 지훈의 얼굴에 희미한 미소가 번졌다. 오랜만에 들어보는 '효도 할당량' 이론이 반가웠다. 단우가 연습생 시절에, 데뷔한 후에, 스타가 된 후에, 엄마의 생일에도 근사한 곳에서 외식 한 번 하지 못하고 남들 다 가는 해외여행 한 번 가지 못하고 쉴 틈 없이 일만 해야 하는 것에 대해 사과할 때마다 그녀가 들이대던 바로 그 이론이었다.

"어렸을 때뿐인가? 다 자란 후에도 효자였지. 유명한 회사 연습생으로 들어가서 처음 용돈이라는 걸 받았을 때, 다른 애들은 그걸로 옷 산다 놀러 다닌다 맛있는 거 사 먹으러 간다 바쁠 때 그걸 한푼 두푼 모아서 내 점퍼를 사준 애라고요. 빨간 내복은 촌스럽다고, 그러니까 그 대신 빨간 점퍼로 입고 다니라고."

단우 엄마는 그 얘길 하면서 슬쩍 시선을 돌렸고, 그제야 지훈은 식당 벽 옷걸이에 걸려 있는 붉은색 방한점퍼를 발견할 수 있었다. 얼핏 보기에는 새것처럼 깨끗해 보이는 그 옷이 실은 13년도 더 된 것이라는 사실은, 이 세상에서 오직 두 사람만 알고 있었다.

단우로부터 그 옷을 받은 날 엄마는 죽을 때까지 매해 겨울 그것만 입겠다고 사뭇 진지하게 맹세했고, 때라도 탈까 얼룩 하나 생길까 애지중지하면서 점퍼를 입었다. 그녀가 그 옷에 얼룩을 묻힌 건 오로지 단 한 번, 아들이 죽던 날 피 같은 울음을 토해내면서 성운대학병원 응급실 앞길을 뒹굴었을 때뿐이었다. 뉴스를 통해 그 모습을 보았을 때, 지훈은 심장이 산 채로 찢어진다는 게 어떤 느낌인지 처음으로 실감했다.

그래도 이제는 엄마도, 점퍼도, 구김살 없는 모습으로 다른 이들 앞에 나설 수 있게 되었으니 다행이었다. 단우 엄마는 지훈 앞에 놓인 그릇에 국자로 닭죽을 떠주면서 체념과 달관, 그리고 연민이 섞인 투로 말했다.

"그렇게 착하고 귀하고 예쁜 아이가, 내 아들로 태어나서 스물여섯 해를 함께 살다가 가줬으니 감사하고 행복한 일이라고 생각해야죠. 부잣집에 태어났으면 험한 꼴 안 보고 왕자님처럼 떵떵거리면서 살았을지도 모르는데. 어쩌다 가진 거 하나 없는 어미한테서 태어나버렸으니."

"왜 가진 게 하나도 없다고 하세요? 아드님, 세기의 미남이셨다면서요. 그 얼굴을 물려주신 게 어머님 아니세요? 지금도 이렇게 고우신데. 직접 데뷔하셨어도 될 걸 그랬어요, 아드님 대신에.”

지훈이 단우 엄마를 부르던 호칭은 ‘사장님’에서 ‘어머님’으로 자연스레 바뀌었다. 그녀는 두 손으로 입을 가리면서 놀라움과 반가움이 섞인 표정을 지었다.

“젊은 손님, 옛날에 우리 아들이 하던 소리를 그대로 하네.”

“…….”

“빈말이라도 고마워요. 아이고, 내 정신 봐라. 주책이란 주책은 다 떨었네. 내가 괜히 우리 아들 얘기 꺼내서 기분 나빴던 거 아니죠? 걱정하지 말아요. 우리 아들하고 채윤이 사이에는 아무 일도 없었으니까. 철저한 비즈니스 관계, 알죠?”

“네.”

지훈은 싱겁게 웃으면서 고개를 끄덕였다. 단우 엄마는 그의 그릇에 담긴 죽이 손도 대지 않은 상태로 남아 있는 것을 발견하고는, 깜짝 놀라면서 자리를 박차고 일어났다.

“아이고, 주책맞은 아줌마 수다 들어주느라 밥도 못 먹었죠. 미안해요. 난 이제 갈 테니까 천천히 들어요.”

단우 엄마가 주방으로 들어간 후, 지훈은 아직도 전혀 식지 않은 죽을 한 숟갈 떠서 입김을 불어 식혀가면서 입에 넣었다. 육수의 고소한 냄새가 확 풍기는 부드러운 액체가 혓바닥에 와닿는 순간, 십여 가지 재료가 하나로 합쳐지면서 감칠맛을 냈다. 몇 번 우물거리다가 목구멍 뒤로 삼키는 순간, 텅 비어 있던 뱃속이 따뜻하게 데워지는 느낌에 눈물이 날 것 같았다. 어쩌면 지훈은, 그리고 지훈의 안에 숨어 있는 단우는 이 느낌이 그리워서 오늘따라 이곳에 오고 싶었나 보다.

식욕도 없고 소화 능력도 떨어져서 반도 들어가지 않을 줄 알았는데, 먹다 보니 점점 속이 편해져서 술술 들어갔다. 지훈은 어느새 쌀 한 톨 남기지 않고 싹 비어버린 그릇을 보면서 자기도 놀랐다. 통증은 여전했지만, 속이 든든해지자 그래도 견디기가 한결 편했다.

지훈은 후식 대신 나와 있는 자그마한 요구르트까지 들이킨 후 한동안 앉아 있었다. 그동안에도 주방에서는 아무런 기척이 나지 않았다.

의아해진 지훈은 패딩을 한팔에 낀 채 자리에서 일어나 주방 쪽을 기웃거렸다. 열려 있는 쪽문을 통해서 단우 엄마의 뒷모습이 보였다. 그녀는 주방 한구석에 설치된 작은 스테인리스 테이블에 엎드린 채 잠들어 있었다.

지훈은 늙고 야윈 그 등을 물끄러미 바라보았다. 그는 지갑에서 꺼낸 5만 원짜리 한 장을 카운터 위에 올려놓고 나가려고 하다가 문득 발걸음을 멈췄다. 그리고 인력에 끌린 사람처럼 스르르 주방으로 걸어 들어갔다. 그의 시야에 제일 먼저 들어온 것은 저녁 영업을 마친 후 개수대에 수북이 쌓인 더러운 그릇들이었다.

"무슨 설거지가 이렇게 많아?"

지훈은 패딩을 선반에 걸쳐놓고 양쪽 옷소매를 걷은 후, 개수대 앞에 서서 설거지를 하기 시작했다. 단우 엄마의 잠을 방해하지 않기 위해 물도 약하게 틀어놓고, 최대한 소리 내지 않으려 애쓰면서 조용히, 열심히 그릇을 닦는 그의 모습이 곰처럼 우직해 보였다.

20여 분쯤 지났을까. 개수대에 그릇이 두세 개 정도밖에 남지 않았을 때, 등 뒤에서 졸음에 겨워 잠꼬대처럼 내뱉은 힘없는 말소리가 들렸다.

"단우니?"

누군가로부터 그 이름으로 불려보는 게 얼마 만인지. 지훈은 고무장갑을 끼고 그릇을 손에 쥔 채로 스치듯이 굳어졌다. 김지훈과 차단우는 덩치는 다르지만 키는 같았다. 머리카락 색깔도, 곱슬거리는 정도도, 스웨터 위로 어렴풋이 드러나는 등뼈와 척추 윤곽도 완전히 같았다. 단우 엄마가 잠결에 지훈을 단우로 봤다고 해도 이상할 건 하나도 없었다.

사장님 아들이 아닌 채윤의 친구라고, 함부로 들어와 죄송하다고, 죽을 워낙 맛있게 먹어서 일이라도 좀 도와드리고 싶었다고 말하면 되는 일이었다. 그러나 지훈의 입술은 그의 생각과 다르게 움직이고 있었다.

"응, 나야. 일어나지 말고 그냥 있어."

"안 일어날 거야. 요즘 들어 이런 꿈 자주 꾸는데, 내가 일어나서 가까이 가기만 하면 꿈에서 깨 버리더라. 엄마 이대로 있을 테니까, 너도 가지 말고 있어."

단우 엄마는 양팔 사이에 고개를 묻은 채로 웅얼거렸다. 그녀는 지금 이 상황도 꿈이라고 믿고 있었다. 차라리 다행이었다. 그녀가 곤히 자고 있는 가운데 지훈은 깨끗하게 설거지를 마칠 수 있었다.

마른 수건으로 물기까지 깨끗이 닦은 그릇들을 찬장에 가지런히 놓아두고 찬장 문을 닫는데, 잠결에 살짝 메마른 듯한 단우 엄마의 목소리가 다시 한번 공기를 두드리며 울려 퍼졌다.

"단우야, 오늘 널 닮은 남자 손님이 왔다 갔어."

"그랬어? 그 손님, 잘생겼나 보네."

"아니, 그냥 평범하게 생겼어. 너무 튀지도 너무 처지지도 않게. 딱 평범하게."

"……."

지훈은 단우 엄마가 여전히 꼼짝하지 않고 엎드린 상태인 것을 확인하고, 살며시 그녀의 등 뒤로 다가갔다. 그리고 고른 숨소리에 따라 오르락내리락하고 있는 어깨에 양손을 얹고 가볍게 주무르기 시작했다.

어엿한 식당 주인이 되었는데도, 거대한 펜트하우스에 혼자 외롭게 남겨져 언제 돌아올지 모를 아들만 기다리던 때보다는 훨씬 활기 넘치게 사는 것 같은데도, 그녀의 어깨에 살이라고는 조금도 붙지 않았다. 나뭇가지처럼 앙상한 그 감촉에 지훈은 설움과 미안함이 복받쳤다.

'우리 엄마, 왕비님처럼, 여왕님처럼 떵떵거리면서 살게 해주고 싶었는데. 오직 그거 하나만 보고 달려온 거나 다름없었는데.'

지훈은 단우 엄마의 어깨에서 근육이 단단하게 뭉쳐 있는 지점을 찾아 정성스럽게 꾹꾹 주물렀다. 명치 끝이 찌릿하고 콧등이 알알해지면서 눈 뒤가 뜨거워졌다. 핏발 선 눈가에 물기가 어리려고 할 때마다, 지훈은 아프도록 세게 입술을 깨물면서 고이려는 눈물을 억눌렀다. 그가 아끼는 사람들의 안전을 위해서라도, 3년간 써온 가면이 여기서 벗겨지는 것만큼은 막아야 했으니까.

"우리 단우도 차라리 그렇게 평범하게 생겼으면, 좀 더 편하게, 좀 더 오래 살다 갈 수 있었을까. 엄마 옆에서."

"미안해, 엄마."

어떻게든 입 밖에 내지 않으려고 기를 쓰며 참았던 한 마디, 엄마라는 말. 그걸 밖으로 꺼내놓는 순간 간신히 붙잡고 있던 눈물샘이 톡, 하고 터져버렸다. 지훈은 머릿속이고 가슴속이고 온통 무거운 바윗돌에 눌린 것처럼 뻐근해지는 것을 느끼면서 눈을 감았다. 또르르 흘러내린 눈물이 손등 위에서 산산이 부서져 내렸다.

"보고 싶다, 우리 아들. 매일매일 보고 싶어. 지금도 너무 보고 싶어."

단우 엄마는 꿈을 꾸면서 들릴락 말락 한 소리로 흐느끼고 있었다. 그녀는 잘 살고 있지 않았다. 괜찮지도 않았다. 앞으로도 그렇게 될 수는 없었다. 심장을 통째로 잃어버렸으니까.

금방이라도 끊어질 것 같은 그 가느다란 목소리가 지훈의 가슴에 수도 없이 난 생채기들을 아프게 할퀴고 누르는 것 같았다. 목구멍이 따끔거리고 입가가 떨리면서 감정의 무게가 그만 한계를 넘어섰다. 지훈의 입술 사이에서 꺼슬꺼슬하게 갈라진 목소리가 새어 나왔다.

"나도, 엄마. 우리 엄마 너무 보고 싶었어."

김지훈이 과거 자신의 잘생긴 얼굴이, 근사한 육체가, 사회적 지위와 명예가 아니라 누군가가 그리워서 견딜 수 없다는 걸 이토록 또렷이 말로 표현한 것은 처음이었다. 그는 이제야 깨달았다. 어쩌면 스스로 의식하지 못하고 있었을 뿐, 그가 돌아오고 싶었던 본질적인 이유는 그것인지도 모른다는 것을. 마치 자신의 생명이 시작되었던 모천을 찾아 목숨을 걸고 급류를 거슬러 올라가는 연어처럼.

Day 7.

처음이자 마지막으로, 욕심내 보려고

"아직도 안 왔네."

울어서 통통 부은 눈을 하고 '러빙유 하우스'가 있는 동네로 돌아온 지훈은 거실 불이 꺼져 있는 것을 보고 시무룩한 투로 중얼거렸다. 오늘 이건은 당직 근무가 있었고, 하현은 파트타임으로 디제잉을 하고 온다고 했다. 그러나 그들이 들어오건 말건 지훈에게는 사실 아무 상관 없었다. 그가 관심 있는 건 채윤과 서준이 오늘 온종일 뭘 했는지, 그리고 지금 뭘 하느라 집에도 안 들어오고 있는지 그것뿐이었다.

지훈은 집 대문에 설치되어 있을 카메라를 의식하면서, 어떻게든 자연스러운 모습으로 문 앞을 서성여 보려고 했다. 그러나 얼어붙을 듯 추운 이 날씨에, 잘 움직이지도 않는 입술로 휘파람을 불어가면서 문간에 서 있는 것 자체가 도저히 자연스러울 수 없는 행동이었다.

"등신 같은 짓 하지 말고 들어가 쉬자."

지훈은 한숨을 푹 내쉬며 자신을 질책하듯 중얼거렸지만, 그의 발은 그의 머리가 시키는 대로 움직이지 않았다. 그는 대문을 열고 안으로 들어가는 대신, 귀찮은 카메라 따위가 설치되어 있지 않은 집 앞 놀이터로 향했다. 예전에 채윤과 나란히 그네에 앉아 보온병에 든 수프를 마셨던 바로 그곳이었다.

'그때처럼 우승하고 싶어 안달 난 상태였다면 차라리 나았을 텐데.'

이제 프로그램 우승이나 3억 원의 상금 따윈 아예 지훈의 안중에도 없었다. 그깟 돈 있어봤자. 전보다 더한 나락으로 처박힐 자기 인생을 구할 수 없다면, 엄마와 채윤으로부터 다시 한번 떠나야 하는 운명을 바꿔줄 수 없다면 무의미했다.

'이왕 이렇게 된 거, 좋은 남자랑 이어주고 가는 게 그 녀석을 위한 거겠지.'

아무리 생각해도 그게 옳았고, 모두를 위해 최선이었다. 지훈은 아쉬운 패자로 사라지고, 채윤과 서준은 행복한 커플이 되고, 두 남자가 경합하다 마지막에 반전이 이루어지는 흥미만점 로맨스를 뽑아낸 방송국은 시청률 전쟁에서 승리하고. 사실 임서준 정도면 대한민국 20대 여성이 바랄 수 있는 최고의 상대라는 것도 의심할 여지가 없었다. 그 모든 YES, YES, YES에도 불구하고, 단 하나 목이 터지도록 NO를 외치고 있는 게 있었으니, 다름 아닌 지훈의 마음이었다.

'임서준, 싫어. 아니, 임서준 아니라 누구라도 싫어. 차단우가 환생해서 온다고 해도 싫어. 나 말고 다른 놈이 송채윤 옆에 있는 건 속이 뒤틀리도록 싫어.'

톱스타 차단우는 원하는 건 뭐든지 손에 넣을 수 있는 남자였다.

반면, 성운구청 계약직 김지훈은 원하는 건 개뿔, 그냥 아무것도 가진 것 없고 가질 수도 없는 남자였다. 김지훈으로 살아온 지난 3년은, 어떻게 보면 욕심을 버리는 방법을 끊임없이 배우는 과정에 가까웠다.

그래서 지훈은 이제 웬만한 스님 못지않게 자신의 욕구와 욕망에 있어서는 초연한 인간이 되었다고 자평하고 있었다. 이 프로그램에 나오게 된 것도, 좀 인간답게 살아보겠다는 의지에 의한 것이었지 돈을 갖고 싶다거나 여자를 만나고 싶다는 직선적인 욕심으로 인한 것은 아니었다.

그런데 지금, 견딜 수 없이 욕심이 났다. 채윤을 포기해야 한다고 생각할 때마다 가슴 속에서 불쑥불쑥 반발감이 치밀어 올랐다. 먼 길을 돌아와서 다시 만난 그녀와 훨씬 오랜 시간을 같이 보내고 싶고, 서로 좋아하는 것들을 더 얘기하고 해보고 싶고, 언젠가 자신의 진짜 정체도 알려주고 싶었다. 그녀의 얼굴을 떠올릴 때마다 그동안 꾹꾹 눌러왔던 인간적인 욕심과 욕망들이 봇물 터지듯 터져 나왔다.

"데이트……. 확 망해버렸으면 좋겠다……."

지훈은 목덜미를 파고드는 칼바람을 어떻게든 막아보려고 패딩 옷깃을 억지로 끌어올리면서 힘없이 중얼거렸다. 조금 전 편의점에서 사서 입속에 한 움큼 털어놓은 진통제가 슬슬 약발이 받기 시작한 건지, 팔다리가 물먹은 솜처럼 축축 처지면서 눈꺼풀이 천근만근 무거워지는 게 느껴졌다.

그렇다고 맘 편히 잠에 빠져들 수 있는 것도 아니었다. 열이 올라서인지 입천장은 바싹바싹 마르고, 숨은 자꾸 가빠오고, 아까는 든든하게 속을 채워줬던 죽이 이제는 위장을 내리누르는 것 같았다.

결국 지훈은 고개를 반쯤 뒤로 젖힌 채 자는 것도 깨어 있는 것도 아닌 애매한 상태로 꾸벅꾸벅 졸았다. 5분인지 30분인지 한 시간인지 모를 시간이 흐르고, 놀라움과 황당함에 가득 찬 채윤의 목소리가 그를 깨우기 전까지.

"지훈 씨? 지훈 씨! 여기서 뭐 해요? 술 마셨어요?"

서준과의 데이트를 마치고 그의 차를 타고 돌아오던 길, 별생각 없이 창밖을 내다봤던 채윤의 눈에 놀이터 벤치에 앉아 있는 지훈 비슷하게 생긴 실루엣이 힐끗 보였던 것이다.

그녀는 서준에게 개인적인 통화를 좀 하고 가겠다고 했고, 서준은 '친구에게 데이트 소감을 말하려는 거면 얼마든지 모른 척해 주겠다'며 먼저 들어간 참이었다. 채윤은 그녀가 멀리서 본 게 지훈이 맞다는 걸 확인하고는 어처구니없기도 하고 걱정이 되기도 했다.

"술이 아니고……. 진통제……."

지훈이 모기만 한 소리로 중얼거리면서 고개를 비스듬히 돌리자 노란 가로등 아래 그의 얼굴이 드러났다. 채윤은 둥그스름하고 복스러워 보이던 그의 이마가 식은땀에 흠뻑 젖어 있는 것을 보고 소스라치게 놀랐다.

"아픈 거예요? 그러니까 내가 병원 가자고 했잖아요! 어떡해, 열 있는 거 보면 파상풍일 수도 있어요! 잠깐만 기다려요, 서준 씨 불러올게요. 일단 집에 들어가서 옷 갈아입고, 곧바로 병원 응급실로 가요."

현재의 지훈은 혼자 몸을 가누는 것도 힘든 상태로 보였고, 그렇다고 키도 훨씬 크고 몸무게도 훨씬 많이 나가는 지훈을 자신이 옮길 수도 없으니 채윤으로서는 서준을 떠올리는 게 당연했다. 그러나 지훈은 눈을 가느스름하게 뜬 채 허옇게 말라붙은 입술을 달싹이면서 채윤이 전혀 예상치 못한 말을 던졌다.

"임서준, 싫어."

"뭐라고요?"

"임서준 싫으니까 부르지 말라고. 그 자식 오면 나 집에 안 들어가고 여기서 그냥 얼어 죽을 거야."

대뜸 반말하는 것도 모자라 한다는 말이 가관이었다. 이건 뭐 협박도 아니고 자해공갈의 영역으로 봐야 하는 건지. 채윤은 벤치 앞에서 발을 동동 굴렀다.

"아니, 그러면 나보고 어떡하라고!"

선택지는 많지 않았다. 환자를 억지로 걷게 할 수도, 그렇다고 발로 뻥뻥 차면서 집까지 굴려 갈 수도 없는 노릇이었으니. 채윤은 짧은 고민을 끝내고 지훈 앞에 선 채로 등을 돌렸다.

허리와 무릎을 살짝 굽히고, 허리 뒤로 손을 넣어 맥없이 처진 지훈의 팔을 한 짝씩 잡아 제 어깨에 둘렀다. 업는 것과 부축하는 것의 중간 정도에 있는 괴상한 자세였다. 채윤은 그 상태로 지훈의 발목과 발을 바닥에 질질 끌면서 집이 있는 방향으로 한 걸음 한 걸음 힘겹게 옮기기 시작했다.

"김지훈…… 으으…… 낫기만…… 해 봐라…… 흐으…… 죽었어……."

채윤은 숨을 헐떡이는 사이로 띄엄띄엄 벼르는 말을 내뱉었다. 혼자 걸으면 3분도 안 걸리는 길을, 묵직하고 푸짐한 성인 남자를 떠 업고 오려니 무려 10분 가까이 걸렸다. 채윤은 카메라를 통해 이 장면을 본 제작진이 '긴급 상황, 환자 발생!'을 외치며 어디선가 짜잔 하고 나타나 주길 바랐지만, 늘 입이 닳도록 말하는 것처럼 리얼리티를 중시해서인지 아니면 그냥 지금 모니터링을 하고 있는 사람이 없는 건지 골목에도 집에도 쥐새끼 한 마리 얼씬거리지 않았다.

"다녀왔어요!"

손이 아닌 발로 현관문을 밀어 열어젖힌 채윤은 이건과 하현이 달려 나와 주기를 간절히 바라면서 구르듯이 안으로 들어갔다. 그러나 그들의 목소리는 들리지 않고, 대신 서준이 샤워하는 중인지 쏴아아아 쏟아지는 물소리만이 1층 욕실에서 새어 나왔다.

채윤은 일단 지훈을 신발장 앞 바닥에 내려놓은 채 굽 낮은 구두를 벗고 그의 운동화도 벗긴 후, 낑낑대며 다시 그를 짊어지고 1층 방으로 들어가 불을 켰다. 남자 방을 지나가면서 자주 보긴 했지만 안까지 들어와 보는 것은 처음이었다. 2층 침대에서 지훈이 1층을 쓰고 있다는 사실은, 2층 침대에 마구잡이로 흐트러져 있는 하현의 헤드폰과 잡지를 보고 알 수 있었다. 그나마 침대 높이가 낮은 게 얼마나 다행인지 몰랐다.

채윤은 정신 못 차리고 흐느적거리는 지훈을 침대에 살살 내려놓으려고 하다가, 기력이 완전히 소진되는 바람에 그만 놓치고 말았다. 지훈의 몸뚱이는 그대로 쭉 미끄러지면서 침대에 패대기쳐지듯 떨어졌다.

"앗, 미안해요! 지훈 씨, 괜찮아요?"

그러나 지훈에게는 그녀의 목소리가 제대로 들리지도 않는 듯했다. 축축하게 젖은 머리카락이 베개에 착 달라붙었고, 이마 잔등에서는 아직도 땀방울이 한여름날처럼 뻘뻘 흘러내리고 있었다. 그 모습을 본 채윤의 가슴에 안쓰러움이 치밀어 올랐다. 만감이 교차했던 오늘 데이트는 이미 까맣게 잊힌 지 오래였다.

"잠깐만 기다려요. 수건 적셔서 가져올게요. 일단 좀 닦고, 열을 식혀야겠어요."

채윤이 거실에 나왔을 때도 1층 욕실에서는 샤워기 소리가 나고 있었다. 2층 욕실로 올라간 그녀는 잠시 후 미지근한 물에 적신 수건과 체온계를 가지고 내려왔다.

그녀가 방으로 돌아왔을 때도 지훈은 여전히 눈을 감은 상태였다. 수건을 작고 길쭉한 모양으로 접어 지훈의 이마를 닦아주던 채윤의 시선이, 땀에 절어 질척거리고 있는 지훈의 셔츠로 향했다. 답답하고, 찝찝하고, 더우면서도 추워 보였다. 채윤은 잠시 망설이다가 지훈의 목깃을 향해 천천히 손을 뻗었다.

"착각하지 말아요. 이건 순수하게 병간호 차원에서 하는 거니까."

채윤은 노골적으로 쳐다보지 않기 위해서 애쓰면서 지훈의 셔츠 단추를 하나씩 풀기 시작했다. 사실 볼 만한 것도 없었지만. 로드 매니저 생활을 하면서 그리스 조각 같은 몸을 가진 남자 배우와 남자 가수들이 훌렁훌렁 옷을 벗어대는 걸 숱하게 본 그녀였다. 식스팩은 기본이고 에잇팩을 장착한 그들에게 비하면, 지훈의 상반신은 소박하고 겸손했다. 유명 트레이너의 값비싼 관리와 엄격한 식이요법과 각종 보조제의 결과물이 아니라 일상의 흔적이 그대로 느껴지는 그 인간적인 몸이, 오히려 묘하게 채윤을 두근거리게 했다. 그건 그녀와 같은 세상에 살고 있는 사람이 가진, 그녀가 다가갈 수 있고 손에 넣을 수도 있는 그런 현실적인 몸이었다. 물론, 도무지 알 수 없는 이유로 인해 지훈에게 향하는 그녀의 발걸음은 자꾸만 가로막히고 있었지만. 얕은 한숨을 쉬며 지훈의 셔츠 옷깃을 풀어헤치던 채윤의 손길이 우뚝 멎었다.

"……."

지훈의 몸에는 흉터가 많았다. 그 종류도 다양했다. 복부와 옆구리에는 절개했다가 꿰맨 것 같은 손가락 한 마디만 한 길이의 자국이 있었고, 흉곽에는 아스팔트에 쭉 미끄러지며 쓸린 것 같은 빗살무늬의 열상이 희미하게 남아 있었다. 이 집에 온 첫날 지훈이 했던 질문이 떠올랐다. 왜 아무도 자기가 성형수술을 했을 거라고는 생각하지 않느냐는.

'어쩌면 진짜 성형수술 받은 적 있는 거 아닐까. 얼굴이 아니면 몸에라도. 사고를 당해서, 피부 이식이나 인공뼈 삽입술 같은 걸 받았는지도 몰라.'

지훈이 포르노 영화배우이거나, 10억 채무자인 것보다, 사실 그편이 낫긴 했다. 그러나 한편으로 채윤은 자신의 추론이 틀렸기를 바랐다. 지훈이 성형수술이 필요할 만큼 고통스러운 사고를 겪었다고는 생각하고 싶지 않았다, 가까운 사람이 그런 일을 당하는 건 한 번으로 충분했다. 지훈의 배를 문지르고, 명치를 쓸어올리고, 가슴을 따라 올라가던 채윤의 수건이 어깨까지 올라와서 다시 한번 멎었다.

"이건……."

지훈의 왼쪽 어깨와 윗팔 사이, 보통 예방 접종을 맞는 그 부분에 십자가 모양의 암적색 흉터가 남아 있었다. 다른 흉터들에 비해 더 작고, 더 오래되었다는 걸 빼면 아무것도 특별할 게 없는 흉터였다.

그런데 채윤은 그 흉터를 알고 있었다. 아니, 정확히 말하면 똑같은 자리에 똑같은 모양의 흉터를 가지고 있던 사람을 알고 있었다. 바로 차단우였다. 두 번째 솔로앨범을 내고 왕성하게 활동하던 시절, 스튜디오 천장에서 떨어진 조명 기구에 맞아 어깨뼈가 세 조각으로 부러지고 철심 박는 수술을 했었다고 했다. 평생 가수 활동을 할 수는 없다고 생각하고 영화배우로서 새로운 커리어를 모색하기 시작한 것도 그게 계기가 되었다고 했다.

채윤이 매니저 일을 시작했을 때 그는 와이어액션을 거뜬히 소화할 수 있을 만큼 완전히 회복된 상태였지만, 어깨가 드러내는 장면을 찍을 때마다 흉터가 보이지 않게 하려고 예민하게 신경 쓰곤 했다.

'키도 같고, 목소리도 똑같고, 노래하는 톤도 똑같아. 그리고 처음 만났을 때부터 묘하게 친숙했고, 날 아는 것 같았어. 이 모든 게 그저 우연일까?'

채윤은 스스로에게 물었지만, 대답을 찾을 순 없었다. 머릿속에 막연한 느낌과 예감으로 쌓여 있을 때는 의심스러워 보였는데, 막상 명료하게 말로 나열해 놓으니 의심할 거리도 아닐 만큼 빈약해 보이기도 했다. 그때, 혼란에 빠져 있는 채윤의 귓가에 무서우리만큼 익숙한 누군가의 음성이 파고들었다.

"채윤아."

"네, 오빠."

한참 단우에 대해 생각하고 있었는데, 단우의 목소리가 단우가 사용하던 호칭으로 그녀를 불렀다. 그러니 채윤이 엉겁결에 단우를 대하듯 대답해버린 것도 이상할 건 없었다.

채윤은 자기도 모르게 두 손으로 입을 가리면서 두 눈을 동그랗게 떴다. 지훈은 열에 살짝 들뜬 상태로, 누구를 향해 말하는 건지도 알 수 없는 말들을 중얼중얼 쏟아내기 시작했다.

"예전에 말야, 나랑 같이 일하는 사람이 다친 적이 있었어. 원래 자기가 할 일도 아닌데 괜히 나서서 무거운 물건을 나르다가 손가락에 가시가 박힌 거지. 근데 나한테 말도 안 하고, 그 손으로 온갖 잔심부름은 물론이고 네 시간 넘게 운전까지 한 거야. 차 안에서 잠들었다가 강아지 낑낑대는 것 같은 소리가 나서 눈을 떠보니, 차를 갓길에 세워놓고 울고 있더라고. 소리 안 내려고 이를 악물어 가면서. 그제야 알았어. 그 사람 손가락이 퉁퉁 붓고 노랗게 곪아 있는걸."

"……."

공교롭게도, 그건 채윤도 아는 얘기였다. 아니, 그녀가 그 얘기의 주인공이었다. 그건 그녀가 단우의 로드매니저 노릇을 한 지 한 달째 되던 날에 생긴 일이었다.

처음으로 다른 스태프 없이 단우와 둘이서 지방에 있는 야외 영화 촬영장으로 가게 된 그녀는 차의 시동을 거는 순간부터 벌벌 떨었고, 혹시 하나라도 잘못해서 단우의 심기를 거스를까 봐 안절부절못했다. 촬영장 스태프들이 나무 울타리를 옮긴다고 고생할 때 누가 시키지도 않았는데 끼어들어 돕겠다고 설친 것도, 어떻게든 잘해보고 싶어서였다. 혼자서 뺄 수 없을 만큼 깊숙이 들어가버린 가시를 숨긴 것도, 매니저로서 배우를 잘 챙기지는 못할망정 제가 다치고 다니기나 한다는 핀잔을 받고 싶지 않아서였다. 그런데 그 욕심이, 오히려 일을 더 망쳐버렸다.

"난 화를 냈지. 왜 빨리 말하지 않았냐고. 왜 그렇게 바보 같고 미련하게 구냐고. 그게 나한테 더 민폐가 되는 걸 모르냐고. 파상풍 걸려서 입원이라도 하게 되면 내 일은 누가 챙겨주냐고. 그런 말들을 퍼부었던 게 기억나."

지훈은 아까보다 한결 서늘해진 이마를 손으로 짚으며 눈가를 반쯤 가렸다. 그는 아프긴 했지만 정신이 나가진 않았고, 지금 자신이 '채윤 씨'가 아닌 진짜 송채윤에게 말하는 것처럼 말하고 있다는 걸 분명히 인식하고 있었다. 그러나 적어도 지금 이 순간만큼은 말투를 고치고 싶지 않았다. '김지훈'을 연기할 기력이 없었다.

"실은 걱정됐었어. 얼마나 아플까. 아직 가시가 박힌 상태인데 무섭진 않을까. 여자애 손인데 흉터라도 남으면 어떡하나. 그래서 그 녀석이 나 피곤한데 신경 쓰게 하고 싶지 않았다고 할 때 이해가 안 갔어. 그게 말이나 되는 소리냐고."

"말이 안 될 건 뭐 있어요, 정말 그래서 그런 건데."

채윤은 자신이 단우에게 말하고 있는 건지, 아니면 지훈에게 말하고 있는 건지 명확히 구분되지 않는 상태에서 대꾸했다.

"그래, 나도 이제 알겠어. 내가 아픈 것보다 남 피곤한 걸 먼저 생각하게 되는 마음이 어떤 건지. 나 병원 가야 된다고 너 데이트하는 거 방해하고 싶지 않았어."

"차라리 방해해주지 그랬어요. 찝찝한 데이트였는데."

입술 바로 근처에서 맴돈 그 볼멘소리는 지훈에게까지 전달되지 않았다. 그는 모노드라마를 찍는 배우처럼 기나긴 독백을 계속했다.

"근데 말이야, 마음 깊은 곳에서는 방해하고 싶었어. 신경 쓰이게 하고 싶었어. 날 놓고 가지 않길, 내 옆에 있어 주길 바랐어. 단지 그렇게 말하지 못했던 것뿐이야. 욕심쟁이로 보이고 싶지 않아서. 나한테는 과분하다고 생각해서."

"그게 무슨 말이에요? 뭐가 욕심이고 뭐가 과분해요?"

채윤은 지훈이 도대체 무슨 말을 하는 건지 도무지 종잡을 수가 없었다. 마치 두 사람이 거대한 벽을 사이에 두고 서로가 아닌 벽을 쳐다보면서 외치고 있는 것 같았다. 그러나 그 혼란스러운 상황에서도, 한 가지만은 어렴풋이 느낄 수 있었다. 지훈의 마음이 변하고 있다는 것. 어쩌면, 그녀를 향해 다가오고 있다는 것.

"근데 나 말이야, 이 몸으로 살면서 처음이자 마지막으로 욕심 한 번 내보려고. 좋아하는 사람한테 좋아한다고 말해보려고. 다른 사람 만나지 말고 나하고만 있어 달라고 매달려 보려고. 나 그동안 너무 힘들었으니까, 하루도 행복하지 않고 슬프고 화나고 억울하기만 했으니까, 이 정도는 용서받을 수 있지 않을까?"

"오빠……. 아니, 지훈 씨……. 난 대체 뭐가 뭔지……."

채윤은 침대 머리맡에 걸터앉은 채 얼빠진 표정으로 횡설수설했다. 지훈의 얼굴을 가렸던 손은 어느새 치워져 있었다. 다소 퀭해 보이기는 하지만, 그럼에도 불구하고 어느 때보다 선명하고 또렷하게 빛나는 두 개의 검은 눈동자가 그녀를 빨아들일 것처럼 응시하고 있었다. 그리고, 이번에도 어김없이 들려오는 그 목소리.

"좋아해, 송채윤. 내가 널, 아주 많이."

지훈은 뜨겁게 달구어진 두 손을 뻗어 채윤의 뒷목을 부드럽게 감싸듯 붙잡았다. 그리고 환자에서 나온 거라고는 믿어지지 않는 강한 힘으로 그가 누워 있는 쪽을 향해 잡아당겼다. 두 사람의 얼굴이 확 가까워지면서, 서로의 코와 뺨 위로 아까보다 훨씬 빨라진 숨결이 바람처럼 불어왔다.

채윤의 동공이 커지는 것과 동시에, 지훈은 그녀의 입술을 단번에 깊숙이 베어 물었다. 입술만 가볍게 붙이고 있는 어린애 장난 같은 버드 키스가 아니었다. 오랫동안 참고 기다린 만큼 농밀하고 강렬한 프렌치 키스였다. 입술이 맞물린 상태로 매끄럽고 말캉한 감촉이 치열 안쪽을 훑듯이 어루만지는 순간, 채윤은 머릿속이 새하얗게 비워지는 것 같았다.

'나두요.'

채윤은 어떻게 하지도 못하고 어설프게 허공을 더듬고 있던 두 손을 스르르 들어 올려 지훈의 뒷목에 감았다. 그러자 그는 기다렸다는 듯 그녀를 와락 끌어당겨 품에 안았다. 그의 손바닥이 그녀의 등을 누르면서 둘 사이의 간격을 완전히 없애버렸고, 서로의 가슴을 울리는 심장소리 속에서 입맞춤은 아주 오랫동안, 심장을 녹일 것처럼 달콤하게 이어졌다.

Day 8.

Sugar, Yes please

"검사 결과 파상풍은 아닙니다. 그냥 감기몸살이에요. 독감도 아니고. 오전 중으로 퇴원하셔도 되겠습니다. 열은 완전히 떨어졌고, 이제 통증도 없으시죠?"

젊은 의사의 명쾌한 말에 채윤의 얼굴이 환하게 밝아졌다. 어제 늦은 밤, 채윤은 파트타임 일을 끝내고 온 하현의 도움을 받아 지훈을 차에 태워 성운대학병원 응급실로 데리고 왔다. 채윤은 당장 의사들이 떼로 달려들어 지훈을 치료해주길 기대했지만, 응급실에서는 수액과 포도당, 진통제가 포도 열매처럼 주렁주렁 달린 링겔 주사를 연결해주고 밤새 널브러져 있을 수 있는 칸막이 하나를 내어준 게 전부였다.

고작 이런 걸로 될까 싶었는데 지훈은 주사를 맞기 시작한 지 얼마 되지 않아 고르게 숨을 쉬며 잠이 들었고, 보조침대에 쪼그려 앉아 있던 채윤도 오래 버티지 못하고 곯아떨어졌다. 대학 캠퍼스와 아쿠아리움을 누비며 데이트하고, 놀이터에 미아처럼 앉아 있는 지훈을 구조해와서 업고 돌아다닌 것만으로도 이미 에너지는 다 바닥나서 마이너스 통장을 개설한 거나 다름없는 상태였다.

"손등의 상처는 겉보기보다 깊더군요. 사흘에 한 번씩 병원에 와서 드레싱 받으세요. 여기까지 오기 어려우면 그냥 동네 병원 가셔도 되고요. 일단 지금은 드레싱하고 약 바르고 거즈 붙여놓은 상태니, 물 닿지 않게 조심하시고요."

설명을 마친 의사는 다음 환자를 살펴보기 위해 바람같이 휙 병실을 빠져나갔다. 그의 뒷모습을 쳐다보던 채윤은 자연스럽게 눈을 돌려 침대에 있는 지훈을 바라보았다. 깨끗한 거즈로 손등을 덮은 그는 간밤에 푹 자서인지 훨씬 편안하고 여유로워 보였다. 마치 어젯밤 그렇게 심하게 앓은 게 다 꿈이었던 것처럼.

'꿈…….'

채윤은 아직도 입술 표면에 생생하게 남아 있는 지훈의 입술 감촉을, 귓가를 이명처럼 맴돌고 있는 좋아한다고 말하던 나지막한 음성을 되새기며 두 뺨이 살짝 달아오르는 것을 느꼈다. 채윤의 시선을 느낀 지훈이 그녀를 바라보았지만, 왠지 정면으로 쳐다보기가 부끄러워서 비스듬하게 시선을 내리며 허둥지둥 말했다.

"그럼 이제 퇴원 준비해야겠네요. 지금 맞고 있는 수액 다 맞고 점심시간 되기 전에 나가요. 내가 지금 가서 퇴원 수속을……."

채윤이 말을 채 끝마치기도 전에, 침대와 보조침대 사이 협탁에 올려놓았던 그녀의 휴대폰이 울렸다. 채윤이 통화 버튼을 누르자, 하현의 걱정스러운 목소리가 튀어나왔다.

—누나? 지훈이 형은 좀 어때요? 지금 프로그램 제작진들이 집

안으로 들어와서 다 같이 걱정하고 있어요. 오늘 촬영 펑크 나는 거 아니냐고.

"지훈 씨는 괜찮……."

괜찮다고, 금방 퇴원할 거니까 촬영에는 지장 없을 거라고 말하려던 채윤의 입술이 불현듯 움직임을 멈췄다. 까짓거 촬영에 지장 좀 있으면 안 되나 하는 당돌한 생각이 의식 아래서 치고 올라왔다. 더 깊이 생각해보기도 전에, 그녀의 입술이 뭐에 홀리기라도 한 것처럼 제멋대로 움직이고 있었다.

"병원에서 오늘 하루 더 지켜봐야 할 것 같다고 하네. 파상풍은 아닌데 A형 독감이래. 열이 떨어질 때까지는 입원해 있는 게 좋대. 전염성이 아주 크다고."

—그게 정말에요? 그럼 누나는요?

"난 이미 여기서 하룻밤 잤으니까 어쩔 수 없지. 전염됐을지도 모르니까 나도 일단 병원에 있을게. PD님이랑 촬영팀 사람들한테도 그렇게 좀 전해줘."

채윤의 일방적인 통지를 받은 하현은 잠시 휴대폰 송화구를 손으로 막더니 옆에 있는 제작진에게 상황을 설명하는 듯했다. 몇 분 후, 하현이 조금 난처하게 들리는 어조로 다시 말했다.

—PD님이 그러시는데, 지훈이 형 병실에 누워 있고 누나가 병간호하는 거 몇 컷만 찍어 가면 안 되겠냐고 하시는데요? 놓치기 너무 아까운 그림이라고.

"여긴 격리 병동이라 면회객이 못 들어와. 다 같이 A형 독감에 걸려서 촬영 아예 접고 싶지 않으면 조금만 참으시라고 전해줘. 방송 분량이 부족하면 촬영 하루 더 해도 되는 거고, 그게 안 되더라도 기존 촬영분 쓱싹쓱싹 편집해서 하루 치 만들어내는 거 일도 아니잖아."

채윤은 단호하게 잘라 말했고, 그녀의 말은 다시 하현을 통해 PD에게 고스란히 전달되었다. 사실 별다른 선택의 여지도 없는 상황인데, PD는 괜히 고심하는 척 시간을 끌었고 채윤은 거의 3분이 지나고 난 후에야 대답을 들을 수 있었다.

—사람 나고 방송 났지 방송 나고 사람 난 거 아니니까, 푹 쉬면서 휴식에 전념하라고 하시네요. 대신 병원에서 보낸 하루에 대해 나중에 따로 인터뷰 따면 좋겠대요. 어젯밤 찍힌 하이라이트 영상이 나중에 방송되면 분명 엄청난 화제를 불러일으킬 거라고, 후속 보도가 필요하다는데. 이게 무슨 소리예요? 누나 어젯밤에 지훈이 형이랑 무슨 일 있었어요?

"아, 간호사님 오셨다. 지훈 씨 주사 맞아야 한대. 나중에 얘기하자, 하현아."

채윤은 그림자도 보이지 않는 간호사의 존재를 내세워 하현의 질문을 차단해버린 후 서둘러 전화를 끊었다. 채윤과 하현의 통화에 참견하지 않은 채 조용히 듣고만 있던 지훈이 그녀를 향해 지그시 눈을 치켜떠 보였다.

"A형 독감? 격리 병동?"

"감기몸살인 건 맞잖아요. 지긋지긋한 카메라에서 잠깐이라도 벗어날 수 있게 됐으니 다행이죠, 뭐. 그러니까 김지훈 씨, 오늘은 나랑 데이트해요. 우리 그동안 여기저기 같이 다닌 적은 많아도 제대로 데이트한 적 한 번도 없잖아요. 다른 남자들 셋 다 데이트해보고 왔으니까, 이젠 김지훈 씨가 나랑 데이트해달라고요."

채윤의 거침없는 말에 지훈은 좋은 건지 싫은 건지 알 수 없는 알쏭달쏭한 표정을 하고 있었다. 그는 채윤에게서 잠시 시선을 돌리더니 창밖을 물끄러미 내다보았다.

채윤은 가까워졌다고 생각하면 어김없이 달아나는 지훈의 고질병이 또다시 도진 건가 생각했다. 사실 그 병이야말로 정말 입원시켜서 치료하고 싶은 병이었다.

"설마, 이번에도 싫어요?"

"싫은 게 아니라, 어딜 가야 좋을지 생각하고 있었어."

마침내 채윤을 향해 다시 고개를 돌렸을 때, 지훈은 입가에 옅은 미소를 머금고 있었다. 어차피 일은 저질러버렸다. 채윤의 말대로 모처럼 카메라로부터 자유로워졌으니, 자신에게 주어진 마지막 사흘 중 하루를 마음 내키는 대로 즐겁게 보낸다고 해도 과욕이 될 것 같지는 않았다. 지훈은 구름 한 점 없이 맑은 창밖 풍경을 확인하고는 산뜻하고 경쾌한 말투로 제안했다.

"차 타고 멀리 나갈까? 아무도 없는 바닷가에 산책하러 가자."

채윤은 혹시라도 지훈이 또 마음을 바꾸지는 않을까 조마조마했지만, 그녀가 퇴원 수속을 마치고 돌아왔을 때 그는 휴대폰으로 지도 검색을 하고 있었다. 채윤은 행선지가 어딘지 궁금했지만, 서프라이즈로 남겨둬도 괜찮겠다는 생각에 굳이 물어보진 않았다. 잠시 후 휴대폰을 내려놓은 지훈이 환자복에서 평상복으로 갈아입기 위해 옷장 문을 열면서 채윤을 향해 살짝 짓궂어진 말투로 물었다.

"그렇게 계속 쳐다보고 있을 거야?"

"!"

채윤은 확 붉어진 얼굴을 감추려 고개를 숙이면서 뒤돌아섰다.

투둑, 투둑, 플라스틱으로 만든 환자복 단추가 풀어져 나가는 소리가 유독 크게 들리면서 고요한 병실을 가득 메우는 듯했다. 채윤은 어젯밤 보았던 지훈의 맨몸을 다시 떠올리지 않기 위해 어떻게든 주의를 다른 쪽으로 돌려보려 했다.

"저기, 어깨에 그 흉터 말인데요. 일부러 보려고 한 건 아닌데 어쩌다가 봤거든요. 그거, 언제 어떻게 생긴 거예요?"

"아, 이거. 별 거 아냐. 4년 전인가 5년 전인가, 고등학교 동창들이랑 스키 타러 갔다가 넘어져서. 골절 수술했어. 지금은 다 나았고."

지훈은 대충 생각나는 대로 얼버무렸다. 인생 자체가 거짓인 그에게, 이 정도 사소한 거짓말을 즉석에서 꾸며내는 것 정도는 일도 아니었다.

그 대답을 들은 채윤은 실망스러운 한편 안도감이 들기도 했다. 역시 어젯밤에 불쑥 들었던 생각은 말도 안 되는 허무맹랑한 거였구나 싶어서. 오늘부터 지훈을 어떻게 대해야 하나 조금 고민되었는데, 그냥 지금까지 해왔던 대로 편하게 하면 될 것 같았다.

"근데 왜, 어젯밤부터 자꾸 반말이에요?"

"이제 그만큼 친해진 것 같아서. 아직 그게 아니라면, 그만큼 친해지고 싶어서. 어차피 나이 차이 두 살밖에 안 나잖아. 채윤이 너도 그냥 말 편하게 해."

지훈은 스웨터에 청바지를 입고 그 위에 회색 코트를 걸치면서 다소 장난스럽게 말했다. 옷장 안 옷걸이에 걸려 있던 근사한 코트는 그의 것이 아니라 이건의 것이었다. 어젯밤 응급실에 올 때, 땀투성이가 된 패딩을 차마 입혀줄 수 없었던 하현이 이건의 방에 가서 가져온 모양이었다. 지훈보다 키도 체격도 작은 하현의 옷은 지훈에게 맞지 않을 테니까.

지훈은 하현이 빌려온 것이 서준의 코트가 아니라서 천만다행이라고 생각했다. 가뜩이나 모든 면에서 밀리는 데 구질구질하게 코트까지 빌려 입고 싶지는 않았다. 더구나 채윤과 첫 공식 데이트하는 날에.

"그래요? 그럼 나도…… 말 놓을게."

채윤은 존댓말과 반말이 뒤섞인 어색한 말투로 우물우물 대답했다. 지훈은 그런 그녀가 귀여워서 피식 웃음이 새어 나왔다. 신분 세탁을 하고 나니 좋은 점도 한 가지 있었다. 쭈구리 송채윤이, 감히, 그에게 반말을 할 수 있게 되었다는 것. 예전 같으면 절대 상상하지 못할 일이었다. 그 발칙한 작은 반란이 불쾌하기는커녕 의외로 신선하고 또 즐거웠다. 그는 환자용 슬리퍼를 벗어버리고 운동화로 갈아신으면서 채윤을 향해 물었다.

"차는 어디 있어? 내가 운전할게."

"안 돼, 아직 다 낫지도 않았는데."

"다 나았어. 멀쩡해. 너한테 장거리 운전시키는 거, 할 만큼 했으니까 이제 내가 해야지."

"응? 언제 우리가 장거리 간 적 있었어?"

채윤은 의아한 듯 물었지만, 지훈은 의미심장하게 웃을 뿐 대답하지 않았다. 이전에 그가 채윤에게 과거 얘기를 꺼낼 때는 항상 그 효과를 미리 생각하고, 철저히 의도적으로 말하고는 했다. 그건 그녀에게 정체를 알 수 없는 친숙함과 신비감을 동시에 심어주기 위한 고도의 전략이었다. 그러나 지금은 달랐다. 그냥 순수하게 그녀와의 추억을 되살리고 싶어서, 설령 그녀는 기억하지 못하더라도 자기 혼자라도 떠올리며 즐거워하고 그때그때 생각나는 대로 불쑥불쑥 내뱉는 말이었다.

지난 3년 동안 지훈의 모든 행동과 말은, 자신의 정체를 숨겨야 한다는 그 하나의 목적을 가지고 이루어졌다. 이제 와 그걸 놓아버리고 말하고 싶은 대로, 행동하고 싶은 대로 하는 게 얼마나 즐거운지 몰랐다.

"음악 틀까?"

병원 주차장에 세워놓았던 차에 올라타 시동을 걸자마자 지훈은 그렇게 물었고, 채윤은 굳이 물어볼 필요 있냐는 표정으로 그 질문에 답했다.

—Sugar. Yes please. Won't you come and put it down on me.

지훈이 버튼을 누르자, 신나는 팝송이 스피커를 쾅쾅 울리면서 흘러나왔다. 채윤이 좋아하는, 그래서 늘 선곡 리스트의 첫 번째에 올려놓는 노래였다.

그녀는 조수석에 앉아 안전벨트를 맨 채로 어깨를 들썩이며 노래를 따라부르기 시작했다. 특별히 잘하는 건 아니었지만, 낭랑하고 또박또박한 목소리가 듣기 좋았다. 지훈은 그녀의 노랫소리를 듣는 게 처음이었다. 그녀를 로드매니저로서 데리고 다닐 때는, 차에 타자마자 곯아떨어지느라 바빠서 시끄러운 댄스 음악 같은 것은 틀지도 못하게 했으니까.

—Oh, right here. Cause I need little love and little sympathy.

지훈은 경쾌한 리듬에 맞춰 자기도 모르게 발끝을 까닥였고, 곧 이어 채윤과 입을 맞춰 합창하기 시작했다. 높고 가느다란 채윤의 음색과 낮고 묵직한 지훈의 음색이 한데 어우러지면서 듣기 좋은 화음을 만들어냈다. 지훈은 그 순간 태어나서 처음으로, 사람들이 드라이브를 즐겁다고 하는 이유를 이해할 수 있을 것 같았다. 행복한 겨울 여행의 시작이었다.

Day 8.

망각의 바다로 떠나다

"버터구이 감자 하나 주세요."

서해안으로 향하는 고속도로 중간의 휴게소. 차를 세우고 내린 지훈은 수십 종류의 음식이 진한 냄새를 풍기고 있는 가판대로 걸어가 결단력 있게 말했다. 노릇노릇하게 익은 표면에 버터가 반질반질하게 묻은 알감자는 더할 나위 없이 먹음직스러워 보였지만, 지훈은 그걸 곧바로 채윤에게 내밀었다.

"자, 휴게소에서 이거 먹는 거 좋아한다고 했잖아."

"우와!"

채윤은 반색하면서 접시 속에 들어 있는 이쑤시개를 집어 들었다. 어제 저녁부터 아무것도 먹지 않은 상태로 고래고래 노래를 부르며 2시간 넘게 차를 타고 와서인지, 수족관에서 물고기들에 둘러싸여 먹는 특등급 한우 스테이크보다 단돈 4천 원밖에 하지 않는 이 감자구이가 훨씬 맛있어 보였다.

그러나 마음이 급해서인지, 뾰족한 이쑤시개 끝은 미끌미끌한 알감자를 찍지 못하고 자꾸만 허탕을 쳤다. 감자와 치열한 신경전을 벌이면서 입술을 삐죽이는 채윤을 보며 지훈은 입가를 비집고 나오는 웃음을 참기 힘들었다.

"내가 줄게. 아, 해 봐."

지훈은 하나 더 들어 있던 이쑤시개로 제일 위에 놓인 감자 하나를 찍어 채윤의 입 가까이 가져갔다. 채윤은 엉겁결에 입을 벌렸고, 그러자 뜨끈뜨끈한 감자가 혓바닥 위로 쏙 굴러들어왔다. 한 입 깨물자마자 입안에 가득 퍼지는 고소한 감칠맛이 가히 황홀할 정도였다. 채윤은 볼을 우물거리면서 지훈에게 물었다.

"오늘 무슨 날이야?"

"응?"

"바닷가 산책하는 거, 노래 부르면서 드라이브하는 거, 휴게소에서 버터구이 감자 먹는 거. 전부 내가 하고 싶다고 했던 것들이잖아."

"왜? 부담스러워?"

"아니, 그게 아니라 좀 얼떨떨해서. 물론 좋긴 한데, 꼭 이렇게 한 번에 다 해치울 필요는 없어. 시간을 두고 천천히 해도 되잖아. 촬영은 며칠 안 남았지만, 우리는 촬영 끝난 후에도 계속 만날 거니까. 안 그래?"

한 치의 의심도 없어 보이는 채윤의 천진난만한 얼굴에 지훈은 순간적으로 말문이 막혔다. 이 데이트가 두 사람에 갖는 의미는 그렇게 달랐다. 지훈에게는 두 번째 죽음을 앞둔 사람의 마지막 추억 만들기였지만, 채윤에게는 앞으로 수없이 하게 될 지훈과의 데이트 중 첫 번째일 뿐이었다.

그는 후회가 남지 않도록 할 수 있는 모든 걸 하겠지만, 그녀는 그럴 기회조차 갖지 못할 것이다. 진실을 알게 된 후 그녀의 마음이 어떨지 생각하는 순간 아릿한 통증에 심장이 저려와서, 지훈은 한쪽 입술을 일그러뜨리며 간신히 미소지었다.

"응. 그렇지. 만나야지."

그 말을 들은 채윤의 얼굴은 불을 켠 것처럼 환하게 밝혀졌다. 그녀는 마침내 포획하는 데 성공한 감자 한 알을 지훈의 입안에 던져 넣었고, 감자는 완벽하게 골인했다. 만족스럽게 씩 웃은 채윤은 가판대로 도로 걸어가 씩씩하게 외쳤다.

"버터구이 감자 하나 더 주세요! 소떡소떡이랑, 맥반석 오징어랑 식혜도요!"

채윤이 든든하게 쟁여놓은 간식과 지칠 줄 모르는 대화 덕분에, 지훈은 지루할 틈 없이 남은 길을 갈 수 있었다. 채윤과 함께 하는 자동차 여행이 이렇게 재밌다는 걸 알았더라면 그렇게 매일 차에서 잠만 자지는 않았을 거라는 생각이 들 정도였다.

3시간 가까이 달려온 차는 짭짤한 소금 냄새가 물씬 풍기는 한적한 바닷가 마을로 접어들었다. 고속도로 톨게이트를 빠져나와 국도로 들어섰을 때부터 창밖에 시선을 떼지 못하던 채윤은, 해안도로 끄트머리에 자리 잡은 작은 여객터미널을 보더니 흠칫 놀라면서 눈을 동그랗게 떴다.

"여긴……."

"와 본 적 있어?"

"응, 한 번. 근데 일하러 온 거여서 구경은 하나도 못 했어."

채윤은 언제인지 정확히 기억나지도 않는, 단우의 수많은 영화 촬영 일정 중 하나를 어렴풋이 떠올리며 대답했다. 영화감독은 자기가 원하는 그림을 담아내려면 정확한 시간에 맞춰 가야 한다고 돼지 멱따는 소리로 고함을 쳐댔고, 스태프들은 비좁고 허름한 여객선에 크고 무거운 장비들을 싣느라 전전긍긍했으며, 콧대 높은 배우들은 뱃멀미 나게 꼭 이런 섬 구석에서 촬영해야겠냐며 툴툴거렸다.

유일하게 조용한 사람은 남자주인공인 단우뿐이었는데, 딱히 불만이 없어서가 아니라 영화 촬영과 화보집 제작을 동시에 진행하느라 약 먹은 병아리처럼 꾸벅꾸벅 졸고 있어서 불만을 제기할 기운이 없었던 것뿐이었다. 채윤은 그런 그의 뒤를 그림자처럼 쫓아다니면서 챙겨주느라 섬과 바다의 아름다운 풍광에는 거의 눈도 주지 못했다.

"가자. 이번엔 질리도록 구경할 수 있을 거야."

지훈은 다짐하듯 말하면서 채윤의 손을 잡고 앞으로 끌어당겼다. 채윤은 그녀의 손가락과 손가락 사이를 휘감은 손을 사뭇 낯선 듯 바라보았다. 지금 처음 느낀 사실이었는데, 평범하고 수더분한 얼굴이나 몸매와는 달리, 지훈의 손은 제법 근사했다. 굵고 푸르스름한 힘줄이 손등에 툭툭 불거져 나오고, 너무 두툼하지도 너무 얇지도 않은 손바닥에 길고 유연해 보이는 손가락이 뻗어 나와 있었다.

채윤은 이번에도 역시 어디선가 본 적 있는 것 같다는 생각을 하며, 조심스럽게 그 손을 마주 잡았다. 따뜻했다. 맞닿은 살결을 통해 옮겨온 온기가 심장까지 전해지는 듯했다. 그들은 쾌속정을 타고 섬으로 건너가는 내내 그 손을 놓지 않았다. 어느 순간부터는, 매일 손을 잡았던 사이처럼 그게 너무도 자연스러워졌다.

"저녁 8시 20분이 마지막 배입니다. 그때까지 꼭 선착장으로 오세요. 안 오시면 그냥 출발합니다!"

지훈과 채윤을 선착장에 내려놓은 배는 무뚝뚝하게 통보하더니 쌩하니 사라져버렸다. 토요일이었지만 휴가철도 아니고, 날이 쌀쌀해서 그런지 그들 외에 다른 여행객은 없었다. 정확히 채윤이 바라던 그대로, 아무도 없는 한적한 바닷가였다.

"와, 예쁘다! 이렇게 예쁜 곳이었는지 미처 몰랐어!"

채윤은 서해안에서는 보기 드물게 고운 모래 입자가 층층이 쌓인 반원형의 백사장을 돌아보며 탄성을 질렀다. 나무란 나무는 모두 잎이 떨어져 버린 겨울이었지만, 오랜 세월 파도에 깎여 형성된 절벽을 둘러치듯 자라난 해송은 계절에 아랑곳하지 않고 초록빛을 뽐내고 있었다. 비단결처럼 매끄러운 바다는 눈이 시리도록 푸르고 맑았고, 그 위를 물새 몇 마리가 짝지어 날아가는 정경은 흡사 그림처럼 고요하고 평화로웠다.

지훈과 채윤은 여전히 손을 꼭 잡은 채 햇살에 반짝이는 모래사장을 거닐었고, 그들이 걷는 방향을 따라서 나란히 네 줄의 엇갈린 발자국이 길게 찍혔다. 해변으로 밀려들었던 파도가 모래톱에 부딪치면서 그들의 발밑에서 새하얀 진주 조각처럼 수십 수백 개로 부서지고는 했다. 주변 풍경에 심취해 말하는 것도 잊고 해안가 끝에서부터 끝까지 걸어간 다음, 채윤은 뭔가 말해야겠다 싶었는지 입술을 떼었다.

"아까부터 물어보고 싶었는데, 왜 동해안이 아니고 서해안이야?"

"해 지는 걸 함께 보고 싶어서. 서해안 일몰이 참 아름답다길래."

지훈은 그렇게 대답하면서 손목시계를 들여다보았다. 오후 5시

10분. 일몰이 시작될 시간이 얼마 남지 않았다. 물감으로 칠한 것처럼 선명한 쪽빛이던 바다가 엷은 청적색으로 물들기 시작한 게 보였다. 지훈은 그 장면을 지그시 응시하면서 걷다가, 문득 생각난 듯 채윤에게 엉뚱한 질문을 던졌다.

"나도 물어보고 싶었는데, 왜 책 제목이 '망각의 바다'야?"

"아, 몰라. 그 얘긴 하지 마. 흑역사니까."

채윤은 이 좋은 분위기에서 하필이면 그 얘기를 꺼내는 지훈을 밉지 않게 흘겨보면서 볼멘소리로 대꾸했다. 그러나 지훈은 호기심을 충족하기 전에는 멈추지 않을 작정인 것 같았다.

"그냥 '바다'라는 단어가 들어가면 멋있어 보이니까? 중2병 같은 거야?"

"중2 아니고 고2였거든. 그래도 나름 대학까지 포기하고 쓰던 글인데 그렇게 아무 생각 없이 제목을 짓진 않았다고."

채윤은 조금 자존심이 상한 듯 단호하게 부정했다. 지훈의 손을 앞뒤로 가볍게 흔들면서 느리게 해변가를 거닐던 그녀의 시선이 시원스럽게 뻗어 나간 수평선에 가 닿았다. 태양이 조금씩 아래로 내려오면서 붉은색과 황금색이 뒤섞인 햇살이 무수히 많은 잔비늘을 떨어뜨려 놓은 수평선 끄트머리에, 태평하게 흘러가는 작은 통통배 하나가 신기루처럼 어릿하게 맺혀있었다.

"그냥, 옛날에 혼자 그런 생각을 한 적이 있어. 사람이 뭔가를 잊어버리게 되면 그 기억은 어디로 가는 걸까. 누군가가 죽으면 그 사람이 갖고 있던 그 많은 기억은 다 어디로 갈까. 그냥 그대로 사라진다고 하면 너무 허무하잖아. 그 기억들이 모여드는 가상의 장소가 바로 '망각의 바다'야. 그 바닷가에 발을 담근 사람은 잊어버렸던 기억을 찾을 수 있게 되는 거야. 어때, 너무 유치한가?"

"그리스 신화에 그 비슷한 얘기가 있었던 거 같은데. 그건 망각의 강이었던가."

지훈은 예나 지금이나 딱히 책을 즐겨 읽는 편은 아니었지만, 배우 활동을 하면서 자기 앞으로 들어오는 대본은 뭐든지 일단 직접 읽는 것을 원칙으로 삼았다. 그러다 보니 학교에서는 매일 잠만 자는 학생이었음에도 불구하고 넓고 얕은 지식들을 꽤나 많이 알았다. 채윤도 그 얘길 알고 있는지 고개를 끄덕거렸다.

"망각의 강 '레테'야. 정반대. 레테의 강물을 마시면 이생에서의 기억을 전부 잊어버리게 된다고 하니까."

채윤은 잠시 지훈의 손을 놓고 걸음을 멈추더니, 모래사장에 쪼그리고 앉아 가무스름한 황적색으로 물든 모래알을 손바닥으로 살며시 쓸어보았다. 계속해서 거대한 파도의 흐름을 미처 따라가지 못하고 자잘한 포말을 일으키며 혼자 잔해처럼 남겨진 바닷물에도 손을 담가보았다. 물론, 아무 일도 일어나지 않았다. 그녀는 고개를 살짝 들고서 지훈을 올려다보며 진지한 표정으로 물었다.

"지훈 씨는, 둘 중 하나를 선택하라고 하면 뭘 고를 것 같아? 잊어버린 기억을 찾는 것, 가지고 있는 기억을 지우는 것 중에서."

"잘 모르겠는데, 채윤이 넌?"

"당연히 찾는 쪽이지. 까맣게 잊고 있던 어린 시절 기억 같은 거, 다시 살아나면 무척 재밌을 것 같지 않아? 아니면 정말 아무것도 모르는 아기 때의 기억이라든가. 잊고 싶지 않았는데 시간이 지나면서 어쩔 수 없이 잊게 되는 것들도."

채윤은 조금 들떠 보이는 얼굴로 활기차게 재잘거렸다. '잊고 싶지 않았는데 어쩔 수 없이 잊게 되는 것'에 단우에 대한 기억도 포함되어 있다는 걸, 그녀는 굳이 세세하게 말하진 않았다. 가령 항상 무뚝뚝하던 그가 어쩌다 가물에 콩 나듯 한 번 '잘했다'고 칭찬해주면서 조용하게 보내주던 미소라든가. 주린 배를 끌어안고 정신없이 사방으로 뛰어다니는 채윤을 위해 슬쩍 빼놓았다가 몰래 건네주던 도시락이라든가. 그런 사소한 것들을 자꾸만 잊게 되는 게 채윤은 조금 슬펐다.

"오늘에 대한 기억도. 난 다시 찾으러 올 거야. 만약 잊어버리게 된다면 말이야. 반드시. 하나도 남김없이."

"……."

지훈은 바닷물에 젖은 손을 가볍게 털어내면서 몸을 일으키는 채윤을 말없이 바라보고 있었다. 그는 그녀와 반대였다. 만일 선택할 수 있다면, 차단우로서의 기억도 김지훈으로서의 기억도 남김없이 지워버리는 편을 고를 것이다. 기억이라는 건 곧 그에게 있어 미련의 다른 말이기도 했으니까. 함께 할 수 없다면, 붙잡을 수 없다면, 떨칠 수 없는 미련은 그저 고통이 될 뿐이란 걸 그는 경험상 너무도 잘 알고 있었다.

그런 그의 속내를 알 리 없는 채윤은 점점 진해지는 황금빛 어스름 속에서 바둑알처럼 까맣고 촘촘한 눈동자를 반짝이며 말을 이었다.

"내가 진심으로 좋아하는 사람이 날 진심으로 좋아해 주는 거. 이런 기적이 일어난 게 얼마나 오랜만인지 이제 기억도 안 날 정도여서, 솔직히 좀 무서워. 이게 다 꿈일까 봐. 어젯밤 일도, 그냥 내 상상력이 꾸며낸 일일까 봐."

가늘고 희미하게 떨리는 채윤의 말끝이, 겁먹은 듯 살짝 움츠러

든 아담한 어깨를 보는 지훈은 가슴 한구석이 얇게 베이는 것처럼 아팠다. 어디로도 떠나지 않고 앞으로 계속 네 옆에 있을 거라고, 변함없이 좋아하고 아껴줄 거라고 말하고 싶었지만, 그는 그런 약속을 할 수도 없고 해서도 안 되는 처지에 놓여 있었다.

"꿈 아니야. 상상도 아니야."

지훈은 나지막하지만 힘이 실린 음성으로 말하면서 지그시 고개를 기울여 채윤의 눈을 들여다보았다. 그녀의 눈동자 속에, 지금의 자신을, 평범하지만 성실하고 한결같은 남자 김지훈의 모습을 또렷하게 각인시키기라도 하려는 것처럼. 그의 손가락이 그녀의 턱 끝을 살며시 들어 올렸고, 두 사람 사이의 간격이 단번에 줄어들면서 어느새 누구 것인지 구분할 수 없을 만큼 익숙해져버린 체취가 확 끼쳐왔다.

"확인시켜 줄까?"

지훈은 대답을 듣기도 전에 채윤의 입술에 그의 입술을 겹쳤다. 거친 해풍을 맞은 그의 입술은 딱 기분 좋을 정도로 서늘했고, 그 안은 신경 끝까지 온통 녹여버릴 만큼 뜨거웠다. 잠시 놀란 듯 멎어 있던 채윤의 입술이 오래지 않아 열리면서 그를 맞아들였다. 부드럽고 감미롭게 시작된 입맞춤은 점점 깊어져서, 마치 영원히 끝나지 않을 것처럼 오랫동안 지속되었다.

한겨울의 추위를 든든하게 막아주던 태양은 이제 그 커다란 몸뚱이를 수줍은 듯 지평선 아래로 감추어버렸고, 지는 석양과 함께 쏟아진 황금가루 같은 노을빛이 두 사람의 옆얼굴을 흠뻑 적셨다. 지훈의 두 손이 채윤의 머리카락 사이를 파고들었고, 그녀의 두 손은 매달리듯 그의 어깨를 보듬어 안았다. 우연히 외딴 섬을 찾아든 주인 없는 배와, 누구도 찾지 않은 채 홀로 쓸쓸히 남겨진 등대가 머나면 바다 저편에서부터 서로를 알아보고 신호를 보내며 손짓하는 것처럼 그렇게.

Day 8.

나도 고백할 게 있는데

“어떻게 된 여행이 먹고 또 먹기만 하나 몰라.”

채윤은 입으로는 그렇게 말하면서도 손으로는 득달같이 젓가락을 집어 들었다. 둥근 석쇠에서 길쭉한 가리비를 비롯한 각종 조개가 지글지글 소리를 내며 익어가고 있었다. 조갯살 위에 듬뿍 얹어진 조각 버터와 모짜렐라 치즈가 녹아내리면서 날치알이며 야채 토핑에 섞여드는 모습이 식욕을 확 당겼다.

“또 먹고 싶은 거 있으면 말만 해. 뭐든지 사줄 테니까.”

지훈은 테이블 가득 풍성하게 놓여 있는 소라며 낙지를 젓가락으로 집어 채윤의 앞접시에 놓아주면서 웃었다. 누구를 좋아하게 된다는 것은, 곧 그 사람의 먹는 모습이 예뻐 보이게 된다는 뜻이 아닐까.

채윤이 그 아담한 몸집에 어울리지 않게 씩씩하고 왕성하게 먹는 게 지훈의 눈에는 마냥 좋아 보였다. 살이 쪄도 상관없으니 맘껏 먹게 해주고 싶었다. 한때 단우의 엄마가 아들에게 그랬던 것처럼. 채윤은 젓가락으로 콕 찝은 소라를 초고추장에 야무지게 찍으며 지훈에게 물었다.

"진짜 궁금한 게 또 있는데, 도대체 이 방송에는 왜 나온 거야? 보니까 사람들 관심 받는 거 딱히 좋아하지도 않고, 그렇다고 여자를 못 만나서 안달이 난 것도 아닌 것 같던데."

"왜겠어, 돈 때문이지."

이제 와 굳이 숨길 필요 없다고 생각한 지훈은 간결하게 대답했다. 채윤도 그 말에 딱히 기분이 상하진 않았다. 진실한 사랑을 찾아 나왔다는 사탕 발린 말을 들었다 하더라도 오히려 그녀 쪽에서 믿지 않았을 것이다.

"10억 빚 있는 거 아니라면서. 그 말 진짜인 줄 알았는데."

"진짜야. 꼭 빚진 사람만 돈 필요하란 법은 없잖아. 인생을 더 윤택하게, 행복하게 살기 위해 큰돈을 갖고 싶어 할 수도 있는 거 아냐?"

채윤은 곧바로 대답하지 않고 몇 초 동안 지훈을 빤히 바라보기만 했다. 지훈은 그게 동의하는 눈빛인지 아니면 한심해 하는 눈빛인지 알 수 없어서 물었다.

"왜?"

"지훈 씨가 믿을지 모르겠는데, 사실 나 로또 1등 당첨자거든. 누적돼서 상금이 꽤 컸어. 그거 믿고 WIN엔터 그만두고 나와서 내 회사 차린 거고."

채윤은 충동적으로 털어놓았고, 그 고백을 들은 지훈이 소스라치게 놀랄 거라고 생각했다. 아마도 의자에 앉은 채 뒤로 넘어갈 정도로. 그러나 그녀의 예상과 달리 지훈은 속눈썹 하나 흔들리지 않았고, 너무도 담담한 반응에 오히려 큰맘 먹고 로밍아웃한 채윤이 되려 머쓱해질 정도였다. 소라를 단 두 입 만에 해치운 그녀는 육수가 보글보글 올라온 조개를 석쇠에서 껍데기째 건져내면서 말을 이었다.

"화풀이 삼아 사던 로또였거든. 사람 대접 안 해주는 대표나 이사도 그렇고, 연예인들이 하니까 당연한 줄 알고 자기들보다 나이 많은 나한테 반말하고 심부름시키던 연습생 애들도. 두고 봐라 하는 심정으로, 자주 사지도 못하고 한 달에 한 번씩만. 차단우 생일이랑 데뷔 날짜 조합해서. 근데 그게 떡하니 당첨된 거야!"

순간 조개를 뒤집던 지훈의 집게가 그대로 쭉 미끄러질 뻔했다. 채윤의 복권당첨 사실은 첫날부터 알고 있었지만, 그 당첨번호 조합에 그런 비밀이 숨겨져 있는 줄은 몰랐다. 이렇게 될 줄 알았으면 자기도 살 걸 그랬나 싶을 정도였다.

"그땐 나도 그랬어. 이제 내 인생은 180도 달라지겠구나. 다신 다른 사람에게 굽신대지 않고 떵떵거리면서, 아무 걱정 근심 없이 행복하게 살 수 있겠구나. 멋지고 착한 남자 만나서 결혼도 할 수 있겠구나. 완전히 꿈에 부풀었지."

"그런데? 그 꿈이 이루어지지 않았어?"

"여기 나온 거 보면 알잖아. 돈은 없어도 걱정, 많으면 더 걱정이더라고. 액수를 불려보려고 펀드에 넣어놨는데, 투자 상황이 안 좋아질 때마다 다 날리면 어쩌나 걱정돼서 밤을 꼬박 새우기 일쑤였어. 거기에 가족 친척은 물론이고 20년 넘게 연락 안 하고 지낸 동창까지 찾아와서 조금만 빌려달라고 괴롭히지. 심지어 빌려준 적도 없는 돈을 빌려줬다고 가짜 차용증 들고 나타나는 놈들까지 생기고. 기자들은 로또 당첨자가 언제 패가망신할지 궁금해하면서 까마

귀떼처럼 어슬렁거리지."

채윤은 지금 돌이켜봐도 진저리가 쳐진다는 듯 고개를 설레설레 내저었다.

"맘 편히 돈 써본 적도 없었어. 사람들이 다들 눈에 불을 켜고 지켜보다가, 가방이라도 하나 바꾸려고 하면 물 쓰듯 낭비한다고 쑥덕쑥덕 무슨 말들이 그렇게 많은지. 내가 로또 당첨되고 나서 유일하게 해 본 사치가 혼자 조용히 떠났던 여행이었고. 유일하게 맘 편하게 즐겁게 썼던 돈은 아줌마 식당 차리시라고 빌려드렸던 거, 그거밖에 없어."

그동안 감춰왔던 속내를 한 번 꺼내놓기 시작하자 이야기는 봇물 터지듯 줄줄 흘러나왔다. 그건 지훈에게서 풍기는 그 특유의 달관한 듯한, 겉보기엔 그저 평범한 소시민이지만 실은 산전수전 공중전 화생방전까지 안 겪은 게 없을 것 같은 묘한 분위기 덕분이기도 했고, 또 한편으로는 좋아하는 사람 앞에서 솔직해지고 싶다는 지극히 순수한 마음 때문이기도 했다.

"그래서 더 전전긍긍했던 것 같아. 내가 망하면 고소해 할 사람이 많으니까. 누굴 좋아하거나 만나는 것도 사치라고 생각했어. 사실 이 프로그램도, 어떻게든 회사 이름 한 번 알려보려고 나온 거야. 결국 홍보라고는 제대로 한 것도 없지만."

"그래서, 후회해?"

지훈의 질문에 채윤은 잠시 생각에 잠겼다. 제일 놀라운 건, 아무 거리낄 것 없이 혼자 생각해봐도 정말 후회가 되지 않는다는 점이었다.

"아니, 후회 안 해. 러빙유 하우스에 있는 동안 정말 즐거웠어. 지훈 씨랑 보낸 시간도, 다른 사람들이랑 보낸 시간도. 모든 게 계획대로 풀리진 않았고, 가끔 감당하기 어려운 일이 생기기도 했지만. 어떻게 보면 내 인생에서 가장 다이나믹한 8일이었던 것 같기도 해. 그래서 남은 이틀도 무척 기대되고. 지훈 씨는 어때?"

"그래, 나도 즐거웠어."

지훈은 엷은 미소를 지으며 선뜻 대답했다. 조직폭력배의 살해 협박과 교통사고, 증인보호 프로그램과 가짜 죽음, 새로운 신분까지 다이나믹의 정점을 찍어본 그였지만, 남자 넷에 여자 하나라는 이색적인 조합으로 집단생활을 해보는 것은 또 다른 의미에서 색다르고 시끌시끌했다.

'원래 목적을 어느새 잊어버리게 된 건 나도 마찬가지니까.'

처음에는 작정하고 채윤을 유혹하려고 시작한 일이었지만, 그럴 필요조차 없게 그녀가 좋아져버렸다. 그녀와 별것도 아닌 시답잖은 얘기를 하면서 함께 뭘 먹는 것도 재밌어 죽겠을 정도로. 지난 3년간 지훈에게 있어 음식을 먹는 건 죽지 못해 살기 위한 행위였을 뿐, 그 이상도 그 이하도 아니었다. 그런데 거의 느껴지지 않았던 음식의 맛이 채윤의 존재만으로 생생하게 살아났다.

'어쩌면 한 사람의 삶을 결정하는 건 어떻게 생겼는지, 돈이 얼마나 많은지가 아닌지도 몰라. 곁에 어떤 사람이 있는지, 그게 가장 중요한 게 아닐까.'

그 단순한 진리를 조금만 빨리 깨달았다면, 지훈은 굳이 연애 서바이벌 리얼리티 프로그램 같은 것에 나오지 않고서도 그 전과는 달라진 삶을 살 수 있었을지도, 완전히 포기하고 살았던 행복을 조금이나마 되찾을 수 있었을지도 모른다. 그러나 언제나 그렇듯 깨달음은 늦었고 남은 시간은 짧았다. 씁쓸한 표정으로 가리비에서 관자를 떼어내고 있는 지훈에게 채윤이 진담 같은 농담을 건넸다.

“그래도 지훈 씨는 목적 달성할 수 있게 됐네. 내가 마지막 날에 지훈 씨 선택할 거니까. 지금 카메라도 없어서 하는 말인데, 그 상금 나한테 절반 나눠 줘야 되는 거 아냐? 어떻게 보면 전적으로 내 덕분에 벌게 되는 돈이잖아.”

“로또 당첨자가 남의 상금을 욕심내? 너무한 거 아냐?”

지훈은 농담으로 받아치면서도 마음이 편치 않았다. 입속에 넣은 통통하고 부드러운 관자가 혀에서 살살 녹는 대신, 고무 덩어리처럼 질기고 비릿하게 씹히는 것 같았다. 하지 않으려고 해도 자꾸 상상할 수밖에 없었다. 어떤 방식이 될지는 모르겠지만 채윤이 그를 선택했을 때, 행복과 기쁨으로 가득 차 있는 그녀의 눈앞에 아무도 나타나지 않으면 어떻게 될 것인지를. 그 해맑은 얼굴이 배신감과 실망감으로 얼룩지는 걸 생각하면 가슴 속에 커다란 납덩이가 박히는 것만 같았다.

“채윤아, 만약에, 아주 만약에 말이야. 내가 아니라 다른 사람을 골라야 한다면 누굴 고를 거야?”

“그건 왜 물어봐? 또 다른 남자 만나라고 하려고?”

젓가락을 탁 소리 나게 내려놓으면서 샐쭉하니 눈을 치켜떠보는 채윤을 향해 지훈은 애써 아무렇지 않은 척 웃으며 얼버무렸다.

“그냥 호기심에 물어보는 거야. 충분히 궁금해할 수 있잖아. 하현이는 아직 생각이 어린 것 같고, 이건이 형은 애 아빠로 밝혀졌으니, 역시 임서준인가?”

“임서준 씨는…….”

채윤은 맞다고도 아니라고도 대답하지 못했다. 선택지에서 지훈이 없어진다면 참으로 애매한 상황이었다. 지훈의 말처럼 하현과 이건은 그녀의 마음속에서 '좋은 사람', '귀여운 동생'으로 자리매김해 버렸고, 서준은 여전히 누가 봐도 나무랄 데 없는 남자였다. 그러나 그녀는 아쿠아리움 레스토랑에서 서준의 휴대폰을 우연히 봤을 때의 그 가슴 서늘해지는 느낌을 잊지 못하고 있었다. 채윤의 얼굴에 어린 고민과 망설임을 눈치챈 지훈은 그냥 넘어가지 않았다.

"임서준이 왜? 뭐 걸리는 거 있어?"

"그게……."

채윤이 어제 있었던 일을 얘기할까 말까 망설이는데, 석쇠를 갈아주던 조개구이집 여주인이 문득 생각난 듯 말했다.

"손님들, 근데 배 타러 나가야 하는 거 아니에요? 날이 추워서 오래 기다려주지도 않을 텐데. 배 놓치면 꼼짝없이 자야 되는데, 여긴 변변한 숙소도 없어요."

지훈과 채윤은 누가 먼저랄 것도 없이 식당 벽에 걸려 있는 구식 벽시계를 바라보았다. 섬에 와서 별로 한 일도 없는 것 같은데 벌써 시곗바늘이 저녁 8시 10분을 가리키고 있었다. 채윤은 무릎을 치면서 자리에서 벌떡 일어났다.

"아, 맞다! 배!"

"8시 40분으로 기억하고 있었는데, 20분이었네. 채윤아. 얼른 가자!"

순식간에 계산을 마친 지훈이 채윤의 손목을 잡아끌었다. 조개구이집에서 아까 그들이 내렸던 선착장까지 다행히 거리가 그리 멀지는 않았다. 그러나 외딴 섬마을의 밤은 도시의 밤과 전혀 달랐다. 그야말로 한 치 앞도 내다보이지 않는 칠흑 같은 어둠이 공포심을 불러일으킬 정도였다.

지훈은 반 걸음 정도 앞선 상태에서 방향을 더듬어가면서 채윤을 인도했고, 그녀는 그를 따라 포장되지 않은 흙길을 가로질러 뛰어갔다. 정신없이 얼마나 달렸을까. 거리를 가늠하기 어려운 저만치서 영롱하게 반짝이는 선착장 불빛이 보였다. 승선을 재촉하는 호루라기 소리가 어둠을 깨뜨리며 요란하게 울려 퍼지는 순간이었다.

"아, 힘들어서 더 이상 못 가겠어."

돌연 달리기를 멈춘 채윤이 양 무릎에 손을 짚으면서 허리를 푹 꺾었다. 가쁜 숨을 정신없이 몰아쉬는 게 정말 한계에 다다른 것 같아 보였다. 그녀가 멈추는 것도 모르고 두 걸음 앞서 뛰어나갔던 지훈이 재빨리 돌아왔다.

"조금만 더 가면 되는데, 도저히 못 뛰겠어?"

"응, 안 돼……. 안 돼……."

채윤은 지금 당장은 말하는 것조차 힘에 부치는지 띄엄띄엄 단어를 내뱉었다. 그녀의 하얗고 둥근 이마에 땀방울이 송알송알 맺혀 있는 것을 보자, 지훈도 더 뛰라고 강요할 수 없었다. 그는 그녀의 손을 잡고 느리게 발걸음을 옮기기 시작했다.

일단 계속 움직이고 있긴 했지만, 귀를 따갑게 하던 호루라기 소리가 멈췄을 때부터 지훈은 이미 배가 떠났음을 짐작하고 있었다. 그들이 선착장에 도착했을 때는 불마저 꺼져 있었고 배는커녕 사람의 그림자조차 보이지 않았다. 천천히 걷는 동안 호흡이 원래대로 돌아온 채윤이 미안한 표정을 지으면서 말했다.

"미안해, 나 때문에."

"……."

지훈은 그녀의 말에 대답하지 않은 채 배가 떠난 자리를 멀거니 응시하고 있었다. 채윤도 그 옆에 나란히 섰고, 둘은 한동안 암막을 덮어놓은 것처럼 온통 새까맣게 물든 밤바다를 응시했다. 물안개를 열게 피어 올리면서 끝도 없이 아득하게 펼쳐진 수평선의 풍경에는, 배를 놓쳤다는 사실 정도는 아무렇지도 않은 걸로 생각하게 만드는 뭔가가 있었다. 채윤은 바다 저편에서부터 밀려온 안개 입자가 서늘하게 식은 이마에 포근하게 스며드는 것을 느끼며 충동적으로 입을 열었다.

"사실 나, 아까 조금 엄살 부렸어. 배 타기 싫어서."

그 말을 들은 지훈은 조금 놀란 듯 채윤을 향해 고개를 돌렸고, 그녀는 뺨이 발갛게 달아오르는 것을 느끼며 우물우물 변명하듯 말했다.

"촬영은 내일 오후 늦게 시작해도 되는 거잖아. 여기서 조금 더 있고 싶었어. 이 섬은 정말 평화롭고, 고요하고, 아름답잖아. 오늘 해 지는 걸 봤으니까 내일 아침 해 뜨는 것도 보고, 천천히 여유 있게 출발하면……."

어떻게든 덜 구차해 보이려고 두서없이 늘어놓은 말이 도리어 더 없어 보이는 것 같아 민망해하던 채윤을 구해준 건 지훈의 간결한 한 마디였다.

"나도 고백할 게 있는데."

"응?"

"배 탈 시각 지난 거, 처음부터 알고 있었어. 8시 됐을 때 일어나야 한다고 생각했는데, 왠지 그러기가 싫더라고."

지훈은 주머니에서 휴대폰을 꺼내 흔들어 보이면서 장난스럽게 말했다. 채윤이 두 눈을 동그랗게 뜨면서 들여다본 그 화면에는, 오후 8시로 맞춰놓은 알람이 강제 정지 상태로 띄워져 있었다. 그러니까, 오늘 밤을 이 섬에서 보내고 싶었던 건 채윤 혼자가 아니었던 셈이다. 채윤은 뭐라 말할 수 없이 기쁘고 설레면서도, 한편으로는 심장이 빠르게 뛰면서 긴장되는 걸 감출 수 없었다.

"가자."

지훈이 부드럽게 말하면서 채윤을 향해 손을 내미는 순간, 그의 기다란 손가락 사이사이에서 파도 소리가 들려오는 것 같았다.

채윤은 달의 인력에 끌려가는 것처럼 자연스럽게 그 손을 잡았다. 그를 만나고서 언제나 그랬듯이, 고개를 기댄 채 잠들고 싶어지는 그런 따뜻하고 편안한 느낌이었다.

Day 8.

외딴 섬 푸른 밤

"생각보다 괜찮잖아? 깔끔하고, 곰팡이 냄새도 안 나고."

채윤은 새하얀 벽지로 도배된 열 평 남짓한 옥탑방에 들어서면서 조금 놀란 듯 말했다. 변변한 숙소가 없다는 식당 여주인의 말처럼, 이 작은 섬에는 그 흔한 모텔도 펜션도 찾아볼 수 없었다.

한참을 돌아다니던 두 사람은 목이 말라 음료수를 사기 위해 동네 구멍가게에 들어갔고, 가게 주인과 대화를 나누던 중 운 좋게도 그 옆집 이야기를 전해 듣게 되었다. 노부부가 사는 단독주택인데 숙박이 필요한 관광객들에게 가끔 옥탑방을 빌려준다는 것이었다. 지훈과 채윤에게는 어차피 선택의 여지가 없었기에, 용기를 내어 옆집 대문을 두드렸고 다행히 비어 있던 이 방에 묵을 수 있게 되었다.

"정말 특이한 창문이네. 주인 할머니가 왜 자랑했는지 알겠어."

남향으로 큼직하게 난 완벽한 원형 창문을 빤히 보면서 채윤은 괜히 과장되게 고개를 끄덕였다. 아까 그들이 만났던 민박집 노부부는 가구도 거의 없는 단출한 방에 돈 받고 사람 들이는 것도 미안하다며 터무니없이 낮은 민박료를 받았지만, 그러면서도 옥탑방에 달린 창문에 대해 은근히 자랑하는 것을 잊지 않았다. 방 전면에 난 유리창을 통해 바닷가 풍경이 24시간 잘 보이는 것은 물론이고 일출과 일몰을 감상하는 데는 그보다 더 좋은 장소가 없다는 것이다.

그것도 멋지긴 하지만 지금 당장은 제대로 된 세면도구와 목욕가운이 있었으면 좋았을 것 같다고, 채윤은 TV 옆 테이블에 곱게 개켜져 있는 찜질방용 티셔츠와 반바지, 그리고 아까 옆 가게에서 허둥지둥 사 온 칫솔과 비누를 만지작거리며 생각했다.

“내가 먼저 씻을게.”

채윤은 다소 어색한 투로 말하고는 옥탑방에 딸려 있는 작은 욕실로 들어갔다.

‘이럴 줄 알았으면 속옷이라도 좀 신경 쓰고 오는 건데.’

27살, 서로 좋아하는 남녀가 여행지에서 1박을 한다는 게 어떤 의미인지 모를 리는 없었다. 채윤은 그 흔한 레이스 장식 하나 없는, 애들이나 입는 것 같은 하얀 민무늬 속옷이 못내 신경 쓰였다.

손이 어디로 가는지도 모르는 상태로 샤워를 마치고, 아쉬운 대로 찜질복을 입고 머리에 수건을 감은 채 욕실 문 손잡이를 잡았다. 문을 잡아당기는 순간, 그녀는 무슨 광경을 보게 될지 내심 긴장하지 않을 수 없었다. 지훈이 옷을 홀딱 벗고 침대에 보란 듯이 드러누워 있다든가, 아니면 기합을 넣어가며 바닥에서 푸쉬업을 하고 있다든가, 그렇게 너무 노골적인 모습을 보게 된다면 섹시한 게 아니라 웃겨서 그만 폭소를 터뜨리고 말 것 같았다.

“다 씻었어?”

그러나 샤워하고 나온 채윤을 반긴 것은, 평소와 조금도 다름없는 지훈의 모습이었다. 그는 침대 옆에 작은 앉은뱅이 상을 펴놓고 앉아 있었고, 상 위에는 가게에서 사 온 듯한 캔맥주 4개와 마른오징어, 땅콩과 과자가 제법 구색을 갖추어 차려져 있었다. 지훈은 아직 따지 않은 맥주 캔을 채윤의 눈앞에 내밀고 살랑살랑 흔들어 보이면서 씩 웃었다.

"캔맥주와 함께 하는 파자마 파티, 맞지? 파자마 대신 찜질복이긴 하지만."

순식간에 긴장이 풀려버린 채윤도 지훈을 따라 빙그레 웃었다. 그가 욕실로 들어가 샤워하는 동안, 채윤은 참지 못하고 맥주 한 캔을 먼저 땄다. 냉장고에서 꺼낸 지 얼마 되지 않았는지 맥주 캔은 아직도 차가웠고, 표면에 이슬이 송알송알 맺혀있었다. 노부부가 보일러를 팍팍 틀었는지 바닥에서부터 열기가 훅훅 올라오는 더운 옥탑방에 앉아, 동그란 창문 너머로 까맣게 물든 밤바다를 내다보며 시원한 맥주를 마시는 게 별미는 별미였다.

잠시 후, 목에 수건을 감고 나온 지훈은 채윤이 이미 발그레진 얼굴로 맥주 한 캔을 다 비워버린 것을 보고 만족스러운 표정이 되었다. 그는 채윤 곁에 앉아, 그녀가 따준 캔맥주를 홀짝이며 함께 바다 전경을 바라보았다. 먹칠한 것처럼 검은 물결에 어슴푸레한 달그림자가 담겨, 파도칠 때마다 잔잔하게 일렁이고 있었다.

"근데 왜 하필이면 '아무도 없는 바닷가'야? 혼자인 것보다는 누군가와 함께 있는 게 덜 외롭지 않아?"

지훈의 질문에, 채윤은 으음, 하는 소리를 내면서 고개를 절레절레 가로저었다.

"대형 기획사에서 노예처럼 일하면서 산 6년 동안, 나한테 외로워한다는 건 사치였거든. 담당 연예인 일정 끝나고 집에 들어가는 거 확인할 때까지는 퇴근 금지. 퇴근한 후에도 휴대폰 전원 끄는 건 금지. 새벽 두 시든 세시든, 술 취한 가수가 안주거리를 찾고 있든, 실연한 연습생이 얘기 들어줄 사람이 필요하다고 징징거리든, 영화배우의 강아지가 음식물 쓰레기를 먹고 폭풍 설사하는 중이든, 토 달지 말고 달려가는 게 내가 할 일이었어."

채윤의 말투는 무덤덤했지만 지훈이 오히려 뜨끔해서 그녀의 눈치를 살폈다. 첫 번째와 두 번째는 아니었지만, 세 번째는 바로 그의 이야기였기 때문이다. 진짜로 그가 키우던 강아지는 아니었고, 동물 예능 프로그램을 촬영하느라 일주일간 데리고 있게 된 강아지였다. 개에 대해 아는 거라곤 아무것도 없는데 팔뚝만 한 작은 강아지는 갈색 물똥을 죽죽 쏟아내면서 낑낑대지, 하필이면 그날따라 엄마도 먼 친척네 상갓집에 가 있었고, 떠오르는 사람이라고는 채윤밖에 없어서 무턱대고 SOS 전화를 걸었다.

마치 대기하고 있었던 것처럼 곧장 달려온 채윤이 24시간 운영하는 동물병원 응급실을 찾아내 데려가 준 덕분에 강아지는 무사했지만, 그렇다고 해서 채윤에게 제대로 감사 인사를 했던 기억은 없었다. 으레 그랬듯이 무심한 말투로 수고했다는 한 마디를 건넨 게 고작이었을 것이다. 차단우의 인간관계란 늘 그런 식이었으니까. 마르지 않는 사랑을 받는 데 너무도 익숙해져서, 주위 사람들의 희생과 헌신에 어느덧 무감각해질 정도였으니까.

그날, 단우가 다음 날 촬영을 위해 몇 시간이나마 눈을 붙이는 동안 강아지 똥으로 얼룩진 거실을 치우고 소파 덮개를 빨아야 했던 채윤의 심정은 깊이 헤아려보지 못했다. 지훈이 반성의 시간을 갖는 동안에도, 채윤은 맥주 한 모금을 천천히 들이마시며 씁쓸한 표정으로 말을 잇고 있었다.

"유명한 휴양지의 경치 좋은 바닷가도 질리도록 가 봤지만, 전부 화보 촬영 아니면 영화 촬영이었으니까. 배우 메이크업 고쳐주고, 땀 닦아주고, 옷 갈아입혀 주고, 먹을 거 챙겨주고, 전화 대신 받아주고 하느라 내가 있는 데가 바다인지 산인지 쳐다볼 틈도 없었지. 그래서 한 번쯤은 텅 빈 넓은 바닷가에 혼자 있어 보고 싶었어. 아무것도 없고, 아무 할 일도 없고, 누구 챙겨야 할 사람도 없는 상태로."

채윤의 말을 듣고 보니, 지훈도 한 가지 되새기게 되는 게 있었다. 바로 그의 기억 속에 간직된 로드매니저 시절 채윤의 모습이 늘 비슷비슷하다는 거였다. 제 몸집에 버거운 짐을 잔뜩 떠안고 바쁘게 뛰어다니는 모습, 운전하면서 실내경으로 뒷좌석에 앉은 사람 눈치를 슬금슬금 보던 모습, 그게 아니면 허기와 피로에 핏기가 하나도 없는 창백한 얼굴로 촬영장 구석에 쪼그려 앉아 졸고 있던 모습이 전부였다. 그래도 제법 오래 함께 일했는데도 그녀가 환하게 웃는 모습 한 번 본 적 없다는 것, 그리고 그 사실을 인식조차 못했다는 데 지훈은 죄책감을 느꼈다.

"미안해. 그렇게까지 질리게 만들어서."

"응? 왜 지훈 씨가 미안하다고 해?"

"그냥, 나도 차단우 노래 좋아해서 자주 따라 불렀었는데 얘길 듣다 보니까 진짜 인간쓰레기네. 이제부턴 그 사람 노래 안 부르고, 그 사람이 나왔던 영화도 안 볼게. 또 뭐 있지? 아, 그 사람이 CF 찍었던 상품도 사지 말아야겠다."

지훈은 마치 남 얘기하듯 기세 좋게 말했다. 아닌 게 아니라, 요즘은 정말 톱스타 차단우로서 누렸던 영광스러운 과거가 자기 일이 아닌 것처럼 느껴지는 때가 많았다. 주먹을 불끈 쥐면서 하는 지훈의 말에 채윤은 손을 휘휘 저으며 웃었다.

"됐어, 그럴 것 없어, 이미 다 지난 일인데 뭘. 독립해 나와서 일하다 보니까 누가 끊임없이 찾아주던 게 가끔 그리워지기도 하고. 그리고 나 이제 차단우, 아니 단우 오빠 그렇게 미워하지 않아."

"정말?"

처음으로 듣는 말에 지훈의 눈이 동그래지자, 채윤은 작게 고개를 끄덕이며 맥주를 한 모금 더 들이마셨다. 그리고 사뭇 진지해진 표정으로 서두를 열었다.

"왜 그런지 모르겠는데, 이 프로그램 찍으면서 그 어느 때보다 단우 오빠 생각을 많이 하게 됐어."

참으로 이상한 일이었다. 단우와 목소리가 똑같은 지훈의 존재뿐 아니라, 전혀 생각지 못한 곳에서도 단우를 연상시키게 하는 것들이 불쑥불쑥 튀어나왔다. 제작진이 연애 리얼리티 프로그램을 가장한 몰래카메라를 찍고 있는 게 아닌가 싶을 정도였다. 그러나 일주일이 지나도록 그 누구도 '지금까지 몰래카메라였습니다!'를 외치지 않았고, 그러자 채윤은 차츰차츰 다른 방향으로 생각해보게 되었다.

"처음엔 그 재수 없는 인간 자꾸 왜 생각나나 짜증 났는데, 어느 순간 깨달았어. 주변 것들이 나한테 그 사람을 떠올리게 하는 게 아니구나. 내 마음에 걸리는 게 있어서, 떨쳐내지 못하는 게 있어서 별거 아닌 것에도 자꾸만 핑계를 대어 가면서 그 사람을 떠올리는 거구나, 하고."

"마음에 걸리는 거?"

지훈의 질문에, 채윤은 맥주 캔을 감싸듯 두 손으로 꼭 쥔 채 눈동자를 천천히 깜박였다. 그리고 지금까지 누구에게도 말한 적 없었던, 실은 그녀 자신도 알지 못했고 인정하지 못했던 진실을 털어놓기 시작했다.

"그 사람 밑에서 일하는 게 힘들었던 건 맞아. 하루도 빠짐없이 매일매일, 오늘은 그만둬야지 생각하면서 출근하고 내일은 그만둬야지 생각하면서 퇴근했어. 그래도 난 그만두지 않았어. 그만두겠다는 말조차 하지 않았어. 애초에 편하고 싶어서, 아니면 돈 벌고 싶어서 시작한 일이 아니었거든. 내가 원했던 건 단 하나, 이름만 불러도 가슴 벅찰 만큼 너무너무 좋아하는 사람에게 도움이 되는 것뿐이었어."

지훈은 '그 사람'이라고 말할 때 채윤의 눈빛과 말투가 '차단우'라고 부를 때보다 한결 부드럽고 온화해졌다는 걸 깨달았다. 사람에게는 아무리 부정하려고 해도 부정할 수 없는 게 있다. 가령 청춘의 가장 생생하고 아름다운 시절을 송두리째 바친 일생일대의 첫사랑 같은 게 그랬다. 지금 지훈의 눈앞에 있는 사람은 어떻게든 사업체를 살려보려고 필사적인 젊은 여자 대표가 아니라, 윗사람에게 등을 떠밀려 억지로 말을 전하러 온 소심한 로드매니저가 아니라, 누군가를 좋아한다는 이유만으로 서슴없이 모든 걸 내던지는 어리고 순수한 소녀일 뿐이었다.

"그 사람이 출연한 영화에 관객 한 명이라도 더 들면, 드라마 시청률이 1프로라도 더 올라가면, 좋은 기사가 하나라도 더 뜨면, 그게 곧 나에 대한 칭찬이고 포상이었어. 다른 사람들이, 아니면 그 사람이 고마워하지 않아도 상관없었어. 그 사람한테는 나 같은 것보다 훨씬 중요하고 대단한 일이 많이 있었으니까. 고맙다는 말, 너 아니면 안 된다는 말, 그런 건 처음부터 감히 기대하지도 않았어. 그냥 그것만 기억해주길 바랐어. 나한테는 언제든지 의지할 수 있다는 거. 날 믿어도 된다는 거. 세상 모든 사람이 다 등을 돌리는 날이 온다고 해도, 나만은 그 사람 편에 남아 있을 거라는 거. 왜냐면 난 그 사람 매니저이기 전에 팬이었으니까. 내 생활을 통째로 바쳐 가면서 그 대가로 바랐던 게 겨우 그 작은 거 한 가지였다고."

채윤은 하얀 거품이 묻어 반들반들해진 입술을 지그시 깨물면서 말을 이었다.

"마른하늘에 날벼락, 비명횡사, 비운의 교통사고. 그 사람의 죽음에 대해 다들 그런 식으로 얘기했지만, 내 느낌은 달랐어. 사고 나기 두 달 전쯤부터, 그 사람 말하고 행동하는 게 이상해졌었거든. 다른 사람들 앞에서는 아무렇지 않은 척하려 했지만 난 단박에 알았어. 매니저였으니까. 그 사람 기분이 어떤지는 그 사람 본인보다 더 잘 알았다고."

"......."

지훈은 어떻게 반응해야 할지 몰랐다. 교통사고 두 달 전이라면, 차단우가 마봉두의 범행을 목격했던 바로 그 시기였다. 누구도 눈치채지 못하게 감쪽같이 연기했다고 생각했는데, 채윤이 알고 있었다니.

"차에서 잠들 때마다 식은땀 흘리면서 헛소리를 했어. 누가 죽는다느니, 죽였다느니, 112 신고를 해야 한다느니 도무지 알 수 없는 말을 하면서. 무슨 꿈을 꾼 거냐고 물어보면 얼마 전 읽은 영화 대본 내용이라고 대답했는데, 아니었거든. 그 사람 앞으로 들어오는 대본은 내가 전부 다 미리 읽었으니까. 이상하거나 말도 안 되는 게 있으면 걸러내려고."

지훈은 저도 모르게 입이 스르르 벌어졌다. 일반적으로 매니저들이 배우에게 들어오는 대본을 미리 점검하는 게 원칙이긴 했다. 그러나 그걸 성실하게 실천에 옮기는 매니저는 아주 드물었다. 흔히 '책'이라고 부를 만큼 두꺼운 대본을 일일이 다 읽는 게 의외의 노동일 뿐만 아니라, 배우가 어떤지 물었을 때 재밌다고 추천해줬다가 나중에 흥행에 실패하기라도 하면 괜한 원망을 들을 수도 있기 때문이다.

그래서 대부분의 매니저는, 아니 거의 모든 매니저는 대본을 받으면 대충 몇 가지만 확인했다. 감독과 작가가 누군지. 제작사와 투자사는 어딘지. 그래서 잘 나가고 유명한 감독이나 작가가 끼어 있거나, 그게 아니더라도 투자가 빵빵하게 들어올 것 같으면 무조건 대박 작품이라면서 배우에게 들이밀었다.

그런데 채윤은 무명 신인이나 중소 영화사에서 내놓은 대본도 신선하고 재밌다며 들고 오는 경우가 몇 번 있어 특이하다고 생각했는데, 정말 그 많은 대본을 남김없이 읽었다는 것이다.

"그뿐이 아니었어. 전에는 사생 택시가 줄기차게 쫓아다녀도 인기가 많아서 그런 걸 어쩌겠냐며 쿨하게 넘어가던 사람이, 언젠가부터 거리에서 차가 뒤쫓아오는 것만 보면 불에 덴 것처럼 놀라더라고. 10분이면 갈 수 있는 거리를 자꾸만 빙빙 돌아가자고 해서 1시간 넘게 간 적도 있었어. 개인 경호원은 귀찮고 유난스럽다며 싫어하던 사람이 갑자기 특전사 출신을 데려와서 보디가드로 쓰질 않

나. 인테리어는 심플할수록 좋다던 사람이 고급스러운 펜트하우스 내부를 거대한 바퀴벌레처럼 생긴 보안 장치로 뒤덮질 않나. 어느 날은 휴대폰으로 뭘 열심히 검색하고 있길래 뒤에서 들여다봤더니 검찰청 전화번호를 찾고 있는 거야. 누가 봐도 수상하잖아."

"......"

수상한지 아닌지를 떠나서 남의 휴대폰을 몰래 훔쳐보면 안 된다고 말하고 싶었지만, 지훈은 일단 입을 다물었다. 지금은 채윤의 낯빛이 점점 심각하게 변하고 있었기 때문이다.

"뭐가 그렇게 무서운지 한 달 가까이 혼자서는 공중화장실도 안 가던 사람이, 어느 날 바람 쐬고 싶다면서 혼자 드라이브하러 갔어. 그러더니 세 시간 만에 연락이 온 거야. 교통사고가 났다고. 병원 응급실로 달려갔더니 이미 죽었다면서 시체를 보여주지도 않아. 그러면 어떻게 된 건지 사고 경위라도 자세히 알려달라고 했더니 의사하는 말이, 담당 검사랑 먼저 상의해봐야 한대. 장난해? 내가 비록 고졸에 사이버 학위밖에 못 땄지만, 그게 말이 안 된다는 것 정도는 안다고!"

채윤은 돌연 울분이 치솟는 듯 주먹으로 상을 쾅 소리 나게 내리쳤고, 그 바람에 깡통에 담겨 있던 땅콩이 산발적으로 튀어나와 허공으로 날아갔다. 지훈은 어깨를 움찔했지만, 어떻게든 채윤을 진정시켜 보려고 애썼다.

"말이 안 될 건 없어. 뺑소니 살인은 중대 범죄고, 차단우는 유명인이니까 담당 검사가 처음부터 사건을 맡기도 하니까. 수사를 위해 사고 경위를 숨겨야 한다고 판단했을 수도 있지."

지훈은 자기 입에서 나오는 말이 제법 그럴듯하게 들릴 거라는 걸 잘 알았다. 자기가 하는 일에 어마어마한 사명감과 책임감을 가진, 그 일에 대해 24시간 떠벌이기 좋아하는 검찰청 수사관과 7일 밤낮을 한 몸처럼 붙어 있다 보면 그가 말하는 방식을 어느 정도 흉내 낼 수 있기 마련이었다. 다른 사람을 관찰하고 흉내 내는 데 탁월한 재능이 있는 연기자라면 더더욱 그랬다. 채윤은 지훈의 말에 순순히 고개를 끄덕였지만, 그렇다고 해서 그 말에 승복한 것은 아니었다.

"그래, 의사도 그렇게 말하더라. 차단우의 죽음에 억울한 점이 있다면 경찰이나 검찰에서 밝혀줄 거라고. 그래서 나도 한동안 기다렸어. 뺑소니범을 잡기 위해서라면 뭐든지 협조해줄 준비가 되어 있었다고. 근데 시간이 지날수록, 경찰도 검찰도 범인 잡는 데는 진척도 관심도 없다는 게 확실해 보였어. 영화 보면 나오는 것들 있잖아. 부검이나, 현장검증이나, 목격자 탐문수사 같은 거. 그중에 어떤 것도 이루어진 게 없었어. 그저 보름이 지나고 나서, 백방으로 수사를 펼쳤지만 범인은 미상으로 남게 되었다는 발표가 있었을 뿐이야."

하여간 잘 나가다가 디테일한 부분에서 게으름을 피워 초를 친다. 지훈은 서 검사와 류진의 목덜미를 잡아 뒤통수를 한 대씩 쥐어박고 싶은 기분이 되었다. 부검서류 하나 만들어내고, 가짜로 현장검증하는 척, 탐문수사하는 척하는 게 뭐 그리 어려운 일이라고.

물론 그들에게도 변명거리는 있었다. 희대의 미남을 천하의 추남으로 바꾸는 기상천외한 성형수술을 감행해줄 의료진을 물색하고, 몇 번의 수술과 몇 번의 재수술을 거치면서 온갖 부작용으로 죽을 고비까지 갔다 돌아온 보호대상을 돌봐야 했으니까. 바람 앞의 촛불처럼 간당간당한 목숨을 붙여놓느라 가짜 수사에 조금 소홀해졌다 해도 탓할 수는 없는 노릇이었다.

“그 사람이 살던 펜트하우스가 팔려 나가던 날, 난 검찰청에 가봤어. 검사님은 아무나 만날 수 있는 게 아니라며 문을 열어주지 않아서, 여기저기 물어보고 다니다가 경찰청에도 가 봤어. 강력반 사무실 앞을 서성이면서 누군가 나오기만을 다섯 시간 동안 기다렸다고. 팀장인지 뭔지가 나오길래 무작정 붙잡고 하소연했더니, 그 사람이 나한테 뭐라고 했는지 알아?”

보나 마나 뭔가 해서는 안 될 말을 했겠지. 지훈은 소처럼 우직하고 고지식한 류진의 얼굴을 떠올리면서 속으로만 대꾸했다.

“나한테 그만 잊어버리래. 놓아주래. 그래야만 차단우 씨가 맘 편히 눈 감을 수 있다고. 자세한 내용은 말해줄 수 없지만, 자기들은 차단우 씨를 위해 할 수 있는 모든 일을 했다고. 아마 나는 상상조차 못할 거라고.”

“…….”

역시 바보 같은 소리를 했다. 류진은 그 선문답 같은 말이 채윤의 미련을 없애주길 바랐겠지만, 반대로 그녀의 의심을 부추겨 3년이 지난 지금까지도 단우를 놓지 못하게 하는 결과를 가져오고 말았다. 채윤은 지훈의 어깨를 양손으로 매달리듯 잡으면서 사뭇 간절한 투로 물었다.

“내가 착각하는 거 아니지? 망상 아니지? 분명 뭔가 잘못됐잖아. 이상하잖아. 지훈 씨도 그렇게 생각하지?”

“채윤아.”

“단우 오빠가 살아 있을 거라는 말이 아니야. 그렇게 믿는다면 정말 미쳤다는 소리 들을 거라는 거 나도 알아. 다만, 내가, 사람들이 모르는 어떤 비밀이 있다는 것뿐이야. 그게 아주 중요한 비밀인 것 같다는 느낌을 지울 수가 없어. 이대로 끝내면 안 될 것 같은데, 뭐든 더 해봐야 할 것 같은데, 근데 방법을 모르겠어. 아무리 생각해도 모르겠어서 그냥 잊자고, 차라리 잊어버리자고 억지로 잊은 척하면서 살아온 게 벌써 3년이야."

답답하다는 듯 가슴을 두드리던 채윤의 손이 우뚝 멈추고, 어느덧 그녀의 눈가에는 촉촉한 물기가 배어들고 있었다. 가슴 밑바닥에서부터 뜨거운 것이 울컥 치받아 올라와 목구멍 너머로 꾹꾹 눌러야만 했다.

"뭣 때문에 그렇게 두려워했던 건지, 날 믿고 얘기해주지 않았던 그 사람이 미워. 난 그냥 로드매니저였을 뿐이지만, 그 사람을 곤경에서 구하기 위해서라면 뭐든지 해줬을 텐데. 어떻게든 그 사람을 조르고 다그쳐서 그걸 알아내지 못했던 내 자신도 미워. 어쩌면 죽지 않을 수 있었을지도 모르는데. 그렇게 젊은 나이에 비참하게, 아프게, 외롭게, 여기저기 찢겨서 피투성이로 죽지 않았을지도 모르는데."

차단우는 다시 없을 만큼 완벽하고 아름다운 남자였다. 비록 사람에게는 외모가 전부가 아니라지만, 그의 얼굴은 너무도 완전무결한 나머지 보고 있는 사람에게 일종의 경이에 가까운 행복감을 안겨주었다. 그가 발하던 눈부신 빛이, 그 강한 생명력이 한순간에 사라져버리는 것을 보고 채윤은 얼마나 무섭고, 허망하고, 또 안타까웠는지 몰랐다.

교통사고가 있었던 날 밤 병원 앞에서 그토록 서럽게 울었던 것은 아마도 마구 뒤섞여 밀려드는 그런 감정들을 감당할 수 없어서였을 것이다. 채윤은 물기로 뿌옇게 흐려진 눈을 깜박이며 눈물이 넘치려는 것을 간신히 막았고, 지훈은 그런 그녀의 손목을 살며시 붙잡으면서 단호하게 말했다.

"그런 생각하지 마. 네 잘못이 아니야. 누구의 잘못도 아냐. 그냥, 어쩌다 보니 그렇게 된 것뿐이야. 원래 세상일이라는 게 우리 뜻과는 상관없이 흘러가는 일이 더 많잖아."

그 어떤 후회보다, 책망보다, 따뜻하게 위로해주는 그 말이 채윤의 가슴을 저릿하게 만들었다. 결국 속눈썹을 흠뻑 적시며 흘러넘친 눈물 한 방울이 그녀의 뺨을 타고 또르르 내려가고 말았다. 이슬처럼 투명한 물방울은 채윤의 입술 위에 잠시 미물러 있다가 입꼬리에서 툭 소리를 내며 떨어졌고, 그대로 지훈의 손등에 내려앉아 번져나갔다. 그는 그 손으로 그녀의 턱 끝을 조심스럽게 들어 올려 자신을 똑바로 주시하게 만들었다.

"그 수사관 말이 맞아. 이제 그만 잊어버려. 놓아줘. 네가 얼마나 소중한 존재인지 알아보지도 못했던 그런 멍청한 놈, 더는 마음에도 기억에도 두지 마."

채윤의 눈빛이 흔들리는 게 보였지만, 지훈은 말을 멈추지 않았다. 그녀에게 꼭 해주어야 할, 그녀가 꼭 들어야만 하는 말이 있었다. 그가 조금이라도 현명했더라면 3년 전에 이미 했었어야 하는 말이었다.

"넌 나한테 누구보다 고마운 사람이야. 아무런 색깔도 없는 내 삶에 네가 색을 칠해 생생히 살아나게 해줬고, 다른 사람과 함께 하는 즐거움이라는 걸 처음으로 알게 해 줬어. 오직 너만 할 수 있었던 일이야. 난 너 없인 안 돼. 그러니까 죽은 사람이든 산 사람이든 이제 다른 남자 생각은 하지 말고, 오직 나만 생각해."

채윤의 눈가는 다시금 스며 나오는 물기에 젖어 들었고, 지훈은 서서히 고개를 숙여 그녀의 눈꼬리에 부드럽게 입을 맞추었다. 마치 그녀의 슬픔을 모두 가져가려는 것처럼. 입술 끝에 느껴지는 눈물은 따뜻하고 또 짭짤했다. 계속해서 입 맞춘 그녀의 두 뺨도, 그녀의 입술에서도 같은 맛이 났다. 묘하게 중독적인 맛이었다.

"……."

채윤은 점점 깊어지는 지훈의 키스를 거부하지 않았고, 그의 가슴을 두 손으로 가만히 짚은 채 스르르 눈을 감았다. 그의 손끝이 그녀의 얼굴선과 목선, 어깨선과 허리선을 따라 그리듯 부드럽게 움직였고, 우스꽝스러운 찜질복은 허물처럼 가볍게 벗겨져 나갔다. 영원히 계속하기라도 할 것처럼 끈질기게 오랫동안 채윤을 어루만지던 지훈은 어느 순간 더 이상 참을 수 없다는 듯 그녀를 이끌었다.

채윤은 지훈의 품에 안긴 채로 그들을 기다리고 있던 깨끗한 침대 위에 쓰러지듯 누웠고, 그녀의 옷이 벗겨져 떨어진 자리에 그의 옷이 날아가 포개졌다. 그의 살결은 그녀가 상상했던 것처럼 따뜻하고, 매끄럽고, 어딘지 인간적이었다. 그녀가 머뭇머뭇 손을 뻗어 만져보았을 때 어깨와 가슴, 등허리에 예전에 보았던 상처들이 고스란히 느껴졌지만 그녀는 동요하는 기색조차 드러내지 않았다.

대신 채윤은 조용히 고개를 들어 그의 왼쪽 어깨와 윗팔 사이에 찍혀 있는 자그마한 십자 흉터에 입술을 가져다 댔다. 왜 그런 행동을 했는지는 스스로도 몰랐다. 단순히 흉터 따위에 신경 쓰지 않는다는 걸 보여주고 싶어서일 수도 있었고, 왠지 모르게 그 흉터가 차단우와 김지훈, 송채윤 세 사람을 연결해주는 것같이 느껴져서일 수도 있었다.

이유가 뭐였든지 채윤의 그런 몸짓은 이성의 끈을 단번에 놓아버리게 할 만큼 지훈을 자극했고, 그는 그녀의 손가락 사이에 자신의 손가락을 단단하게 끼운 채 더 깊어질 수 없는 곳까지 파고들기 시작했다.

"아……."

자기도 모르게 벌어진 채윤의 입술 사이에서 열기에 달뜬 신음소리가 새어 나왔다. 정수리에서부터 발끝까지 달콤한 전류가 내리꽂히는 것 같았다. 채윤은 지훈의 손을 잡은 손에 더욱 힘을 주었고, 그는 그녀의 머리카락 사이에 입술을 묻은 채 지칠 줄 모르는 파도처럼 움직이고 또 움직였다. 조금씩 강렬해지는 감각에 채윤은 이게 꿈인지 현실인지 알 수 없을 만큼 머릿속이 하얗게 비어갔다. 이 세상 모든 게 사라진 것 같았다. 남아 있는 거라곤 오직 이 외딴 섬과, 섬을 둘러싼 검은 바다, 섬 속의 섬 같은 이 작은 옥탑방과 서로의 온기뿐이었다.

Day 9.

생일 축하합니다

"어디서 이렇게 맛있는 냄새가……."

채윤은 기분 좋게 후각을 자극하는 고소한 냄새에 눈을 감은 채로 중얼거렸다. 이불을 가슴께에서 둘둘 감은 채 프라이팬에 올려놓은 버터처럼 몽골몽골해져서 늘어져 있던 채윤은, 밤새 힘든 기색 하나 없이 팔베개를 해주며 그녀를 따뜻하게 데워주던 지훈의 온기가 사라졌음을 깨닫고 천천히 눈을 떴다.

두 손으로 베개를 짚고 상반신을 일으키면서 아직 잠기운 가득한 눈으로 작은 방안을 둘러보았다. 남향으로 난 원형 창문을 통해 빗살처럼 가는 햇살 한 다발이 눈부시게 쏟아져 들어오고 있었고, 그 속에서 부지런히 움직이고 있는 지훈의 뒷모습이 보였다. 쟁반에 담긴 접시들을 앉은뱅이 상으로 옮겨놓느라 바쁘던 그는, 채윤이 일어나는 기척을 듣고는 고개를 돌렸다.

"일어났어? 아침 먹어야지."

"이거, 혹시 지훈 씨가 차린 거야?"

침대 밑으로 주섬주섬 내려와 앉은 채윤은 상 위에 가득 차려진 음식들을 보고 어안이 벙벙한 표정이 되었다. 제아무리 서비스가 좋은 민박집이라고 해도, 헐값이나 다름없는 요금을 내고 묵는데 이렇게 정성 들인 아침상까지 차려줄 리는 없을 것이었다.

공기에는 윤기가 자르르 흐르는 하얀 쌀밥이 소복하게 담겨 있고, 노릇하게 구워낸 조기 두 마리와 해초무침에 맛깔나게 생긴 각종 나물 반찬이 곁들여 있었다. 그리고 무엇보다 그녀의 시선을 잡아끈 것은, 뚝배기에서 보글보글 끓고 있는 뽀얀 국물의 미역국이었다. 채윤이 흠칫 놀라면서 고개를 들자, 그녀를 향해 빙그레 웃음 짓고 있는 지훈의 얼굴이 보였다.

"섬이다 보니 해산물은 넉넉하더라고. 부엌은 주인집 할머니가 맘대로 쓰게 해주셨고. 나물 반찬도 주셨어. 이렇게 해놓으니까 꽤 괜찮아 보이지?"

"그렇긴 한데, 갑자기 왜……."

"너 오늘 생일이잖아. 생일상 받아야지."

당연한 걸 묻는다는 듯한 지훈의 대답에 채윤은 순간적으로 말문이 막혔다. 오늘이 그녀의 생일이긴 했지만, 지훈에게는 미리 말하지 않았기에 조용히 넘어갈 줄 알았던 것이다. 그래도 괜찮다고 생각했다. 20대가 된 후 생일을 제대로 챙겨본 적이 한 손으로 꼽을 만큼 드물었으니까. 굳이 거창하게 뭘 하지 않아도, 좋아하는 사람과 멋진 곳을 여행하면서 맞는 생일이라니 그것만으로도 충분했다. 그런데 지훈으로부터 이런 깜짝 이벤트를 받게 될 줄은 정말 몰랐다. 게다가 지훈이 준비한 것은 그걸로 끝이 아니었다.

"실은 생일선물도 미리 준비해놨고, 케이크도 예약해놨는데, 갑작스럽게 여기 오게 돼서. 일단 이걸로 구색이라도 맞추자. 집에 가면 케이크 세레모니 제대로 해줄게."

지훈은 옆 구멍가게에서 사온 12개들이 초코파이 상자를 뜯고 안에서 꺼낸 초코파이 포장을 하나하나 찢으면서 말했다. 초코파이를 피라미드 모양으로 쌓아 올리고 그 가운데에 가장 작은 사이즈의 양초를 하나 꽂자 제법 그럴듯한 초코파이 케이크가 완성되었다. 지훈은 주인집에서 얻어온 성냥으로 양초에 불을 붙이고, 케이크가 올려진 쟁반을 채윤 앞에 가져다 놓으면서 다정하게 말했다.

"생일 축하해, 채윤아. 가장 먼저 축하해주는 사람이 나여서 정말 기쁘다."

이른 아침부터 일어나 장을 보고 손수 생일상을 차리는 동안, 지훈은 그런 생각을 했다. 지나간 시간을 돌이킬 수는 없지만, 그 사실을 누구보다 뼈저리게 잘 알고 있지만, 그럼에도 불구하고 이것으로써 3년 전 채윤의 생일을 축하해주지 못하고 그냥 지나간 것이 만회되었으면 좋겠다고. 그리고 지난 3년 동안 챙겨주지 못한 것도. 지훈은 조금 멋쩍어서 헛기침을 몇 번 한 다음, 그 어떤 시상식 무대나 콘서트 무대에 섰을 때보다 진심 어린 목소리로 노래를 부르기 시작했다.

—생일 축하합니다. 생일 축하합니다. 사랑하는 채윤이. 생일 축하합니다.

'사랑하는'이라는 가사 부분에 이르렀을 때, 노래 부르던 지훈도 듣고 있던 채윤도 누가 먼저라고 할 것 없이 두 뺨이 사과처럼 발그스름하게 달아올랐다. 꿈결처럼 달콤한 하룻밤을 보낸 후에도, 아직은 '사랑'이라는 단어가 견딜 수 없이 간지럽기만 한 두 사람은 누가 보아도 이제 막 시작한 풋풋한 연인들이었다.

"자, 그럼 이제 소원 빌고 촛불 꺼야지?"

노래를 마친 지훈이 케이크를 채윤의 앞으로 가까이 밀어놓으려는데, 그녀가 고개를 가로저으며 그의 손을 막았다. 그러더니 가만히 있으라는 눈짓을 하면서, 이번에는 자신이 박수를 치면서 생일 축하 노래를 부르기 시작했다.

—생일 축하합니다. 생일 축하합니다. 사랑하는 단우 오빠. 생일 축하합니다.

채윤은 티 없이 밝고 명랑한 척하려 했지만, 노래하는 목소리의 끝이 미세하게 떨려 나오는 것만큼은 감출 수 없었다. 채윤이 죽은 단우에게 불러주는 생일 축하 노래를 듣는 지훈의 마음은 아까와는 다른 의미로 또다시 일렁였다. 단우의 '친구, 동료'를 자청하던 사람들은 이제 그가 세상에 존재했다는 사실조차 잊어버린 것처럼 보이는데, 잘해준 것 하나 없는 채윤은 3년이 지난 지금까지도 그를 생각하고, 기억하고, 미워하면서도 또 그리워 해주고 있었다.

그리고 또 한 사람, 단우의 엄마도 지금쯤 먹을 사람 없는 미역국을 한 냄비 가득 끓여놓는 것으로 다시는 돌아올 수 없는 아들에 대한 외로운 모정을 달래고 있을 터였다. 눈시울이 뜨거워지려는 것을 억지로 참고 있는 지훈을 향해 채윤이 조용히 말했다.

"나 말야, 이제 그 사람 미워하지도, 원망하지도 않으려고. 그리고 자책하지도 않을 거야."

"……."

"내가 아는 비밀이 있든 없든 그게 뭐가 중요하겠어. 어차피 그 사람이 영영 떠났다는 건 변함 없는데. 이제 그런 데 집착하지 않으려고. 그냥 그 사람 좋아하면서 즐거웠던 기억, 행복했던 기억, 내 일생에서 가슴이 가장 뜨거웠던 아름다운 시절의 기억만 간직할 거야. 그리고 열심히 앞으로 나아가야지. 지훈 씨와 함께."

마음을 정리한 듯 야무지게 말하는 채윤의 입가에는 엷은 미소가 머금어져 있었다. 아침 바다처럼 고요하고 잔잔한 그 미소에 지훈은 안도감이 드는 한편 조금은 서글프기도 했다. 모든 이별이 그렇듯이, 모든 끝이 그렇듯이.

"노래 두 번 불렀으니까, 소원도 두 번 빌 수 있는 거지? 두 사람 몫의 소원이니까, 두 배로 잘 이뤄졌으면 좋겠다."

채윤은 양초 심지 위에서 너울거리고 있는 촛불을 보면서 쾌활하게 말했다. 그리고 두 손을 기도하듯 모으더니, 잠시 두 눈을 감고 혼잣말처럼 중얼거렸다.

"그 사람이 어디 있든, 어떤 모습으로 있든 그곳에서는 행복하게 해주세요. 다치지 않고, 아프지 않고, 잘 자고, 잘 먹고, 마음 편히 살게 해주세요."

자기 몫의 소원까지 단우의 행복을 비는 데 써 주는 것. 그건 채윤이 단우를 보내는 나름의 이별 의식이었다. 그래 봤자 이루어질 수 없는 소원이지만. 앞으로 지훈은, 아니, 이름조차 바뀌게 될 그 남자는 인간이 도저히 견딜 수 없는 강도와 횟수의 성형수술 부작용에 고통스러워하며, 잘 자지도 잘 먹지도 못하고, 언제 또 작두파 놈들이 뒤쫓아오지 않을까 늘 등 뒤를 살피면서 가슴 졸이는 삶을 살아가야만 할 것이다.

지훈은 거기에 대해서는 더 이상 생각하지 않기로 했다. 적어도 누구의 방해도 없이 채윤과 아침 식탁을 마주하고 앉은 지금 이 순간, 그는 완전무결하게 행복했으니까. 이 소박하면서도 위대한 행복을 망치고 싶지 않았다.

"이것도 맛있고, 저것도 맛있고, 다 맛있어서 뭘 주로 먹어야 할지 모르겠어. 지훈 씨는 어쩌면 그렇게 요리를 잘해? 천부적인 재능 같은 게 있는 거야?"

채윤은 갓 지어 고슬고슬한 밥에 통통한 조깃살을 얹으면서 신기하다는 듯 물었다. 지훈은 뭐라 대답할 말이 없어 쑥스럽게 웃을 뿐이었다. 요리를 좋아하고 잘하게 될 줄은 스스로도 꿈에도 생각 못했던 일이었다.

샐러드드레싱조차 누군가가 뿌려줘야만 그제야 포크를 집어 들던 그가, 처음으로 가스레인지를 켜 본 것은 고시원 생활 2주째 되던 날이었다. 고시원에서 공짜로 주는 밥과 김치만으로 끼니를 때우는 데는 신물이 났고, 그때는 류진이 구청에 일자리를 마련해주기 전이어서 배달음식을 시켜 먹을 만한 여유도 없었다.

인터넷에서 찾아낸 레시피에 따라 첫 김치볶음밥을 만들어 먹어 보았을 때, 지훈은 두 가지 깨달음을 얻었다. 하나는 김치를 썰고, 다지고, 계란을 부치고, 밥을 볶는 그 연속적인 노동이 머릿속을 집요하게 파고드는 온갖 나쁜 생각과 잡념을 떨치는 데 의외로 굉장한 효과가 있다는 것, 다른 하나는 손수 지은 따끈한 밥을 텅 빈 위장에 묵묵히 채워 넣는 일이 인간에게는 단순하면서도 확실한 위안을 준다는 것이었다. 어차피 지훈이 넘치도록 가진 것은 시간뿐이었고, 오랫동안 꾸준히 노력해서 뭔가를 이뤄내는 데는 일가견이 있었기에 요리 실력이 일취월장한 것은 어떻게 보면 필연적인 결과였다.

"그런데 지훈 씨 생일은 언제야? 나도 잘 기억해뒀다가 챙겨줄게."

채윤이 알뜰하게 발라낸 조깃살을 지훈의 밥숟가락 위에도 얹으면서 물었다. 지극히 사소하고 평범한 질문이었지만, 지훈에게는 그 무게가 달랐다. 진짜 생일을 얘기할 수는 없었다. 그렇다고 가짜 주민등록증에 적혀 있는, 아마도 류진이 아무 생각도 의미도 없이 조합해 넣었을 가짜 생일을 말하기도 싫었다.

"내 생일은 이미 지났어. 돌아오려면 한참 있어야 하고. 나중에 얘기해줄게."

"뭐야, 비싸게 굴기는. 그러면 알아내지 못할 줄 알고? 내가 누군지 몰라? 빠순이 출신 로드매니저잖아. 정보 캐내는 건 국정원 빰친다고. 인터넷 뒤져서 지훈 씨 생일이며 혈액형, 키, 체중, 쓰리 사이즈, 발 사이즈, 예전 여자관계까지 탈탈 털어내기 전에 그냥 자진 납세하는 게 낫지 않겠어?"

국정원이 아니라 FBI 출신이 온다고 해도 인터넷 검색으로 지훈의 신상정보를 알아내는 건 불가능하겠지만, 지훈은 그저 말없이 웃기만 했다. 어깨를 으쓱대며 의기양양해 하는 채윤이 귀엽고 사랑스러워 보였다. 그는 더 참을 수가 없어서, 아니 참기가 싫어서 앉은뱅이 상 너머로 고개를 내밀어 채윤의 하얀 이마에 쪽 소리 나게 입을 맞췄다.

나비 날개처럼 가볍게 내려앉았다 떨어지는 기분 좋은 감촉에 채윤은 저도 모르게 스르르 눈을 감았다. 계속해서 감은 눈꺼풀 위에, 작고 오뚝한 코끝에, 분홍색 물을 들인 것처럼 홍조가 번져가고 있는 두 뺨에 차례대로 입을 맞추었다. 오른쪽 뺨 옆에서 잠시 망설이던 지훈의 얼굴이 입술을 향해 다가오는 순간, 채윤은 기다렸다는 듯 입술을 작게 열면서 그를 맞아들였다.

간밤의 열기를 기억하는 두 입술이 한 쌍의 블록 조각처럼 하나로 맞물리면서 감겨들고, 이제는 자기 것처럼 익숙해진 서로의 체취와 입술 향기가 작은 공간을 빈틈없이 메웠다. 지훈은 오른손으로 채윤의 뒷목을 감싸면서 왼손으로는 밥상을 저만치 밀어놓았다. 깊어지는 키스에 호흡이 가빠진 채윤이 숨을 고르기 위해 지훈의 가슴을 양손으로 가볍게 밀어내면서 잠시 입술을 떼었다.

"저기, 우리 이따가 나가야 하는 거 아냐?"

그러나 그 말의 내용과 달리, 평소보다 조금 더 색이 짙어진 그녀의 커다란 눈동자는, 그리고 촉촉이 물기가 배인 입술과 숨결은 숨길 수 없는 갈망을 내비치고 있었다. 지훈은 다소 불편한 자세로 기울어져 있는 채윤의 몸을 향해 두 손을 뻗더니, 가느다란 허리를 잡고 가뿐히 들어 올려 그의 무릎 위에 올려놓았다. 그리고 머리카락 사이에 손가락을 넣어 부드럽고 감미롭게 쓸어내리면서 대답했다.

"괜찮아. 다음 배 타면 돼."

머릿결에 따라 움직이는 그의 손가락 사이에서 창밖의 파도 소리가 들려오는 것 같았다. 다시 한번 두 사람의 입술이 겹쳐지고, 채윤은 지훈의 넓은 가슴에 가슴을 묻고 양손을 교차해 그의 뒷목을 매달리듯 감싸 안은 채로 그에게 자신을 내맡겼다. 입안의 속살을 낱낱이 헤집는 집요한 자극이, 애간장을 태우면서 옷자락 사이로 천천히 들어오는 손의 온기가, 목덜미에서부터 어깨, 등과 허리를 스쳐 지나가면서 간질이는 머리카락의 감촉이 심장까지 녹여버릴 만큼 아찔하고 달콤했다. 새하얀 담요를 덮은 채 침대로 쓰러지는 두 사람의 실루엣을, 창문을 뚫고 들어온 여린 햇살이 잔잔하게 어루만져주고 있었다.

Day 9.

지킬 수 없는 약속

"지훈 씨는 이번 크리스마스 때 뭐할 거야?"

시간이 쏜살같이 흘러가버린 1박 2일의 섬 여행을 마치고 서울로 돌아오는 길, 채윤은 차 안에서 대뜸 그런 말을 꺼냈다. 최대한 무심한 말투를 유지하려 애썼지만, 그녀가 그렇게 묻는 의도는 뻔했다. 촬영이 끝난 그 다다음주가 크리스마스이니, '러빙유 하우스'를 떠난 후에도 만나자는 약속을 받고 싶은 것이다. 요즘 애들이 많이 하는 것처럼 그냥 대놓고 '우리 이제 사귀는 거 맞지? 오늘부터 1일!', '크리스마스는 당연히 나랑 보낼 거지? 선물 기대할게!' 할 수도 있을 텐데, 채윤은 아까부터 안전벨트를 연거푸 만지작거리며 고민하다가 기껏 한다는 말이 그 한마디였다.

3년 동안 제법 여물어지고 단단해져서 하고 싶은 말 다 하는 성격으로 변한 줄 알았더니, 좋아하는 사람 앞에서 사춘기 소녀처럼 수줍음 많아지는 건 여전했다. 지훈은 채윤의 속을 뻔히 들여다보고 있으면서도 괜히 장난기가 생겨 태연하게 시치미를 뗐다.

"글쎄, 교회에 크리스마스 예배나 드리러 가볼까."

"지훈 씨 교회 다녀? 일요일에 가는 거 못 봤는데."

"안 다녀, 근데 이번 크리스마스부터 한 번 다녀보면 어떨까 해서."

지훈은 자꾸만 웃음이 쿡쿡 새어 나오는 것을 참으면서 천연덕스럽게 말했다. 하늘이 내린 연기력인데, 이 정도도 소화하지 못한다면 말이 안 됐다. 아니나 다를까. 똑바로 앞만 보며 운전에 열중하는 지훈을 보고 서운해진 채윤은 급기야 입술을 삐죽이기 시작했고, 지훈은 그 모습을 곁눈질로 훔쳐보며 내심 즐거워 어쩔 줄 몰라 했다. 채윤과 대화하고 장난치는 게 이렇게 재밌는 줄 진즉 알았더라면, 차에서 보냈던 그 많은 시간을 잠으로 흘려보내지는 않았을 것이다.

"그래, 알았어. 교회 가. 가서 주님 믿고 천당 가서 젖과 꿀이 강같이 흐르는 풍요와 은총을 누리면서 영생의 삶을 살든가 말든가. 이 눈치 없는 놈아."

채윤이 투덜거림 끝에 들릴락 말락 작은 음성으로 덧붙이는 것을, 지훈은 들었으면서도 못 들은 척했다. 채윤은 결코 알지 못할 것이다. 지훈에게는 풍요와 은총이 가득한 억겁의 시간보다도, 지금 그녀와 함께 보내는 지극히 별 볼 일 없는 일상의 1분 1초가 훨씬 더 소중하고 절실하다는 것을. 지훈은 오른쪽 검지 끝으로 운전대를 톡톡 두드리면서 농담 반 진담 반으로 말했다.

"에이, 역시 안 되겠다. 난 짧고 굵게 사는 걸 선호하는 편이라 영생은 별로 안 땡기네. 크리스마스 때 어디 가고 싶은 데 있어? 하고 싶은 일은?"

조금 전까지만 해도 눈치 없는 놈이라고 욕하고 있었으면서, 채윤은 언제 그랬냐는 듯 입꼬리가 스윽 올라갔다. 그동안 시간 있을 때는 돈이 없고, 돈이 있을 때는 시간이 없고, 그렇지 않을 때는 둘 다 없어서 팍팍한 생활을 했지만, 사실 그녀도 가고 싶은 데 많고 하고 싶은 일 많은 이십 대였다.

"올해 크리스마스 시즌에 서울 광장에서 거리축제를 한대. 아시아에서 제일 큰 사이즈의 초대형 크리스마스트리도 설치하고, 유럽에서 하는 것처럼 크리스마스 마켓도 하고 산타랑 루돌프도 돌아다니고. 지훈 씨, 나랑 같이 가보지 않을래?"

"……."

산타의 선물을 기다리는 어린아이처럼 초롱초롱하게 눈을 반짝이는 채윤의 면전에 대고 지훈은 도저히 안 된다는 말을 할 수가 없었다. 그저 운전을 핑계로 그녀의 또랑또랑한 시선을 애써 피하면서 작은 각도로 고개를 끄덕일 뿐이었다.

"진짜? 약속한 거다! 어기면 절대 안 돼!"

지훈은 다시 한번 고개를 끄덕이면서 씁쓸하게 배어 나오는 웃음을 감췄다. 얼마 남지 않은 올 크리스마스, 채윤은 어디서 누구와 뭘 하고 있게 될까. 모든 게 불투명한 가운데 단 한 가지 확실한 것은 그가 그녀와 함께 없으리라는 것뿐이었다. 어쩌면 채윤은 그 친한 언니라는 사람과 함께 포장마차에서 소주를 따면서 지훈더러 천하의 나쁜 놈이라고 욕을 한 바가지 퍼붓고 있을지도 모른다. 지훈은 그 시각 자신이 뭘 하고 있을지는 일부러 생각하지 않으려 하면서 화제를 바꿨다.

"그 대신 나도 한 가지 들어줬으면 하는 게 있는데."

"응? 뭔데?"

"호칭 말이야. 지훈 씨라고 부르면 좀 딱딱하지 않아? 그냥 편하게 불러주면 안 돼?"

"……."

이번에는 채윤이 꿀 먹은 벙어리가 될 차례였다. 남들은 쉽게도 부르는 '오빠'라는 호칭이, 그녀에게는 참으로 어렵기만 했다. WIN엔터테인먼트에서 일하던 당시에도 화경을 비롯한 여자 스태프들에게는 '언니'라고 잘만 불렀으면서도, 남자 스태프들에게는 무조건 '선배님'이라고 깍듯이 불렀다. 채윤에게 있어서 '오빠'라는 단어는 특별했다. 그건 먼 하늘에 박혀 있는 밝은 별을 하염없이 올려다보던 소녀 시절의 동경이 담긴 단어였고, 차단우를 상징하는 단어였다.

단우가 매번 '배우님' 소리를 듣는 게 귀에 거슬린다며 그냥 남들처럼 부르라고 툭 한마디 던졌을 때, 그러니까 채윤의 자의적인 해석대로라면 항상 혼자서만 단우를 부르던 호칭인 '오빠'를 공식적으로 그의 앞에서 사용할 수 있게 허락받았을 때, 발아래 로켓 추진기를 매단 것처럼 우주 저 너머까지 날아갈 것 같던 그 기분을 그녀는 결코 잊지 못했다.

단우가 죽은 후로 거의 입 밖으로 내 본 적 없는 그 호칭을 다른 사람에게 쓴다는 건 단우가 그녀의 마음속에서 차지하고 있던 자리를 그 사람에게 내준다는 의미였다. 그리고 지훈은 바로 그걸 알고 있었기에 채윤에게 오빠라고 불러 달라고 했던 것이다.

"왜? 싫어? 아직 불편해?"

"난 그 말이 입에 잘 붙질 않아서…… 촬영 끝나고 크리스마스 데이트 할 때 불러줄게, 그럼 되지?"

되묻는 채윤의 목소리는 좋은 방법을 찾아내서 기쁜 듯 한결 밝아져 있었다.

'입에 잘 붙지 않기는, 숨 쉬듯이 잘만 불러대더만.'

지훈은 피식 웃으며 운전대를 꺾어 고속도로를 빠져나갔다. 그에게는 시간이 부족했지만, 채윤은 그 사실을 모르고 앞으로도 몰라야 하기에 그녀를 독촉할 마음은 없었다. 결국 서로에게 지키지 못할 약속만 남긴 채 차는 남은 길을 달렸다.

지훈은 아까부터 창밖을 내다보며 멍한 표정을 짓던 채윤이 어느 순간 꾸벅꾸벅 졸기 시작한 것을 눈치챘다. 어젯밤에, 그리고 오늘 아침에도 잠을 충분히 자지 못했기에 당연한 일이었다. 지훈은 고요한 침묵을 지키면서 이따금 차가 신호에 걸려 멈춰 설 때마다 두 눈을 감은 채윤의 얼굴을 물끄러미 바라보곤 했다. 세상 모르게 깊이 잠든 누군가를 태우고 운전한다는 건 꽤나 묘한 기분이었다. 조금은 외롭기도 하고, 그러면서도 왠지 모를 보호 본능 같은 게 생기기도 하고.

'저 녀석도 날 태우고 다니면서 이런 기분을 느꼈으려나.'

지훈은 스피커에서 울려 나오고 있는 경쾌한 댄스곡을 끄고, 듣기만 해도 잠이 솔솔 오는 단조로운 연주곡을 틀면서 생각했다. 연주곡이 대략 일고여덟 번쯤 반복되었을 때, 차창 밖으로 익숙한 동네가 펼쳐지고 '러빙유 하우스'로 올라가는 언덕이 나타났다. 혹시나 했지만 집 근처에서 어슬렁거리는 카메라나 제작진은 보이지 않았다. 그들의 이탈 아닌 이탈이 아직 탄로 나지 않은 모양이었다.

지훈은 집 바로 앞에 차를 세우고 시동을 껐다. 벌써 늦은 오후였고, 서둘러 내려 집으로 들어가 모두를 안심시켜야 했지만 그러고 싶지 않았다. 둘만의 밀월은 안타까우리만큼 짧았다.

지훈은 조수석 유리창에 머리를 대고 곯아떨어진 채윤의 어깨를 바로 잡아주고, 시트를 살짝 뒤로 젖혀 편히 기댈 수 있게 해 주었다. 그는 운전대에 두 팔을 얹고 반쯤 엎드린 채 고개를 돌려 곤히 잠든 그녀의 얼굴을 십 분 가량 더 바라보았다. 이 차에서 내리는 그 순간부터, 24시간 내내 카메라가 그들을 감시하고 세 명의 경쟁자에게 둘러싸인 방송 촬영의 세계로 다시 들어가야 했다.

지금 이대로 시간을 멈출 수 있다면 얼마나 좋을까. 차단우는 열이 40도 넘게 올라도 카메라 앞에만 서면 최상의 컨디션인 것처럼 웃고 떠들 수 있는, 방송과 대중 없이는 살지 못하는 관심 중독자였다. 그러나 김지훈이 된 지금, 그리고 김지훈을 버리게 된 지금, 그는 비로소 알 수 있었다. 자신은 이제 카메라 앞에 서거나 TV에 나오는 것에는 놀랄 정도로 아무런 관심도 없게 되었다는 사실을.

그냥 누구의 간섭도 관찰도 받지 않고 평범하고 평화롭게 살고 싶었다. 좋아하는 사람과 머리를 맞대고 식사하고, 코를 맞댄 채 잠드는 작지만 놀라운 기적을 매일 만끽하면서 살고 싶었다. 아이러니하게도 지훈은 연애 리얼리티 프로그램 촬영장에서 자신이 진정 원하는 것이 방송을 최대한 떠난 삶이라는 사실을 깨달은 것이다.

지훈이 충동적으로 손을 뻗어 이마 위로 흩어진 채윤의 머리카락을 정돈해주려는 순간, 그녀가 그의 기척을 느꼈는지 움찔거렸다. 동그스름하게 튀어나온 새하얀 이마를 살짝 찡그리면서 부스스 눈을 뜨는 그녀가, 지훈의 눈에는 화려하게 단장한 그 어떤 여자보다 아름다워 보였다. 채윤은 눈곱 붙은 눈을 손등으로 쓱쓱 문지르면서 잠에 잠긴 목소리로 그에게 물었다.

"다 왔어?"

"그래."

지훈은 아직도 떨어지지 않고 그대로 붙어 있는 채윤의 눈곱을 스스럼없이 떼어주면서 상냥하게 말했다. 어쨌든 이 집이 있었기에 채윤과 재회할 수 있었고, 앞으로 이틀 또는 그보다 적게 남은 그들의 시간을 보장받을 수 있는 유일한 곳이었으니까. 적어도 곰팡이 냄새로 숨 막히는 고시원보다는 훨씬 '집'다웠다.

"우리 집에 왔어. 안으로 들어가자."

현관문 터치패드를 누르는 소리가 희미하게 들렸을 때, 나머지 세 남자는 한자리에 모여 있었다. 일요일 오후여서 쉬고 있는 것 같았는데, 그 방식은 각각 달랐다. 하현은 3인용 소파에 길게 드러누워 케이블TV를 보면서 낄낄대고 있었고, 서준은 그 옆에 있는 1인용 소파에 반듯한 자세로 앉아 안경을 낀 채 두꺼운 책을 들여다보고 있었다. 그리고 이건은 소파 옆 바닥에 신문지를 깔고 앉아 소방관용 가죽 부츠에 정성스럽게 솔질을 하고 있었다. 그러나 지훈과 채윤이 현관을 지나 거실로 들어서자마자 하현은 리모컨을, 서준은 책을, 이건은 브러쉬를 집어던진 채 벌떡 일어서는 동작은 모두 비슷했다.

"지훈이 형, 괜찮아요?"

"이제 독감은 다 나은 거야?"

하현과 이건이 걱정스럽게 물으면서 지훈을 향해 달려오더니 그의 어깨를 한쪽씩 잡았다. 지훈은 그제야 자신이 독감에 걸려 2박 3일간 입원했다 돌아온 것으로 되어 있다는 것을 깨닫고, 어떻게든 아프고 병약한 표정을 지어 보이려 애썼다. 그러나 맑은 공기를 쐬고 맛있는 음식을 먹으며 이틀 전과는 비교도 안 될 만큼 좋아진 혈색은 연기력으로도 도저히 커버할 수 없는 것이었다. 하현은 윤기가 흐르는 지훈의 얼굴을 들여다보며 고개를 갸우뚱했다.

"근데 병원에서 푹 쉬고 와서 그런가, 형 얼굴이 엄청 좋아졌네. 보통 독감 걸리면 열나고 토하고 그래서 살 쫙 빠지지 않나?"

"빠진 거 맞아, 임마. 원래 푸짐해서 빠져도 티가 안 나는 거야."

지훈은 집요하게 얼굴을 들이미는 하현을 가볍게 밀쳐내면서 얼버무렸다. 하현은 그 힘에 떠밀려 주춤주춤 뒤로 밀려나면서도 어떻게든 지훈의 얼굴을 좀 더 들여다보려고 발버둥 쳤고, 그걸 본 서준이 온화하게 웃으면서 채윤을 향해 다가왔다.

"마침 저녁 준비 시작하려던 참이에요. 채윤 씨, 도와줄래요?"

저녁 준비야 기꺼이 도울 수 있지만 하필이면 서준과 함께라니. 그렇지 않아도 그를 대면하는 게 꺼림칙했던 채윤은 흠칫했다. 그러나 티 내지 않으려 애썼다. 그렇지 않아도 서준이 아는 뭔가를 그녀는 모르는 입장인데, 자기 속내까지 드러내서 더 불리해지고 싶진 않았기 때문이다. 그때, 기사도 정신 투철한 이건이 나섰다.

"내가 할게. 채윤 씨는 환자 돌보느라 힘들었을 테니까 좀 쉬어야지."

"아니에요, 괜찮아요. 저 방금 낮잠 자고 와서 쌩쌩해요. 제가 할게요."

채윤은 걸치고 있던 코트를 벗으면서 활기차게 말했다. 찝찝한 게 있다고 해서 무조건 피하고 도망가는 건 그녀의 성격에 맞지 않았다.

"그래, 둘이 해. 난 지훈이 형 데리고 들어가서 눕힐게. 이건이 형, 도와줘요."

하현이 지훈을 왼쪽에서 부축하면서 말하자 이건이 재빨리 민첩하게 부축했고, 세 사람은 지훈과 하현이 함께 쓰는 방으로 사라졌다. 그동안 채윤은 서준과 함께 부엌으로 들어왔다. 음식 만드는 것도 좋아하고 먹는 것도 좋아하는 네 사람이 모여 사는 집이다 보니 냉장고와 찬장에는 항상 신선한 식재료가 떨어지지 않았다. 찬장을 열고 안을 재빨리 살펴본 서준은 늘 그렇듯 신속한 판단을 내렸다.

"지훈 씨가 아직 몸이 완전히 낫지 않았으니까, 넘기기 쉬운 음식이 좋겠죠? 간단하게 카레라이스 어때요?"

"네, 좋아요."

사실 지훈은 날생선도 우적우적 씹어먹을 수 있을 만큼 최상의 컨디션을 자랑했지만, 채윤은 굳이 고쳐주지 않고 서준이 내미는 고형 카레 곽을 받아들었다.

그녀가 냄비에 카레를 푸는 동안, 서준은 도마를 꺼내 능숙한 손길로 양파와 버섯, 감자와 당근을 차례대로 쌓아놓고 썰기 시작했다. 서준은 요리를 잘했지만, 지훈과는 인상이 사뭇 달랐다. 버섯의 두께와 길이까지 눈대중으로 맞춰 가면서 세심하게 써는 그를 보고 있으면, 요리를 하고 있는 게 아니라 수학 문제를 풀고 있는 것 같은 느낌이 들었다. 인터넷에서 찾아낸 자취생 레시피로 어물어물 야매 요리를 배운 것 같은 지훈보다는 훨씬 체계적이고 전문적이었지만, 채윤은 누가 뭐래도 지훈 쪽이 인간적이고 좋았다.

이런저런 생각을 하면서 도마 위에서 동강 나는 야채를 쳐다보고 있던 채윤을 향해 서준이 아무렇지 않은 말투로 물었다.

"그런데 지훈 씨 말이에요, 성운대학병원 격리병동에 입원해 있었던 거 맞아요?"

채윤이 화들짝 놀라며 어깨를 움찔하는 바람에, 그녀의 손에 들려 있던 고형 카레 큐브가 우르르 냄비 속으로 쏟아졌다. 채윤은 선반에 놓인 집게를 가져와 허겁지겁 카레 큐브를 건져내면서 최대한 침착한 말투로 되물으려 애썼다.

"맞는데요. 왜요?"

"내 친구가 거기 내과 전문의여서, 지훈 씨 좀 잘 봐 달라고 어제 오후에 전화했었거든요. 친구가 알아보더니, 김지훈 환자는 점심 무렵 퇴원했다고 하더라고요."

"……."

채윤은 순간적으로 말문이 막혀버렸다. 아무리 격리병동에 있다고 둘러대도 지훈에게 접촉하려는 사람들이 있으리라는 건 예상했지만, 방송 제작진일 줄 알았지 서준일 줄은 몰랐다. 채윤은 엉망진창이 되어버린 카레를 복구하기 위해 헛된 노력을 하면서 필사적으로 머리를 굴렸다. 의사라고 해도 병원에 있는 환자를 다 파악할 수 있는 건 아니지 않냐고 물어볼까 하다가, 의사는 못해도 의사의 컴퓨터는 할 수 있을 거라는 데 생각이 미쳤다.

채윤은 머리가 핑핑 돌아가는 소리가 귀에 들리기라도 하는 것처럼 서준이 그녀를 유심히 관찰하고 있는 걸 알아차렸다. 뭐든지 말해야 했다. 채윤은 그나마 진실에 가까운 거짓말로 정면 돌파를 해보기로 했다.

"저기요, 서준 씨. 비밀 지켜줄 수 있어요?"

"비밀이요?"

카메라에 소리가 잡히지 않도록 상체를 낮게 숙이며 속삭이는 채윤을 보고, 서준은 눈을 가느스름하게 뜨며 되물었다. 채윤은 더없이 진지하고 심각한 표정으로 고개를 끄덕이며 말을 이었다.

"실은 지훈 씨, 어제 점심에 퇴원해서 다른 병원으로 옮겼어요. 아무리 격리병동이라지만, 촬영팀이 어떻게든 카메라 갖고 쳐들어오지 않을까 걱정되더라고요. 왜 시사 다큐멘터리 보면 그런 거 있잖아요. 가방인 척 카메라 숨겨 다니는 거. 지훈 씨가 질색했거든요. 다크서클이 뺨까지 늘어지고 온통 토한 냄새 나는데 카메라에 찍히기 싫다고요. 그래서 격리병동 있는 작은 개인병원으로 몰래 빠져나갔죠."

"아……."

"그런데 걱정했던 것과 달리 촬영팀이 우릴 찾는 것 같진 않더라고요. 아무리 촬영이 중요해도 사람 건강보다는 덜 중요하다는 걸 아는 건지, 아님 그냥 독감 옮기 싫었던 건지 어느 쪽인지 몰라도. 덕분에 지훈 씨는 순조롭게 회복했고요."

채윤은 서준의 주의를 흐트러뜨릴 작정으로 일부러 정신없이 수다를 늘어놓았다. 서준은 그 말의 진위를 가늠해보는 듯한 시선으로 그녀를 빤히 쳐다보다가, 어차피 그게 별로 중요한 문제가 아니란 걸 깨달았는지 피식 웃으며 중얼거렸다.

"난 또, 둘이 어디로 도망이라도 갔나 했네."

상당히 진실에 근접한 말에 채윤은 가슴이 뜨끔했다. 어쨌든 서준이 더 캐묻지 않는 건 천만다행이었다. 사실 서준이 제작진 중 한 명은 아니니 그들을 속이고 몰래 놀러 갔다 왔다고 털어놓는다 해도 무슨 천하의 대역죄를 짓는 건 아니었다. 하지만 채윤은 더 이상 서준을 믿지 않았다. 믿을 수가 없었다. 지훈과 그녀의 관계에 중대한 진전이 있었다는 것도 알리고 싶지 않았다.

채윤과 서준이 미묘한 긴장감을 형성하면서 각자 냄비와 도마를 뒤적이고 있을 때, 우당탕탕 요란한 소리를 내며 하현이 부엌으로 뛰어들어왔다.

"잠깐, 스톱! 거기 동작 그만!"

"?"

"누나 오늘 생일이라면서요? 그럼 카레라이스 같은 거 먹으면 안 되죠!"

하현은 조리대 위에 널려 있는 고형 카레 곽을 쳐다보면서 펄쩍 뛰었다. 그러고는 후다닥 달려와서는 채윤의 손에 들린 냄비를 가로채 갔다. 얼떨결에 할 일을 빼앗긴 채윤은 얼떨떨한 표정을 지을 뿐이었다.

"오늘이 내 생일인 건 어떻게 알았어? 혹시 촬영팀이 알려줬어?"

"아뇨, 지훈이 형이요, 케이크 예약해놓은 거 대신 좀 찾아와 달라길래 무슨 소린가 했더니 누나 생일이라잖아요."

생일이라는 말을 들었을 때 하현의 뇌리를 장악한 단어는 딱 하나뿐이었다. '파티'. DJ인 하현이 세상에서 가장 좋아하고, 가장 잘 해낼 수 있는 일이 바로 그거였다. 하현은 누가 보면 그의 생일인 줄 알 만큼 잔뜩 신이 나서는 양팔을 흔들며 소리쳤다.

"우리 2층 테라스에서 바비큐 파티해요! 우리끼리만 하면 심심하니까, 이 사람 저 사람 불러서!"

채윤과 서준은 방금 전 둘 사이를 흐르고 있던 팽팽한 공기도 잠시 잊은 채 서로를 쳐다보았다. 아무래도 이 '러빙유 하우스'에 처음으로 손님이, 그것도 상당히 많은 손님이 들이닥치게 될 모양이었다.

Day 9.

채윤의 생일 파티

"송채윤, 이제 보니 완전 불여우 과네. 히든 시크릿 어쩌고 하면서 이 집에 무슨 구제불능 폭탄남들만 잔뜩 모인 것처럼 얘기하더니, 이건 뭐 그냥 물이 좋은 정도가 아니라 미네랄이 왕창 함유된 백두대간 1급 청정수 수준이잖아!"

테라스에 서 있는 서준과 하현, 그리고 이건을 발견한 화경이 계단 끄트머리에 우뚝 멈춰 서더니 채윤의 팔을 뒤로 슬쩍 잡아당기면서 호들갑스럽게 속삭였다.

아는 사람을 다 부르라는 하현의 말에 채윤이 제일 먼저 전화한 사람이 바로 화경이었다. '떠들썩하거나 화려한 파티는 아니고 그냥 밥 먹는 자리'라는 채윤의 말에 시시해 하는 기색을 내비치던 화경은, 그래도 파티 장면이 나중에 방송으로 나갈 거라는 것에 혹했는지 결국 일이 끝나자마자 달려왔다.

그리고 지금은 그녀가 함께 일하는 연예인들 못지않게 매끈하게 생긴 세 남자, 그중에서도 가장 훤칠하고 건장한 이건에게서 도저히 시선을 떼지 못하고 있었다. 탄탄한 근육질의 몸매가 돋보이는 얇은 터틀넥 니트 차림의 이건이 무거운 바비큐 그릴을 한 손으로 번쩍 들어 올릴 때, 굵은 팔뚝에서 두드러지게 튀어나오는 힘줄을 보고 화경은 어머, 어머 감탄을 연발했다.

"군침 그만 흘려, 언니. 저 남자가 바로 세쌍둥이 아빠야."

채윤은 테라스 유리문에 다닥다닥 달라붙어 바비큐 준비를 구경하고 있는 여름, 가을, 겨울 쌍둥이를 가리키면서 소리 낮춰 말했다. 아이들을 절실하게 보고 싶어하면서도 차마 부를 생각은 하지 못하는 이건에게 조카라는 구실을 붙여 데려오라고 제안한 건 채윤이었다.

전화 한 통에 할머니의 차를 타고 득달같이 달려온 아이들은 비록 카메라가 돌아가는 앞에서 아빠를 아빠라고 부르진 못하지만, 한 지붕 아래 있는 것만으로도 못 견디게 행복한 듯 한껏 들떠서 연신 재잘대고 있었다.

채윤의 말에 깜짝 놀란 화경은 인형처럼 깜찍하게 생긴, 그러나 표정만 봐도 장난기가 덕지덕지 묻어나는 세쌍둥이를 빤히 쳐다보다가 쿨하게 어깨를 으쓱했다.

"뭐 어때. 나도 애 딸린 돌싱맘인 건 마찬가진데. 애 셋을 혼자 키워낸 남자라니 오히려 더 확 끌린다, 얘. 너도 알잖아. 내 전남편이란 인간, 여러모로 남자 구실 인간 구실 못하는 양아치 쭉정이였던 거. 아이한테 좋은 꼴은 하나도 못 보여주고 나쁜 본보기만 남긴 것 같아 걱정이었는데, 저렇게 책임감 넘치는 남자라면 아빠로서 누구보다 훌륭한 롤모델이 되어줄 수 있을 거야. 거기다 어쩜 직업도 소방관이니? 소방관 아니면 덜 멋있을까 봐? 어우, 미친다."

"그럼 가서 말 걸어보든가. 참고로 저 남자는 혼자 묵묵히 흙 만지면서 물레 돌리는 거 좋아해. 언니하고는 성향이 안 맞을 수도 있어."

"어머, 정말? 나도 흙으로 팩하고 마사지하는 거 좋아하는데. 벌써 공통점이 하나 생겼네!"

화경은 천연덕스럽게 대꾸하고는 눈앞에 나타난 이상형에게 말을 붙여보기 위해 남은 계단을 후다닥 뛰어 올라갔다. 졸지에 혼자 남겨진 채윤은 황당해하는 표정을 짓다가 이내 피식 웃고 말았다.

한때 모델이 되려다가 혹독한 다이어트와 똥군기 강요하는 풍토가 싫어 연예인 스타일리스트로 방향을 틀었다는 화경은, 길게 쭉 뻗은 팔다리에 큼직하고 서글서글한 이목구비가 눈에 띄는 서구형 미인이었다. 화려한 꾸밈새와 직설적인 말투 탓에 놀기만 좋아하는 성격일 거라고 지레 오해하는 사람이 많았지만, 이혼 후 양육비도 받지 못한 채 오로지 혼자 힘으로 열 살짜리 아이를 훌륭하게 키우고 있는 누구보다 씩씩하고 근면한 워킹맘이었다. 재미교포 사업가를 자처했지만, 사실은 남의 돈 까먹는 게 주특기인, 얼굴만 반반했던 전남편을 만나 몸도 마음도 죽도록 고생했으니, 태산처럼 든든하고 바위처럼 우직해 보이는 이건에게 처음 본 순간부터 끌렸다고 해도 이해 못 할 일은 아니었다.

"저기, 대표님. 생신 축하드려요. 근데 제가 이런 자리에 와도 되는 건지……."

화경이 2층 테라스로 사라진 후, 1층에서 머뭇머뭇 나타난 사람은 대표님의 호출을 받고 일산에서부터 달려온 CY엔터테인먼트의 유일무이한 연습생 유노였다. 밝은 금발이었던 머리를 며칠 못 본 사이 옅은 딸기색으로 염색한 유노는 날라리 같아 보이는 외모와는 달리 수줍게 사 들고 온 장미꽃 한 송이를 손에 꼭 쥔 채 계단 아래서 머뭇거렸다.

하룻강아지처럼 세상모르고 까부는 게 매력인 녀석이지만, 곳곳에 카메라가 설치된 거대한 세트장 같은 호화로운 집을 보고 위축된 모양이었다. 채윤은 유노를 향해 활짝 웃으며 이쪽으로 올라오라고 손짓했다.

"당연히 되지, 왜 안 돼. 그렇지 않아도 사무실 이전한 후로 제대로 챙겨주지 못해 미안했는데, 오늘 맛있는 것도 많이 먹고 사람들이랑 재밌게 얘기도 하다 가. 화경 언니는 알 거고, 지훈 씨는 지난번에 봤지? 아, 하현이하고도 얘기해봐. 너보다 여덟 살 많은데, 워낙 재주 많고 인맥도 많아서 도움이 될 거야. 배울 게 많은 자리가 되겠네."

채윤은 테라스에서 부지런히 움직이며 테이블세팅을 하는 하현을 가리키며 말했다. 유노는 조금 긴 연갈색 머리카락을 자연스럽게 늘어뜨리고 물 빠진 데님 재킷에 찢어진 블랙 진을 멋스럽게 걸친 하현을 연예인 보듯 신기해하는 눈으로 보다가, 눈이 마주친 순간 어깨를 움찔하며 낮게 부르짖었다.

"어? 저 사람, 어디서 본 적 있어요!"

"그래? 인터넷 쇼핑몰 피팅모델 가끔 한다니까 거기서 봤나 보네."

채윤은 별 생각 없이 받아넘기려 했지만, 유노는 바로 고개를 저으며 부인했다.

"아니에요, 전 인터넷에서 옷 안 사요. 엄마가 옷은 꼭 입어보고 사라고 가르치셔서. 분명 어디 다른 데서 봤어요."

"다른 데? 재 클럽에서 디제잉하는데, 유노 너 미성년자 주제에 클럽에 갔어? 내가 연습생 시절부터 사생활 관리 깨끗하게 하라고 했어, 안 했어!"

채윤은 성큼성큼 계단을 내려가 냅다 유노의 뒷덜미부터 낚아챘다. 작지만 야무진 손아귀에 꽉 잡힌 유노는 벗어나려고 버둥거리면서 억울한 듯 외쳤다.

"아, 아! 아니에요! 저 형들이 민증 빌려다 준다고 꼬셔도 절대 안 갔어요. 집 떠날 때 대표님 말씀 잘 듣기로 엄마랑 약속했단 말이에요. 클럽 아니고 분명히 다른 곳에서……."

그러나 유노의 말이 채 끝나기도 전에, 테라스 문이 드르륵 열리면서 앞치마 두른 지훈이 모습을 드러냈다. 아담 사이즈지만 기력은 결코 딸리지 않는 대표님과, 허우대는 멀쩡하지만 알고 보면 맥아리 없는 연습생이 투닥투닥 실랑이하는 것을 본 그는 놀라지도 않고 잔잔한 미소를 머금으며 그들을 불렀다.

"채윤아, 식사 준비 다 됐으니까 얼른 와. 유노도 왔네? 늦은 시각에 오느라 고생했다. 아직 저녁 안 먹었지?"

"그럼요! 여기 오면 밥 준다고 하셔서, 속 비우려고 물도 안 마셨어요."

"아이고, 자랑이다. 누가 보면 내가 너 굶기는 줄 알겠어. 한 달에 네 식비랑 간식비로 나가는 돈만 얼마인데."

세 사람은 주거니 받거니 하면서 계단을 올라가 테라스로 나갔다. 네 남자가 공들여 준비한 덕분에 춥고 휑하기만 하던 테라스는 제법 그럴듯한 파티 공간으로 바뀌어 있었다. 추위를 철저히 막기 위해 무려 온열기 세 대로 둘러싼 야외용 테이블 두 개에는 각각 초록색과 빨간색 체크무늬 리넨이 깔려서 12월다운 분위기를 자아냈고, 바람이 불어도 꺼지지 않는 LED 촛불이 사방에서 은은한 빛깔로 타오르면서 한층 운치를 더했다.

불의 지배자답게 그릴 앞을 지키고 선 이건이 능숙한 솜씨로 한우 등심과 삼겹살을 구웠고, 지훈은 밥과 된장찌개가 담긴 쟁반을, 하현은 야채가 가득 담긴 커다란 볼을 부지런히 날랐다. 서준은 와인 병과 와인 잔을 세팅하고 있었고, 건너편에는 그가 부른 손님인 사촌동생 혜라가 요염하게 다리를 꼬고 앉아 에피타이저 겸 안주인 큐브치즈를 야금야금 집어먹고 있었다. 원형 야외 그네 의자에 앉아 놀던 세쌍둥이 중 여름인지 가을인지 구분할 수 없는 사내아이 한 명이 그 모습을 보고 손가락질하며 이건을 향해 고자질했다.

"아빠, 이 아줌마가 자꾸 먹어! 아직 '잘 먹겠습니다' 안 했는데!"

"아빠 아니고 삼촌, 이 바보야!"

채윤이 미리 신신당부한 내용을 기억하고 있던 겨울이가 빽 소리치자, 사내아이는 발끈하면서 받아쳤다.

"바보라고 하지 마, 바보 멍청아!"

두 아이가 그네 위에서 서로 엎치락덮치락 소란을 피우는 사이, 나머지 사내아이 하나가 그네 위에서 벌떡 일어나 서더니 서준과 혜라 쪽을 가리키면서 큰소리로 노래하듯 말했다.

"이 아줌마랑, 저 아저씨랑 얼레리꼴레리다! 아까 둘이 손잡는 거 내가 봤어!"

일순간 모두의 시선이 그쪽으로 쏠리자 혜라는 조금 당황하는 것 같았다. 그러나 서준은 동요하는 기색 하나 없이 어깨를 으쓱하며 태연하게 설명했다.

"혜라가 계단 올라오다가 넘어질 뻔해서 잡아줬는데, 애들이 그걸 봤나 보네요. 애들아, 삼촌이랑 이 누나는 친척지간이야. 그러니까, 너희들하고 삼촌처럼 말야."

서준은 온화하기 그지없는 어조로 말하면서 이건과 그의 아이들을 의미심장한 눈길로 번갈아 보았다. 테라스에 들어온 이후 서준이 하는 행동, 하는 말 하나하나를 유심히 관찰하고 있던 채윤은 그 눈빛이 왠지 모르게 '다 안다'고 말하는 눈빛처럼 느껴졌다. 이건도 비슷한 느낌을 받았는지 고기를 뒤집던 손을 멈추고 서준을 지그시 쳐다보았고, 그동안 같은 방을 쓰면서 사소한 부딪침 한 번 없었던 두 남자 사이에 묘하게 팽팽한 기류가 형성되었을 때였다.

"아이고, 죄송합니다! 제가 많이 늦었죠?"

우당탕탕 요란한 소리를 내며 테라스 입구를 박차고 들어온 덩치 큰 남자는 다름 아닌 지훈의 핸들러, 전 서울지방경찰청 소속 경감이자 현 교통순경인 신류진이었다. '러빙유 하우스' 식구들과 그 손님들이 처음 보는 낯선 사람을 멀뚱멀뚱 쳐다보자, 류진은 큼직한 쇼핑백을 손에 든 채 어색하게 뒷머리만 벅벅 긁었다. 김치 그릇을 갖고 들어오던 지훈이 그 모습을 발견하고 얼른 나섰다.

"제 손님이에요. 달리 부를 사람이 없어서."

그제야 안심한 손님들 사이에서 아아, 하는 소리가 흘러나왔다. 그냥 한 소리가 아니라, 지훈은 정말로 생각나는 사람이 류진밖에는 없었다. 구청 사람들과는 원만히 지내긴 했지만 공무원과 계약직 사이에 존재하는 넘을 수 없는 사차원의 벽 때문에 사적인 친밀감은 없었고, 바람처럼 왔다가 바람처럼 사라지는 고시원 사람들과는 애초에 연락처를 주고받지 않았으며, '러빙유 하우스' 식구들을 제외하면 휴대폰에 번호가 저장된 사람은 딱 둘인데 서 검사를 초대할 수는 없으니 결국 최후의 선택은 류진이었다.

지훈은 류진이 있는 듯 없는 듯 투명한 공기처럼 조용히 있다 가길 바랐지만, 늘 그렇듯 상황은 그가 원하는 대로 흘러가지 않았다. 채윤은 두 번째로 만나 보는 지훈의 지인에 호기심이 생겼다. 그뿐이 아니었다. 류진의 곰같이 커다란 덩치와 황소처럼 순박하고 고지식해 보이는 얼굴이 묘하게 그녀의 기시감을 자극했다.

"저기, 우리 혹시 어디서 만난 적 있나요?"

"아, 아, 아뇨. 처음 뵙습니다만."

저도 모르게 어깨를 움찔해 버린 류진은 연신 말을 더듬으며 대답했다. 물론 그들은 마주친 적이 있었다. 딱 한 번, 지금으로부터 3년 전, 차단우 사망 사건의 수사결과에 의문을 품은 채윤이 시경을 찾아왔을 때였다. 두 눈을 날카롭게 뜬 채윤은 류진의 얼굴을 스캔하듯 예리하게 얼굴을 훑어보면서 중얼거렸다.

"그래요? 이상하다. 낯익은 정도까진 아니지만, 처음 보는 게 아닌 것 같아서요. 최근에 만난 건 아니고, 오래전에 어디선가 분명……."

"아하핫, 아닙니다. 이런 미인을 뵌 적 있다면 분명 기억할 겁니다. 제가 워낙 흔한 얼굴이에요. 보세요, 눈 평범, 코 평범, 입 평범. 평범의 결정체죠. 처음 뵙는 게 확실, 또 확실합니다."

류진은 자신의 이목구비를 검지 끝으로 하나하나 짚어가면서 과장되게 강조해서 말했다. 그렇게까지 확언하는데, 그를 언제 어디서 봤는지 자세히 기억도 안 나는 채윤이 뭐라 더 말하기가 어려웠다.

"음, 그렇단 말이죠. 지훈 씨하고는 무슨 사이세요?"

"그냥 직장 동료……."

"학교 선배……."

채윤의 질문이 날아들자마자 지훈과 류진은 동시에 다른 대답을 해 버렸고, 당황해서 서로의 얼굴을 쳐다보았다. 그렇지 않아도 미심쩍은 기분을 지우지 못하고 있던 채윤의 눈썹이 의미심장하게 스윽 올라갔다.

이게 문제였다. 이렇게 작은 거짓말 하나도 딱 맞춰서 하지 못하는 두 사람인데, 날고 기고 칼부림하는 조폭으로부터 누가 누굴 보호한단 말인가. 류진은 차단우는 공연예술대학 출신이지만 김지훈은 서류상 고졸로 되어 있다는 사실을 기억해내고 뒤늦게 상황을 수습했다.

"직장 동료이자 고등학교 선뱁니다. 신류진입니다."

"그럼 류진 씨도 구청 근무하시겠네요?"

"아, 그렇게 되겠죠? 전에 일하던 회사에서 잘리는 바람에 뒤늦게 구청 취직했네요, 하하. 그런데 거기 지훈이가 있더라고요. 우린 지독하게 질긴 인연이거든요."

허술한 거짓말을 길게 늘어놓을수록 들통날 여지만 많아진다는 걸 이 둔한 경찰은 모르는 걸까. 지훈은 등 뒤에서 손날을 세워 묻지도 않은 말을 쓸데없이 줄줄 해대는 류진의 옆구리를 정권 찌르기하듯 강하게 푹 찔렀다. 그제야 움찔하면서 정신을 차린 류진은 가져온 쇼핑백을 채윤에게 내밀었다.

"별로 궁금하시지도 않을 말을 제가 잔뜩 늘어놨네요. 지루하시게. 이거, 약소하지만 선물입니다. 생일이시라면서요."

"어머, 감사해요. 이런 거 안 챙겨오셔도 되는데."

쇼핑백의 부피와 무게에 놀랐던 채윤은, 안에 들어 있는 것이 편의점에서 파는 박카스 두 상자임을 알아보고 그만 풋 웃었다. 보잘것없는 선물을 비웃는 게 아니라, 급하게 받은 초대에도 뭔가 챙겨 가야겠다는 생각에 허둥지둥 박카스를 사 온 류진의 소박한 마음이 따뜻하고 귀여워서 웃음이 나왔다. 좀 드세 보였던 지훈의 누나라는 사람과 달리, 이 선배라는 사람은 첫눈에 채윤의 마음에 쏙 들었다. 쇼핑백 안을 들여다보는 채윤의 모습을 보고 선물 주기 좋은 타이밍이라고 생각했는지, '러빙유 하우스'의 남자들이 앞다투어 다가오기 시작했다.

"채윤 씨, 생일 축하해요. 그동안 여러모로 고맙고 미안했어요."

이건이 정중하면서도 힘 있는 어조로 말하는 것과 동시에, 여름 가을 쌍둥이가 쪼르르 달려와 손바닥만 한 크기의 종이상자와 함께 드라이플라워로 만든 작고 예쁜 꽃다발을 내밀었다. 채윤이 상자를 열어보자, 이건이 직접 만든 것으로 보이는 미니 머그잔이 모습을 드러냈다. 물에 젖은 조약돌처럼 반들반들한 표면에, 하얀색 사다리가 달린 빨간색 소방차가 제법 섬세하고 깜찍하게 그려져 있었다. 채윤이 놀란 눈으로 이건을 바라보자 그는 뒷머리에 손을 가져다 대며 쑥스러워하는 어조로 말했다.

"예전에 만들어뒀던 거예요. 주전자는 못 주게 됐으니까 이거라도 주고 싶어서. 새로 산 물건이 아니라서 미안해요."

"미안하긴요, 마음에 쏙 들어요!"

채윤이 머그잔을 손바닥 위에 올려놓으면서 단호하게 외치자, 이건은 눈가에 엷은 미소를 머금으며 고개를 끄덕였다. 그 머그잔에는 작지만 아주 특별한 그들만의 추억이 담겨 있었다. 그들이 앞으로 서로 다른 사람을 만나 사랑하게 되더라도, 우정이라는 이름으로 아름답고 소중하게 간직할 추억이었다.

"어머, 지금 선물 주는 타이밍이야? 그럼 나도!"

"채윤 누나, 이건 내 선물이에요. 다른 사람 거랑 헷갈리면 안 돼요!"

화경이 선물한 선명하고 강렬한 레드오렌지 빛깔의 립스틱은 가끔 이미지 변신도 하고 화끈한 연애도 하라는 잔소리 대신이었다. 하현은 웬만한 기술자 못지않은 테크닉을 발휘해 손수 커스텀한 이어폰을 선물했는데, 은백색 바탕을 아름답게 수놓은 색색의 큐빅과 채윤의 이니셜을 보고 모두가 입을 모아 감탄했다.

"난 뭘 만드는 재주는 없어서. 그래도 채윤 씨한테 어울리는 거 사려고 열심히 골랐어요."

서준이 크림색 리본으로 묶인 고급스러운 민트색 상자를 채윤에게 건네주자, 포장만으로도 브랜드를 알아본 화경과 하현이 동시에 오오 하고 탄성을 질렀다. 채윤이 조심스럽게 상자 뚜껑을 열자 링 모양의 세련된 백금 귀걸이가 눈부시게 반짝이는 자태를 뽐내며 나타났다. 생각지도 못한 비싼 선물에 채윤의 눈동자가 확 커지는데, 옆에서 혜라가 도톰한 입술을 삐죽이며 볼멘소리를 했다.

"뭐야, 나한테는 이런 거 한 번도 사준 적 없으면서."

"생일 되면 너도 사줄게."

서준은 부드럽게 웃으며 철부지 사촌 동생을 달랬지만, 그녀는 이미 귀에 달고 있는 다이아몬드 귀걸이로는 성에 안 차는지 투덜거림을 그치지 않았다.

"졸업 선물도 안 사줬잖아. 사준다고 말만 해놓고."

남의 생일선물을 대놓고 욕심내는 혜라 때문에 화기애애하던 분위기는 돌연 서먹해졌고, 그러자 채윤은 상자 뚜껑을 도로 닫더니 혜라를 향해 내밀었다.

"서준 씨만 괜찮다면 이거 혜라 씨가 하세요. 어차피 전 알레르기 있어서 귀 못 뚫어요."

"어머, 그래도 돼요?"

허락을 구하는 말과 달리 혜라의 길고 하얀 손가락은 이미 민트색 상자를 낚아채고 있었다. 서준이 그런 혜라를 향해 엄격한 시선을 보냈지만, 그녀는 사촌 오빠의 엄포 따위 무서울 게 없다는 듯 혀만 한 번 날름 내밀고 그만이었다.

—그걸 왜 줘, 이 미련한 것아! 일단 받아서 교환하거나 팔아야지! 아님 차라리 나를 주든가!

화경이 눈을 치켜뜨며 소리 없는 질책을 쏟아냈지만, 채윤은 백금 귀걸이에 아무런 미련이 없었다. 지난 9일 동안 그토록 신경 써서 관찰했다면 귀걸이를 하는지 안 하는지 정도는 파악할 수 있었을 텐데. 역시 비싸기만 하고 자신에게 맞지 않는 선물은 받아도 기쁘지가 않았다. 이제 손님 중 선물을 주지 않은 사람은 단 한 명이었다.

지훈은 별다른 말도 하지 않고 그냥 베이지색 종이상자를 테이블에 올려놓기만 했다. 채윤 역시 호들갑 떨지 않고 가만히 상자를 열고 안을 들여다보았다. 호기심 어린 침묵이 테라스를 메우는 가운데 괜히 심장이 파르르 떨렸다.

"……."

A4 사이즈의 상자에는 두 가지 물건이 함께 들어 있었다. 하나는 얇은 마분지에 싸인 길쭉한 물건이었고, 다른 하나는 어디 서점이나 문구점 같은 곳에서 줄 법한 누런 갱지 봉투에 든 네모난 물건이

었다. 마분지에 싸인 물건을 먼저 풀어보았던 채윤은, 손바닥에 이루 말할 수 없이 매끄럽게 와닿는 가죽의 감촉에 화들짝 놀라면서 고개를 들어 지훈을 쳐다보았다.

"어떻게…… 어떻게 알았어?"

지훈이 채윤에게 선물한 것은 겨울 장갑이었다. 그냥 장갑이 아니라, 연분홍색 양가죽에 손목 부분에는 자그마한 리본과 털장식이 달린 예쁜 숙녀용 장갑이었다. 채윤이 아주 오래전부터 좋아하는 사람으로부터 받고 싶었던 선물, 그래서 맘만 먹으면 매장을 통째로 사들일 수 있을 만큼의 돈이 생겼을 때도 스스로 사지 않았던 그 물건이었다. 지훈은 그런 채윤의 마음을 모르는 척, 그저 우연인 척 태연하게 대답했다.

"그냥, 장갑 안 끼고 다니니까 손 시려울 것 같아서."

"나, 이거 정말 갖고 싶었는데. 고마워."

눈을 반짝반짝 빛내면서 장갑을 낀 채윤은 봐달라는 듯 양손을 내밀고 지훈을 올려다보았다. 어딘가 응석을 부리는 듯한 채윤의 살가운 표정과 그런 그녀를 사랑스럽다는 듯 내려다보는 지훈의 표정, 두 사람 사이에 감도는 친밀감 넘치는 기류 때문에, 그 자리에 있는 사람들 중 대부분은 알아차리지 않을 수가 없었다. 지훈과 채윤이 이미 서로의 마음을 확인하고 흔들리지 않는 관계가 되었다는 걸.

"채윤아, 나머지 하나도 열어 봐. 뭔지 궁금하다."

지훈과 채윤이 자기들만의 세계에 빠져 있을 때, 호기심을 억누르지 못한 화경이 채윤을 독촉했다. 채윤은 장갑을 벗지 않은 채 누런 갱지 봉투를 집어 들었다. 선물이라면 최근에 샀을 텐데, 묘하게 낡고 빛바랜 느낌이 나는 이유를 궁금해하면서 봉투 안으로 손을 집어넣어 플라스틱 같은 딱딱한 느낌의 내용물을 꺼냈다.

"……."

두 번째 선물의 정체를 확인한 채윤의 입술이 스르르 벌어졌다. 장갑 때도 놀랐지만, 이번에는 비교도 되지 않았다. 그녀는 소년미가 물씬 풍기는 앳된 모습의 차단우 사진이 박혀 있는 솔로 데뷔앨범을 도저히 믿기지 않는다는 듯한 얼굴로 멍하니 쳐다보고 있었다. 앨범 재킷에는 살짝 휘어 갈긴 듯한 가느다란 글씨체로 메시지가 적혀 있었고, 그 끝은 친필 사인으로 장식되어 있었다.

—나의 넘버 원 팬에게. 바다처럼 깊은 사랑을 담아. 단우.

8년 전에 한 것이라고 보기에는 펜 자국의 검은빛이 너무도 또렷하고 선명했다. 그렇다고 위조라고 보기에는, 채윤이 꿈에도 잊을 수 없는 단우의 필체와 한 치의 차이도 없이 똑같았다. 심지어 사인 마지막에 'ㅜ'의 획 끝을 장난치듯 둥글게 말아놓는 것까지.

"이걸…… 어떻게……."

불가능한 일이란 걸 알고 있으면서도, 채윤은 죽은 단우가 자신을 위해 이 사인을 하고, 지훈을 통해 보내준 것 같은 기분이 들었다. 실제로는 인터넷에서 중고 앨범을 구한 거겠지만, 그렇다 하더라도 결코 쉽지는 않았을 것이다.

그토록 열렬한 팬이던 채윤도 인쇄본으로 나온 사인은 많이 갖고 있었지만 친필 사인은 하나도 없었다. 솔로 데뷔 당시부터 이미 상당한 팬덤을 거느렸던 차단우의 팬 사인회 티켓에 당첨되기 위해서는 최소 150장 이상의 앨범을 사야 했는데 당시 학생이었던 채윤에게는 그만한 돈이 없었다.

WIN엔터에 입사한 후에는 스태프가 개인적인 부탁으로 아티스트를 귀찮게 해서는 안 된다는 규칙 때문에 사인해달라고 말해볼 엄두도 내지 못했다. 물론 그런 규칙이 있어도 대부분의 스태프들은 무시하고 자기 친척이나 지인을 위한 사인과 사진, 심지어 전화 통화를 요구하는 경우도 부지기수였지만 채윤은 그럴 수가 없었다. 그렇지 않아도 1분 1초가 부족한 단우에게 그런 식으로 폐를 끼친다는 것은 상상조차 할 수 없는 일이었다.

'이거 꼭, 단우 오빠 유품 같네.'

채윤은 세상에서 가장 귀한 보물을 받은 것처럼 앨범을 품에 꼭 끌어안으면서 천천히 고개를 떨구었다. 가슴과 목구멍이 뻐근해지면서 뜨거워진 눈가를 비집고 나오려는 물기를 억지로 참느라 어깨가 가늘게 떨렸다.

작은 추모식을 하는 듯한 그녀의 모습에 테라스 분위기가 일제히 숙연해졌다. '러빙유 하우스'에 들어선 직후부터 지금까지 단 한 순간도 입을 다물지 않았던 세쌍둥이를 비롯한 모두가 침묵을 지켰다. 그때, 테이블 끄트머리에 앉아 잘 구워진 큼직한 고깃덩어리를 먹성 좋게 입속에 우겨넣던 유노가 펄쩍 뛰어오르면서 벼락처럼 소리쳤다.

"생각났다!"

유노가 쳐다보고 있는 사람은 지훈이나 채윤이 아니라, 선물 증정식을 마친 후 재빨리 그릴 앞을 차지해서 소시지를 굽고 있는 하현이었다. 한입에 다 들어가지도 않을 만큼 커다란 소시지를 입에 문 채 눈이 동그래진 하현을 향해 유노는 잔뜩 흥분해서 쩌렁쩌렁하게 소리쳤다.

"밤의 제왕, 맞죠? 전설의 엑스라지 사이즈! 대한민국 남자들의 우상! 저도 완전 팬이에요!"

그 말을 들은 사람들의 반응은 연령과 성별에 따라 극명하게 나뉘었다. 이건과 서준, 지훈과 심지어 류진까지도 동공이 커지면서 얼굴에 커다란 느낌표가 떠올랐다. 반면 화경과 채윤은 저 호리호리해 보이는 하현이 왜 엑스라지 사이즈라는 것인지 몰라 어리둥절해졌으며, 엑스라지 사이즈가 뭔지도 모르는 세쌍둥이는 그릴 위에서 지글지글 소리를 내며 익어가는 소시지만 멀뚱멀뚱 구경할 뿐이었다. 어쩔 수 없이 채윤이 총대를 메고 나섰다.

"하현아, 저게 다 무슨 소리야? 밤의 제왕이라니?"

"아, 끝까지 숨길 수 있을 줄 알았는데 들켜버렸네요. 하루 남았는데 아깝다."

소시지를 단 두 입 만에 베어 삼켜버린 하현은 배시시 웃으며 애교 있게 말했다. 아무리 봐도 '밤의 제왕'이라든가, '대한민국 남자들의 우상' 같은 말과는 영 어울리지 않는 풋풋하고 해맑은 얼굴이었다. 점점 혼란이 가중되는 가운데, 하현은 소시지 한 토막을 잘라 입속에 휙 던져넣으며 별 거 아니라는 듯 쿨하게 덧붙였다.

"신촌 밤의 제왕, 제가 처음이자 마지막으로 찍은 포르노 영화 제목이에요."

Day 9.

밤의 제왕 유하현

"오해하지 마세요, 이상한 거 아니에요. 20분짜리 단편이긴 하지만 정식으로 등급까지 받은 성인영화라고요. 대학 졸업반 때 과 애들이 다 같이 유럽 배낭여행을 가자고 하는데 나만 돈이 없는 거예요. 그때 충무로에서 감독으로 일하던 동아리 선배가 알바 하나 해보지 않겠냐고 하더라고요. 나만 할 수 있는 건데, 딱 사흘만 집중적으로 일하면 유럽 여행 두 번 다녀와도 남을 만한 돈을 주겠다고 했어요."

'밤의 제왕' 기자회견으로 돌변해버린 채윤의 생일 파티. '러빙유하우스' 식구들과 그 손님들은 접시에 수북이 쌓인 고기와 야채, 소시지를 보고도 젓가락을 갖다 댈 생각을 하지 않은 채 하현의 말에 열중하고 있었다. 에로 영화가 뭐냐고 꼬치꼬치 캐묻던 여름, 가을, 겨울 세쌍둥이는 이건에 의해 거실로 이동해 소고기덮밥을 먹으며 만화영화를 보는 중이었다. 하현의 말이 잠시 끊기자, 그 간격을 참지 못한 화경이 눈을 동그랗게 뜨면서 거침없이 물었다.

"그래서, 그냥 알바인 줄 알고 끌려갔다가 당한 거야? 막 벗겨지고?"

"언니!"

화경의 노골적인 언사에 얼굴이 빨개진 채윤이 그녀의 팔을 잡아당기며 말리려 했지만, 정작 당사자인 하현은 기분 나빠하는 기색 없이 여유롭게 웃었다.

"괜찮아요. 많이 받아본 질문이라. 어린애도 아니고 설마 그렇게 당했겠어요. 출연 계약하기 전에 그 선배가 일하던 다른 촬영장에 놀러가 봤는데, 메인 배우 세 명이 전부 홀딱 벗고 있잖아요. 그때 대충 눈치챘죠."

하현이 창피해하는 기색도 없이 무슨 시트콤 에피소드 말하듯 재밌게 얘기하는데, 요상한 부분에서 감명을 받아버린 유노가 테이블 너머로 몸을 불쑥 내민 채 눈을 번뜩이며 소리쳤다.

"우와, 세 명이요? 그, 그럼 여자가 둘이에요, 남자가 둘이에요?!"

"미성년자가 그런 건 알아서 뭐하게?"

이제 '배울 게 많다'기보다는 '이래저래 위험하다'고밖에 할 수 없게 된 이 자리에 소속사 대표이자 보호자로서 유노 옆을 지키고 앉아 있던 채윤이 그 뒤통수에 냅다 꿀밤을 먹이며 핀잔을 주었다. 그 장면을 본 하현이 빙그레 웃으면서 이야기를 계속했다.

"첨엔 저도 식겁해서 도망 나오려고 했죠. 근데 선배가 너무 간절하게 붙잡는 거예요. 한 편 제대로 띄워서 제대로 된 영화판으로 뛰어들고 싶은데 그 꿈을 이뤄줄 사람이 저밖에 없대요. 전에 저랑 같이 사우나를 갔다가 무슨 아나콘다를 봤다나 뭐라나. 얼굴 안 나오게 각도 잘 잡을 거라고, 촬영장 분위기도 절대 이상하지 않다고 딱 한 시간만 보고 가라고 해서 일단 눌러앉았는데……."

"근데?"

이제 세상만사 어떤 것에도 눈 하나 깜짝하지 않을 것 같던 지훈조차 하현의 얘기에 호기심이 생겼다. 과거 온갖 종류의 촬영장을 전전해본 경험이 있지만 성인영화는 완전히 다른 영역이어서 아는 게 없었다.

"상상했던 거랑 전혀 다르더라고요, 분위기가. 찍는 사람들도 찍히는 사람들도 모두 친절하고 평범하고, 찍을 때는 진짜 영화처럼 열심히 하다가 쉴 때는 농담도 하고 웃기도 하고. 에로와 예술이 끝에 가면 다 만난다면서 그러니까 걸작 한번 만들어보자고 땀 뻘뻘 흘리면서 찍은 장면 또 찍고, 또 찍고. 그게 좋아 보였어요. 난 지금도 그렇고 그때도 그렇고 사실 뭘 그렇게 치열하게 하는 타입이 아니라서, 압도당했다고 해야 하나. 그래서 한번 해보기로 한 거예요. 실제로 꽤 재밌게 찍었고요. 물론 그 영화가 지하 세계에서 그렇게 어마어마한 대박을 쳐서 지금까지도 성인영화 다운로드 수 1위를 달리게 될 줄은 몰랐지만."

"대박 정도가 아니에요. 초초초대박이라고요! 인터넷 할 줄 아는 남자 중에 안 본 사람 없고, 한 번 본 사람 중 즐겨찾기 안 한 사람 없을 걸요. 에로영화계에 3대 영화제가 있다면 '밤의 제왕'은 칸, 베니스, 아카데미 몽땅 석권했을 거예요!"

"에이, 아무리 그래도 에로영화인데 뭐 그렇게까지."

두 팔을 파닥거리며 호들갑 떠는 유노를 보고 채윤이 회의적인 어조로 말하자, 그녀가 무슨 종교 규율을 위반하기라도 한 것처럼 남자들 사이에서 앞다투어 반발이 쏟아져 나왔다.

"그저 그런 에로영화가 아닙니다. 무시하면 안 돼요."

"감독은 그 영화 찍고 번 돈으로 상업영화계에 진출해서 지금은 천만 감독 됐다던데. 그 정도면 분명 역대급이죠."

"기본적으로 스토리가 좋아. 짧은데 여운은 길고. 감각적인 연출, 진실성 느껴지는 연기, 독창적인 미장센과 대담한 카메라워크까지. 다시 안 나올 수작이지."

이건의 묵직한 말과 서준의 실리주의적인 평가, 게다가 지훈의 사뭇 전문적으로 들리는 코멘트까지 더해지는 가운데, 류진도 백 번 옳다는 듯 격하게 고개를 끄덕였다. 말하는 중간중간 하현을 힐긋거리는 그들의 시선은 공통적으로 존경하는 빛을 띠고 있었다. 각자 개성이 강한 이 남자들이 한 가지에 일치해서 폭풍 호응하는 걸 처음 본 채윤은 어이가 없었고, 하현은 조금 쑥스러운 듯 뒷머리를 만졌다.

"너무 띄워주진 마세요. 채윤 누나 말대로 에로영화니까. 멋모르고 찍긴 했는데 다시 찍을 생각은 절대 없거든요. 혹시 얼굴 팔리면 어쩌나 무서워질 때도 많았고. 아니, 근데 넌 대체 어떻게 알아본 거야? 여태까지 내 얼굴 보고 '밤의 제왕'이라고 외친 사람은 네가 처음이었는데."

하현은 의문에 가득 찬 얼굴로 유노를 보았다. 붙임성 좋은 녀석과 해맑은 녀석이 만나자, 누가 시키지도 않았는데 자연스럽게 한쪽은 말을 놓고 자연스럽게 다른 한쪽은 동생 역할을 했다.

"그거야 형이 몰라서 그런 거고, 형 얼굴 아는 사람들 인터넷에서 찾아보면 꽤 있어요. 영화에 얼굴 나왔잖아요."

"무슨 소리야, 내 얼굴 안 나오게 촬영이나 편집 과정에서 얼마나 조심했는데."

"의도적으로 찍은 건 아니지만, 12분 33초 구간에 카메라가 침대에서 천장으로 올라갈 때 거울에 잠깐 반사되거든요. 배우가 누군지, 혹시 다른 에로영화에 나오는 사람은 아닌지 궁금해서 그 부분만 캡처해서 몇 번이나 들여다 봤었어요."

유노는 빠르게 설명하면서 주머니에서 주섬주섬 휴대폰을 꺼내 들었다. 동영상 폴더를 열더니, 그다음부터는 여자들 앞에서 보여주기가 좀 그랬는지 손바닥으로 휴대폰을 가리고 화면을 조작했다.

"자요."

잠시 후, 유노가 모두가 볼 수 있도록 휴대폰을 테이블 한가운데에 올려놓았다. 일시 정지한 동영상이 전체 화면으로 확대되어 휴대폰 테두리를 가득 채우고 있었다.

유노가 말했던 대로 침대와 천장 중간쯤, 마르고 탄탄한 남자의 벗은 어깨와 함께 머리카락으로 반쯤 가린 얼굴이 거울 속에 신기루처럼 찍혀 있었다. 정지시킨 화면마저 흐릿하긴 했지만, 이목구비의 생김새는 분명 하현이었다.

"이걸 봤다고? 너 정체가 뭐야? 몽골인이야?"

"에로 영화를 다운 받아서 휴대폰에 넣고 다닌다고? 18살짜리 연습생이?"

하현과 채윤이 서로 다른 이유로 닦달해대는 바람에 유노는 그만 얼이 빠져버렸다. 외롭고 심심한 18살짜리 남자애가 불법 몰카 영상이나 폭력적인 저질 포르노 대신 정식 유통되는 성인영화를 보는 게 차라리 대견하다고 생각하던 지훈은, 유노의 어깨를 슬그머니

잡아당겨 자기 등 뒤로 숨겨주면서 하현에게 말을 걸었다.

"근데 하현이 너, 괜찮아? 방송 나가면 네가 그 에로영화 주인공이라는 거 전국에 있는 사람들이 다 알게 될 텐데."

지훈은 테라스 문 너머, 2층 계단 바로 앞에 설치되어 있는 캠코더를 슬쩍 쳐다보며 걱정스럽게 말했다. 테라스는 카메라가 없는 유일한 청정지대여서 파티의 세부 장면을 찍진 못해도 나중에 흥겨운 BGM과 함께 내보낼 수 있게 그림이라도 따달라는 제작진의 부탁에 따라 계단 카메라는 그대로 놓아둔 상태였다. 지금 이 대화가 포착되지 않는다 하더라도, 프로그램 진행상 '네 남자의 시크릿'이요란 빽적지근한 방식으로 밝혀질 것은 보나마나 뻔한 일이었다. 그러나 하현은 난처해하기는커녕 지훈을 향해 가볍게 윙크까지 날려주면서 대답했다.

"아니에요, 그럴 일 없어요. '히든 시크릿'을 적어낼 때, PD님하고 미리 합의한 부분이거든요. 에로영화라는 건 밝히겠지만, 무슨 영화인지는 구체적으로 나가지 않을 거예요. 어떤 영화인지 힌트 주는 말도 다 편집될 거고요. 저 몽골인 연습생처럼 특이한 사람이 아닌 한, 누가 내 벗은 몸을 일부러 찾아볼 일은 없다는 거죠."

"……."

"그런 과거가 있는 것 자체는 밝혀져도 괜찮아요. 안 그래도 여자 친구 사귈 때마다 무슨 커밍아웃하는 것처럼 큰맘 먹고 털어놔야 하는 것도 귀찮았는데, 이참에 그냥 대대적으로 공개해 버리려고요. 이제 나도 내 분야에서 인정도 받았고, DJ업계에서 이런 소문으로 인지도가 올라가면 올라갔지 매당 장할 일은 절대 없다고요."

예상치 못한 지점에서 중대한 비밀이 탄로 나버린 사람치고는 아까부터 지나치게 여유만만하던 하현의 태도가 설명되는 순간이었다. 지훈은 '러빙유' PD가 그에게도 성형수술했다는 사실을 마지막 방송분에서 밝혀야 하는 대신, 왜 수술했는지, 어디를 어떻게 수술했는지는 철저히 비밀에 부치겠다고 약속했던 것을 떠올렸다.

아마 PD는 이건에게도 아이들의 얼굴이나 이름은 절대 내보내지 않겠다고 약속한다거나 하는 식으로 적당히 딜을 했을 것이다. 자신의 비밀을 밑천 삼아 거액의 상금을 따기 위해 출전한 네 남자라고 해도, 마지막 안전장치 정도는 있어야 하니까.

'그렇다면 10억 빚을 지고 있는 사람은 임서준이겠군. 잘 나가는 변호사가 왜?'

근면하게 열심히 살아오던 사람도 불운하게 빚더미를 떠안게 되는 경우가 없지 않으니, 사실 중요한 건 빚의 액수보다 빚을 지게 된 경위였다. 자신이 자동탈락하고 나면 가장 유력한, 사실상 선택 가능한 유일한 후보가 될 서준이기에 지훈은 그의 배경을 신경 쓰지 않을 수 없었다.

'이제 비밀을 가진 사람은 임서준과 나뿐. 서로는 정답을 아는 처지일 테니 차라리 대놓고 물어볼까? 납득할 만한 사정이 있다면 얘기하는 걸 꺼리진 않을 텐데.'

느긋한 표정으로 와인잔을 기울이는 서준을 힐끗 쳐다보며 지훈은 충동적으로 그런 생각을 했다. 어차피 이제 촬영 9일 차, 뭘 더 숨겨보겠다고 기를 쓰는 게 우스운 타이밍이었다. 그러나 지훈이 그 생각을 실천으로 옮기기도 전에, 그의 인생에 있어 대체로 디딤돌보다는 장애물 역할을 했던 류진이 눈치 없이 나섰다.

"자자, 이제 그런 건 잊어버립시다. 누가 에로영화를 찍고 누가 액션 영화를 찍고 그런 게 뭐 중하겠어요. 좋은 날이니 축하해야죠, 마십시다! 마셔요!"

그렇지 않아도 술을 좋아하고 술이 고프던 사람들이라, 그 몇 마디에 기다렸다는 듯 술판이 벌어지기 시작했다. 하현의 에로영화 출연기는 그 어떤 음식보다 맛있는 안줏거리가 되었고, 화경이 프로급 기술자 수준으로 능숙하게 제조한 폭탄주가 착착 돌아가는 가운데 분위기는 금세 달아올랐다.

세쌍둥이가 집 안으로 들어가는 바람에 이 자리에서 유일한 미성년자가 된 유노는 처음에는 하현이 주는 콜라만 고분고분하게 마시다가, 어느새 혜라의 꼬임에 넘어가 와인을 홀짝대고 있었고 주변 사람들도 굳이 말리지 않았다. 지훈과 채윤도 그 흥겨운 분위기에 휘말리지 않을 수 없었고, 테라스에서 시작된 1차는 집 안 거실에 상을 펴놓고 벌이는 2차로 이어졌다. 카메라가 모든 것을 찍고 있으니 언행을 조심하고 주량을 지켜야 한다는 의식도 어느새 흔적없이 사라져버렸다.

"아빠 상어—. 뚜르르뚜르—. 잘생긴—. 뚜르르뚜르—. 섹쉬한—."

약 세 시간이 지났을 때, 제정신을 유지하고 있는 사람은 몇 명 없었다. 화경은 술자리 내내 호시탐탐 노리던 이건의 옆에 찰싹 붙어 앉아 그의 어깨를 손바닥으로 두드리며 노래를 부르는 중이었다. 이건은 얼굴이 벌게진 채 화경의 구타 아닌 구타를 묵묵히 받아들이고 있었고, 그의 양 무릎에는 세 명의 아이들이 겹겹이 포개져서 잠들어 있었다. 그 옆에서는 유노가 화경의 노래에 맞춰 고장 난 꼭두각시 인형처럼 허우적대면서 어설픈 힙합 댄스를 추고 있었다.

"어어, 이거 비트가 왜 이렇게 빠르냐…… 스텝이 꼬인다 야……."

밥만 먹고 금방 가겠다던 류진도 고주망태가 된 것은 마찬가지였고, 화장실에서는 그가 변기와 랑데부하면서 내는 공룡 울음소리가 계속 들려왔다. 세수라도 해서 취기를 좀 떨쳐내 볼까 화장실에 가려던 채윤은 문 앞까지 갔다가 들어가지 못하고 발길을 돌렸다. 그리고 다이닝룸 입구를 가로막고 선 채 티격태격하는 서준과 혜라를 보게 되었다.

"처음에 했던 말이랑 너무 다르잖아. 짜증 난다고, 진짜. 이게 뭐야."

"이 정도는 네가 이해해줘야지. 일 관련된 거잖아. 왜 자꾸 어린애같이 굴어."

처음에는 달래는 듯하던 서준의 말끝에 짜증에 배기 시작하자, 채윤은 왠지 그 자리에 있기가 어색하게 되었다. 앞으로 가지도 못하고 뒤로 가지도 못하고 머뭇거리고 있는데, 화장실에서 류진의 등을 두들겨주고 나온 지훈이 그녀를 발견하고 빙긋 웃으며 말을 걸어왔다.

"속 안 좋지? 바람 쐴 겸 편의점에라도 다녀올까?"

채윤은 득달같이 고개를 끄덕였고, 둘은 겉옷을 걸쳐 입고 나란히 집을 나왔다. 현관에 설치된 카메라의 시야를 벗어나자, 채윤은 괜히 걷는 속도를 늦추면서 지훈을 힐끔거렸다. 손을 잡고 싶은데, 그렇다고 먼저 손을 내밀면 너무 구차해 보일 것 같았다.

그때 찬바람이 훽 불어와 목덜미를 매섭게 파고들었고, 채윤은 저도 모르게 몸을 움츠리며 작게 떨었다. 그 모습을 본 지훈이 묵묵히 채윤 곁으로 다가가 그녀의 어깨를 한팔로 감싸 안았다. 채윤은 배시시 웃으면서 그의 가슴에 기대었고, 둘은 다정하게 어두운 골목길을 걸어갔다. 함께여서일까, 편의점까지 가는 길이 평소보다 훨씬 짧게 느껴졌다.

지훈은 채윤을 라면 끓이는 스탠드 앞에 세워두고 재빨리 편의점 안을 한 바퀴 돌고 왔다.

“이거 마시고, 그다음에 이것도 마셔.”

지훈은 숙취해소음료와 따끈하게 데워진 보리차 병을 차례대로 테이블 위에 올려놓으면서 말했다. 그렇지 않아도 속이 울렁거리던 채윤은 사양하지 않고 음료수 두 개를 꿀꺽꿀꺽 들이켰다. 그녀는 한 방울도 남기지 않고 깔끔히 비운 캔을 테이블 위에 탁 소리 나게 내려놓으면서 기분 좋은 고양이처럼 만족스럽게 가르릉거렸다.

“아, 이제 살겠다. 술 말고도 오늘 소화할 게 너무 많았어.”

“하현이 일, 많이 충격받았어?”

“음, 충격이긴 했지. 자유로운 영혼인 건 알았지만, 설마 포르노 업계에 진출한 전력이 있을 줄이야. 그치만 생각해보면 제일 말이 되는 것 같긴 해. 단정 깔끔한 임서준 씨나, 나서는 거 안 좋아하는 지훈 씨나, 사명감 넘치는 소방관 이건 씨가 그런 영화 찍는 건 안 어울리다 못해 거의 개그 수준이라서. 아, 근데 그거보다 더 충격적인 건 화경 언니가 이건 씨를 찍었다는 건데. 둘이 절대 안 어울릴 거 같았는데 또 막상 같이 있는 걸 보니까 묘하게 어울리는 거 같기도 하고.”

채윤은 빈 보리차 병을 손가락으로 꾹꾹 누르면서 복잡한 심경을 표출했다. 화경도 이건도 좋은 사람 만나서 행복해지길 진심으로 바랐지만, 양쪽 모두 사별과 이혼의 아픔을 겪고 도합 네 명의 아이를 키우고 있는 상황이니 반가움보다는 걱정과 우려가 앞섰다. 지훈은 지나치게 평온한 채윤의 반응에 어안이벙벙해졌다.

"잠깐, 아는 사람이 포르노를 찍었다는데 할 말이 그게 다야?"

"어? 딱히 더 없긴 한데. 있어야 돼? 어떤 반응을 기대했는데?"

"어떻게 그런 걸 숨기고 한집에 살았는지 배신감이나 거부감이 든다거나, 더러워 보인다거나, 혐오감이 든다거나, 다시는 안 보고 싶다거나……."

그건 물론 지훈의 생각은 아니었다. 오늘 찍은 장면이 편집되어 방송으로 나가게 되었을 때 시청자들이 보일 것 같은, 아니 더 정확히 말하면 시청자들이 보이기를, TV 제작진이 노리고 있을 반응이었다. 시청자들은 해맑고 귀엽고 순둥한 줄만 알았던 연하남의 실체에 경악하고 비난하면서도, 그 비밀을 직면한 여성 출연자의 반응이 궁금해 채널을 돌릴 수 없게 될 터였다. 그러나 채윤은 아무렇지도 않다는 듯 그저 어깨를 으쓱할 뿐이었다.

"뭐 어때? 우리 집에 살면서 찍으러 다닌 것도 아니고, 과거에 있었던 일일 뿐인데. 입주하기 전에 과거를 전부 털어야 한다는 법도 없고, 제작진이 말하지 못하게 벌금까지 걸었는데 이해해줘야지. 포르노 영화 찍은 게 혐오할 일도 아냐, 무명이나 인기 떨어진 배우 중에서도 먹고 살려고 뭐든 닥치는 대로 찍는 사람들 있어."

채윤이 연예기획사에 들어가서 절실하게 깨닫게 된 것 중 하나는, 차단우처럼 원하는 대로 작품을 골라서 하는 톱스타는 전체 배우 숫자에 비하면 빙산의 일각에 불과하다는 것이었다. 혼신의 노력을 쏟아부은 팬픽이 때로는 유명한 소설보다 더 큰 감동을 줄 수 있듯이, 포르노 영화도 충분히 예술이 될 수 있다는 게 채윤의 생각이었다. 그러니 하현을 보는 시선이 예전과 달라질 이유가 전혀 없었다.

"하현이가 어떤 앤지 난 이제 알잖아. 얼핏 보면 그냥 내키는 대로 생각 없이 사는 것 같지만 심성은 누구보다 착하고, 자기 일에 열정도 있고. 같이 있는 사람을 기분 좋아지게 만들어. 고작 과거사 하나 알게 되었다고 해서, 내가 알고 좋아하는 하현이가 없어지는 건 아냐. 실망할 것도 배신감 느낄 것도 없어."

"……."

"그러니까 지훈 씨도 걱정하지 말고 솔직하게 말해도 괜찮아. 성형수술 얘기든 뭐든, 난 다 받아들일 수 있으니까. 나도 내 흑역사 지훈 씨한테 싹 털었잖아. 아직도 얘기하기 싫다고 하면 그건 그것대로 괜찮고. 어느 것도 강요하지 않을게."

채윤은 잔잔한 미소를 머금으면서 지훈을 똑바로 쳐다보았다. 사실 지금까지 하현에 대해서 한 얘기는, 그녀가 지훈에게 해주고 싶은 말이기도 했다. 하현의 비밀이 밝혀짐과 동시에 지훈의 비밀도 밝혀지는 셈이 되었다는 건, 지훈 본인뿐만 아니라 채윤도 이미 파악하고 있었던 것이다. 지훈은 그 말에 곧바로 대답하는 대신 테이블에 늘어선 빈 병을 모아서 버리고는 다시 채윤의 어깨에 팔을 둘렀다.

"나가자."

Day 9.

그리고, 이별

집으로 다시 돌아가는 길, 두 사람은 서로 말한 적이 없는데도 마치 약속한 것처럼 아까보다 천천히 발걸음을 옮겼다. 마치 둘만 있는 시간을 조금이라도 더 늘려보려는 것처럼. 샛노랗게 흩어지는 가로등 불빛 위에 찍힌 전봇대의 기다란 그림자 사이로 빈틈없이 맞물린 두 개의 그림자가 천천히 미끄러졌다.

지훈은 범죄며 수사에 관한 일화를 늘어놓는 걸 좋아하는 류진으로부터 예전에 그런 얘길 들은 적이 있었다. 인간은 본능적으로 거짓보다는 진실을 말하는 것에 훨씬 편안해 하도록 프로그램화되어 있고, 거짓말을 할 때 생기는 죄책감과 불편함은 상대방에 대한 호감에 비례한다는 것이다. 수사관이 범인에게 인간적인 친밀감을 느끼게 해줄수록 범인의 자백하려는 충동이 강해지는 것, 그리고 오랜 시간 자신의 범행을 은폐해오던 범인이 마침내 진실이 밝혀졌을 때 좌절뿐만 아니라 안도감을 함께 느끼는 것도 그래서라고 했다.

지금 지훈의 심정이 그랬다. 채윤에 대한 마음이 크고 깊어졌기 때문인지, 3년 동안 주변뿐만 아니라 스스로에게까지 진실이라고 강요하며 주입시키던 이 거짓이 더는 견딜 수 없이 무겁고 거추장스럽게 여겨졌다. 비록 내가 차단우라고, 죽지 않고 살아서 여기 네 앞에 있다고 밝힐 수는 없어도, 진실의 한 조각이라도 그녀에게 주고 싶었다.

지훈은 채윤의 어깨를 감싸고 있던 손을 내리고, 대신 그녀의 손을 잡으면서 낮은 목소리로 말했다.

"원래의 내 얼굴이 싫어서 수술한 건 아니야. 난 내 얼굴, 무척 좋아했었어."

좋아했다는 말은 상당히 소박한 표현이었다. 비현실적으로 잘생긴 외모는 가난한 집안에서 아버지가 누군지도 모른 채 태어난 단우에게 있어 한 줄기 빛이고 구원의 동아줄이었다. 어떤 막막한 일이 닥쳐도, 아무리 고생을 해도 거울 속 귀공자 같은 얼굴은 한 점 빛도 바래는 일이 없었고, 그걸 볼 때마다 단우에게는 다시 일어나 달릴 수 있는 자신감이 솟아났다.

연예인이 되려면 노래, 춤, 연기도 중요하지만 그보다 절대적인 건 따로 있었다. 단우는 그 절대적인 재능으로 하나뿐인 가족인 엄마를 행복하고 부유하게 만들어주고 싶었고, 스스로도 그렇게 살고 싶었다. 그리고 그 꿈은 순조롭게 이루어져 가는 듯했다. 바로 그 일이 있기까지는.

"교통사고가 있었어, 몇 년 전에. 꽤 큰 사고였어. 몸 여기저기 심재성 화상을 입었거든. 얼굴에도. 그래서 피부 이식을 해야 했어. 그 과정에서 이런저런 사정이 생겨서, 결국 대대적으로 뜯어고칠 수밖에 없게 됐고."

깜짝 놀라며 제자리 우뚝 멈춰선 채윤은 스르르 벌어지는 입을 감추지 못했다. 많은 단어 중 교통사고라는 네 글자가 유독 날카롭게 고막을 파고들었다. 그녀는 여태껏 이질적이라고 느끼지 못했던 지훈의 얼굴을 조금 지나치리만큼 빤히 올려다보았다. 보통 피부 이식을 하면 이식한 피부만 색깔이 다르고, 꿰맨 자국이 남기도 한다는데, 지훈의 얼굴이 지금과 같이 정상적인 형상을 갖추려면 잘은 몰라도 수차례의 수술을 거쳐야 했을 것이다.

채윤의 시선에 프랑켄슈타인을 보는 듯한 혐오감과 공포감이 깃들 거라고 생각한 지훈은 자기도 모르게 질끈 눈을 감았다. 그녀의 감정이 한순간에 식는 것을 볼 자신이 없었다. 그런데 잠시 후, 부드럽고 따뜻한 손바닥의 감촉이 앞머리를 지그시 누르는 게 느껴졌다. 흠칫 놀라 눈을 뜬 지훈의 시야에, 연민과 애정이 가득 담긴 채윤의 따스한 눈빛이 들어왔다. 그녀는 살짝 까치발을 해서 지훈의 머리카락을 살살 어루만지듯 쓰다듬어 주고 있었다.

"많이 아팠지? 힘들었지?"

지훈은 뒤통수를 한 대 얻어맞은 기분이었다. 지난 3년간 누구도 그에게 이런 식으로 물어봐 준 적이 없었다. 지훈이 겪어온 일들을 아는 사람들은 류진과 서 검사, 자주 바뀌는 의사들과 간호사들뿐이었고, 그들은 혹시 그가 중간에 포기하거나 나아가 나쁜 맘을 먹게 되지는 않을까 그게 제일 걱정인지 조금만 더 버텨보라고, 이번 고비만 넘기고 나면 괜찮아질 거라는 말을 앵무새처럼 반복할 뿐이었다.

그렇게 말하는 그들도 지훈이 괜찮아지는 일은 없을 거란 걸 아는 듯했다. 온 마음을 활짝 열고 그의 고통과 아픔을 공감해주려는 사람은 없었고, 그 가운데 지훈은 참 지독히도 외롭고 비참했더랬다. 몇 번째인지 셀 수도 없는 차디찬 수술대에 또다시 오르며, 차라리 여기서 그나마 편안하게 죽었으면 소원하던 일이 떠올라 지훈은 슬며시 목이 메었다. 그는 고개를 끄덕이며 살짝 잠긴 목소리로 대답했다.

"응."

간결하고 함축적인 대답을 들은 채윤의 눈동자도 덩달아 그렁그렁해졌다. 그녀는 손가락 사이에서 사락거리는 머리카락 한 올 한 올의 감촉을 느끼다가, 돌연 얼굴을 들어 올려 지훈의 뺨에 입을 맞추었다. 칼바람을 맞아 차갑고 까칠해진 살결을, 아직 취기가 다 가시지 않아 덥고 촉촉한 입술이 기분 좋게 간질였다. 도장 찍듯 꾹 눌렀던 입술을 가만히 뗀 채윤은 지훈의 눈을 똑바로 올려다보면서 힘주어 말했다.

"다신 그런 일 당하면 안 돼. 앞으로 횡단보도 건널 땐 꼭 손들고 건너고, 운전도 웬만하면 하지 마. 어디 멀리 나돌아다니지도 말고 최대한 집에만 있어."

"어떻게 그래."

지훈은 슬픈 얼굴로 조용히 웃었지만, 채윤은 웃음기 없이 무척이나 진지했다.

"내 앞에서 사라지지 마. 헤어지고 싶어지면 한참 전에 미리 말해. 어느 날 갑자기 가버리지 말라고. 하늘이 무너지는 것같이 막막한 그 느낌, 한 번은 어떻게 견뎌냈지만, 두 번은 못 견뎌."

채윤의 비장한 말을 듣는 지훈의 표정이 일순간 멍해졌다. 이렇게 될 것을 진작부터 알았어야 했다. 누군가와 가까워진다는 건 곧 멀어지고 헤어지는 아픔도 감수해야 한다는 의미라는 걸 한순간도 잊지 말았어야 했다.

이 프로그램에 나오겠다고 결심하기 전, 지훈은 달라진 자신의 모습과 위치를 다른 이의 눈을 통해 확인하는 게 싫어서 사람들 만나는 것을 피했다. 그 문제만 해결되면, 얼굴 상태도 주머니 사정도 좀 더 나아져서 사람들 앞에 당당히 나설 수 있게 되면 그땐 친구도 연인도 만들 수 있으리라고 생각했다. 그러나 이제 보니 그건 부차적인 문제에 불과했다. 내일 당장 얼굴이 바뀌고 이름이 바뀔지도 모르는, 둥둥 떠다니는 유령과도 같은 인간이 무슨 사랑을 하고 연애를 한단 말인가.

"약속해, 어서."

채윤은 지훈의 옷깃을 지그시 잡아당기면서 재촉했고, 그는 들릴 듯 말 듯 한숨을 내쉬었다. 이 특별한 밤을 망치기는 싫었다. 그렇다고 그녀에게 거짓말하기도 싫었다. 그래서 지훈은 조금 비겁한 방식을 택했다. 확답을 요구하는 시선으로 빤히 올려다보고 있는 채윤의 입술선을 살며시 오른쪽 손가락으로 따라 그리다가, 왼손으로 그녀의 허리를 받치면서 자기 쪽으로 잡아당겼다. 새털처럼 가볍게 떨리는 입술에 입술을 밀착시키면서 부드럽게 비비자, 최면에 걸린 것처럼 틈새가 벌어지면서 복숭아처럼 말캉한 속살이 그를 맞이했다.

"……."

아무도 지나가지 않는 한적한 골목길 한가운데서, 서로의 입술을 음미하는 데 심취한 두 연인의 어깨를 은은한 가로등 불빛이 금빛 베일처럼 살며시 덮어주었다. 채윤은 지훈의 옷깃을 모아 쥔 채 두 눈을 꼭 감고 입속을 가득 채우는 은밀하고 따스한 감각을 즐겼다. 그와의 키스는 매번 처음하는 것처럼 언제나 새롭고, 긴장되고, 설레고, 온 신경을 아찔하게 할 만큼 감미로웠다.

둘의 입맞춤은 영원히 지속될 것처럼 길어지고 깊어졌다. 바퀴 굴러가는 소리를 내며 그들의 옆을 지나갔던 치킨집 오토바이가 집 근처에 우뚝 멈춰섰을 때였다. 치킨 배달부가 온 골목에 쩌렁쩌렁 울려 퍼질 만큼 커다란 음성으로 욕을 퍼붓는 소리가 들렸다.

"씨X, 어떤 X같은 새끼가 차를 저따위로 세워놨어?"

지훈과 채윤은 흠칫 놀라 서로에게서 떨어져나갔다. 욕이 들려온 방향을 보자, 배달을 가다 말고 가로막힌 치킨 배달부가 오토바이 앞쪽에 대고 투덜대고 있었다. 그곳에는 덩치 큰 은회색 세단이 비좁은 골목길을 떡하니 차지한 채 시동까지 켜 놓고 서 있었다.

'저 차, 어디서 본 적 있는 것 같은데…….'

지훈은 이성적으로가 아니라 본능적으로 움직였다. 그가 채윤의 팔을 잡고 골목 구석에 설치된 의류수거함으로 몸을 숨기는 순간, 조수석 문이 벌컥 열리면서 마찬가지로 어딘가 낯익은 구석이 있는 젊은 남자가 내렸다. 왁스를 발라 뒤로 넘긴 헤어스타일과 주름 하나 없이 완벽하게 날 세워 다린 검은 정장, 검은 셔츠, 은색 넥타이에 반질반질하게 닦인 구두가 잘나가는 사업가처럼 보였다. 단 한 가지, 늑대처럼 형형하게 번득이는 눈빛이 왠지 모르게 등골을 서늘하게 하는 것을 제외하면. 남자는 오만하리만큼 당당한 발걸음으로 치킨 배달부를 향해 성큼성큼 걸어가더니, 외모와 영 어울리지 않는 거친 말투로 툭 내뱉었다.

"나 같은 새끼다, 왜? 불만 있어?"

"아니요, 그럴 리가요. 전 그냥 오토바이 여기 세워놓고 걸어가면 됩니다. 신경 쓰지 마십시오."

도무지 일반인이라고는 여겨지지 않는 위압적인 분위기에 기가 팍 죽어버린 치킨 배달부는 태도를 180도 바꾸어 절절맸다. 그러나 남자는 그런 욕을 먹고도 호락호락하게 넘어가 줄 마음은 결코 없는 듯, 팔짱을 낀 채 남자를 살벌하게 노려보기만 했다. 아무래도 이러다간 뭔 일이 나겠다 싶을 때, 이번에는 세단의 뒷좌석 문이 열리면서 걸쭉한 부산 사투리가 흘러나왔다.

"마, 됐다. 두진아. 잔채이 상대해가 만다꼬, 엥가이 해라."

"죄송합니다, 아버지."

젊은 남자는 아버지의 지시가 떨어지자마자 언제 그랬냐는 듯 점잖은 분위기로 돌변하면서 단단히 끼었던 팔짱을 풀었다. 그제야 지훈은 그 얼굴이 왜 낯익어 보였는지 알 수 있었다. 젊은 남자는 이탈리아에서 마피아 유학인지 뭔지를 마치고 돌아왔다는 작두파 후계자 마두진이었고, 세단 뒷좌석에 앉아 있는 사람은 그의 아버지 마봉두였다.

지훈이 마봉두의 세단을 직접 본 건 3년 전, 살인사건을 목격할 때 단 한 번뿐이었지만 그 인상은 워낙 강렬해서 의식에서 지워지지 않았다. 두진은 자기 아버지에 비하면 훨씬 날카롭고 예민해 보이는 인상이었지만, 불독처럼 우락부락한 눈매만큼은 쏙 빼닮아 있었다. 마봉두가 여전히 얼굴을 드러내지 않은 채 혀를 쯧쯧 차면서 아들을 향해 말하는 소리가 들렸다.

"암만해도 오늘은 안 나올란갑다. 고마 갔다가 내일 다시 오는 기 낫긋따."

"예, 아버지."

두진은 다시 한번 깍듯하게 대답하고는 조금도 지체하지 않고 세단으로 돌아갔다. '오늘은 안 나온다'는 말의 주어가 누구인지 짐작하긴 어렵지 않았다. 마봉두, 마두진 부자가 어떻게 했는지는 몰라도 지훈이 여기 있다는 사실을 알아내고 들이닥친 것이다. 일부러 집 대문 앞에 차를 세워놓고 기다리고 있다가, 혹시 밖으로 나오는 지훈을 보기라도 하면 그대로 낚아채 끌고 갈 작정이었던 게 분명했다. 그러고는 아마 오늘 밤 내로 어느 야산 같은 곳에 쥐도 새도 모르게 묻어버리려 했겠지. 지훈이 입술을 꽉 깨무는데, 그의 곁에 바짝 붙어 눈치를 보고 있던 채윤이 눈치껏 목소리를 낮추며 속닥거렸다.

"지훈 씨, 저 사람들 뭐야? 왜 우리 집 앞에 서 있는 거지? 누굴 찾는 것 같기도 하고. 가서 물어봐야겠어."

"잠깐만, 기다려."

눈치가 있는 줄 알았는데 아니었나 보다. 지훈은 채윤의 아래팔을 꾹 눌러서 앞으로 튀어나가지 못하게 했다. 채윤은 그런 지훈의 행동을 이해하지 못했다.

"왜? 아무래도 수상하잖아. 혹시 우리 집에 해코지하러 온 거면, 제작진에게 알리든 경찰에 신고하든 해야지."

어느 쪽이든 안 될 말이었다. 서류상으로 차단우와 김지훈은 완전히 다른 사람이니 김지훈이 사는 이 집 근처를 좀 얼쩡댔다고 해서 마봉두를 다시 감옥에 집어넣을 근거가 없을 뿐만 아니라, 오히려 사건 경위를 조사하고 처리하는 과정에서 작두파가 소란을 일으켜 누군가를 다치게 할 위험성이 있었다. 증인보호 프로그램의 존재 따위 꿈에도 상상치 못하는 동네 순경이라든가, 무고한 제작진이라든가, 최악의 경우 '러빙유 하우스' 식구들의 누군가 휘말려 들어갈지도 몰랐다.

지훈이 채윤을 막는 동안 은회색 세단은 우렁찬 엔진음을 내면서 출발했다. 치킨 배달부는 십 년 감수했다는 듯 가슴을 쓸어내리며 부리나케 오토바이에 올라타 사라졌다. 지훈은 채윤을 데리고 의류수거함 뒤에서 나오며, 방금 잔머리를 필사적으로 굴려 쥐어짜 낸 핑계를 갖다 댔다.

"저 사람들, 아마 부동산업자들일 거야."

"부동산업자?"

채윤은 영화에 나오는 것처럼 크고 근사한 '러빙유 하우스'를 힐끗 쳐다보면서 놀란 목소리로 물었다. 지훈은 일단 채윤의 관심을 끌은 것에 안도하면서 뇌리에 연달아 떠오르는 나머지 설명들을 재빨리 주워 붙였다.

"응, 퇴근길에 몇 번 본 적 있는데, 이 집과 부지를 사고 싶어하는 것 같았어. 그런데 집주인하고 연락이 잘 안 되는지 답답해서 자꾸 찾아오는 거야. 문 앞에 버티고 있으면 나올 줄 알고. 나쁜 사람들은 아니니까 신경 안 써도 돼."

"그래? 지훈 씨가 몇 번이나 봤는데, 왜 난 한 번도 못 봤지?"

"타이밍이 안 맞았겠지. 굳이 마주칠 거 없어. 아까도 봤겠지만 성격 좋은 부류는 아닌 것 같더라고. 집주인이 알아서 해결하겠지. 우린 이제 들어가자. 춥다."

지훈은 고개를 갸웃거리는 채윤의 등을 가볍게 떠밀면서 대문을 열었다. 집안으로 들어왔을 때, 가관도 그런 가관이 없었던 아까의 주사 퍼레이드는 다행히 끝난 상태였다. 식구들과 손님들은 어디로 증발했는지 거실에는 보이지 않았다. 지훈은 일단 채윤을 데리고 2층으로 올라갔다.

"씻고 잘 준비하고 있어. 다른 사람들 상태 좀 보고 올게."

채윤을 2층 방으로 밀어 넣은 지훈이 문을 닫아주려는 찰나였다. 채윤이 열린 문틈으로 손을 뻗어 지훈의 옷깃을 잡으면서 문득 그의 이름을 불렀다.

"지훈 씨."

"응?"

"이따가 다시 와. 꼭."

"……."

지훈은 조금 당혹스러운 표정으로 채윤을 돌아보았다. 그녀의 의중을 알 수가 없어서였다. 카메라가 설치된 이 방에서 함께 밤을 보낼 수도 없고, 키스하거나 손을 잡을 수도 없는데. 그의 눈동자에 떠오른 의아한 빛을 읽은 채윤이 다급하게 변명하듯 덧붙였다.

"뭘 하자는 게 아니고, 그냥 같이 있어 줘. 내 생일이니까. 밤 12시까지. 아니면 나 잠들 때까지만이라도."

꼭 뭘 아는 사람처럼 이런다고, 지훈은 어떻게 보면 별 것도 아닌 채윤의 작은 부탁에 가슴이 아릿해졌다. 지훈이 묵묵히 고개를 끄덕이고 난 후에야 채윤은 그의 옷깃을 잡은 손을 놓아주었고, 그는 조용히 문을 닫고 1층으로 내려왔다.

'류진이 형, 형한테 알려줘야지. 작두파가 여기 왔었다고.'

지훈은 류진이 먼저 돌아가버리지 않았기만을 바라면서 그를 찾아다니기 시작했다. 문이 활짝 열린 1층 첫 번째 방, 그러니까 서준과 이건이 쓰는 방에서는 이건과 화경이 함께 침대에 누워 세상 모르게 자고 있었다. 물론 그들만 있는 것은 아니었고, 세 명의 쌍둥이가 두 사람 사이와 양옆에 군데군데 감초처럼 끼어 있었다. 그 바닥에는 유노와 하현이 널브러져 자고 있었는데, 취기에 열이 나서 그랬는지 유노는 웃통을 벗고 하현은 바지를 벗은 상태라 묘하게 커플룩처럼 보였다.

지훈은 이 와중에도 지극히 인간적인 본능과 호기심으로 유노의 하체를 향해 스르륵 움직이는 시선을 기를 써서 붙잡아야 했다. 서준과 혜라는 어딜 갔는지 그림자도 보이지 않았다. 지훈은 그와 마찬가지로 그나마 술이 좀 덜 취한 상태였던 서준이 사촌동생을 집에 데려다주는 중이길 바라면서 자기 방으로 들어갔다.

"얌마, 너! 끼어들기 위반이야! 딱지 떼고 싶어? 과태료 한 번 물어볼 테냐? 내가 누구냐면 이 대한민국의 위대한 교통순경님이시다, 빌어먹을……."

텅 빈 방에서 혼자 헛되이 부르짖고 있는 사람은 지훈이 그토록 애타게 찾던 류진이었다. 류진은 도대체 왜인지는 모르겠지만 지훈의 침대 밑으로 기어 들어가 머리만 빼꼼 내놓은 채 두 팔을 풍차처럼 휘두르며 교통단속하는 시늉을 하고 있었다. 한숨을 푹 내쉰 지훈은 류진을 침대 밑에서 무슨 짐짝 옮기듯 끌어냈다.

"형, 정신 차려 봐. 지금 이러고 있을 때가 아냐."

지훈은 바닥에 큰 대 자로 뻗은 류진의 어깨를 잡고 흔들었지만, 그는 여전히 정신을 차리지 못하고 연신 헛소리를 해댈 뿐이었다.

"자, 여기다 대고 후 부세요. 숨 끊어 쉬지 말고 길게. 꼼수 부리지 말고."

"형, 나 지훈이라니까!"

이대로 류진이 잠들어버리기라도 하면 정말 끝장이었다. 작두파 놈들은 분명 내일 아침 다시 올 것이고, 지훈이 만일 밖으로 나가지 않으면 집 안으로 쳐들어오는 무력행사를 감행할지도 몰랐다. 지훈은 마음을 독하게 먹고, 왼손으로 류진의 멱살을 잡아 허공으로 들어 올린 후 오른손으로 짝 소리 나게 빰을 쳤다.

"일어나, 이 머저리 같은 경찰 놈아!"

"윽!"

꿈나라를 헤매다가 얼떨결에 따귀를 얻어맞은 류진은 외마디 신음 소리를 내뱉으며 한쪽 눈을 크게 떴다. 흐릿한 눈동자에 낯익은 상이 맺히자, 류진은 그제야 조금씩 정신이 돌아오는 듯했다.

"단우? 아니, 지훈이? 누구냐, 넌?"

"어느 쪽이든, 지금 그게 중요한 게 아냐. 작두파 놈들이 여길 알아냈어."

"뭐?"

버럭 소리치며 벌떡 일어나던 류진은 그만 침대 모서리에 머리를 콰당 찧으며 도로 엎어지고 말았다. 어쿠쿠 소리와 함께 머리를 문지르면서 일어나는 류진의 눈동자는 언제 헤롱거렸냐는 듯 맑게 개어 있었다. '작두파'라는 한 단어가 그를 주정뱅이에서 전 서울시경 소속 엘리트 경감으로 순식간에 뒤바꿔놓은 것이다.

"방금 채윤이하고 같이 편의점에 다녀오는데……."

지훈은 집 앞에서 보고 들었던 일을 하나도 빼놓지 않고 류진에게 설명했고, 류진은 간간이 고개를 끄덕이거나 외마디 욕설을 뱉어가며 지훈의 얘기를 경청했다. 작두파가 '내일 다시 오겠다'는 말을 남기고 떠난 것으로 지훈의 얘기가 끝나자마자, 류진은 자리를 털고 일어나면서 단호하게 말했다.

“더 생각할 것도 없어. 가서 짐 싸. 내가 차에 시동 걸고, 아니, 택시 부르고 있을 테니까 필요한 것만 간단히 챙겨서 집 앞으로 나와. 오늘 밤 안가로 옮기자.”

“안가라고? 프로그램 와해되면서 다 없어진 거 아니었어?”

류진을 감방 동료 삼아 단둘이 갇혀 있던 감옥과 같은 어두컴컴한 건물을 회상하면서 지훈이 지적하자, 류진은 아, 맞다, 하는 표정을 지으며 대답했다.

“아니, 물론 없지. 그럼 급한 대로 우리 집으로라도 가자. 어쨌든 여긴 안 돼. 여기 있다간 너, 틀림없이 죽어.”

류진의 말은 과장도 위협도 아닌 백퍼센트 진실이었고, 지훈도 그걸 잘 알고 있었다. 그런데도 지훈이 곧바로 대답하지 않자 류진은 기막혀하는 표정이 되었다.

“설마 너, 아직도 망설이는 거야? 진짜 죽고 싶어서 그래? 이게 너 하나 죽고 끝날 일인 줄 알아? 네가 죽으면 이 대한민국의 사법정의도 함께 죽는 거라고!”

사실 대한민국 사법 정의 따위 지훈이 알 바 아니었고, 그의 입장에서는 할 수만 그놈의 사법 정의 빅엿이나 처먹으라고 하고 싶은 심정이었다. 그러나 백상아리처럼 날카로운 살기를 내뿜는 마두진을 먼발치에서나마 직접 대면하고 나자, 지훈에게도 살기 위해 도망가야겠다는 강력한 의욕이 솟아났다. 지훈은 밤 11시를 가리키고 있는 벽시계를 힐끗 본 다음 류진에게 말했다.

“아니, 망설이는 건 아냐. 형이 시키는 대로 어디든 갈게. 더는 저항하지도 불평하지도 않을게. 그러니까 그 대신 나한테 한 시간만, 딱 한 시간만 더 줘."

"……."

"걱정하지 마, 도망치려는 거 아니니까. 나도 목숨 아까운 줄 아는 놈이야. 단지 채윤이한테 작별 인사할 시간이 필요해. 한 번도 제대로 작별한 적 없잖아. 이번엔 말도 없이 훌쩍 사라지고 싶지 않아."

지훈과 류진은 한동안 말없이 시선만 주고받고 있었다. 증인보호프로그램 핸들러로서의 류진이라면, 지훈의 말을 끝까지 듣지도 않고 거절했을 것이다. 그러나 류진은 이제 핸들러가 아니었다. 지훈의 가장 가까운 친구였다. 그리고 만일 류진이 지훈의 입장이었다면, 사랑하는 아내와 아이들에게 작별 인사할 시간을 벌기 위해 끓는 물에 맨몸으로 들어가는 것도 감수했을 것이다. 그걸 알기에 류진은 차마 거절할 수가 없었다.

"딱 한 시간 만이다."

그 짧은 한 마디에, 그동안 류진과 지훈이 함께해 온 굴곡 많은 3년의 시간이 담겨 있었다. 지훈은 류진을 정면으로 응시하며 힘주어 고개를 끄덕여 보인 후 조용히 방을 나갔다. 유예기간은 끝났다. 이제 정말 작별하러 가야 할 시간이었다.

계단을 올라가 채윤의 방으로 가기까지는 오랜 시간이 걸리지 않았다. 세수와 양치질을 마치고 가벼운 티셔츠와 면바지로 갈아입은 채윤은 말 잘 듣는 어린애처럼 침대에 얌전히 누워 지훈이 오기만을 기다리고 있었다. 침대 가운데에 걸터앉은 지훈은 화장기가 지워져 말갛게 보이는 채윤의 얼굴을 내려다보며 넌지시 물었다.

"그냥 이렇게 앉아 있기만 하면 되는 거야?"

“아니, 그럼 좀 음침해 보이잖아. 뭐라도 해. 잘 자라고 노래를 불러준다거나.”

채윤은 짐짓 새초롬한 표정을 지어 보이면서 쫑알거렸다. 지훈은 입가에 보일 듯 말 듯 작은 미소를 머금었다. 잘 자라고 춤출 수는 없으니 그녀 말대로 노래하는 수밖에 없을 것 같았다. 아마도 이게 그녀에게 들려주는 마지막 노래가 되겠지. 이제 다신 누가 노래를 해달라고 청하는 일도 없을 것이다. 채윤은 어서 불러보라는 듯 지그시 눈을 감았고, 지훈은 그녀의 얼굴을 물끄러미 바라보면서 낮고 담담한 목소리로 노래를 부르기 시작했다.

—언젠가 내가 너의 기억에서 사라졌을 때, 우리 함께한 날들 희미해졌을 때—.

채윤과 처음 만나던 밤, 채윤의 관심을 끌기 위해 불렀던 바로 그 노래였다. 그때는 미처 몰랐는데, 어쩌면 이리도 지금 둘의 상황에 잘 어울리는 노래인지. 정작 가수 시절에는 가사 하나하나에 감정을 담아 노래하라는 게 어렵게만 느껴졌는데, 다시는 무대에 설 수 없게 된 지금에야 그 방법을 온전히 깨우치게 된 것이 참 아이러니했다. 지훈은 채윤의 어깨를 부드럽게 다독이면서 노래를 이어갔다.

—가장 아름다웠던 그날의 모습으로, 우연인 것처럼 내 꿈에 찾아와줘—.

함께 보고 왔던 바다의 깊고 깊은 밑바닥처럼, 부드럽고 묵직한 목소리가 채윤의 고막을 잔잔히 울리면서 심장까지 스며들었다. 원래도 슬픈 노래지만 왠지 모르게 원래보다 훨씬 서글프게 들리는 노래에 귀 기울이는 동안, 채윤은 여독으로 지쳤던 몸이 나른하니 가벼워지는 것을 느꼈다. 잠이 찾아오고 있었다. 채윤은 추를 달아놓은 것처럼 자꾸만 무거워지는 눈꺼풀을 억지로 들어 올리며 입술을 뗐다.

"지훈 씨."

지훈은 노래를 멈추는 대신 낮추고, 채윤의 말을 듣고 있다는 표시로 작게 고개를 끄덕여 보였다. 채윤은 술기운이 올랐던 아까부터 하고 싶었던 말을 꺼냈다.

"할 말이 있는데. 만난 지 9일밖에 안 된 사람한테 이런 말 하는 게 웃기긴 한데. 난 지훈 씨 처음 만난 순간부터 오랫동안 알고 지낸 사람처럼 친숙했으니까. 그래서 하는 말인데……."

술기운과 잠기운이 뒤섞여 의식이 점점 아득해지고 있는 상태가 아니었다면, 채윤은 얼굴을 발그레하게 붉혔을 것이다. 지훈은 채윤이 하려는 말이 뭔지 모르지 않았다. 그러나 채윤의 온 마음을 다 담은 그 고백이 내일 아침이 되면 허공의 메아리로 사라지게 될 거라는 걸 뻔히 알면서도 넙죽 듣고 있을 수는 없었다.

"내일, 그 말은 내일 들을게. 채윤아, 오늘은 이만 자. 피곤한 하루였잖아."

"……그럴까?"

그렇지 않아도 졸음을 주체하기 어렵던 채윤은 차츰차츰 잦아 들어가는 목소리로 중얼거리면서 자물쇠처럼 눈을 꼭 감았다. 그녀의 숨결이 고르게 변하고, 완전히 잠든 게 분명해진 후에도 지훈은 나지막한 노래를 멈추지 않았다. 혹시나 그녀를 찾아올지도 모르는 악몽을 쫓으려는 것처럼, 이마를 가만가만 쓸어주면서 몇 번이고 반복되는 노래를 부를 뿐이었다.

류진과 약속했던 자정이 되었을 때, 지훈은 마침내 노래를 멈추었다. 그리고 마치 손을 흔드는 것처럼 베갯머리 옆에 살짝 벌려진 채 놓여 있는 채윤의 손을 살며시 잡으며 속삭였다.

"미안하다, 송채윤."

손바닥과 손바닥이 겹쳐지고 손가락과 손가락이 얽히는 순간, 뭐라 설명할 수 없는 따뜻함이 올라와 가슴을 벅차게 했다. 텅 빈 껍데기처럼 숨만 쉬면서 살고 있던 지훈의 심장에 더운 피를 다시 흐르게 해주었던 그녀의 체온이었다. 지훈은 자꾸만 느슨하게 풀어지려는 눈물샘을 막으려고 눈가에 힘을 주어야 했다.

"한 번 견뎠으니까, 두 번도 견딜 수 있어. 아니, 견디게 될 거야. 사람이란 게 원래 그렇게 생겼거든."

지훈은 쌔근쌔근 숨소리를 내고 있는 채윤의 선홍색 입술을 찬찬히 바라보다가, 차마 그 입술에 입을 맞추지는 못하고 그녀의 손등에 입 맞추었다. 그리고 손가락 하나하나에도, 마치 거기에 목숨이 달린 것처럼 온 정성을 다해서.

한때 그를 위해 온갖 궂은일과 힘든 일을 마다하지 않았던 고마운 손이었다. 지훈은 곤히 잠든 채윤을 혹시 깨울까 봐 조심스럽게 손을 놓고 일어나면서, 그녀가 결코 듣지도 못할 마지막 약속을 했다.

"나도 견뎌볼게. 감히 허락된다면, 네 생각하면서 끝까지 살아내볼게."

지훈이 방을 나가는 것과 동시에 불이 꺼졌다. 그리고 지훈의 마음도 그와 같이 캄캄한 어둠에 잠겼다.

Day 10.

밝혀지는 과거

"누나, 일어나봐요. 혹시 지훈이 형 못 봤어요?"

누가 업어가도 모를 것처럼 곤히 자던 채윤의 귓가에 하현의 다급한 목소리가 파고들었다. 채윤은 간밤에 마신 술의 여파로 머리가 지잉 울리듯 아파 오는 것을 느끼며 황망히 눈을 떴다. 샤워를 하고 막 나왔는지 허리에 커다란 수건을 둘둘 감은 하현이 그녀의 침대 앞에 서 있었다. 채윤은 누가 마치 자석으로 당기는 것처럼 자동으로 아래쪽을 향하던 시선을 얼른 붙잡고는 아직 졸음기가 다 가시지 않은 목소리로 대답했다.

"지훈 씨? 방에 있는 거 아냐? 그러니까, 너랑 같이 쓰는 방에."

"없어요. 술 먹고 다른 데서 잤나 싶어서 찾아봤는데 다른 방에도 없고, 거실에도 없고, 다이닝룸이나 주방에도 없고 화장실에도 없어요. 테라스에도."

설마 이 추운 날씨에 테라스에서 잤겠냐고 농담 삼아 말하려던 채윤의 눈동자에 하현의 표정이 들어왔다. 진지하고 심각했다. 그제야 채윤은 이게 단순한 해프닝도, 가벼운 장난 거리도 아니라는 것을 깨달았다.

"전화 걸어보면 되지. 휴대폰 안 받아?"

"전화기 꺼져 있다고 나와요. 오늘 구청 출근하는 날이라 켜놔야 할 텐데. 그리고 이상한 게 또 있어요. 방에 있던 형 짐이 다 없어졌어요."

짐이 없어졌다는 말을 듣는 순간 채윤은 정신이 확 들면서 남아 있던 잠이 싹 달아났다. 어젯밤 그녀가 잠들 때까지 곁에서 자장가를 부르며 어깨를 토닥여주던 지훈의 따스한 손길과 차분한 얼굴이 떠올랐다. 담담하게 가사를 읊는 그 표정이 어딘가 슬프다고 생각했던 건, 자기만의 착각이 아니었던 걸까. 허둥지둥 이불을 젖히면서 일어난 채윤은 얇은 티셔츠와 면바지 위에 패딩점퍼를 걸쳤다.

"별일 아닐 거야. 오늘 촬영 마지막 날이니까 미리 짐 뺐을 수도 있지. 내가 나가서 찾아볼게. 집 근처에 있을 거야. 카페에 커피 사러 갔을 수도 있고, 놀이터에서 그네 타고 있을 수도 있고."

다 큰 어른이 평일 아침부터 일부러 놀이터에 가 그네를 탈 리 없는데, 하현을 안심시키려고 하는 채윤의 말이 오히려 횡설수설하고 있었다. 이 와중에 손님들까지 맞닥뜨리면 더 정신없을 텐데, 다행히 하현과 함께 1층으로 내려왔을 때 거실은 조용했다. 이건의 아이들은 어린이집 등원 시간을 맞추기 위해 할머니가 와서 데려간 것 같았고, 화경은 아침 촬영이 있다고 했으니 아무리 늦어도 새벽 5시 전에 일어나 나갔을 것이다. 혜라와 유노, 그리고 지훈의 손님이었던 사람도 보이지 않았다. 어제 밤새 폐를 끼친 게 미안해 알아서 떠난 건지, 아니면 아침에 눈을 떠보니 사방에 카메라가 숨겨진 이 집에서 우리가 뭔 짓을 했나 싶어 도망간 건지는 알 수 없었다.

거실 소파에는 이건과 서준이 굳어진 낯빛으로 앉아 있었다. 서준은 어젯밤 거실 테이블에 놓아두었던 미니 캠코더를 앞으로 돌리면서 지훈이 언제 집을 떠났는지 찾고 있는 듯했고, 이건은 휴대폰을 귀에 대고 통화 중이었다.

"성운구청이죠? 아니, 아직 근무시간 시작 안 한 건 아는데요. 거기서 계약직으로 일하는 김지훈 씨, 혹시 출근했나요?"

채윤은 착 가라앉은 이건의 목소리를 뒤로 한 채 집을 나왔다. 소방관인 이건은 불행을 탐지하는 감각이 남달랐다. 걱정이 묻어나는 이건의 음성이 현관문을 닫는 채윤의 어깨를 무겁게 내리눌렀다. 이렇게 모두가 놀랄 거라는 걸 알면서도 말 한 마디 없이 짐을 빼서 나가버릴 지훈이 아니었다.

'그냥 술 먹고 정신 없어서 휴대폰 충전하는 것도 잊어버리고, 출근하는 것도 잊어버리고, 짐 뺀다고 말하는 것도 잊어버리고 어디서 나자빠져 자고 있는 거면 좋을 텐데.'

그러나 채윤은 지훈이 어젯밤 그렇게 취한 상태가 아니었다는 걸 이미 알고 있었다. 둘이 자주 얘기를 나누던 놀이터에 갔다가, 어젯밤 함께 들렀던 편의점에 갔다가, 지훈이 예전에 커피를 사다 주었던 카페까지 들러 보았지만 그 어디에서도 김지훈의 모습은 찾을 수 없었다.

지훈이 없는 장소가 한 군데, 한 군데 늘어갈수록 채윤의 가슴은 까맣게 칠한 것처럼 답답해졌다. 이제 어딜 가봐야 할지 길 한가운데서서 갈팡질팡하고 있는 채윤 앞에 불쑥 커다란 인영이 나타났다.

"으앗, 깜짝이야!"

"아, 죄송합니다. 놀라게 해 드릴 생각은 아니었는데."

화들짝 놀라 뒤로 물러난 채윤을 보고 황급히 고개를 꾸벅 숙이며 인사하는 사람은, 어젯밤 왔던 손님들 중 하나였다. 그런데 어제와는 복장이 달랐다. 어제는 무슨 동네 백수 같아 보이는 싸구려 윈드브레이커에 면바지 차림이었는데, 오늘 아침은 주름 하나 없이 각 잡히게 다린 회색 제복 차림이었다. 채윤은 굉장히 친숙해 보이는 그 제복을 빤히 쳐다보면서 더듬거렸다.

"지훈 씨 형, 그러니까 성함이 류…… 류……."

"신류진입니다, 송채윤 씨. 지훈이에 관해 드릴 말씀이 있는데 함께 가시죠."

류진은 옷차림뿐만 아니라 말투와 태도까지 달라져 있었다. 뭐랄까, 한층 위엄과 권위가 있어 보였다. 그 기세에 은근히 압도된 채윤은 없어진 지훈을 찾아야 한다는 말도 하지 못하고 류진의 뒤를 스르르 따라갔다. 길 한복판에 매장이 넓고 손님도 많은 대형 프랜차이즈 카페가 떡하니 버티고 있는데도, 그는 굳이 모서리를 돌고 돌아서 간판도 찾기 어려운 작고 허름한 동네 카페로 들어갔다. 그가 바랐던 대로 손바닥만 한 카페 홀에 다른 손님이라고는 그림자도 보이지 않았고, 카운터 안쪽에서 휴대폰으로 아침 드라마를 보느라 정신이 팔린 여주인만 있었다.

"커피 기계가 고장 나서 지금은 허브티밖에 안 돼요. 커피 드시러 오신 거면 근처에 프랜차이즈 카페 있으니까 거기로 가세요."

"괜찮습니다. 허브티 두 잔 주세요. 혹시 커피 드시고 싶으시면, 이따 가시는 길에 테이크아웃으로 사드릴게요."

류진의 앞말은 카페 주인에게, 뒷말은 채윤에게 한 것이었다. 어차피 딱히 커피를 마시고 싶은 생각도 없었던 채윤은 얼떨결에 고개를 끄덕였다. 장사 의욕이라고는 눈꼽만큼도 없어 보이던 주인이 내온 허브티는 그냥 뜨거운 물에 티백을 담근 게 전부였다. 지훈도 류진도 테이블에 올려진 찻잔을 쳐다보지도 않았다.

"지훈 씨에 관한 얘기라고 하셨죠? 지금 어디 있는지 아세요?"

"채윤 씨. 지금부터 내가 하는 말을 믿기 어렵겠지만, 그래도 일단 끝까지 들어요. 판단은 그다음에 하고."

"……."

사실 채윤은 지금 여기 이러고 앉아 있을 시간이 없었다. 지훈이 자기 의지에 따라 사라진 게 아니라면 혹시 무슨 일이 생긴 건 아닌지 알아봐야 했다. 새벽에 편의점을 가다가 교통사고가 났을 수도 있고, 강도를 만났을 수도 있으니 당장 인근 병원 응급실에 전화를 돌려보고 112 신고도 해야 했다. 류진에게서 지훈의 소재를 알아낼 수 없다면 당장 양해를 구하고 일어나는 게 마땅했지만, 오늘 아침부터 발동하기 시작한 채윤의 직감은 그의 이야기를 들어보자고 말하고 있었다.

"사실 난 구청 직원이 아니에요. 교통순경이죠. 이 나이에 고작 순경인 게 우습겠지만, 계속 순경이었던 건 아니었어요. 원래는 서울시경 소속 경감이었죠"

그제야 채윤은 류진이 입고 있는 회색 제복이 교통순경의 옷이라는 걸 알았다. 보통 도로에서 보는 교통순경은 그 위에 'POLICE'라고 쓰인 형광색 조끼를 걸치고 참수리 마크가 찍힌 모자를 쓰고 있는데, 그게 없어서 못 알아본 거였다. 경찰 조직이나 직급에 대해 아는 게 전혀 없는 채윤은 그저 입을 다물고 류진의 다음 말을 기다릴 뿐이었다.

"시경에 있을 때는 강력계 수사관이었어요. 경찰이라면 누구나 한 번은 가보고 싶어 하는, 힘들고 위험하지만 그만큼 중요하고 대단한 자리죠. 음, 솔직히 말하면 근사하고 폼도 나고. 우리 와이프도 정복 입은 내 모습에 홀딱 반했다니까."

"크흠, 크흠."

채윤은 쓸데없는 소리 하지 말고 빨리 본론으로 들어가라는 의미에서 슬쩍 헛기침을 했다. 그녀가 기침하는 이유를 알아차린 류진은 원래 화제로 돌아갔다.

"강력계 수사관들의 꿈은 딱 한 가지예요. 열심히 일하고 부지런히 실적 쌓아서 반장 되고, 과장 되고, 계속해서 쭉쭉 올라가는 거. 나도 그랬고요. 그러다가 3년 전쯤에 절호의 기회가 왔어요. 아니, 그때는 절호의 기회처럼 보였죠."

"어떤 기회였는데요?"

"대한민국 최초로 만들어지는 증인보호 프로그램 전담반에 들어가라는 거였어요. 왜, 미국 액션 영화나 스릴러 영화에 보면 가끔 나오잖아요. 범죄자로부터 위협받는 증인을 데려다가 성형수술 시켜주고, 외국이나 아니면 어디 먼 시골 동네로 데려다줘서 완전히 다른 사람처럼 살게 하는 거요."

"우리나라에 그런 게 있다고요?"

수사관 얘기까지는 그래도 현실적이었는데, 돌연 비현실적으로 변하기 시작한 얘기에 채윤의 두 눈이 동그랗게 변했다. 류진은 채윤의 반응을 이해한다는 듯 고개를 끄덕이며 말을 이어 나갔다.

"들어본 적 없을 거예요. 철저한 기밀사항이었으니까. 경찰 조직과 검찰 조직에서도 수뇌부와 집행부 일부만 알고 있었죠. 내가 제안받은 직책은 '핸들러'라고, 피보호자인 증인을 1대1로 경호하고 관리하는 역할이었어요. 강력계 업무보다 훨씬 위험할 거라는 말에 조금 망설여지긴 했는데, 그래도 받아들였죠. 보람 있을 것 같았거든요. 일생일대의 위험에 빠진 사람들을 구해주고 정의를 실현한다는 게."

무슨 영화 줄거리를 듣는 것 같은 기분으로 류진의 얘기에 빠져 있던 채윤의 뇌리에 한 가지 생각이 스쳐 갔다. 그런데 저 사람이 왜 지금 나에게 저 얘기를 하는 걸까, 하는.

왠지 모르게 뒷덜미를 파고드는 불길한 느낌에 채윤은 자기도 모르게 손을 뻗어 김이 모락모락 나는 찻잔을 붙잡았다. 따스한 온기가 손바닥 가득 스며드는데도 이유 모를 한기는 가시질 않았다.

"완전히 틀렸죠. 보람은 개뿔. 정의는 얼어 죽을. 첫 의뢰인부터 엉망진창이었거든요. 얼굴 1/3에 화상 입은 영화배우라니, 얼마나 까탈스럽고 상대하기 어려웠을지 상상이 가요? 근데 본인 말로는 그게 원래 성격이었대요. 천상천하 유아독존."

류진은 짐짓 가벼운 척하는 투로 말했지만, 채윤은 그렇게 받아들일 수 없었다. 저 사람이 왜 지금 이 얘기를 하는지 알아차리고 말았기 때문이다. 범죄자로부터 위협받는 증인, 얼굴에 화상을 입은 영화배우, 증인보호 프로그램, 그리고 성형수술. 찻잔을 쥐고 있던 손이 부들부들 떨리면서 찻잔 표면이 위태롭게 일렁였다.

"유명한 영화배우면 돈도 많고 빽도 있을 테니까, 웬만한 위협에는 눈 하나 깜짝 안 할 것 같잖아요. 그 사람도 그랬대요. 그래서 우리가 한 달 전부터 보호해주겠다고 하는 것도 무시하고 활동할 거다 하면서 자유롭게 돌아다니더라고요. 그런데 그 배우를 노리는 놈들은 그냥 조무래기들과는 급이 다른 악질이었어요. 규모는 크지 않지만, 잔인하고 악질적이기로 우리나라 지하 세계에서 손꼽히는 폭력 조직이었거든요. 작두파라고."

"작두파……."

채윤은 멍하니 중얼거렸다. 중2병 걸린 남자애들이 즐겨 보는 허무맹랑한 만화처럼 웃기고 실없는 이름이었다. 그러나 웃을 수가 없었다. 웃음이 나오지 않았다. 류진은 한 김 식은 허브 티를 홀짝 들이켜 목을 축이고 작두파에 대해 설명했다.

"조폭들이 흔히 손대는 술집, 노래방, 룸살롱, 퇴폐 마사지업소는 물론이고 은행 이름 떡하니 내걸고 불법 대부업체까지 운영하던 놈들이었죠. 그 대부업체에서 거액을 빌린 사람이 있었어요. 희귀 난치병 앓는 아들을 키우는 선량한 은행원이었죠. 원금은커녕 이자도 못 갚고 허덕거리다가 결국 파산해버렸는데, 작두파 두목인 마봉두가 본보기를 보인다면서 불쌍한 애 아빠를 야산에 생매장해버렸죠. 바로 그 끔찍한 장면을, 내비게이션 업데이트가 안 되는 바람에 엉뚱한 길에 접어들었던 애꿎은 영화배우가 목격하게 됐던 거고요."

내비게이션. 그놈의 내비게이션이 문제였다. 잘나가는 배우가 평소 자기 휴대폰으로 내비게이션을 보면서 스스로 운전하고 다닐 일이 없으니까, 언제 어디서든 전화 한 통 메시지 한 줄이면 로켓처럼 빠르게 달려오는 매니저가 있으니까, 내비게이션 업데이트 따위 제때 해두었을 리가 없었다.

"끈질기게 추적하며 틈을 노리던 놈들은 교통사고를 위장한 습격을 가했고, 영화배우는 큰 부상을 입었죠. 담당 검사님과 나는 그 위기를 기회로 바꾸기로 했어요. 사고가 언론에 떠들썩하게 보도된 김에 사망 발표를 해버리고, 증인을 감쪽같이 빼돌리자고요. 증인이 VIP 병동에서 비밀 성형수술을 거치는 동안, 가짜 장례식이 치러지고 사망신고가 이루어졌죠. 그렇게, 영화배우 차단우는 죽었습니다."

"……."

쿵, 채윤은 눈앞에서 거대한 쇳덩어리가 떨어지는 듯한 느낌에 그만 눈을 질끈 감았다. 그 쇳덩어리가 떨어진 자리가 쩍 소리를 내며 갈라지는 것 같았다. 뭔가 말해야 할 것 같았지만 머릿속은 텅 비어서 아무것도 떠오르지 않았고 달싹거리는 입술 사이에서도 아무런 소리가 만들어지지 않았다.

Day 10.

당신들이 그렇게 만든 거잖아

시간이 멎어버린 것처럼 얼어붙은 침묵이 흘렀다. 죽은 사람처럼 창백한 낯을 하고 있는 채윤을 향해, 류진은 괜히 찔리는지 변명하듯 빠르게 말을 늘어놓았다.

"계속 죽은 상태로 내버려 둘 작정은 아니었어요. 김지훈 이름으로 주민등록을 일단 만들어주긴 했는데 어디까지나 임시였죠. 어느 정도 안전해진 다음에, 그러니까 증언이 끝나고 마봉두에게 무기징역형이 내려져서 작두파가 완전히 와해되고 나면 단우에게 원래 삶의 전부까지는 아니어도 일부분까지는 돌려주려고 했어요. 얼굴 복원수술도 해주고, 주민등록도 되살려주고, 가족과 친구들도 다시 만나게 해 주고, 대놓고 연예계 활동은 못 하겠지만 법무부 지원금으로 번듯한 사업체라도 하나 차려줘서 어머니랑 도란도란 잘 살게 해주려고 했다고요."

얼굴과 몸에 붕대를 감고 거즈를 붙이고 미친 사람처럼 흐느끼는 단우를 가까스로 진정시키는 데 성공할 수 있었던 것도 그 회유책 덕분이었다. 서 검사와 류진은 충분히 가능하리라고 믿었다. 그러면 서 검사는 원하는 대로 영전해서 법무부로 가고, 류진은 반장 직책을 달고, 단우는 증인보호 프로그램 WANTED의 첫 성공 사례이자 마스코트로서 앞으로 들어올 피보호자들에게 훌륭한 선배이자 멘토 역할을 할 수 있을 걸로 여겼다. 정말 그렇게만 됐다면 얼마나 좋았을까.

"그런데 일이 대책 없이 꼬였어요. 단우 다음으로 프로그램에 들어온 증인에게 사고가 생기는 바람에. 프로그램은 중단, 아니 폐지되고. 검사님하고 저는 좌천돼서 한직으로 쫓겨나고. 단우는 낙동강 오리알 신세가 됐죠. 단우는 주민등록만 되살려주면 자기 돈으로 복원수술 하겠다고 난리쳤지만, 이미 성형수술 부작용이 너무 심해서 더 손대면 안 되는 상황이었어요. 원래 신분으로 돌아갈 경우 경호해줄 인력도 자원도 없었고요. 그래서 검사님하고 내가 개인적인 인맥과 자금을 끌어모아서 구청 계약직으로 꽂아주고, 고시원도 얻어주고, 살길을 마련해 준 거예요."

"살길……이라고요?"

채윤은 숨이 막힌 듯 깊이 공기 들이마시는 소리를 냈다가, 마침내 입을 열었다. 이 빠진 하모니카처럼 목소리 음정이 자꾸만 어긋났다.

"한 사람 인생을 송두리째 빼앗아놓고, 다시는 올라올 수도 없을 만큼 깊은 바닥으로 처박아놓고 살길이라고요? 그걸 지금 자랑이라고 말씀하시는 거예요?"

어느새 찻잔에서 떨어져 나간 채윤의 손이 테이블 밑에서 주먹을 꽉 쥐고 있었다. 그 주먹이 류진의 얼굴로 날아가지 않게 하는 데는 상당한 인내심이 필요했다. 분노로 몸이 부들부들 떨리다 못해 어지러웠다.

“얼마나 막막했겠어요. 얼마나 비참했겠냐고요. 그 자존심 강한 사람이, 태양처럼 찬란하게 빛나는 자기 자신을 이 세상 무엇보다 사랑하던 사람이 매일 아침 너구리굴 같은 고시원에서 눈뜰 때마다 어떤 기분이었겠냔 말이에요!”

“미안합니다. 하지만 나도 주어진 환경에서 최선을 다했어요. 지훈이가 이 망할 놈의 연애 리얼리티 서바이벌인가 뭐시긴가에 상금 타러 나간다고 했을 때도, 검사님이 눈을 까뒤집고 반대하시는데도 이번 한 번만 저 하고 싶은 대로 하게 내버려 두자고 간신히 설득했다고요.”

그제야 채윤은 ‘러빙유 하우스’로 지훈을 찾아왔던 ‘누나’의 정체가 뭔지 알 수 있었다. 어쩐지, 남매치고는 분위기가 이상하다 했다. 오죽하면 TV 프로그램에 나올 생각을 다 했을까. 눈썹 한 올만 비뚤어지게 그려져도 카메라를 극구 피하던 사람이었다. 그런데 아예 마음에 안 드는 얼굴과 몸을 하고서 사방이 카메라로 빈틈없이 둘러쳐진 곳에 뛰어들다니, 한순간 한순간이 지옥 같았을지도 모른다. 류진은 붉게 달아오르고 있는 채윤의 낯빛을 살피면서 어물어물 변명했다.

“고작 그딴 거 때문에 신분이 드러날 위험을 무릅쓰지 말라고 그렇게 설득했는데, 결국 일이 이렇게 되어버려서…….”

“당신들이 그렇게 만들어놓은 거잖아! 고작 그딴 거에 매달릴 수밖에 없게!!”

채윤은 반쯤 몸을 일으키면서 그동안 꾹 참았던 고함을 앙칼진 목소리로 질러버리고 말았다. 언성이 확 높아지자 카운터에서 드라마 삼매경에 빠져 있던 카페 주인이 이쪽을 힐끔댔다. 류진은 채윤에게 제발 자제해 달라는 듯 두 손을 모아 비는 시늉을 해 보였고, 그녀는 씩씩거리면서 천천히 몸을 제자리에 앉혔다.

"본의 아니게 단우에게, 아니 지훈이에게 가혹했다는 건 알고 있습니다. 안전하게 해주겠다는 빌미로 모든 걸 빼앗은 결과가 됐다는 것도, 그래놓고 결국 사지로 내몰았다는 것도. 그래서 이번에는 어떻게 해서라도 보호하려는 겁니다. 예산도 인력도 직책도 쥐뿔도 없지만, 이 맨몸을 내던져서라도 지켜주려는 거라고요. 그 녀석에게는 평생 갚아야 할 빚이 있으니까! 이제 내 친구이기도 하니까!"

류진은 테이블을 쾅 소리 나게 내리치면서 결의에 찬 목소리로 선언하듯 외쳤다. 이번에는 카페 주인의 눈길이 그쪽을 향했다. 휴대폰에 틀어놓은 아침 드라마를 보면 드라마틱한 국면을 좋아하는 취향인 것 같았는데, 정작 자기 카페에서 별로 잘 생기지도 않은 아재가 큰소리를 내며 설쳐대는 것은 전혀 달갑지 않은 모양이었다.

한심하다고 말하는 듯한 싸늘한 시선에 움찔한 류진은 기죽은 모습으로 테이블에 튄 찻물을 냅킨으로 닦는 시늉을 해 보였다. 속이 타고 목도 타는 채윤은 거들떠보지도 않던 맛없는 허브 티를 보리차 마시듯 후루룩 마시고 입가를 닦아냈다.

"그 얘긴 지금 누군가의 보호가 필요한 상황에 처해 있다는 거네요, 지훈 씨, 단우 오빠, 아니 그 사람이. 이번에도 그 작두파라는 조폭들이 노리는 거예요?"

채윤은 지훈의 정체를 알게 된 이상 지훈이라고 부르지도 못하겠고, 그렇다고 덥석 단우라고 부르기엔 그때마다 심장이 덜컥덜컥 내려앉아서 도저히 감당할 수가 없었다. '그 사람'이라는 애매한 호칭으로 얼버무리면서 묻는 말에, 류진은 미안함과 경계심이 반반씩 섞인 얼굴로 고개를 끄덕이면서 대답했다.

"우여곡절이 많긴 했지만, 이 비밀은 지난 3년간 비교적 잘 지켜져 왔어요. 차단우가 죽지 않고 살아 있다는 건 증인보호 프로그램에 관련된 사람들이라면 알고 있지만, 그 차단우가 김지훈이 된 건 이 세상에 오직 세 사람만 알아요. 본인, 나, 그리고 검사님. 지훈이 신분증과 서류를 만들어준 사람조차 그게 누굴 위해 쓰일지는 모르게 했어요. 그런데 지훈이가 이 프로그램에 출연하기로 하면서, 더 많은 사람들에게 알려지고 카메라에 노출되면서 결국 놈들이 냄새를 맡은 것 같아요."

"……."

"어젯밤 놈들이 집 앞에서 기다리고 있었다더군요. 다행히 지훈이를 발견하진 못했지만. 채윤 씨도 그때 같이 있었죠? 눈에 띄었다면, 채윤 씨도 결코 무사하진 못했을 거예요. 사람 목숨을 날파리보다 더 하찮게 여기는 놈들이니까."

류진의 비장한 말에 채윤은 어젯밤 목격했던 광경을 떠올렸다. 그때는 부동산업자라는 지훈의 말을 일단 수긍하고 넘어갔지만, 묘하게 내내 마음에 걸렸다. 그 이유를 깨달은 건 조금 전, 사방팔방으로 지훈을 찾아다닐 때였다. 그가 혹시 병원에 있는 건 아닐까 하다가, 지난번 대학병원 주차장에서 있었던 일에 생각이 미쳤던 것이다. 그때 보았던 휠체어 탄 노인이 쓰던 걸걸한 부산 사투리가, 어젯밤 집 앞에 세워진 세단 안에서 들려오던 부산 사투리와 겹쳐졌다.

그리고 그 말 도중에 공통적으로 튀어나왔던, 채윤의 기억 속에 완전히 지워지지 않고 남아 있던 이름.

"그 조폭 일당 중에 혹시 두진이라는 이름을 가진 사람도 있나요? 어젯밤 그 사람을 본 거 같은데."

"마두진, 마봉두 아들입니다. 마봉두가 감옥에 간 후 공중분해되었던 작두파 세력을 규합해서 예전보다 더 큰 규모로 부흥시키고 있는, 지금의 실질적인 두목이죠. 겉보기엔 스마트한 사업가 같겠지만 속은 제 아버지와 똑같은 깡패고 살인자예요. 마봉두는 암 말기 진단을 받아서 임시 출소한 상태인데, 보호관찰도 받고 있고 최대한 몸 사려야 하는 상황이라 웬만한 일은 다 아들에게 맡길 겁니다."

"그럼 당장 그 마두진부터 잡아넣으면 되잖아요? 왜 가만히 놔두는 거죠?"

"아직 범죄를 저질렀다는 증거가 없으니까요. 로비스트랍시고 정재계 여기저기까지 손 뻗치고 있어서 함부로 건드리기도 어렵고요. 안 잡겠다는 건 물론 아닙니다. 언젠가 부자 둘 다 잡아넣고, 조직도 뿌리를 뽑아버려야죠. 개새끼들."

류진은 생각만 해도 분이 치미는 듯 이를 아드득 갈면서 외마디 욕설을 내뱉었다. 적어도 그 순간만큼은, 패배주의에 찌든 교통순경이 아니라 한 마리 용맹한 맹수처럼 범인을 벼르는 강력계 형사의 모습이 엿보였다.

"하지만 지금은, 그놈들 칼날이 닿지 않는 곳에 지훈이를 숨기는 게 우선입니다. 새 신분을 만들어주고, 수술을 또 할 순 없으니까 아쉬운 대로 변장이라도 시키고, 노인들만 사는 외딴 섬마을 같은 곳으로 데려갈 겁니다. 차단우가 누군지 아무도 모르고 관심도 없는 그런 곳으로. 지금으로서는 그게 최선이니까요."

"……."

"그러니 채윤 씨도 이제 지훈이 찾지 말아주세요. 오늘 굳이 찾아와 모든 사정을 털어놓은 것도 그 부탁을 하기 위해섭니다. 채윤 씨를 믿지 못해서가 아니에요. 알 수가 없어서 그러는 겁니다. 마두진의 첩보망이 어디까지, 누구에게까지 뻗쳐 있는지. 채윤 씨가 의도하지 않은 사이에 어떤 식으로든 정보가 누설될 수 있어요. 하나, 아주 사소한 실마리 하나로도, 지훈이 목숨이 위험해질 수 있어요."

채윤은 한동안 눈도 깜박이지 않은 채 류진을 선명하게 응시했다. 정말 이 사람을 믿고, 좋아하는 사람을 맡겨도 될지 가늠해보려는 것처럼. 류진은 결코 곱지 않은 그녀의 시선을 피하지 않고 정면으로 받으면서 묵묵히 견뎌냈다. 인정하기 싫지만 인정할 수밖에 없었다. 그는 선하고 좋은 사람이었다. 그리고 지훈을 진심으로 아끼고 염려하고 있었다. 어쨌든 지금은 교통순경이라니까 교통순경으로서 해야 할 일이 많을 텐데, 만사 제쳐두고 지훈을 데리고 먼 곳까지 기꺼이 가겠다고 하는 것만 봐도 그랬다. 채윤은 입술을 지그시 깨물면서 천천히 고개를 끄덕였다.

"그래요, 알겠어요. 이해했어요. 그 사람이 어디로 가는지, 앞으로는 이씨가 될지 박씨가 될지 최씨가 될지 관심 갖지 않을게요. 그 대신, 한 번만 만나보면 안 돼요? 그 사람, 잘 가라고 인사라도 하면 안 돼요?"

"……미안합니다."

류진의 태도는 정중하지만 단호했다. 진심을 담은 그 사과가 채윤에게는 그저 공허한 메아리일 뿐이었지만. 이 사람에게 미안하다는 말을 들어 무엇 하겠는가. 그래 봤자 아무것도 변하진 않을 텐데. 채윤은 그녀보다 열 배 백 배, 아니 수천 배 더 깊고 절절한 그리움을 간직하고 있을 누군가를 떠올리며 조용히 덧붙였다.

"그럼 다른 부탁할게요. 언젠가, 5년 뒤가 되든 10년 뒤가 되든 그 사람이 안전해지면, 그때는 알려주세요. 내가 아니라 그 사람 어머니한테. 아들이 죽지 않고 살아 있다고, 어딘가에서 건강하게 잘 지내고 있다고요. 꼭 그렇게 해주세요. 이게 내가 입을 다물고 이 거지 같은 일에 협조하는 조건이에요."

채윤은 이번에는 대답을 기다리지 않았다. 단지 쐐기박듯 말을 던지고 자리에서 일어나 그 자리를 벗어났을 뿐. 그녀의 등 뒤에서는 침중한 표정의 류진이 시선을 아래로 떨군 채 목석처럼 꼼짝하지 않고 우두커니 앉아 있었다.

"내가 도대체…… 무슨 짓을 했던 거야?"

들이받듯 카페 문을 열고 밖으로 굴러나온 채윤은 실성한 사람처럼 휘청휘청 몇 걸음 옮기면서 망연자실하게 중얼거렸다. 아무런 악의도 없었다. 학대받다 버려진 길고양이처럼, 사람을 경계하면서도 실은 따스한 정에 굶주린 듯 보이는 지훈에게 한 끼 맛있는 집밥을 먹이고 싶었던 것뿐이었다.

하지만 지훈은, 단우는, 사무치게 그리워하던 엄마를 눈앞에 두고도 생판 모르는 남인 척 행세해야 했을 그 마음은 그야말로 천 갈래 만 갈래로 찢어졌을 것이다. 그녀와 함께 있는 것도, 정도는 덜했겠지만 마찬가지였을 것이다. 혼자 반가워하다, 그 반가움이 같은 크기로 돌아올 일이 없다는 걸 깨달으면 전보다 더 외로워졌겠지. 낙원에서 지상으로 추락한 것처럼 초라해진 삶에 절망하면서, 또 그

비루한 삶조차 언제 무너질지 모른다는 두려움에 쉴 새 없이 떨어야 했을 것이다.

그 심정을 상상해보는 것만으로도 왈칵 목이 메고 눈시울이 뜨거워졌다. 결국 채윤은 줄 끊어진 꼭두각시 인형처럼 힘없이 무릎을 꺾으며 무너지듯 문간에 주저앉고 말았다.

"왜 나한테 말하지 않았어……. 왜 항상 혼자 감당하려고 해, 바보같이……."

길고 아픈 한숨 사이로 띄엄띄엄 떨리는 목소리가 섞여 나오고, 슬픔과 원망과 걱정과 미안함이 마구 뒤범벅된 복잡한 감정이 밀물처럼 밀려들어 온몸을 휩쌌다.

—다른 남자 만나는 건 상관없어요. 하지만 형편없는 놈이나 이상한 놈 만나는 건 절대 안 돼. 송채윤 씨는 내가 아는 가장 좋은 여자니까.

—나 말이야, 이 몸으로 살면서 처음이자 마지막으로 욕심 한 번 내보려고. 좋아하는 사람한테 좋아한다고 말해보려고. 다른 사람 만나지 말고 나하고만 있어 달라고 매달려 보려고.

—누구의 잘못도 아냐. 그냥, 어쩌다 보니 그렇게 된 것뿐이야. 원래 세상일이라는 게 우리 뜻과는 상관없이 흘러가는 일이 더 많잖아.

—그만 잊어버려. 놓아줘. 네가 얼마나 소중한 존재인지 알아보지도 못했던 그런 멍청한 놈, 더는 마음에도 기억에도 두지 마.

그가 했던 말들, 그때는 그 의미를 완전히 몰랐던 말들이 뇌리를 주마등처럼 스치고 지나갈 때마다 가슴에 할퀸 상처가 남는 것 같았다. 그 말들을 할 때 그의 표정과 말투까지 생생히 떠오르면서 날카롭게 심장을 쑤셨다.

가슴 밑바닥에서부터 뿌옇게 차오른 물안개가 어느새 눈자위를 축축하게 적시고 있었다. 왜 알아보지 못했을까. 그깟 얼굴 좀 변한 게 뭐 그리 대수라고. 그렇게 후회해놓고 왜 같은 실수를 반복했을까. 어쩌면 그는 자신을 알아봐달라고, 이번에야말로 모른 채 넘어가지 말고 도와달라고 눈빛으로 애원하고 있었을지도 모르는데.

"미안해, 내가 미안해. 오……."

치받쳐 오르는 슬픔에 말을 채 끝맺지도 못한 채윤은 팔 사이로 얼굴을 파묻으면서 흐느낌을 삼켰다. 가슴이 터져버릴 것 같았다. 혹시 카페 안에 있는 사람들이 듣기라도 할까 봐 이를 꽉 악무는데, 그게 못내 힘들어 어깨부터 발끝까지 온몸이 떨렸다. 입술을 묻은 손바닥 위에서 억눌린 울음소리가 새어 나오고, 심장이 타들어 가는 것처럼 명치 있는 부분이 따끔따끔 아파 왔다.

그 어떤 잘생기고 돈 많은 남자도 필요 없다고, 사랑한다고 꼭 말해주고 싶었는데, 그 말을 해주려던 '내일'은 그들에게 영영 오지 않을 터였다. 하다못해 미안하다는 짤막한 말 한마디조차 그에게 직접 할 수 없다는 사실이 채윤을 견딜 수 없게 만들었다.

Day 10.

적은 내부에 있다

"내가 온갖 리얼리티 프로그램만 10년 넘게 하면서 안 겪어본 일이 없는 사람인데, 촬영 마지막 날에 강력한 우승 후보가 도망가는 건 또 처음이네."

오후 2시, '러빙유 하우스' 거실에는 스무 명 남짓한 제작진과, 지훈을 제외한 나머지 출연진이 한데 모여 있었다. 현실감을 최대한 살리기 위해 촬영 기간 내내 방송국 관계자는 절대 발을 들이지 않는다는 규칙이 처음으로 깨진 것이다. 그들 중에는 채윤이 본 적 있는 얼굴도 있고 처음 보는 얼굴도 있었는데, 다들 심각하게 굳어진 표정이라는 공통점이 있었다.

"저기, 다른 것보다 우선 112 신고가 우선 아닐까요? 더 늦기 전에."

숨 막히는 침묵을 깨고 조심스럽게 입을 연 사람은 막내작가였다. 지극히 상식적인 그 말에 채윤은 가슴이 덜컥 내려앉았다. 지훈의 실종은 최대한 조용히, 은밀하게 처리되어야 했다. 적어도 그가 무사히 숨어서 이 고비를 넘길 때까지는.

"다 큰 성인이, 그것도 짐을 다 챙겨간 걸 보면 누구한테 납치된 것도 아니고 자의로 나간 게 분명한데, 굳이 신고해야 할 필요가 있을까요?"

"당연히 자의로 나간 거죠. 그러니까 신고해야 한다는 거예요. 촬영 마지막 날 잠수 타다니 수상하잖아요. 다른 방송국에서 보낸 스파이가 틀림없어요."

"네?"

채윤은 완전히 엉뚱한 방향으로 가버린 추측에 얼빠진 표정이 되었지만, 막내 작가의 주변에 서 있던 스태프들은 그 말이 맞다는 듯 연신 고개를 주억거리고 있었다. 심지어 메인 작가와 AD는 거기에 한두 마디씩 보태기까지 했다.

"혹시 WBS의 소행 아닐까요? 거기 예능국에서 이번에 연애 리얼리티 프로그램 런칭하려고 극비리에 준비 중이라던 소문이 있던데."

"스파이를 투입해서 우리 컨셉과 디테일을 파악해서 훔쳐가는 동시에, 촬영을 망쳐놓는다. 일석이조네요. 딱 WBS 예능국이 할 법한 짓이에요."

이 사람들이 지금 진지하게 하는 말인가. 방송계에서 표절과 도용이 얼마나 민감한 문제인지 익히 알고 있는 채윤으로서도 어안이 벙벙했다. 아무리 경쟁의식이 심해도 그렇지, 이게 무슨 냉전시대 첩보전도 아니고 일반인을 포섭해서 프로그램 촬영에 몰래 투입 시켰다가 막판에 빼낸다는 건 망상에 가까워 보였다. 하지만 그렇게 직언하기에는 지금 거실 안의 공기가 지나치게 무겁고 삼엄했다.

"음, 저기, 만일 지훈 씨가 진짜 스파이라 해도 그게 경찰에 신고

할 거리는 안 되지 않나요? 뭘 훔쳐간 것도 아니고 누굴 다치게 한 것도 아닌데, 그렇잖아요."

"아니, 그렇진 않아요. 촬영을 끝까지 완수할 의사가 없으면서 정보 유출을 목적으로 출연진 속에 섞여 들어왔다면 법적으로 엄연한 업무방해가 됩니다. 출연료나 상금을 받아낼 목적이 있었다면 사기 또는 사기 미수도 될 수 있고요."

어떻게든 지훈을 옹호해주려는 채윤의 시도를 가차 없이 가로막은 사람은 서준이었다. 엄숙한 태도로 팔짱을 끼고 소파에 앉아 있는 서준을 본 PD는 그의 존재를 뒤늦게 다시 인식한 것처럼 반색하면서 짝 소리 나게 손뼉을 쳤다.

"아, 맞다. 여기 변호사님이 계셨지. 잘됐네. 임 변호사님, 혹시 우리 방송국 이름으로 고소장을 낸다고 하면 변호사님께서 맡아주실 수 있으신가요?"

갈수록 태산이다. 정말 이 사건이 경찰서에 접수된다면 아무것도 모르는 동네 경찰은 지훈의 휴대폰과 신용카드를 추적하고, 그의 주변을 파헤치기 시작할 것이다. 그 과정에서 김지훈이라는 사람이 처음부터 존재하지 않았다는 사실이 밝혀질 수도 있었다. 채윤은 그것만은 막아야 한다는 일념에 필사적으로 잔머리를 굴렸다.

"김지훈 씨는 스파이가 아니에요. 실은 어젯밤에 저하고 싸워서, 그것 때문에 촬영 포기하고 뛰쳐나간 거예요. 일이 이렇게 되어서 죄송해요."

"둘이 싸웠다고요? 왜요?"

눈이 휘둥그레져서 물은 사람은 소파 아래 앉아 있던 하현이었다. 지훈의 갑작스러운 입원과 퇴원 이후, 그와 채윤 사이에 흐르는

묘한 기류를 다른 사람들이라고 해서 눈치 못 챈 게 아니었다. 대놓고 친한 척하지 않아도, 그들 사이에서는 뭔가 비밀을 공유하는 사람들 특유의 친밀함과 편안함이 느껴졌다.

어젯밤 선물 증정식 때만 해도 그랬다. 다른 사람들의 선물을 받았을 때도 채윤은 물론 기뻐했지만, 지훈의 선물을 받았을 때는 반사적으로 흘러넘치는 눈물을 참지 못했다. 뭐랄까, 그의 선물이 그녀의 심장 깊은 곳에 있는 무언가를 건드린 것 같았다. 그런데 한 사람이 집을 나가야 할 만큼 크게 싸웠더니, 뜬금없을 수밖에 없었다.

"어, 그게 왜냐면……."

채윤은 곧바로 대답하지 못하고 어물거렸다. 그런 의문을 가진 사람이 하현 하나뿐은 아닐 것이기에, 여기서 그녀가 하는 말이 아주 중요했다. 뭔가 그럴듯한 떡밥을 던져서 '신고'라는 단어로부터 사람들의 주의를 흐려놓아야 했다. 그리고 그동안 여기저기서 배운 경험으로, 채윤은 사람들의 관심을 확 끌어당길 수 있는 가장 효과적인 방법이 바로 비밀 폭로라는 걸 잘 알고 있었다.

"제작진이 비밀로 부치라고 해서 그동안 말 못 했는데, 나 사실 로또 당첨자예요. 가진 돈이 많아요. 30억 이상. 이 나이에 로드매니저 관두고 바로 연예기획사 대표가 될 수 있었던 것도, 쥐뿔도 없으면서 연애 리얼리티 프로그램에 여주인공으로 나올 수 있었던 것도 전부 그 덕분이고. 이게 내 히든 시크릿이었어요."

두 눈을 크게 뜨면서 놀라워하는 세 남자의 표정이 채윤에게는 익숙한 것이었다. 지금까지 그녀가 로또 당첨자라는 걸 밝혔을 때 누구나 그렇게 반응했다. 흔히 상상하는 것처럼 명품으로 휘감고 외제차를 몰면서 향락을 즐기지 않는 그녀의 모습이 로또 당첨자와는 영 어울리지 않는 모양이었다. 그렇게 티 내고 다니지 않은 덕분에 지금까지 당첨금을 무사히 보전할 수 있는 거라고 속으로 중얼거리면서, 채윤은 지훈을 위한 첫 번째 거짓말을 시작했다.

"엊그제 김지훈 씨한테 처음으로 털어놨어요. 내가 병원비를 내준 걸 미안해하면서 부득부득 갚겠다고 하길래, 그 정도는 괜찮다고 얘기하다 보니까 그렇게 됐죠. 그런데 그때부터 그 사람 태도가 좀 달라졌어요. 뭐랄까, 너무 잘해준다고 해야 하나. 그러면서 당첨금은 어떻게 관리하는지 꼬치꼬치 캐묻기도 하고, 뜬금없이 좋은 투자처를 안다고 소개해주겠다고 하고. 자기가 구청에서 일하니까 남들 모르는 정보도 손에 넣을 수 있다고 하는데, 솔직히 그렇게 좋게 들리진 않았어요. 그래도 그 사람 일단 환자니까, 최대한 비위 맞춰주려고 노력했고요."

"……."

채윤은 거실에 있는 모든 사람이 그녀의 말 한 마디 한 마디에 귀를 쫑긋 세우고 있는 걸 인식하면서, 집 안 곳곳 카메라에 찍혀 있을 장면들과 어긋나지 않는 그럴듯한 얘기를 꾸며내려고 애썼다. 고등학생 이후로 작가적 상상력을 이렇게까지 발휘해보는 것은 처음이었다.

"생일 파티도 그래요. 전 조용히 넘어가고 싶다고 했는데 김지훈 씨가 생일 얘기 꺼낸 거예요. 제가 예전에 갖고 싶다고 딱 한 번 말했던 선물까지 준비하고. 그렇게 감동시켜 놓더니, 편의점 가는 길에 그러더라고요. 자기가 얘기했던 투자처에 딱 5억만 먼저 넣어보면 어떻겠냐고. 반드시 수익 내게 해주겠다고요."

채윤은 자신의 이야기 속에서 지훈의 모습이 추악하게 왜곡되는 게 스스로도 너무 싫어 소름이 다 끼칠 지경이었지만, 다 그를 지키기 위한 일이었다. 방송국 사람들은 산업 스파이를 잡는 데는 혈안이 되겠지만, 출연자가 다른 출연자에게 투자하라고 꼬드기는 데는 쥐똥만큼도 관심을 갖지 않을 터였다.

"일단 생각해보겠다고 했더니, 밤에 방까지 찾아왔어요. 잘 때까지 노래 불러준다고요. 그전에는 한 번도 그런 적 없었거든요. 그쯤 되니까 이 사람이 좋아하는 게 내가 아니라 내 돈이 아닌가 하는 생각이 들더라고요. 이 프로그램에 나온 것도 연애에 관심 있어서가 아니라 오로지 상금을 위한 것 같았고. 그래서 새벽에 메시지를 보냈어요. 투자할 생각 전혀 없다, 김지훈 씨에게 실망했다, 그동안 우리 사이 있었던 일도 전부 없던 걸로 했으면 좋겠다, 그렇게요."

어젯밤 방에서 찍힌 영상을 처음부터 끝까지 자세히 봤다면, 방에 와달라고 한 것도 노래를 불러달라고 한 것도 채윤이라는 걸 알아낼 수 있겠지만, 채윤은 방송 제작진에게 그럴 시간이 없었을 거라고 생각했다. 기껏해야 빨리감기 상태에서 지훈의 동선을 확인하고, 지훈이 현관을 나가는 장면을 몇 번 돌려보기만 했을 것이다.

"지훈 형이 정말 그랬다고요?"

"그럴 사람 같지 않았는데."

도저히 믿을 수 없다는 듯 고개를 설레설레 젓는 하현을 거들고 나선 사람은 이건이었다. 그러나 그들은 채윤의 낯빛을 보고는 더 말하지 못하고 입을 다물었다. 그렁그렁한 눈동자와 파르르 떨리는 입술은, 금방이라도 폭발할 것 같은 감정을 가까스로 억누르고 있음을 보여주었다. 최종 결정권을 쥔 PD는 손끝으로 턱을 슬슬 문지르면서 고민하더니 상황이 상황이니만큼 신속하게 결정을 내렸다.

“좋아, 스파이만 아니면 됐어. 마지막 촬영은 그대로 강행하자고. 지금까지 찍은 걸 몽땅 날릴 순 없으니까. 실종된 후보에 대해서는 나중에 자막으로 설명을 넣거나, 아님 방금 송채윤 씨 코멘트를 그대로 나레이션으로 깔아도 되고.”

“평범하고 진솔한 모습으로 여주인공의 마음을 사로잡았던 순정남이 실은 돈에 환장한 속물이었다고 터뜨린다고요? 그것도 마지막 회에서? 시청자들의 배신감이 장난 아닐 텐데요. 댓글창이며 시청자 게시판이며 모두 폭주할 거예요.”

PD의 결정에 이의를 제기하고 나선 건 메인 작가였다. 거실은 순식간에 기획회의실로 돌변했다. PD는 살아 있는 사람들이 아니라 무슨 소설 속 등장인물에 대해 말하는 것처럼 빙글빙글 웃으면서 손가락을 튕겼다.

“마지막 회가 아니라 그 직전 회차의 마지막에 터뜨려야지. 시청자가 배신당한 가련한 여주인공에게 공감하고, 새로운 선택을 응원할 시간을 가질 수 있게. 댓글창이 욕으로 도배되어도, 게시판 터져 나가도 괜찮아. 그게 다 관심이고, 관심은 시청률로 직결되니까. 욕하면서도 보는 게 대중 심리지. 잡음은 많을수록 좋다고.”

“…….”

아마 그 순간 이건과 하현, 채윤, 그리고 서준까지, 모두 같은 느낌을 받았을 것이다. 유리상자 속의 모르모트 신세가 된 것 같은 미묘한 불쾌감. 두둑한 출연료와 예정된 것이나 다름없는 인기, 게다가 우승하면 어마어마한 상금까지 그들을 기다리고 있었지만 역시 세상에 공짜는 없었다. PD는 착 가라앉은 분위기를 깨뜨리려는 듯 짝짝 소리 나게 박수 치면서 스태프들을 휘몰아쳐 댔다.

"뭐해? 다들 움직이지 않고. 집 안팎 카메라는 이제 끄고. 예정대로 남자 출연자들은 각자 대기 장소로 이동해서 준비시키고, 송채윤 씨는 두 시간 후에 출발하는 걸로. 시간 없으니 출연자 분들도 적극 협조해 주세요. 너무 어두워져 버리면 엔딩 컷이 예쁘게 안 나오니까."

어딜 가려는 것인지는 몰라도, 겨울이라 해가 짧다 보니 PD 마음도 급해지는 모양이었다. 서준과 이건, 하현은 짐 챙길 틈도 없이 등 떠밀리듯 허겁지겁 집을 떠났고, 채윤은 아까 그 막내 작가, 그리고 촬영팀 스태프 한 명과 함께 덩그러니 남겨졌다. 한 명은 임시 매니저, 한 명은 운전사 역할인 듯했다.

채윤은 사방이 조용해진 후에도 자기 일 아닌 양 멍한 표정으로 소파에 앉아 있기만 했다. 막내 작가는 아침에 대충 꺼내입은 티셔츠와 면바지에 머리는 질끈 묶고, 심지어 화장도 안 한 상태인 채윤을 힐끔대면서 조심스럽게 물었다.

"저기, 채윤 씨. 아무리 그래도 클라이맥스 신 촬영인데, 좀 더 꾸미는 게 낫지 않을까요? 옷도 방송용으로 예쁜 걸로 입으시고, 메이크업도 신경 써서 하시고."

"어…… 제가 그럴 정신이 없어가지고요. 옷도 따로 못 챙겨놨고, 메이크업은 기본적인 것밖에 할 줄 모르는데. 혹시 누구 도와주실 분 없을까요?"

사실 채윤에게는 꽤 괜찮은 옷과 구색을 제대로 갖춘 메이크업 박스가 있었고, 로드매니저 출신인 만큼 메이크업도 수준급으로 할 줄 알았다. 게다가 전화 한 통이면 재깍 달려와 10분 안에 채윤을 레드카펫의 여신으로 변신시켜 줄 수 있는 초일류 스타일리스트 지인도 있었다. 그러나 채윤은 어리숙한 척 시치미를 뗐고, 막내 작가는 난감한 표정이 되었다. 보통 리얼리티 프로그램을 촬영할 때면 새벽마다 청담동 샵으로 달려가 헤어 메이크업 풀세팅에 태그도 안 뗀 새 옷을 입고 오는 여자 출연자들을 자제시키는 게 고역이었는데, 이런 경우는 처음이었던 것이다.

"음, 그럼 저희가 일단 방송국 의상실에 있는 옷 좀 골라와 볼게요. 메이크업 도와주실 분도 찾아보고요. 한 시간만 여기서 기다려주세요. 어디 가지 마시고요."

막내 작가는 촬영팀 스태프를 끌고 허둥지둥 현관을 뛰쳐나갔다. 그들이 차를 타고 떠나는 소리가 들리자마자, 채윤은 멍했던 표정을 지우고 자리에서 벌떡 일어났다. 카메라가 꺼진 이 넓은 집안에 혼자 남는 것, 그게 아까부터 그녀가 노리고 있던 바였다. 머뭇거릴 시간이 없었다. 채윤은 서준과 이건이 함께 쓰는 방 문을 거침없이 열고 안으로 들어갔다. 지훈에게 닥친 위기에 대해 류진으로부터 들었을 때부터 하고 싶었던 일이었다.

'그 아저씨, 신 경감님 말로는 촬영이 시작되고 내부에서 정보가 샌 것 같다고 했어. 그리고 임서준 씨는 회장님이라는 사람한테 지훈 씨 사진을 보내줬고.'

바보가 아닌 이상 그 둘 사이에 연관성이 있다는 건 누구나 알 수 있었다. 서준과 데이트한 이후로 내내 석연치 않았던 부분이었는데, 이번에야말로 풀어낼 기회가 온 것이다. 서준과 이건이 공동으로 쓰는 침실 공간은 내버려 두고 곧장 드레스룸으로 들어간 채윤은 이건의 출동복이 걸려 있는 왼쪽 공간은 건드리지도 않았다. 대신 값비싼 명품 정장이 줄줄이 걸려 있는 오른쪽 공간으로 향했다.

다양한 색깔과 디자인의 넥타이, 넥타이핀, 시계 같은 액세서리가 정리된 진열대를 위아래를 꼼꼼히 둘러보던 채윤은 선반 아래 기대어 세워진 서준의 서류가방을 꺼내 들었다. 그 안에서는 한 뭉치의 두꺼운 법률 서류가 굴러 나왔다.

'변호인선임신고서……. 고소장……. 변호인의견서……. 항소이유서…….'

그게 다 뭐에 쓰이는 것들인지는 건지는 몰라도, 채윤이 찾는 게 아니라는 것은 확실했다. 하긴, 애초에 이렇게 남들이 다 볼 수 있는 곳에 놓아두었을 거라곤 기대도 안 했다. 채윤은 곱게 개켜져 쌓여 있는 흰색, 아이보리색, 하늘색, 회색 셔츠 너머로 조심스럽게 손을 넣어보았다. 그 작은 공간이야말로 드레스룸과 침실 사이에 설치된 카메라의 시야에도, 반대편 공간에서 옷을 갈아입는 이건의 시야에도 포착되지 않는 완벽한 사각지대였다. 허공을 휘휘 젓던 채윤의 손끝에, 뭔가 차갑고 단단한 금속 표면 같은 게 와 닿았다.

'바로 이거야!'

손바닥을 쫙 펼쳐도 한 손에 들어오지 않는 너비, 슬쩍 만져본 것만으로 확연히 느껴지는 무게감, 채윤은 이게 바로 그것이라는 번개 같은 직감이 들었다. 나머지 한 손도 마저 넣어 낑낑대며 끄집어낸 그 묵직한 물체는, A4보다 조금 큰 사이즈의 소형 사무용 금고였다.

그대로 뚜껑을 열어젖히려던 채윤은 전면에 달린 디지털 다이얼을 보고 멈칫했다. 0부터 9까지의 숫자가 있고, 그 아래 영어 알파벳이 세 자리씩 들어간 형태였다. 뜻밖의 난관에 부딪친 채윤은 다이얼을 만지작거리며 고민에 빠졌다. 수동 금고와 달리 디지털 금고는 비밀번호를 여러 번 틀리면 동작이 멈춘다는 얘기를 들은 적이 있었다. 신중해야 했다. 기회가 많지 않았다.

'일단 임서준 씨 생일부터 눌러보자. 5월 5일에 태어나서 어린이날 선물을 따로 받아본 적 없다고 했었지. 출생년도를 넣고, 그다음에 0505를 넣으면 되겠지?'

채윤은 어젯밤 생일파티에서 서로 생일이 언젠지 화제가 되었을 때 서준이 했던 말을 떠올리며 차근차근 힘주어 다이얼을 눌렀다. 삐익—. 여섯 자리 번호를 누르자마자 날카로운 경고음이 울려 그녀를 팔짝 뛰어 오르게 만들었다. 역시, 영리한 변호사가 이렇게 뻔한 비밀번호를 설정해두었을 리 없었다.

채윤은 서준의 휴대폰 번호 일부를 넣어보기도 하고, 차량 번호를 조합해 넣어보기도 했다. 그때마다 짜증을 내는 듯한 삐익, 삐익 경고음이 아프게 귀를 찔렀다. 벌써 세 번이나 틀렸다. 다행히 금고 계기판은 아직 꺼지지 않고 있었지만, 얼마나 버틸 수 있을지 몰랐다.

'꼭 숫자가 아닐지도 몰라. 문자일 수도 있어.'

채윤은 숫자를 문자로 전환하는 버튼을 누르고, 서준의 이름자인 'SEOJUN'을 넣었다. 삐익, 이번에도 어김없이 허탕이었다. 네 번 틀렸다. 다섯 번을 넘어서까지 기회가 있을 것 같진 않았다.

'가족 이름일까? 어릴 때 키우던 애완견 이름? 존경하는 인물 이름?'

쉽사리 하나를 정하지 못하고 갈팡질팡하던 채윤의 뇌리에, 며칠 전 서준으로부터 들었던 말 한마디가 마치 신의 계시처럼 번뜩 스쳐 갔다.

—지미 바우어의 'Por ti'라는 곡이에요. 영어로 하면 'For you'. 사촌동생이 좋아해서 자주 들려줬어요.

그래, 이판사판이다. 채윤은 갖고 있는 칩을 몽땅 베팅하는 도박

꾼의 심정으로 'FORYOU'를 누르고, 경고음이 울리기만을 기다리면서 두 눈을 질끈 감았다. 천둥처럼 울리는 심장 소리가 온몸을 메우는데, 몇 초가 지나도록 아무 일도 일어나지 않았다. 기적이었다. 채윤은 아까의 경고음과 달리 매끄러운 위잉 소리를 내면서 자동으로 열리는 금고 뚜껑을 무슨 마법의 상자 보듯 쳐다보았다.

'한가하게 멍 때리고 있을 시간이 없어. 서둘러야지.'

채윤은 미세하게 떨리는 손으로 금고 안에 쌓여 있는 서류를 뒤적이기 시작했다. 얇고 하얀 종잇장들 사이에서 제일 먼저 눈에 띈 건 두껍고 빳빳한 폴라로이드 사진 몇 장이었다. 무심코 그 사진을 들여다보았던 채윤의 눈동자가 커졌다. 모델처럼 화려한 외모와 몸매를 가진 어린 여자, 혜라와 서준이 함께 찍은 사진들이었다. 사진 속에서 혜라는 서준의 무릎에 앉아 목을 팔로 감싸고 있거나, 뺨에 입 맞추고 있거나, 누운 채 허리에 다리를 감고 있기까지 했다. 누가 봐도 사촌 남매지간이 아니라 연인 사이로밖에 볼 수 없는 다정하고 친밀한 포즈였다.

'그래, 처음부터 여자친구가 필요해서 프로그램에 출연한 게 아니었어.'

채윤은 사진 아래서 굴러나온, 커플링인 게 분명한 은백색 반지를 내려다보며 헛웃음을 지었다. 더 이상 남아 있는 기대가 없다 보니 실망감이나 배신감조차 느껴지지 않았다. 그보다는 금고 맨 밑바닥에 깔려있는, '극비' 라벨이 붙어 있는 서류철이 훨씬 중요했다.

'VIP 민간조사' 마크가 찍힌 서류철 뒷부분에는 봉인을 뜯어낸 자국이 남아 있었다. 채윤은 이게 서준이 '회장님'과의 통화에서 말했던 '흥신소 조사결과'라는 걸 알아차렸다. 사진과 각종 자료가 첨부

된 서류의 맨 윗부분에는, 의뢰인이 한눈에 볼 수 있도록 조사결과 요약이 간단명료하게 적혀 있었다.

—지금으로부터 3년 전을 기점으로 조사대상의 사용카드 가입내역, 휴대폰 가입내역, 일반전화 및 인터넷 가입내역, 의료보험 청구내역, 세금납부내역 전무함. 가족관계증명서에 기재된 부모는 20년 전 교통사고로 사망한 상태로, 자녀가 없었던 것으로 확인됨. 이력서에 적힌 출신 초등학교, 중학교, 고등학교의 졸업연도 졸업앨범을 확인한 결과 조사대상이 기재되어 있지 않음. 결과적으로, 조사대상의 주민등록등초본 및 가족관계증명서, 이력서는 모두 위조한 것으로 판단됨.

한 마디로, 김지훈은 이 세상에 존재하지 않는 가짜 인간이라는 얘기였다. 채윤은 파르르 떨리는 손으로 종잇장을 빠르게 넘겼다. 서류철의 맨 뒷장에는 총천연색으로 출력한 사진들이 꽂혀 있었다. 첫 번째는 지훈의 증명사진을 확대한 것이었고, 그다음으로는 지훈의 얼굴과 몸을 이리저리 바꾸고 줄이고 늘여가면서 인상착의를 바꿔본 각종 합성사진들이 이어졌다. 포토샵을 이용한 것 같았다.

사진을 넘기면 넘길수록 갈수록 누군가와 비슷해진다고 생각한 순간, 마지막으로 단우의 옛 프로필사진을 합성 사진과 겹쳐놓은 비교 사진이 채윤의 눈앞에 나타났다. 그 사진 아래에는, 자로 댄 것처럼 깔끔한 서준의 글씨로 이렇게 적혀 있었다.

—김지훈 = 차단우?!

채윤은 서류철을 쥐고 있던 손을 자기도 모르게 꽉 쥐었다. 이걸로 확실해졌다. 스파이는 김지훈이 아니라 임서준이었다. 그가 바로, 지훈을 작두파 두목 마봉두 '회장'에게 팔아넘긴 배신자 유다였다.

채윤은 떨리는 손으로 휴대폰을 꺼내 눈앞에 놓인 서류들을 한 장 한 장 넘겨 가며 사진을 찍었다. 구체적인 방법은 아직 생각나지 않지만, 그게 언젠가 지훈과 자신을 위한 무기가 되어줄 것 같았다.

Day 10.

최종 선택

"타시죠."

중후한 검은색 제복을 입은 운전사가 채윤을 향해 정중히 문을 열어주면서 말했다. 진주 장식이 달린 청순한 흰 원피스에 털 장식이 달린 귀여운 핑크색 코트를 입고 펄 메이크업을 한 채윤은 완전히 다른 여자처럼 예쁘게 반짝였고, 그녀 앞에 대기하고 있는 길고 늘씬한 은색 리무진은 그야말로 드라마틱한 클라이맥스에 어울리는 것이었다.

채윤이 동화 속 공주님처럼 운전사의 에스코트를 받으며 차에 올라타는 동안, 촬영팀 스태프는 카메라를 어깨에 메고 그녀의 일거수일투족을 놓치지 않고 찍고 있었다. 채윤을 태운 뒷좌석 문이 닫히자, 그는 재빨리 조수석으로 올라타 촬영을 계속했다. 조수석과 뒷좌석 거리가 상당히 멀었기에, 리무진 안에는 채윤의 세밀한 표정을 포착하기 위한 크고 작은 캠코더들이 군데군데 설치되어 있었다. 트루먼 쇼가 따로 없었다.

"그럼, 출발하겠습니다."

운전사는 행선지를 말해주는 대신 그렇게 간략하게 말하더니 곧 바로 차를 출발시켰다. 고급 가죽 시트와 작은 샹들리에 모양의 실내등, 크리스털 잔이 놓인 미니 바와 대형 스피커로 장식된 리무진 내부를 신기하게 둘러보던 채윤의 시야에 어디선가 본 적 있는 물건이 들어왔다.

채윤에게 보란 듯이 테이블 위에 가지런히 놓인 사각형 상자, 그리고 그 뚜껑에 리본으로 묶여 있는 것은 컴퓨터로 타이핑해서 프린터기로 출력한 카드였다. '러빙유'의 숨겨진 타이틀인 '히든 시크릿'을 밝히고 네 개의 비밀을 미리 알려주던 그날처럼, 이것도 역시 제작진이 보낸 메시지였다. 채윤은 카드 맨 위에 작게 적혀 있는 '소리 내어 읽어주세요' 문구를 보고 또랑또랑한 목소리로 메시지를 읽었다.

—열흘간 '러빙유 하우스'에서 보낸 시간, 즐거우셨나요? 이번 시즌 출연자들에게는 진정한 사랑을 찾는 것 외에도, 자신의 비밀을 숨기거나 타인의 비밀을 알아내야 하는 시크릿 미션이 주어졌습니다.

덕분에 촬영 첫날부터 뛰쳐나갈 뻔했지, 그때는 고작 비밀 같은 것으로 한 사람을 규정할 수 없고, 그래서도 안 된다는 걸 몰랐으니까. 채윤은 피식 웃으면서 카드에 적힌 메시지를 계속해서 읽어내려갔다.

—지금부터 송채윤 씨는 네 가지 비밀이 적힌 각 종이 뒷면에, 그 비밀의 주인이 누군지 자신이 생각하는 답을 적어주시기 바랍니다. 이름을 중복해서 적거나 적지 않는 건 불가능합니다.

촬영이 끝나기 전에 비밀 맞추기 게임을 할 거라는 예상은 했지만, 좀 더 요란한 형태가 될 줄 알았다. 사회자가 등장하고 하나를 맞출 때마다 팡파레가 울리고 폭죽이 터지는 그런 식으로. 하지만 인위적인 요소를 최대한 배제한다는, 그놈의 리얼리티에 대한 '러빙유' PD의 집착은 마지막까지 굳건한 모양이었다. 메시지의 마지막 두 줄은 유독 진한 글씨체로 출력되어 있고 밑줄까지 그어져 있었다.

—비밀의 소유자를 정확히 맞춘 경우에는 송채윤 씨에게, 맞추지 못한 경우에는 비밀의 소유자에게 각 천만 원의 상금이 주어집니다. 신중히 생각해주세요.

천만 원. 최종 상금에 비하면 많은 금액은 아니었지만, 그 자체만을 두고 봤을 때 적은 금액도 결코 아니었다. 채윤은 카드에 적힌 메시지처럼 신중히 생각하기로 했다. 답이 무엇인지가 아니라, 답을 어떻게 적어야 할지를.

—첫 번째 비밀, 난 포르노 영화를 찍은 적이 있다.

—두 번째 비밀, 난 10억의 빚을 지고 있다.

—세 번째 비밀, 난 세쌍둥이를 키우고 있는 돌싱이다.

—네 번째 비밀, 난 성형수술을 한 적이 있다.

채윤은 첫 번째 카드 뒤에 하현의 이름, 두 번째 카드 뒤에 이건의 이름을, 그리고 세 번째 카드 뒤에 서준의 이름을 적고 마지막 카드 뒤에 지훈의 이름을 적었다. 아무렇게나 적은 것 같았지만 내심 고민해서 정한 답안이었다. 하현의 비밀은 모두가 알게 된 판국에 혼자 모르는 척했다간 너무 티 날 것 같았고, 지훈은 어차피 돈을 받을 수도 없는 신세이니 그럴 바엔 그냥 자기가 받아두는 게 나을 것 같았다. 임서준에게 천만 원을 주고 싶진 않았지만 이건에게 주기 위해서는 어쩔 수 없었다. 이건은 그 돈을 세쌍둥이를 키우는 데 유용하게 쓸 수 있을 것이다. 거기서 조금 남으면, 어쩌면 화경과 데이트하는 비용으로 쓸 수 있을지도 모르고.

'화경 언니와 잘 되면 앞으로도 자주 볼 수 있을 테니까, 나쁘지 않을지도.'

채윤은 빙긋 웃으면서 이름 적은 카드를 상자 안에 차곡차곡 넣었다. 그러다가 상자 밑바닥에 깔려 있는 또 다른 카드 한 장을 발견했다. 조금 애매한 곳에 놓여 있긴 했지만, 카드 모서리에 눈에 확 띄는 빨간색 리본이 야무지게 묶여 있어서 그냥 지나칠 위험은 없었다.

채윤은 그게 제작진으로부터 받는 마지막 카드가 될 것임을 직감하면서 열어보았다. 카드를 읽는 목소리가 아까와 달리 조금 떨렸다.

—진정한 사랑을 찾기 위한 여정의 마지막 단계, 선택은 오로지 당신의 손에 달려 있습니다. 세 명의 후보들은 서로 다른 장소에서 당신을 애타게 기다리고 있으며, 그 세 장소가 아래에 나와 있습니다. 운전기사님께 행선지를 말씀해 주세요.

자동탈락한 후보인 지훈에 대한 언급은 한 글자도 찾아볼 수 없었다. 채윤은 그 시점부터 입을 다문 채 마지막 줄에 적힌 내용을 읽었다. 하늘공원, 남산타워, 뚝섬 한강 둔치. 모두 해 지는 전경이 아름답기로 소문난 곳이었다.

채윤은 손에 쥔 세 개의 선택지를 지그시 노려보다가, 이윽고 결심한 듯 운전석을 향해 말했다.

"기사님, 뚝섬 한강 둔치로 가 주세요."

리무진이 도로의 러시아워를 헤쳐나가는 사이, 빽빽한 빌딩 숲 사이로 불그스름한 저녁놀이 비늘처럼 얇게 스며들었다. 온 세상을 물들이는 그 선명한 빛깔을 보면서 채윤은 지훈을 생각했다. 지금 어디에 있을지, 무엇을 하고 있을지, 무슨 생각을 하고 있을지. 직접 만나지 못한다면 통화라도 할 수 있으면 좋을 텐데, 아니면 답장을 받지 못해도 좋으니 메시지라도 보낼 수 있다면. 류진에게 약속하긴 했지만 채윤은 여전히 미련을 버리지 못했다. 사람 마음이 전등 스위치처럼 마음대로 켰다 껐다 할 수 있는 게 아니니까. 그녀의 머릿속은 오직 자신이 무엇을 어떻게 해야 지훈을 도울 수 있을지 그 생각으로만 가득해서 흘러넘칠 것만 같았다.

"다 왔습니다."

채윤이 창밖을 바라보며 고민 삼매경에 빠져 있는 사이 목적지에 도착한 리무진이 부드러운 동작으로 멈춰섰다. 채윤은 운전기사를 향해 작게 고개를 끄덕여 감사 인사를 하고 차에서 내렸다. 보기만 해도 답답한 도심의 스카이라인은 온데간데없고, 탁 트인 수평선 위로 수백 개의 조명이 달린 대교가 쭉 뻗은 시원한 광경이 눈앞에 펼쳐졌다. 리무진 안에 설치된 카메라를 통해 채윤의 행선지가 미리 알려진 모양인지 카메라가 사방을 둘러싸고 있었다.

채윤은 화사한 코트 옷소매 아래로 두 주먹을 꾹 쥔 채 마른 침을 삼키고는, 긴장한 얼굴로 발걸음을 옮기기 시작했다. 스산한 겨울 강바람이 무성한 풀숲을 스치며 내는 사각사각 소리가 귓가를 파고들었다. 카드에는 목적지에 도착한 후 어떻게 하라고 적혀있진 않았지만, 듣지 않아도 왠지 알 것 같았다. 저만치 자리 잡은 선착장에 힘찬 엔진 소리를 내며 정박해 있는 유람선이 보였다.

촬영을 위해 미리 조치를 취한 듯 선착장은 텅 비어 있었고, 유람선 주변에도 사람들은 보이지 않았다. 승객이라고는 오직 단 한 사람, 갑판 난간에 홀연히 기대어 서 있는 회색 코트의 남자뿐이었다.

유람선의 몸체를 촘촘히 장식한 LED조명이 조각처럼 반듯한 그의 옆얼굴에 흐르듯 엷게 퍼져나가고 있었다. 채윤은 잠시 멈춰 서서 그를 바라보면서, 아마도 자기가 아는 중에 가장 잘생긴 악당일 거라고 생각했다. 하지만 원하는 것을 얻기 위해서, 때로는 소름 끼치게 싫은 인물과 손을 잡아야 할 때도 있는 법이었다. 선착장에 연결된 다리를 건너 배 바로 앞까지 걸어가는 동안 단단히 마음을 다잡은 채윤은 그를 향해 소리쳤다.

"서준 씨!"

"채윤 씨?"

채윤이 서준을 알고 지낸 후 처음으로, 그는 무척 놀라는 표정을 지어 보였다. 아무리 지훈이 최종 선택 직전에 이탈했다 해도, 채윤이 자신을 선택하리라고는 예상하지 못한 것 같았다. 처음이자 마지막 데이트 이후 채윤은 서준에 대한 불편한 감정을 겉으로 드러내지 않으려 애썼지만, 역시 다 티가 났던 모양이다.

지훈이 사라진 후, 채윤이 선택 상대로 제일 먼저 고려한 것은 이건이었다. 그에게는 인간적 호감과 우정이 있었고, 무엇보다 거액의 상금을 그에게 돌아가게 해 주고 싶은 마음이 컸다. 다음으로는 하현도 생각해보았다. 남동생처럼 귀엽고 자꾸만 마음이 쓰이는 그를, 다시는 포르노 영화 같은 걸 찍지 않고도 하고 싶은 일 하면서 살 수 있게 해주고 싶었다.

그러나 그녀는 이건이 기다리고 있는 하늘공원으로도, 하현이 기다리고 있는 남산타워로도 가지 않았다. 그녀가 서준의 방에서 문제의 서류를 발견한 그 순간부터 만들어놓은 시나리오를 실행에 옮기기 위해서는, 현재로서 그녀가 접근할 수 있는 유일한 악의 축인 서준을 구워삶을 필요가 있었기 때문이다.

이번에는 실수하지 말아야겠다고, 일생을 건 연기를 펼쳐야겠다고 다짐하면서 채윤은 잘 움직이려 하지 않는 입 근육을 억지로 끌어올렸다. 최대한 밝게 웃으면서, 서준을 향해 에스코트를 바라는 것처럼 천천히 오른손을 내밀었다.

"뭐 하고 있어요? 나, 안 잡아줄 거예요?"

서준은 그런 채윤을 유심히 쳐다보다가, 이내 온화한 미소를 지으면서 뱃전으로 성큼성큼 걸어왔다. 서준이 채윤의 손을 잡았을 때, 그녀에게는 그 부드럽고 따뜻한 촉감이 이전과 달리 뱀 살갗 스치는 것처럼 소름 끼치는 느낌이었다.

그래도 애써 아무렇지 않은 척 그의 손을 마주 잡고, LED 조명이 꽃처럼 깔린 발판을 조심스럽게 밟고 배에 올라탔다. 유람선 바닥에 착지하는 순간 발밑이 미세하게 일렁이는 것 같은 감각에 채윤이 휘청거리자, 서준은 기다렸다는 듯 그녀의 어깨를 잡고 지탱해주었다. 아마도 카메라 렌즈에 비추기엔 서로에게 호감 있는 남녀가 우연을 가장해 은근한 포옹을 하는 것으로 보였을 것이다.

채윤은 지금 이 장면이 섬세한 보정을 거쳐 로맨스 영화의 클라이맥스처럼 아름답고 유려하게 변한 후, 감성적인 자막과 서정적인 음악을 입혀 방송으로 나가는 게 눈에 선했다.

—yo venderia el alma por ti, iria a la luna cien veces por ti.

채윤이 무사히 오르자마자 배는 움직이기 시작했고, 선체 양쪽에 달린 대형 스피커에서 감미롭고 정열적인 라틴 음악이 흘러나와 고요했던 강가를 두드렸다. 서준이, 아니 정확히 말하면 서준의 연인 혜라가 좋아하는 바로 그 노래였다.

서준은 지극히 자연스러운 태도로 하트 모양 오브제가 장식된 뱃머리까지 채윤을 이끌어갔고, 그동안 배는 느린 속도로 움직이며 그들에게 휘황한 한강 야경을 감상할 여유를 주었다. 그러나 채윤은 야경 따위에 눈 돌릴 여유가 없었다. 무슨 미술품 장수처럼 '그림, 그림' 타령을 해대는 PD를 만족시키고 이놈의 지긋지긋한 촬영에 종지부를 찍으려면 어찌 됐든 고백 비슷한 걸 해야 한다는 걸 알고 있어서였다.

"임서준 씨, 나 할말이 있어요. 들어줄 수 있어요?"

"네, 들어보고 싶네요."

서준은 빙긋 웃으면서 다시 한번 채윤의 손을 잡았다. 채윤은 여전히 그와 손잡는 게 싫었지만, 적어도 껴안거나 입 맞추려 하지 않는 게 어딘가 싶었다. PD는 서준에게 만일 채윤이 나타난다면 그런 식으로 맞이하라고 당부했을 게 뻔하니까. 서준이 채윤에게 깊은 스킨십을 시도하지 않는 게 아직 그렇게 오래 본 사이가 아니라서 예의를 지키려는 건지, 아니면 채윤보다 훨씬 어리고 예쁘고 몸매까지 완벽한 여자친구가 있어서 그럴 마음이 안 생기는 건지는 알 수 없었지만. 어쨌든 서로 다행이라고 생각하면서 채윤은 떠듬떠듬 머릿속에 써둔 대본을 읊어대기 시작했다.

"서준 씨는 내가 아는 가장 훌륭한 사람이고, 멋진 남자예요. 이 프로그램에 나와서 서준 씨를 만나게 된 것도, 데이트할 수 있었던 것도, 내게는 도저히 믿기지 않을 만큼 과분한 행운이었어요."

너무 과분하니까 난 사양할게요, 그 선물 좋아하는 여대생한테나 가든가 말든가. 채윤은 그렇게 쏘아붙이면서 서준을 난간 너머로 밀어버리고 싶은 충동을 꾹 억눌러야 했다. 이 정도로 충분하면 좋겠는데, 카메라가 줄기차게 돌아가고 배는 물살을 헤치며 나아가고 있는 걸 보니 결정적인 한 방이 필요한 모양이었다.

채윤은 배멀미 때문인지 아니면 눈앞의 남자 때문인지 명확히 알 수 없는 메스꺼움을 참으면서 목구멍 뒤에 바위처럼 걸려 있는 말을 필사적으로 밀어냈다.

"한때 혼란스럽기도 했지만 이제 내 감정을 확실히 알겠어요. 내 선택은 서준 씨예요. 촬영 끝나도, 밖에 나가서도 계속 보고 싶어요. 서준 씨만 괜찮다면요."

잭팟이었다. 채윤이 말을 마치고 서준이 빙긋 웃으며 고개를 끄덕이는 것과 동시에 퍼엉 하는 긴 폭음이 들리면서 주변이 삽시간에 대낮처럼 환해졌다. 계속해서 여러 발의 폭죽이 슉슉 소리를 내며 하늘을 일직선으로 가로지르며 돌진하고, 이번에는 산발적인 폭음과 함께 별처럼 눈부신 섬광이 오색 빛깔 보석처럼 밤하늘을 수놓았다. 3억 원의 상금이 걸린 연애 리얼리티 서바이벌 프로그램의 대미로 딱 어울리는 이벤트였다.

음악이 점점 커지는 가운데 폭죽놀이는 한참이나 계속되었고, 그칠 줄 모르는 폭음에 채윤의 귀가 멍멍해졌을 즈음에야 그쳤다. 강 한가운데를 향해 나아가던 배가 천천히 방향을 돌리는 것을 보고, 채윤은 드디어 길고 다사다난했던 열흘 간의 촬영이 끝났음을 알아차렸다.

"수고 많으셨습니다!"

"멋진 결말이었어요!"

선착장으로 돌아온 배에서 내리는 서준과 채윤을 향해 제작진의 박수갈채가 쏟아졌다. 그건 기쁨과 안도감과 피곤함이 복잡하게 뒤섞인 박수였다. 열흘간 눈에 띄지 않게, 그러면서도 빈틈없이 네 남자와 한 여자의 뒤를 따라다니고, 그들 사이에 오가는 미세한 표정, 말투며 공기 흐름의 변화까지 포착해내느라 그들도 죽을 맛이었을 것이다. 폭죽의 열기로 얼굴이 불그스름해진 PD가 그들 사이에서 뛰어나와 채윤과 서준을 반갑게 맞이했다.

"시간이 늦었으니 오늘 밤은 러빙유 하우스에서 그대로 주무셔도 됩니다. 현관 비밀번호는 바꾸지 않았고, 카메라는 아직 철수하진 않았지만 전부 꺼 놓았으니 훨씬 편하게 쉬실 수 있을 겁니다. 아, 물론 댁으로 돌아가시고 싶으시면 얼마든지 그렇게 하셔도 됩니다. 출연료와 상금 정산, 애프터 인터뷰 촬영 등 스케줄 관련해서는 내일 개별적으로 연락드릴 겁니다."

"전 그냥 쓰던 방에서 잘게요. 너무 피곤해서 이사할 기력이 없거든요."

PD의 제안에 채윤은 두 번 생각할 것도 없이 넙죽 대답했다. 피곤한 것도 사실이긴 했지만, 사실 그보다는 지훈이 쓰던 방을 다시 한 번 뒤져봐야겠다는 생각을 하고 있었다. 짐이 싹 없어진 건 아침에 확인했지만, 그래도 혹시 뭔가 놓고 간 게 있을지도 모르니까. 그녀 옆에 선 서준은 정중한 태도로 PD에게 말했다.

"배려해주신 건 감사합니다만, 전 짐을 챙겨 집으로 가봐야겠습니다. 새벽까지 급히 처리해야 할 법률 업무가 있어서요. 채윤 씨는 제가 태워다 드리면 되겠네요."

이제 촬영 끝나고 볼 장 다 봤으니 서준과는 단 1초도 같이 있고 싶지 않은 게 채윤의 솔직한 심정이었지만, 그래도 짐을 챙겨 떠나긴 한다니 조금만 더 참기로 했다. 스태프 한 명 한 명과 일일이 인사를 마친 후, 서준은 채윤을 데리고 주차장에 세워둔 그의 승용차 쪽으로 걸어가기 시작했다.

벌떼처럼 와글와글 모여 서 있는 스태프들이 완전히 시야에서 사라지고, 집까지 가는 동안 또 무슨 대화를 해야 할지 골치를 썩이던 채윤을 향해 서준이 툭 던지듯 태연하게 물었다.

"채윤 씨, 왜 거짓말했어요?"

"네? 거짓말이라뇨?"

채윤은 단도직입적으로 치고 들어오는 공격에 당혹스러움을 숨기지 못하면서 되물었다. 그녀의 속눈썹이 파르르 떨리는 게 서준의 눈에도 고스란히 보였다.

"훌륭하다. 과분하다. 여자가 남자한테 고백할 때 쓰는 단어들은 아니죠. 그건 거절할 때 쓰는 단어들이에요. 얼핏 듣기에는 고백처럼 들렸지만, 사실 날 좋아한다는 말은 하지도 않았잖아요."

"그건……."

"김지훈 씨, 진심으로 좋아하죠? 떠난 지 하루밖에 안 됐는데 고작 그동안 그 마음이 변할 리 없잖아요. 제작진의 압력으로 누군가를 골라야 했다면, 내가 아니라 좀 더 편한 사이인 한이건이나 유하현에게 가는 게 자연스러웠을 것 같은데."

"……."

서준의 지적이 정확했기에 채윤은 반박하지 못했다. 아니, 굳이 반박하지 않았다. 로드매니저로 험한 연예계 밑바닥에서 구르고 또 구르면서 사람에 대한 안목 하나만큼은 확실히 길렀다고 자부하는 채윤에게 첫인상까지 감쪽같이 속인 교활한 남자가 임서준이었다.

그를 완벽하게 속일 수 없을 거라는 건 처음부터 알고 있었고, 그것조차 그녀의 작전 일부로 들어가 있었다. 혼신의 힘을 다해 열심히 연기한 것은, 그게 들통났을 때 드러날 당혹감을 진실하게 만들어 그 후에 펼쳐질 진짜 연기를 더 그럴듯하게 보이려는 이중 계획이었다.

채윤은 불안과 두려움에 떠는 것처럼 서준의 곁에서 두세 걸음 정도 물러났다가, 자신 없는 투로 어물거렸다.

"저기, 일부러 속이려고 한 건 아닌데요. 서준 씨를 이용한 것처럼 보였다면 정말 미안해요. 어떻게든 방송을 무사히 마무리 지어야 사람들 관심이 지훈 씨에게 쏠리지 않을 거라서 어쩔 수 없이……."

"그게 무슨 말이에요? 채윤 씨, 지훈 씨가 어디 있는지 알아요?"

"아, 말하면 안 되는데……."

채윤은 발끝을 세워 빙글빙글 돌리면서 난처해 하는 시늉을 했다. 저 멀리 금색과 은색으로 반짝이는 도심의 밤풍경을 보고 한숨을 푹푹 내쉬면서 일부러 시간을 끌기도 했다. 그러다가 몇 분이 지나서야 마침내 결단을 내린 듯 말했다.

"난 서준 씨를 믿어요. 진짜 좋은 사람이고, 최고의 변호사인걸. 연습생들 계약 파기 때문에 곤란에 처해 있는 날 아무 대가 없이 도와줬잖아요. 그러니까 그냥 다 털어놓을게요. 사실 나, 그저께 지훈 씨 퇴원시켜버리고 같이 여행 갔었어요. 그리고 그날 지훈 씨한테 정말 충격적인 고백을 들었어요."

채윤은 혹시 엿듣는 사람이 있는지 살피는 것처럼 주위를 몇 번이나 둘러보고 확인한 다음에 서준을 향해 한 걸음 가까이 다가갔다. 그리고 그의 얼굴에 자신의 얼굴을 가까이 가져다 댄 상태로 소곤거리듯 은밀하게 말했다.

"서준 씨도 누구한테 절대 말하면 안 돼요. 이건 그 사람 목숨이 달린 문제니까. 그 사람, 3년 전에 죽었다고 알려진 영화배우 차단우예요. 내가 매니저로 있었던 그 차단우요. 범죄 조직에 쫓겨서 증인보호 프로그램에 들어간 거래요. 그래서 성형수술도 하고, 이름도 바꾸고, 구청에 취직도 했다고요. 증인보호 프로그램이 망하고 복원수술할 비용을 마련하려고 이 프로그램에 나왔는데, 전부터 알던 사이인 날 만나서 눈물 나게 반갑고 행복했다고 했어요. 내가 이렇게 소중한 존재인 줄 예전에는 몰랐다고, 앞으로는 쭉 함께 같이 있고 싶다고 했어요."

"그런 영화 속에서나 나올 법한 일이 실제로 일어났다고요? 아니, 그게 사실이라고 쳐도, 그렇다면 왜 갑자기 사라진 거예요? 쭉 같이 있기로 했다면서?"

"그 나쁜 놈들이 다시 뒤를 쫓는 것 같대요. 예전에 증인보호해 줬던 경찰이 같이 가자고 해서 일단 따라가긴 하는데, 무능하기 짝이 없어서 이제는 못 믿겠다고 했어요. 그 경찰만 믿고 있다간 이번에야말로 죽을 것 같다고. 며칠 내로 어떻게든 빠져나온다고, 같이 도망가자고 했어요. 이게 어제 새벽 주고받은 메시지 내용이에요. 투자금 어쩌고 하는 그런 게 아니라요."

영화에서나 나올 법한 허무맹랑한 얘기를 들은 사람치고는 지나치게 덤덤한 표정을 유지하고 있던 서준의 눈이 한순간 번득이며 빛나는 것을, 채윤은 분명히 보았다.

"우리 둘이 부산까지 기차 타고 가서, 부산에서 배 타고 최대한 먼 외국으로 갈 거예요. 이왕 솔직하게 털어놓은 김에, 서준 씨한테 부탁하고 싶어요. 변호사니까 이런 거 잘 알 것 같아서. 김지훈 이름이 아닌 다른 이름으로 배에 타서 외국으로 들어가고 싶은데 어떻게 해줄 수 없을까요? 우승상금 3억, 그걸 수임료로 쳐 주시면 안 될까요? 제발 부탁이에요. 도와주세요."

채윤은 매달리듯 간절한 손길로 서준의 팔을 붙잡았다. 이번에는 연기가 아니라 진심이었다. 여기서 서준이 거절하면 그야말로 죽도 밥도 안 되는 거였다. 물론, 거절할 리가 없다고 99.99% 확신하고 있었지만.

한동안 뜸을 들이면서 그녀의 애를 태우던 서준은 유람선 위에서 그랬던 것보다 훨씬 심각하고 진지한 낯빛으로 힘주어 고개를 끄덕였다. 승낙의 표시였다. 찰칵, 채윤은 그 순간 꼬일 대로 꼬인 난해한 방 탈출 게임의 첫 번째 자물쇠를 푸는 소리를 자기 귀로 들은 것 같았다.

안전 가옥을 빠져나오다

"지훈아, 이러고 있으니까 예전 생각나지 않냐?"

'러빙유' 촬영이 끝난 지 사흘째 되는 날 오후, 지훈과 류진은 고시원 방보다는 1.5배 가량 크고, '러빙유 하우스'에 비하면 1/6 정도밖에 되지 않는 어두컴컴한 모텔 방에 처박혀 있었다. 1인용 소파에 등을 파묻고 앉아 있던 지훈은 침대에 벌렁 드러누워 리모컨을 만지작거리고 있는 류진을 쳐다보며 심드렁하기 짝이 없는 말투로 대꾸했다.

"그러네. 남자 둘이 밤낮으로 붙어 있어야 하는 어색함이며, 메뉴도 바뀌지 않는 형편없는 음식, 빨지 않은 옷에서 나는 냄새까지 똑같아."

WANTED 프로그램이 폐지되면서 예전에 사용했던 안전가옥도 없어진 상태였고, 지훈을 데리고 이리저리 방황하던 류진이 결국 정착한 곳이 유흥가 뒷골목에 있는 이 싸구려 모텔이었다. 숙박료가 싼 것도 아니고 시설이나 환경이 좋은 것도 아닌데 굳이 이곳을 고른 이유는, 모텔을 운영하는 사람이 다름 아닌 류진의 형사 선배였기 때문이다.

—술집이나 노래방 단속할 때 뇌물을 받다가 잘리긴 했는데, 기본적으로 됨됨이가 나쁜 사람은 아니야. 의리가 있어서 입도 무겁고. 해직당할 당시에도 같이 뇌물 받았던 동료들 이름은 절대 안 불었다고.

류진의 말에 지훈은 뇌물을 받는 경찰이 어떻게 됨됨이가 나쁘지 않다는 것인지 좀 의아했지만, 당장 갈 곳이 없는 처지라 군말 없이 따라올 수밖에 없었다. 바깥에서 잠그는 삼중 자물쇠를 비롯해 당시 대한민국에서 구매 가능한 모든 경보장치가 달려 있던 안전가옥과 달리, 이 모텔에서는 지훈을 밖으로 나가지 못하게 하는 게 딱 두 가지밖에 없었다. 모텔 복도와 로비에 설치된 CCTV와, 상시 카운터를 지키고 있는 모텔 주인의 존재가 그것이었다. 그런데 그게 의외로 제법 효과가 있어서, 지훈은 정확히 60시간째 바깥 구경을 못 하고 있었다.

"형, 아까 PD하고 통화하고 온 거지? 혹시 촬영 마지막 날 어떻게 됐는지 들었어?"

지금으로부터 약 한 시간 전, 류진은 지훈으로부터 '러빙유' 담당 PD의 휴대폰 번호를 받아서 복도로 나가더니 40분 넘게 통화하고 돌아왔다. 류진은 자세히 설명하지 않았지만, 프로그램 방영을 어떻게든 막아보려는 것임을 지훈은 쉽게 눈치챌 수 있었다. 정 안 되면 지훈이 찍힌 부분을 통편집해달라고 요구했을 것이다. 그리고 그 요구가 씨알도 먹히지 않았으리라는 것도 짐작하기 어렵지 않았다.

현직 시경 소속 경감도 아니고, 고작 교통순경 직함을 대면서 증인 보호 프로그램 어쩌고 저쩌고 들먹이면서 하는 말은 무시당하면 그나마 다행이고 어쩌면 과대망상증 환자의 헛소리로 받아들여졌을지도 몰랐다.

지금 연차까지 내고 와서 류진과 지훈의 옆방에 묵고 있는 서 검사가 직접 전화했다면 좀 달랐겠지만, 그녀는 오히려 직위가 높아서 조심해야 하는 입장이었다. 만에 하나 같은 방송국 보도국 쪽으로 얘기가 새어나가 인터뷰 요청이라도 들어오거나 한다면 그건 그것 나름대로 골칫거리가 될 테니까.

정작 장본인인 지훈은 프로그램이 나가든 말든 조금도 개의치 않았다. 어차피 김지훈이라는 껍데기는 조만간 벗기 싫어도 벗게 될 텐데 무슨 상관이란 말인가. 그가 유일하게 관심 있는 부분이 무엇인지 알고 있는 류진은 잠시 머뭇거리다가 대답했다.

"널 후보자에서 제외한 상태로 최종 선택 진행했대. 갑자기 사라져서 얼마나 난처했는지, 바꿔야 하는 게 얼마나 많았는지 하나하나 늘어 놓으면서 되려 나한테 난리더라. 어휴, PD나 검사나 하는 짓이 똑같아. 아주 자기들이 왕이지. 어차피 힘든 일은 직접 하지도 않으면서."

쓸데없이 삼천포로 빠지면서 은근슬쩍 화제를 흐려놓으려는 류진의 어설픈 시도를 알아차리지 못할 지훈이 아니었다. 그는 무슨 ADHD 환자처럼 산만하게 버튼을 눌러대는 류진의 손에서 리모컨을 홱 빼앗으면서 가차 없이 물었다.

"그래서, 누가 선택됐는데? 채윤이가 누굴 선택했는데?"

"그게, 왜 그 있잖아. 기생오라비같이 생긴 범생이."

임서준이다. 그럴 거라는 걸 막연히 예상하고 있었으면서도, 지훈은 가슴 밑바닥이 얼음물을 끼얹은 것처럼 싸늘하게 식어 내리는 것을 느꼈다. 확연하게 굳어지는 지훈의 얼굴을 눈치껏 힐끔대면서 류진은 어떻게든 위로해보려고 노력했다.

"야, 신경 쓰지 마. 별 의미 없는 선택이었을 거야. 네가 없어지고 나서 그냥 막가자는 심정으로 대충 아무나 골라잡았을 거라고. 사다리 타기나 동전 던지기, 아님 코카콜라 맛있다 이런 식으로 찍은 걸 거야."

"우승자에게 3억 원의 상금이 돌아가는데? 방송이 나가는 동시에 전 국민 앞에서 공인 커플 선언을 하게 되는 셈이고, 앞으로 다른 사람과 사귀거나 결혼하기도 어려워질 텐데 대충 아무나 골라잡았을 거라고?"

채윤의 계획을 알지 못하는 지훈으로서는 그녀가 어떤 형태로든, 어느 정도의 깊이로든 서준에게 감정이 있는 거라고 판단할 수밖에 없었다. 논리보다는 주먹으로 싸우는 게 편한 류진은 오랜 연예계 생활과 수백 번의 인터뷰로 탄탄하게 다져진 지훈과 말싸움할 의욕이 없었다.

"에잇, 나도 모르겠다. 여잔 다 그런 거야, 인마. 갈대 같고 민들레 홀씨 같다고. 바람 불면 흔들리기도 하고 훅 날아가기도 하고 그래. 믿으면 안 돼. 피보다 진한 남자들의 의리와는 차원이 달라요."

"여잔 다 그렇다고? 그럼 형수님도 그래? 믿을 수 없는 존재야?"

"어허, 이 녀석이 큰일 날 소리를. 우리 와이프는 내 천생연분이고 조강지처고 평생 함께할 하나뿐인 여자라고. 우리 부부 사이에는 철강 콘크리트 방공호보다 더 빈틈없이 단단한 신뢰와 애정이 있어. 혹시 나중에 얘기할 기회가 생기면 내가 이렇게 말했다고 꼭 전해주라."

"채윤이도 나한테 그래. 하나뿐이라고. 내가 알지 못하던 때부터 날 지켜주고 지지해줬던, 가족처럼 믿고 마음을 열 수 있는 유일한 여자란 말이야. 바보같이 내가 너무 늦게 깨닫지만 않았어도."

죽은 자식 나이 세는 것과 다를 바 없다는 걸 알면서도, 지훈은 창문도 없는 이 어두어둑한 방에 틀어박혀 계속 '만일'을 곱씹지 않을 수 없었다. 만일 촬영 초반부터 채윤에게 솔직하게 고백했다면, 아니면 고시원에서 사는 동안 채윤을 찾아볼 생각을 한 번이라도 했다면, 교통사고를 당하기 전 작두파에게 위협받고 있는 사실을 털어놓았다면, 채윤의 그 헤아릴 수 없이 깊은 마음을 알아주고, 받아주고, 서로 의지했더라면, 그랬다면 혹시 그들의 '지금'도 달라지진 않았을까. 그렇게 되묻고 또 되묻는 지훈의 어깨에 류진의 솥뚜껑 같은 손이 와서 얹혔다.

"어쨌든 다 끝난 일이니까 이제 잊어버려. 훌훌 털어 버리라고. 삽질하면서 우울해하는 건 앞으로 나아가는 데 아무 도움 안 돼. 그보다 좀 더 재밌는 생각을 해보면 어때? 다음엔 어디서 살고 싶어? 어떤 일을 하고 싶어? 이번에는 네 의견도 반영할 테니까 그 고민이나 해봐."

"글쎄, 내 경력을 살려서 연예인 로드매니저나 해볼까."

지훈은 피식 웃으면서 실없는 소리를 했다. 의견을 반영해준다는 말에 기대를 걸어선 안 된다는 걸 그는 이미 너무도 잘 알고 있었다. 지훈이 의사가 되고 싶다고 하면 병원 청소부로 집어넣고, 다시 영화배우가 되고 싶다고 하면 놀이공원 인형탈 알바생으로 집어넣고, 카레이서가 되어서 아우토반을 질주하고 싶다고 하면 전단지를 옆구리에 끼고 질주하는 대리운전 기사로 만들어놓는 식일 것이다. 그래 놓고서 '이게 최선이다. 그래도 좀 비슷하지 않느냐'는 말을 해대겠지.

그건 류진이 못돼처먹어서가 아니라, 그만큼 열악한 환경과 현실 탓이었다. 아니면 김지훈, 차단우, 뭐라 불리던 자기 자신의 지랄 맞은 팔자 때문인지도. 전생에 무슨 무시무시한 대역죄를 지었길래, 한순간 부와 명예와 인기를 넘치도록 누리다가 별안간 추락해 남은 시간 전부를 볕도 들지 않는 구렁텅이에 처박혀 보내야 하는 신세란 말인가. 지훈의 입술 사이에서 무거운 한숨이 새어 나와 가뜩이나 칙칙한 공기를 더 칙칙하게 만들려는 찰나, 누군가 객실 문을 두드렸다.

똑—. 똑똑똑.

월드컵 응원구호였던 '대—한민국!'의 박자를 흉내 내는 그 노크 소리는 서 검사의 것이었다. 모텔에 투숙한 지 몇 시간 후, 복도에서 무슨 소리가 날 때마다 신경을 날카롭게 곤두세우며 경찰봉을 치켜드는 류진의 노이로제를 조금이나마 덜어주고자 만든 신호 체계였다.

노크 소리를 듣고서도 곧바로 안심하지 못한 류진은 방문에 달린 작은 구멍을 통해 바깥을 확인한 후에야 문을 열었다. 그러자 움직이기 편한 티셔츠에 패딩조끼를 걸치고 청바지를 입은, 얼굴에 화장기도 없는 서 검사가 피곤에 찌든 얼굴로 구르듯 뛰어들어오며 외쳤다.

"경감님, 떴어요. 떴다고요! 주차장에 차 있죠? 당장 출발해야겠어요!"

"앗, 그게 정말입니까? 검사님!"

한 명은 원래 직위를 박탈당하고 한 명은 본업까지 등져가면서 이런 이상한 곳에 처박혀 있지만, 같은 법 집행자들답게 그들은 서로를 꼬박꼬박 경감님, 검사님으로 불렀다. 깍듯한 호칭을 붙이면서도 감출 수 없는 반가움과 기쁨에 들떠 가쁜 숨을 몰아쉬는 두 사람을 보고 지훈은 어리둥절할 뿐이었다.

"뭐가 떴다는 거야? 혹시 작두파?"

"겁먹지 마, 작두파 아니니까. 비열하게 뒤를 캐서 정보를 누설한 놈이 누군지 알아내려고, 최근 한 달간 네 주민등록등본부터 가족관계증명, 전화가입내역, 계좌개설내역, 카드사용내역 등 관련 자료를 조회한 사람이 있는지 역으로 조회해달라고 의뢰했거든, 그게 나왔다는 거야."

흥분해서 빠른 속도로 말을 쏟아낸 류진 다음에, 서 검사가 좀 더 논리정연하고 침착한 투로 부연 설명을 했다.

"사실 오래 걸릴 일은 아닌데, 이 사건이 더 이상 내 사건이 아니고 그렇다고 다른 누가 정당한 권한을 갖고 수사 중인 것도 아니어서, 절차적으로 좀 복잡했어요. 이리저리 인맥도 동원해야 했고."

검사라고 해서 사건과의 관계가 소명되지도 않은 일반인의 각종 공식 자료들을 마음껏 들춰볼 수 있는 그런 시대는 지난 지 오래다. 서 검사가 그 간단한 조회 몇 번을 하기 위해 얼마나 많은 굴욕을 참고 얼마나 중대한 위험을 무릅써야 했는지 작정하고 읊는다면 팔만대장경도 만들 수 있을 것 같았지만, 다행히 지금은 그럴 여유까진 없었다.

"이제 된 거예요. 조회해서 걸린 게 있다니 천만다행이에요. 누가 지훈 씨의 신상 자료를 보려고 했는지만 알아내면, 작두파와 연결된 배후를 캐내는 것도 금방일 거예요. 그쪽에서 치기 전에 우리가 정체를 알아낸다면, 어쩌면 반격의 기회가 생길지도 모르고. 갑시다."

"어, 저기…… 근데, 검사님. 괜찮을까요?"

류진은 지훈을 향해 은근슬쩍 턱짓을 해 보이면서 서 검사에게 물었다. 혹시 지훈이 도망가면 어떻게 하느냐는 의미였다.

"내가 오며 가며 계속 봤는데 이 모텔 주인, 형사 출신이라 잠복에 익숙해서 그런지 확실히 졸지도 않고 딴짓도 안 하고 카운터 잘 지키더라고요. 특별히 부탁해서 모텔 CCTV 영상 전체를 내 휴대폰에 송출하게 해놓았으니까 더더욱 걱정할 것 없어요. 얼른 가자니까요!"

자신만만하게 대답한 서 검사는 당장이라도 범인을 잡고 싶어 안달 난 것처럼 패기 넘치는 손길로 류진의 옷깃을 잡아끌었다. 서 검사보다 머리 하나는 더 크고 어깨 넓이는 거의 두 배에 가까운 류진은 그 덩치로 맥없이 끌려가는 시늉을 하면서 지훈을 향해 손을 내밀었다.

"어, 지훈아. 배고프면 자장면 시켜 먹고 있어. 두 시간 내로 올게!"

얼떨결에 그쪽으로 손을 뻗었던 지훈은 만 원짜리 지폐 한 장을 받아들고 떨떠름한 표정이 되었다. 뭔가 더 물어볼 틈도 없이 류진과 서 검사는 휘몰아치듯 객실을 나갔고, 지훈은 덩그러니 혼자 남겨졌다. 바닥에 아무렇게나 나동그라진 리모컨을 주워 협탁에 올려놓은 지훈은 침대 끄트머리에 걸터앉아 잠시 생각에 잠겼다.

'밖에 나갔다가 다시 들어오면, 그것도 탈출에 해당하는 건가?'

정답이 정해져 있진 않겠지만, 지훈의 생각으로는 해당하지 않을 것 같았다. 그런 영화도 있지 않은가. 감방 바닥을 숟가락으로 파 탈옥에 성공했던 죄수들이 광복절 특사 대상이 되었음을 알고 탈옥 사실이 발각되기 전에 다시 감방으로 돌아오려고 하는. 그 영화의 결말이 어떻게 되었는지는 기억나지 않았지만, 자기도 그렇게 하면 될 것 같았다.

'문제는 어떻게 나가느냐 하는 건데.'

방문을 박차고 나가는 순간부터 복도에 설치된 CCTV에 노출될 테니 정상적인 경로로 빠져나가는 건 불가능했다. 2층이라서 뛰어내린다고 해도 크게 다칠 것 같진 않았지만, 문제는 창문이 달려 있지 않다는 거였다. 사랑을 나눌 은밀하고 폐쇄된 공간을 찾는 커플들에게 창문 같은 건 괜히 신경 쓰이고 거추장스러운 방해물에 불과한 모양이었다.

"잠깐, 창문?"

지훈은 전면 벽 아래쪽에 창문 대신 붙어 있는 낡아빠진 환풍구로 시선을 돌렸다. 어차피 인간이 붙여놓은 건데 인간이 뗄 수도 있지 않겠나 싶은 생각이 들었다. 환풍구 길이가 길어서, 몸을 모로 눕히면 자신의 넉넉한 체구도 아슬아슬하게 통과할 수 있을 것 같았다.

"후진 모텔에 투숙해서 후우, 좋은 점도 있군."

지훈은 환풍구 모서리를 양손으로 붙잡고 낑낑대면서 중얼거렸다. 환풍구는 일단 나사로 고정해놓은 형태이긴 했지만, 시간이 오래 지났을 뿐만 아니라 군데군데 들이친 빗물을 전혀 닦아내지 않은 까닭에 나사가 다 녹슬고 풀려서 헐거워져 있었다. 지훈이 힘주어 잡아당길 때마다 덜컹덜컹 소리를 내며 흔들리던 환풍구는, 거의 5분 만에 앓던 이가 빠지듯 시원하게 쑥 빠졌다. 그리고 그 자리에는 텅 빈 공간이 남았다.

지훈은 두 번 생각할 것도 없이 바닥에 납작하게 엎드린 후, 한 발부터 밖으로 내보내기 시작해서 빈 공간으로 몸을 끼워 넣었다.

"읏, 이거 보기보다 좁잖아?"

골반을 무사 통과하는가 싶었던 몸뚱이는 결국 엉덩이에서 환풍구에 꽉 끼고 말았다. 지훈은 정수리에서부터 직선을 긋는다고 쳤을 때 왼쪽 절반은 건물 안쪽에, 오른쪽 절반은 건물 바깥쪽에 있는 우스꽝스러운 형상이 되어버리고 말았다.

"안 되겠어. 이러다간 마봉두나 마두진 손에 죽기 전에 혈액순환 장애로 죽고 말 거야. 다시 들어가야지."

그래도 죽는 것보단 갇혀 있는 게 낫다고 도로 방 안으로 들어가려고 했지만, 이젠 그것조차 맘대로 되지 않았다. 벽의 육중한 무게를 온전히 혼자 받아내는 것 같은 압력에 짓눌려 이러지도 못하고 저러지도 못하고 쩔쩔매던 지훈은, 조금 쪽팔리고 황당무계하지만 지금 당장 생각나는 마지막 방법을 시도해 보기로 했다.

'하나, 둘, 셋!'

속으로 셋을 세는 게 끝나자마자, 젖먹던 힘까지 짜내 괄약근에 힘을 주면서 엉덩이를 조였다. 그러면서 허리의 반동을 이용해 아직 남아 있는 몸뚱이 반쪽을 튕기듯 밀어냈다.

'됐다!'

괄약근에 힘을 주는 다소 수치스러운 방법이 먹힌 것인지, 아니면 이리저리 몸부림치며 끙끙대는 사이 배어나온 땀에 젖어 미끄러진 것인지는 몰라도, 어쨌든 다식판 속 다식처럼 꽉 눌려 있던 지훈은 마침내 자유의 몸이 되었다. 그와 동시에 엉덩이 한 짝 댈 곳 없는 허공에서 0.01초도 머무르지 못하고 그대로 보기 좋게 추락했다.

"으앗!"

액션 영화를 찍을 때 배웠던 낙법을 멋지게 해보려고 했지만, 하필 분리수거 쓰레기장으로 떨어지는 바람에 시도도 못 하고 종이더미 사이에 파묻히고 말았다. 그나마 덕분에 바닥에 떨어질 때의 충격이 훨씬 덜해진 게 다행이었다. 지면과 직접 맞닿은 무릎과 팔꿈치가 아찔할 만큼 얼얼하긴 했지만, 다행히 삐거나 부러진 것 같진 않았다.

"휴우……."

비틀거리며 일어난 지훈은 종이더미 속을 허우적거리며 헤치고 나와 제 두 발로 섰다. 그의 눈앞에는 한적하고 으슥한 뒷골목이 펼쳐져 있었고, 다행히 주변에 CCTV가 돌아가고 있는 기미는 보이지 않았다.

'일단, 자유의 몸이 된 셈이군.'

지훈은 영영 도망가야겠다는 마음을 먹을 만큼 멍청하지 않았다. 불안하긴 해도 그나마 류진 일행과 함께 있어야 살아날 가능성이 있다는 걸 알고 있었다. 잠시 외출했다가 류진과 서 검사가 오기 전에 다시 돌아와 감쪽같이 아무 일도 없었던 척하면 될 것이다. 스파이더맨처럼 벽을 기어 올라갈지, 아니면 피자 배달부 옷이라도 빌려서 입고 들어갈지, 돌아가는 방법은 나중에 생각할 작정이었다.

"택시!"

도로변으로 나온 지훈은 마침 앞을 지나가고 있던 빈 택시를 손짓으로 불러 세웠다. 수중에 있는 돈은 고작 만 원, 그 외 가진 것이라곤 아무것도 없었다. 가짜 주민등록증이 들어 있던 지갑은 서 검사가 은밀히 폐기하겠다며 가져갔고, 휴대폰은 류진이 가져가 밟아서 부숴버렸다. 혹시 작두파에서 추적을 시도할 경우를 대비한 것이었다. 지훈이 택시 뒷좌석에 올라타자 백발이 성성한 택시기사가 물었다.

"어디로 갈까요, 손님?"

지훈은 잠시 망설였다. 왕복 택시비와 소요 시간을 고려하면 갈 수 있는 곳은 한 군데뿐이었다. 채윤에게 갈 생각은 없었다. 그녀에게는 이미 류진이 사정을 설명했다고 했고, 또 작별인사를 하러 가는 건 고통을 가중시킬 뿐이었다. 그리고 만에 하나, 채윤이 지금 서준과 함께 있다면 그 장면을 자기 눈으로 보고 싶지 않은 마음도 있었다.

"……."

지훈은 뜸을 들이다가 천천히 입을 떼어 행선지를 말했다. 사정 설명을 들어야 할 정당한 권리가 있는 사람은 채윤뿐이 아니었다. 이렇게 만나러 가는 게 위험천만하다고 해도, 지훈에게 있어 그 사람을 만나는 건 이 세상의 모든 위험을 무릅쓸 만한 가치가 있었다.

어머니의 마음

"어서 오세요. 아, 채윤이 친구 분!"

식당 문이 열리는 소리를 듣고 습관적으로 인사하던 단우 엄마는, 안으로 들어온 지훈의 얼굴을 확인하더니 반색하며 맞이했다. 한 차례 손님을 치르고 난 후인지, 홀은 비어 있고 테이블은 다 먹은 식기로 어질러져 있었다.

시선은 이쪽을 향하면서도 여전히 바쁘게 상을 훔치고 있는 단우 엄마를 보고, 지훈은 인사하기도 전에 그녀의 손에서 얼른 행주를 빼앗아 들었다. 단우 엄마는 화들짝 놀라며 손을 내저었다.

"아이고, 이럴 필요 없는데. 손님한테 일 시키는 거 아니에요."

"손님이라고 생각 안 하시면 되죠. 그냥 친구 아들이려니 하세요."

지훈은 단호하게 말하면서 민첩하고 세심한 손길로 상에 묻은 김칫국물 얼룩을 닦아냈다. 고시원에서 공용 부엌을 쓸 때 매번 느꼈던 거지만, 자기가 먹은 걸 치우는 것과 남이 먹은 걸 치우는 건 차원이 다른 일이었다. 얼마나 정신없이 먹었는지 여기 엎질러놓고 저기 튀겨놓고 한 흔적들을 보면 아무리 노련한 사람도 비위에 거슬릴 것 같았다.

엄마에게 그 뒤치다꺼리를 하게 하고 싶지 않아서, 지훈은 터미네이터라도 된 것처럼 척척척 움직여 순식간에 뒷정리를 마치고 설거지까지 해놓았다. 단우 엄마는 평소보다 몇 배는 더 빠른 속도로 반짝반짝 윤이 나게 깨끗해진 홀과 주방을 보며 감탄을 금치 못했다.

"고마워요, 덕분에 엄청 수월하게 끝났네."

"손님이 없는 것도 아닌데, 왜 사람 안 쓰시고 이 일을 혼자 다 하세요? 나이도 있으신데."

"어휴, 사람은 무슨. 요즘 임대료 다음으로 비싼 게 인건비라고요. 얼른 한 푼이라도 더 모아서 채윤이 돈 갚아줘야죠. 시집갈 때 써야 할 텐데. 결혼하는데 돈이 좀 많이 들어요?"

단우 엄마는 다 알지 않느냐는 듯 지훈을 보며 찡긋 눈짓을 해 보였고, 그는 거기에 대해 아무 반응도 보일 수 없었다. 누군가의 입에서 나오는 채윤의 이름을 들을 때마다 가슴이 바늘로 쿡쿡 찔리는 것 같은 느낌이 들었다. 연애 리얼리티 프로그램에서 연결된 커플이 실제 결혼에 골인하는 경우도 있다고 들었는데, 설마 채윤이 서준과 결혼까지 생각하고 있는 건 아니겠지. 돌연 찾아드는 생각을 떨치려고 설레설레 고개를 젓는 지훈을 향해 단우 엄마가 살갑게 웃으며 말했다.

"아, 맞다. 내 정신 좀 봐. 밥 먹으러 온 거죠? 뭐 먹고 싶어요? 메뉴에 없는 것도 되니까 뭐든지 말만 해. 일까지 해서 시장할 텐데, 맛있게 차려줄게."

"아뇨, 오늘은 그럴 시간이 없어서요. 아직 시간이 이르기도 하고. 오늘은 밥 먹으러 온 게 아니라, 그냥 인사 드리려고 왔어요."

"인사?"

"먼 데로 이사 가게 돼서요. 이제 오기 힘들 것 같아요. 몇 번 안 왔지만 그래도 신경 써주셨는데, 알려드리고 가는 게 도리일 것 같아서."

"……."

단우 엄마는 주방에서 홀로 넘어오는 통로에 선 채로 멍한 얼굴이 되었다. 그녀가 아무 말도 하지 않자 지훈은 조금 머쓱해졌다. 자기 같아도, 고작 두 번 찾아왔던 밥 손님이 대뜸 찾아와 이사 간다고 통보하면 어이가 없을 것 같았다. 그래도 어쩔 수 없었다. 약간의 시간과 돈과 자유가 생긴 이상, 지훈은 마지막으로 와보지 않을 수 없었다.

"채윤 씨하고 잘 돼라고 응원도 해주셨는데, 죄송해요. 잘 안 됐어요. 그냥 제 팔자가 그런가 봐요. 채윤 씨는 더 좋은 남자 만나겠죠."

"저기, 잠깐만. 잠깐만 있어 봐."

지훈의 말을 가로막은 단우 엄마는 허둥지둥 부엌으로 들어갔다. 안에서 가스렌지 켜는 소리에 이어 뭔가 보글보글 끓는 소리가 나더니, 마지막으로 냄비와 식기가 달그락거리는 소리가 났다.

잠시 후, 소형 냄비와 공기밥, 밑반찬 그릇까지 그득하게 올린 쟁반을 든 단우 엄마가 휘청거리면서 나타났다. 하릴없이 홀을 서성이던 지훈은 흠칫 놀라면서 단우 엄마가 무거운 쟁반을 상에 올리는 것을 얼른 도왔다. 일 좀 그만하라는 의미로 그의 어깨를 가볍게 밀어 의자에 앉힌 단우 엄마는 뜨끈하게 데워진 냄비 뚜껑을 열었다.

"이건……."

"미역국이야. 오늘 아침에 새로 끓인 거. 닷새 전부터 매일 아침마다 새로 끓였어. 언제 올지 몰라서. 그래도 한 번은 올 것 같아서."

단우가 제일 좋아했던 그대로, 고기가 아닌 말린 바지락을 삶아 미역과 함께 들기름으로 볶아 멸치 육수에 끓여낸 바지락미역국. 그러고 보니 곁들인 밑반찬 세 가지도 호박전과 잡채, 불고기, 딱 생일상 차림이었다.

혼란스러워진 지훈은 단우 엄마를 보면서 순간적으로 그 감정을 고스란히 드러내고 말았다. 눈동자가 걷잡을 수 없이 흔들리고, 목소리는 이 빠진 하모니카처럼 음정을 맞추지 못하고 엇나갔다.

"미역국은 왜……."

"왜긴 왜야? 생일이니까 그렇지. 세상에서 제일 귀한 우리 아들 생일. 단우절이잖아."

구겨진 호일처럼 잘게 주름진 엄마의 두 눈이 보이지 않을 만큼 휘어지면서 아들을 향해 웃어 보였다. 지훈은 그 짧은 찰나 숨 쉬는 것조차 잊어버렸다. 그의 심장이 당장이라도 밖으로 뛰쳐나올 것처럼 요동치면서 외치고 있었다. 엄마가 알아, 엄마가 날 알아봤다고. 가슴이 터질 듯이 벅차오르며 눈물이 왈칵 쏟아질 것만 같았다.

엄마 앞에서 울면 안 된다는, 그랬다간 엄마도 울기 시작할 것이고 그들에게 주어진 이 길지 않은 시간이 슬픔과 눈물로만 얼룩지게 될 거라는 생각에 이가 아플 만큼 세게 깨물면서 간신히 참았다. 엄마도 같은 생각을 했는지, 눈가가 붉게 물들고 눈동자가 그렁그렁해져 있으면서도 필사적으로 입꼬리를 끌어올리며 웃는 얼굴을 유지했다.

"얼른 먹어. 급한 일 있나 본데, 그래도 몇 숟갈 뜨고 가. 다 먹으라곤 안 할 테니까. 3년 만에 우리 아들, 미역국 먹는 거 한 번만 보자."

어떻게 거절할 수 있겠는가. 지훈은 엄마가 내미는 숟가락을 받아쥐면서 고분고분하게 고개를 끄덕였다. 이 식당에 올 때마다 엄마를 봤고, 밥 먹으면서 이런저런 대화를 하기도 했지만, 채윤의 친구가 아니라, 식당 손님이 아니라 엄마의 아들로서 마주 보고 앉아 밥을 뜨면서 이야기를 나누는 것은 이루 말할 수 없을 만큼 그 의미가 특별했다.

"언제부터 알았어? 내가…… 나인 거."

미역국을 그릇째 후루룩 들이키고, 찰기 흐르는 쌀밥을 한 술 가득 입안에 떠넣고 우물거리던 지훈이 호기심을 견디기 어려운 듯 물었다. 열흘간 같이 살았던 채윤도 중간중간 의심하긴 했지만 확신하진 못했는데, 짧게 세 번 본 게 전부였던 엄마는 언제, 어떻게 알았던 걸까. 지훈의 질문을 받은 엄마는 한 손으로 턱을 받치면서 기억을 더듬어 보는 표정이 되었다.

"음, 글쎄. 언제라고 딱 짚어 말하기 어려운데. 처음 볼 때부터 느낌이 이상했고, 괜히 눈길이 가고 마음이 쓰이더라고. 단순히 목소리가 비슷해서만은 아니었어. 그것 말고도 있었는데. 아, 냄새. 네가 처음 찾아왔다가 돌아갈 때 나한테 안아달라고 했잖아. 그때 냄새가 났어."

"냄새? 향수나 로션 같은 거?"

엄마가 무릎을 탁 치면서 하는 말에 지훈은 어리둥절해졌다. 영화배우 차단우로 살았던 시절, 그에게서는 늘 소위 말하는 '분내'가 풍겼었다. 값비싼 향수와 로션, 스킨, 샴푸, 컨디셔너와 바디오일에 각종 메이크업 제품의 달콤하고 새콤하고 쌉싸름한 향기를 마구 내뿜어대서 어느 게 자신의 체취인지 스스로도 구분할 수 없을 지경이었다.

그리고 지금의 김지훈이 된 후에는, 마트에서 원 플러스 원으로 파는 샴푸 겸 바디워시 하나면 만사 오케이였다. 그 둘의 냄새가 같을 리 없는데. 엄마는 지훈의 밥그릇에 불고기를 얹어주면서 가볍게 고개를 저었다.

"아니, 그런 거 말고. 그냥 그 사람한테서 나는 살 냄새 있잖아. 엄마는 네가 중학교 들어갈 때까지 매일 밤 꼭 껴안고 잤으니까, 절대 잊어버릴 수가 없지. 네가 다른 사람인 척하고 채윤이하고 같이 식당에 들어오는 바로 그 순간부터, 네 냄새가 났어. 반가운 소식을 전하는 까치 울음소리처럼."

"……."

그런 대답을 들으리라고는 예상치 못했던 지훈은 다시 한번 잠시 말문이 막혔다. 자기조차 잊어버린 자기 냄새를 기억해주고 몇 년이 지난 후에도 귀신같이 찾아내 주는 사람, 그래, 그런 존재가 바로 엄마였다. 엄마는 지훈의 입속으로 불고기가 들어가는 장면을 더없이 흡족한 얼굴로 바라보면서 말을 이었다.

"그날부터 자꾸 네가 생각나더라. 처음엔 불쌍하게 생겨서 그런가 싶었는데 그것도 아닌 거 같고. 꼭 핏줄이 부르는 것처럼 그렇게 끌렸어. 그러다가 너 혼자 찾아왔을 때, 내가 왜 이러나 싶을 정도로 반갑더라고. 주책맞게 붙잡고 얘기하고 싶고, 아프다고 하니까 돌봐주고 싶고, 여기저기 만져보고 쓰다듬어 주고 싶고. 그랬어, 내가."

핏줄이 부른다는 말이 딱 맞았다. 수십 번, 아니 수백 번의 성형수술을 한다고 해도 자식을 향하는 부모의 본능을 속이지는 못할 것이다. 목구멍 뒤에서 연신 울컥울컥 뜨거운 것이 치받히고 목이 잠겨와 말을 제대로 못 하게 될까 봐 따뜻한 물을 마시던 지훈의 머릿속에 뭔가가 주마등처럼 스쳐 지나갔다.

"엄마, 그 닭죽 끓여줬던 날, 주방에서 나랑 얘기하고 있을 때, 혹시 안 자고 있었어?"

그날, 아픈 몸에 익숙한 집밥이 그리워 찾아왔던 지훈은 일에 지쳐 주방에서 엎드려 잠든 엄마를 대신해 산더미같이 쌓인 설거지를 했었다. 그리고 꿈결에 자신을 부르는 엄마의 잠꼬대를 들었고, 거기에 대답까지 했다. 나도 엄마가 보고 싶다고 울면서 호소하기까지 했다. 지훈이 알기로 엄마는 이렇게 잠꼬대가 심한 사람이 아니고, 오히려 자는 귀가 밝아 누가 옆에서 한 마디만 하면 깨는 사람이었다.

그래서 엄마가 꼭 몽유병 걸린 사람처럼 행동하던 게, 지훈이 식당을 나서는 그 순간까지 깨어나지 않았던 게 조금 의아하긴 했지만, 어떻게든 엄마라고 불러보고 싶었던 자신의 소원을 들어주려는 신의 변덕이라고 여기고 지나갔다. 그런데 엄마가 그때 깨어 있는 상태였다는 것이다.

"그럼 왜 그때 나한테 얘기하지 않았어? 누군지 안다고."

"좀 바보 같은 말이긴 한데, 엄만 그때 네가 귀신일지도 모른다고 생각했거든. 슬쩍 다른 사람한테 씌워서 엄마를 보러 온 건지도 모른다고. 그래서 아는 척하면 안 될 것 같았어. 그러면 네가 깜짝 놀라서 도망가 버릴까 봐. 다신 안 올까 봐."

엄마는 판타지 드라마의 한 장면을 상상한 자신이 바보 같다는 걸 아는 듯 손바닥으로 무릎을 쓱쓱 비비며 민망해했다. 그러나 지훈은 조금도 비웃을 마음이 없었다. 그보다는 오죽하면 엄마가 그런 생각까지 했을까 싶어 가슴이 묵직하게 저렸다. 미안하다고, 다 내 탓이라고 울면서 무너져 내릴 것 같아서, 일부러 웃으며 장난처럼 물었다.

"지금은? 지금은 귀신이라고 생각 안 해?"

"귀신은 무슨, 이렇게 건강한 몸으로 엄마 앞에 앉아 있는데."

귀신이 아니니까 밥도 먹을 수 있었다. 지훈은 몇 숟갈 뜨고 그치는 게 아니라 잔반이 하나도 남지 않게 싹 비울 작정으로 씩씩하게 밥을 먹으며 엄마와 도란도란 얘기를 나눴다. 범죄를 목격해서 쫓기는 신세가 되었던 것부터 죽음을 가장해야 했던 것, 증인보호 프로그램에 들어갔던 것과 그게 망해 버려서 낙동강 오리알 신세로 연명하다가 돌파구를 찾기 위해 리얼리티 프로그램에 출연하기로 한 것까지.

"내가 얼마나 능력자가 됐는지 엄마는 상상도 못 할걸. 엄마가 맨날 나한테 그랬었잖아. 밥 챙겨주지 않으면 굶어 죽을 거라고. 고시원에서 어린 고시생 애들 밥은 내가 다 해줬어. 걔네들이 나한테 셰프라고 불렀다니까. 그뿐인 줄 알아? 고장 난 물건은 웬만하면 혼자 다 고칠 수 있고, 막힌 변기도 한 번에 뚫고, 바느질도 잘 해. 안전가옥에서 지낼 때는 외부인을 불러들일 수가 없었거든. 뭐든지 자급자족, 신기하지?"

지훈은 그동안 있었던 일을 대략 설명하면서, 무섭고 힘들었던 일은 최대한 생략하고 대신 어떻게든 긍정적인 면을 찾아서 부각시켰다. 엄마에게 근심을 한 아름 안겨주고 떠나고 싶진 않았다.

그래도 이야기 자체가 워낙 충격적이라 엄마가 놀라지 않을까 걱정했는데, 그녀는 예전에 아들로부터 영화나 드라마 줄거리를 들을 때 그랬던 것처럼 연신 탄성을 발하며 얘기를 듣다가 넉살 좋게 농담까지 했다.

"아이고, 그러게. 우리 아들 다 컸네. 철 들었네. 그거 다 군대 가서 배워야 하는 건데, 넌 연예사병으로 다녀오는 바람에 그러지도 못했잖아. 저러다 장가 가서 소박 맞지 않을까 얼마나 걱정했는데, 이제야 완벽한 신랑감이 됐네."

"무슨 소리야, 엄마. 나야 항상 완벽 그 자체였지. 누구 아들인데."

모자는 속으로는 가슴이 천 갈래 만 갈래로 찢어지면서도, 미리 약속이라도 한 것처럼 겉으로는 슬픈 기색을 전혀 드러내지 않았다.

"나 혼자 먹으려니까 불효자 된 것 같아. 엄마 아직 저녁 안 먹었지? 같이 먹으면 안 돼?"

지훈의 부탁을 받은 엄마는 식당 입구로 가서 'CLOSED' 팻말을 내건 후, 주방에서 숟가락과 젓가락 한 벌, 그리고 공깃밥을 가져왔다. 채윤과 있을 때도 느낀 거지만, 좋아하는 사람과 함께 먹는 밥은 배로 맛있었다.

지훈은 예전에 스케줄을 끝내고 집으로 돌아오면 자주 그랬던 것처럼 '러빙유'를 촬영하면서 있었던 재미난 에피소드들을 과장과 연기를 섞어 우스꽝스럽게 풀어놓았고, 엄마는 꿀이 뚝뚝 떨어지는 눈빛으로 그를 보면서 눈이 마주칠 때마다 환하고 부드러운 웃음으로 호응해 주었다.

지금 이 순간, 닫힌 저 문 뒤에서 폭풍우가 몰아치든 지진이 일어나든 두 사람에게는 아무 상관 없었다. 외부의 그 어떤 것도 3년 만에 재회한 모자의 단란하고 화기애애한 저녁식사를 방해할 수는 없었다. 그동안 끊임없이 뒤를 돌아보면서 언제 죽지 않을까, 언제 잡히지 않을까 공포와 긴장에 떨며 살았던 지훈이었다. 그런 그에게 이 작고 비좁은 식당은 철벽 쳐진 요새처럼 유일하게 안심하고 쉴 수 있는 평화롭고 안온한 공간이었다. 엄마가 있는 곳, 그의 집이었다.

그릇 바닥이 훤히 들여다보일 만큼 깨끗하게 비운 후, 지훈은 슬며시 눈길을 돌려 벽에 걸린 시계를 확인했다. 지금 택시를 타고 모텔로 돌아가도 간당간당한 시각이었다. 조금 더 있고 싶은 마음은 굴뚝 같았지만, 초인적인 의지로 엉덩이를 떼고 일어났다.

"설거지 도와주고 가야 하는데 미안해, 엄마. 날 돌봐주는 사람들한테 말 안 하고 몰래 나온 거라서, 시끄러워지기 전에 들어가 봐야 해."

"그래, 얼른 가 봐. 설거지 걱정은 하지 말고. 넌 네 걱정만 해."

엄마는 식당 입구까지 종종걸음으로 지훈을 쫓아 나오는 내내 그의 얼굴에서 시선을 떼지 않았다. 1초라도 더 담아두고 싶은 것처럼. 예전과는 많이 달라진 그 얼굴의 모든 것을 샅샅이 눈에 새겨두고 싶은 것처럼. 눈꼬리가 접혔다가 펴지는 모양이라든가 광대뼈의 각도, 입술의 주름 하나하나까지 놓치지 않으려는 듯 사뭇 간절한 눈빛이었다.

"앞으로 당분간은, 오랫동안은, 오기 힘든 거지? 다른 데서 만나기도 어렵고, 연락할 수도 없는 거지?"

"응, 그럴 거야. 한 번 더 변신해야 하거든. 김지훈이 아닌 다른 누군가로. 엄마가 날 다시 만날 때는, 얼굴도 체격도 머리 모양도 모두 바뀌어 있을 거야."

"괜찮아, 엄마는 알아볼 수 있어."

엄마는 힘주어 말하면서 아들의 어깨를 와락 끌어안았다. 어깨와 가슴이 맞닿으면서 따뜻하고 아늑한 기운이 전해져 지훈의 몸 구석구석으로 퍼져나갔다. 거짓말처럼 마음이 편안해졌다. 지훈은 으스러져라 온 힘을 다해 자신을 껴안는 엄마를 마주 안으면서, 그동안 누구에게도, 심지어 채윤에게도 하지 못했던 말을 처음으로 꺼내놓았다.

"엄마, 나 말이야. 김지훈으로 사는 게 죽도록 싫어서 어떻게든 벗어나고 싶었었어. 잘생기고, 돈 많고, 재능 많고, 사람들의 사랑을 독차지하던 내가 가난하고 인기 없는 추남이 됐다는 걸 받아들일 수가 없었어. 그런데 이제는, 그냥 김지훈으로만 살아도 좋겠어."

"단우야……."

"반반한 얼굴이나 많은 돈, 좋은 집, 근사한 차, 그런 거 다 필요 없어. 그냥 평범하고 성실하게 일하고, 퇴근하고 오면 엄마랑, 그리고 내가 좋아하는 사람이랑, 오늘처럼 마주 앉아 밥 먹고 그날 있었던 일 시시콜콜 얘기하고 그렇게 살고 싶어. 그 단순하고 쉬운 걸, 예전엔 왜 모르고 살았을까? 지금 깨달아봤자 이미 늦어버렸는데."

목이 콱 잠겨와서 자기도 모르게 거친 숨을 들이키는데, 엄마가 한 손으로는 그런 지훈의 손을 잡고 다른 한 손으로는 등을 어루만지면서 달래듯 차분하게 말했다.

"단우야, 엄마가 아까부터 해주려던 말이 있었는데. 실은 어제 저녁에, 채윤이가 여기 왔다 갔어."

"채윤이가?"

"전부 말해줬어. 네가 오늘 했던 얘기, 안 했던 얘기도. 네가 여기 올지도 모른다고 하더라. 자기한테는 연락 안 해도, 나한테는 어떻게든 연락할지도 모르니까 꼭 전해달라고."

"뭘?"

지훈은 반사적으로 물어봐 놓고도 그 대답을 듣기가 겁이 났다. 또다시 배신하고 떠난 것에 대한 처절한 원망의 말은 아닐까. 그보다 더 최악은, 이제 차단우고 김지훈이고 나발이고 죄다 갖다 버리고 임서준에게 가겠다는 선언은 아닐까 싶어서. 그러나 엄마의 입술 사이에서 나온 말은 지훈이 한 번도 상상해보지 못한 것이었다.

"채윤이는 아직 끝났다고 생각 안 한대. 널 너로, 그러니까 지금의 김지훈으로 살게 할 방법을 찾고 있다고 했어. 이건 채윤이 아는 언니 명의로 개통한 휴대폰인데, 잘 숨겨 가지고 있으면 필요한 순간에 자기가 연락한다고 그랬어. 자기 휴대폰이 도청당할지도 모르니까 절대 먼저 전화하진 말래."

지훈은 엄마가 주머니에서 꺼내준 초소형 스마트폰을 선뜻 받아 들지 못하고 물끄러미 내려다보기만 했다. 지극히 이기적이라는 걸 알면서도, 채윤이 자신을 잊지 않고 되찾으려 노력하고 있다는 게 기쁘고 반가웠다. 그러나 한편으로는 채윤과 접촉하려는 자신의 시도가 그녀를 돌이킬 수 없는 위험에 빠뜨리게 될지도 모른다는 게 두려웠다.

"단우야, 엄마 말 들어. 채윤이, 야무지고 당찬 애야. 혼자 다 감당하려 하지 말고 그 애 도움받아."

엄마는 지훈의 손에 휴대폰을 꼭 쥐어주면서 당부하듯 말했다. 다시 만날 거니까 울지 말자고, 웃는 얼굴로 아들을 보내주자고 다짐했지만 발갛게 부풀어 오른 눈자위와 잦아든 목소리까지 감출 수는 없었다.

"엄마는 우리 단우를 다시 만날 때까지 걸리는 시간이 그렇게 길지 않았으면 좋겠어. 엄마도 이제 늙었잖아."

"……."

지훈은 반박하지 못했다. 엄마는 그동안 참 많이 늙어버렸다. 옹이구멍처럼 움푹 팬 눈가와 말할 때마다 할머니처럼 오므라드는 입술, 볼품없이 늘어진 목덜미와 앙상하게 말라붙은 어깨가 백 마디 말보다 더 크게 지훈의 가슴을 울렸다. 그가 몇 년 뒤 김지훈이 아닌 다른 모습으로 돌아온다 해도, 엄마는 이 자리에 없을지 모른다. 물론 채윤도 마찬가지고. 손안으로 쏙 들어온 휴대폰의 단단한 감촉을 느끼면서, 그들에 대한 애정과 미련이 자신을 이 세상에 묶어두는 유일한 끈이라는 것을 다시 한번 실감하는 지훈이었다.

돌아와요, 부산항에

"누나, 여기요!"

'러빙유' 촬영이 끝난 지 나흘째 되는 날 아침, 서울역 대합실. 방한용 패딩을 입고 후드를 눌러쓰고, 두꺼운 미세먼지 마스크까지 착용한 남자가 곰처럼 둔해 보이는 몸으로 양팔을 힘차게 흔들며 소리치고 있었다. 남자가 소리치는 방향에서는 털 달린 머플러를 칭칭 감아 얼굴을 반쯤 가린 여자가 큼지막한 캐리어와 작은 크로스백 하나를 멘 채 걸어오고 있었다.

여자는 남자의 방정맞은 목소리를 듣자마자 눈살을 확 찌푸리며 걸음을 빨리했다. 순식간에 남자 앞에 다다른 여자는 다짜고짜 그의 귀를 확 잡아당겼다.

"쉿, 내가 누나라고 부르지 말고 뭐라고 하라고 했어? 너 초장부터 이럴래?"

남자가 아야, 아야 소리를 내며 몸부림치고, 여자는 그런 그를 놔

주지 않으려고 하면서 둘은 가벼운 실랑이를 벌였다. 그 과정에서 남자가 쓰고 있던 마스크 한쪽이 벗겨져 달랑거리고, 여자의 얼굴을 가리고 있던 머플러가 살짝 아래로 내려갔다. 여자는 채윤이었다. 그리고 얼핏 보기에 지훈과 비슷한 남자는, 알고 보니 얼굴을 가린 채 두꺼운 옷을 잔뜩 껴입고 키높이 운동화를 신은 후 지훈과 똑같은 스타일로 머리를 자른 하현이었다.

"알아요, 안다고요. 채윤이라고 부르면 되는 거죠? 도대체 뭐하자는 플레이인가 싶지만, 이렇게 하면 지훈 형을 도울 수 있다고 하니까 일단 시키는 대로 하는 거예요. 만약 거짓말이거나 장난이기만 해봐라, 가만 안 있을 거라고요."

하현은 마스크를 다시 올려 쓰면서 밉지 않게 투덜거렸다. 어떤 종류의 상금도 따지 못하고, 여자친구도 만들지 못한 채 촬영이 끝난 버린 후 심심하고 허전했지만, 낙천적인 성격의 소유자답게 돈 주고 못 사는 좋은 경험했다 치고 씩씩하게 일상으로 돌아가려던 그였다. 그런데 어제 오후부터 모르는 번호로 끈덕지게 전화가 걸려와 받아보니, 촬영 종료 후 계속 연락이 없던 채윤이었다.

공중전화로 걸었다고, '혹시 모른다'며 자기 휴대폰으로는 당분간 연락하지 말라고 당부한 그녀는, 잔뜩 긴장한 목소리로 실은 지훈이 위험에 처해 있다며 도와줄 수 있겠냐고 했다. 자세한 경위는 아직 얘기할 수 없지만 목숨이 달린 거란 말에 하현은 처음에 채윤이 장난치는 줄 알았다. 하지만 그의 실없는 농담에도 그녀는 웃음기 하나 없는 투로 도와주면 좋겠다는 말만 반복했다. 그제야 하현도 그녀가 정말 진지하다는 걸, 뭔가 문제가 생긴 상황이란 걸 알 수 있었다.

—사람이 위험하다는데 당연히 도와야죠. 그래서, 제가 뭘 하면 되는데요?

지훈과는 열흘간 같은 방에서 함께 생활한 정이 있으니, 하현으로서는 웬만한 부탁은 다 들어줄 작정이었다. 그러나 반나절 동안 지훈 행세를 해달라는 건 하현으로서도 황당무계할 법도 했다. 별로 닮지도 않았는데 왜 나여야 하냐고 묻자 이건은 지훈보다 덩치가 크고, 서준에게는 부탁할 수 없다는 대답만 돌아왔다.

신경 써서 염색하고 좌우 비율까지 따져가면서 공들여 만든 헤어스타일까지 망가뜨려야 하는 이 괴상한 아르바이트를, 갈수록 절실해져 금방이라도 울음을 터뜨릴 것 같은 채윤의 목소리가 아니었다면 하현은 절대 수락하지 않았을 것이다.

"미안해, 어처구니없을 거라는 거 잘 알아. 하지만 내가 지금 믿을 수 있는 사람이 많지 않아서 그래. 아주 중요한 일이야. 나중에 꼭 자세히 설명할게. 그냥 연기한다고 생각해. 너 영화 찍었을 때처럼. 내가 출연료도 후하게 쳐줄게. 응?"

"뭘 모르는 소릴 하시네. 내가 찍었던 종류의 영화 같으면 지금 이 역 안에 있는 사람들은 다 헐벗고 있어야 한다고요."

하현은 다들 약속이나 한 것처럼 무표정한 얼굴로 바쁘게 지나다니는 주변 사람들을 휘 둘러보면서 익살스럽게 말했다. 하현은 프리랜서로서 나름대로 자부심이 있었기에, 돈 받고 하는 일에 대해서는 아무리 힘들고 고되도 찍소리도 하지 않았다. 괜히 길게 불평을 늘어놓은 건, 애초에 이걸 비즈니스로 생각지 않아서였다.

"출연료는 무슨 출연료예요? 우리 사이에. 내가 누나한테 크게 빚진 것도 있잖아요. 누나가 나 때문에 다칠 뻔했으니까. 그걸 구해준

지훈이 형한테도 빚이 있는 셈이고. 그러니까 이번 기회에 다 같이 쌤쌤하는 걸로 쳐요. 혹시 기차 타는 거면 도시락이나 하나 사주시고요."

"두 개 사줄게. 제일 비싸고 맛있는 걸로."

하현이 체격에 비해 많이 먹는다는 걸 아는 채윤은 씩 웃으면서 시원스럽게 대답했다. 기차표는 미리 끊어놓은 상태였고, 두 사람은 간이매점에서 도시락과 음료수를 산 후 승강장으로 이동했다. 부산으로 가는 고속열차가 출발하는 곳이었다.

한 손은 하현의 팔에 얹고 다른 한 손은 캐리어를 끌면서 긴 통로를 가로질러 가는 동안, 채윤은 매의 눈으로 주변을 면밀하게 관찰했다. 그들의 바로 뒤에는 쉴 새 없이 뛰어다니는 두 어린아이를 거느린 4인 가족이 있었고, 그 왼쪽에는 휴가를 나온 듯 큼직한 배낭을 멘 군인이, 오른쪽에는 지방 출장 가는 중인 듯 양복 차림에 서류가방을 들고 통화에 열중하고 있는 샐러리맨이 보였다. 그리고 그들로부터 멀찌감치 떨어진 저편, 이 역과는 어울리지 않는 수상한 무리가 보였다.

'저놈들이군.'

채윤은 직감적으로 알아차렸다. 그들은 전부 여섯 명이었다. 부산으로 놀러 가는 대학생인 척 꾸미고 있었지만 어딘가 조금씩 어설펐다. 풋풋한 20대 초반이라기에는 연식이 좀 되어 보이는 얼굴들, 티셔츠를 청바지 안에 넣어 입는다거나 모자를 거꾸로 쓰는 등 요즘 학생들이라면 '패션테러'라고 부를 만한 옷매무새, 한겨울인데 춥지도 않은지 패기 있게 걷어붙인 팔소매에 힐끗힐끗 엿보이는 문신이 그랬다.

예전에 목격했던 것처럼 '난 조폭 아님 킬러요'라고 외치는 듯한 맨인블랙들을 보낼 수는 없었을 테니, 아마도 저들은 작두파에서 막내뻘쯤 되는 소위 '행동대원'들일 것이다. 채윤은 서준을 내통자로 전제한 자신의 계획이 맞아떨어졌음을 알았다.

—내일 지훈 씨 만나기로 했어요. 서울역에서 10시 반에 출발하는 KTX를 타고 부산으로 갈 거예요. 부산항에 가서 서준 씨가 말한 그 사람 만나면 되는 거죠?

어젯밤, 채윤은 서준과 통화하면서 일부러 거짓 정보를 흘렸다. 서준이 말한 '그 사람'이란 밀항 전문 브로커라고 했다. 서준이 형사사건을 처리하다 알게 되었는데, 질 나쁜 사람은 결코 아니라고 몇 번씩이나 강조도 했다. 남편의 폭력을 피해 도망가야 하는 불쌍한 여자라든가, 망명 신청이 받아들여지지 않은 떠돌이 난민 가족 등을 도울 때 아주 가끔씩만 부탁했다는 것이다.

지훈과 채윤의 사진을 붙인 여권을 가지고 기다리고 있을 것이라는 그 브로커의 존재를, 채윤은 전혀 믿지 않았다. 서준의 의뢰인들이 그가 말하는 것처럼 힘없고 가여운 이들이 아니라 사회 여기저기 검은손을 뻗치고 있는 악랄한 조직폭력배라는 것도 잊지 않았다.

"채윤아, 재네 봤어? 진짜 웃기지 않아? 복학생은 복학생인데 무슨 10년 만에 복학한 애들 같아. 아니, 나보다 나이 많아 보이는데 애들이라고 하면 안 되나?"

"쳐다보지 마, 절대."

채윤은 작두파 일당을 발견하고 낄낄대는 하현의 등을 떠밀면서 다소 날카로운 어조로 말했다. 아무리 생각해도 그럴 방도는 없을 것 같지만, 혹시 기차표를 미리 예매했다가 서준의 정보망에 걸려

들기라도 할까 봐 굳이 서울역에 와서 현금으로 표를 끊기까지 했다. 그때부터 뒤를 한 번도 돌아보지 않은 채 승강장까지 간 채윤과 하현은 정차해 있는 고속열차의 네 번째 칸에 탑승했다.

"채윤아, 우리 자리는 어디야? 난 창가 쪽에 앉아서 바깥 구경하고 싶은데. 요즘 일을 너무 열심히 했나, 되게 오랜만에 멀리 놀러 가는 거라서."

"가만있어 봐."

채윤은 칸 안으로 들어오자마자 벽에 몸을 바짝 붙인 후 창문을 통해 아주 조심스럽게 밖을 내다보았다. 작두파 일당이 휴대폰으로 예매내역을 확인하면서 자기들끼리 뭐라뭐라 말을 주고받다가, 이내 뿔뿔이 흩어져 서로 다른 칸으로 향하는 듯했다. 역시, 같잖아 보여도 그들의 뒤에서 서준이 브레인 역할을 하는 한 얕볼 수 없었다. 채윤이 어디 타는지 정확히 알 수 없으니 아예 칸마다 사람을 배치한 것이다.

하현과 함께 가운뎃줄 좌석으로 가서 하현을 창가 쪽에 밀어 넣어 앉히고 자신은 복도 쪽에 앉은 채윤은, 구레나룻이 거뭇하게 난 야구점퍼 차림의 남자가 어슬렁어슬렁 칸 안으로 들어오는 것을 보고 지그시 입술을 깨물었다.

"유하현. 지금부터 내가 무슨 말을 하든, 무슨 행동을 하든 그냥 그러려니 고분고분 받아들여. 알았어?"

"누나, 그게 무슨 말이야? 나한테 뭐 하려고?"

무슨 선전포고처럼 비장한 말에 당황한 하현은 엉겁결에 채윤을 누나라고 불렀고, 바로 그때 구레나룻이 약 세 좌석 정도 떨어진 곳에서 다가오는 게 보였다. 채윤은 지훈이 이와 비슷한 상황에서 그녀의 입을 막기 위해 기습키스했던 것을 떠올렸다. 채윤과 함께 온 남자가 정말 김지훈이 맞는지 확인하러 온 저 악당에게는 그것이야말로 효과 직빵이겠지만, 채윤은 엄연한 공공장소인 고속열차 안에서 그런 짓을 할 생각 따윈 추호도 없거니와 그 상대방이 하현이라고 생각하면 왠지 친동생과 얽히는 것 같은 찝찝한 기분이 들었다.

구레나룻이 바로 옆을 지나가면서 안 쳐다보는 척 이쪽을 쳐다보는 순간, 채윤은 도시락을 올려놓으려고 펼쳐 놓은 간이 테이블 쪽으로 하현의 뒤통수를 꾸욱 눌러 처박듯이 했다. 그러면서 세상 둘도 없는 부드럽고 상냥한 어조로, 한 글자 한 글자 또박또박 힘주어 말했다.

"그래, 지훈 씨. 밤새 한숨도 못 잤다니 얼마나 피곤하겠어. 지훈 씨, 도착하면 깨워줄게. 푹 자, 우리 지훈 씨."

혹시나 듣지 못하고 놓치기라도 할까 봐 지훈의 이름을 세 번이나 반복해주었다. 구레나룻은 이쪽을 한 번 돌아보긴 했지만, 두 번 돌아보는 건 제가 생각해도 수상할 것 같았는지 그대로 걸음을 옮겨 맨 앞좌석에 가서 앉았다. 바로 앞칸으로 가는 통로에 화장실이 있어서, 볼일을 보려면 반드시 지나쳐야만 하는 자리였다.

반대 방향 칸으로 가다 보면 또 다른 화장실이 있긴 하겠지만, 채윤은 그 부근에도 가짜 대학생으로 위장한 작두파 일당이 버티고 있으리라 확신했다. 채윤은 언제 고개를 들어야 할지 몰라 아직도 간이 테이블에 이마를 박고 있는 하현에게로 얼굴을 가까이 가져다 대면서 아주 작은 목소리로 속닥거렸다.

"하현아, 내 말 잘 들어. 부산까지 가는 동안 되도록 화장실은 가지 마. 꼭 가야 한다면 열차가 큰 역에 정차했을 때를 이용해. 작은 역은 안 돼. 사람들이 우르르 몰려 내리고 타느라 정신없는 틈을 노려야 해. 내 말 알아들었지?"

"윽, 부산까지 3시간 50분 걸린다면서. 인간적으로 너무한 거 아니야?"

반말과 존댓말을 섞어 푸념하면서도, 하현은 여행 가는 기분을 한껏 내면서 먹으려고 했던 도시락과 음료수를 바닥에 내려놓았다. 눈에서 보이지 않게 해서 유혹을 줄여 보려는 거였다. 열차가 요란한 엔진음을 내면서 출발하자, 하현은 눈가를 답답하게 가리고 있던 후드를 살짝 올리면서 채윤에게 넌지시 물었다.

"누나, 지훈이 형 혹시 우리가 모르는 빚 같은 거 졌어요? 그래서 사채업자들한테 쫓기는 거예요? 대합실에서 본 이상한 사람들, 그리고 방금 전 우리 자리 쳐다보고 지나간 구레나룻도, 그 일당인 거죠? 내 말이 맞죠?"

"……."

"보통 사람이 누군가한테 쫓기는 상황이란 게 많진 않잖아요. 범죄를 저질러서 형사들한테 쫓기는 거, 돈 못 갚아서 사채업자들한테 쫓기는 거, 그것도 아니면 뭔가 원한을 사서 보복당하는 거 정도인데 지훈이 형이 첫 번째나 세 번째일 것 같진 않아서요. 아까 그 사람들 인상도 무척 질이 안 좋아 보였고."

지훈이 '일반인'이라는 전제가 틀린 탓에 결론도 미묘하게 틀리긴 했지만, 그런 것치고 하현의 추론은 제법 정확했다. 채윤은 이게 그렇게 위험한 일이 아니라고 하현을 속일 생각은 추호도 없었다. 지훈과 자신의 일에, 어떻게 보면 아무 상관 없는 제3자인 하현을 끌어들여 위험을 무릅쓰게 한 것은 분명 잘못이었다.

지훈으로 변장하는 게 가능하고, 지훈과 잘 아는 사이여서 그를 흉내 내는 게 가능하면서도 채윤과 신뢰 관계가 있는 사람. 그 세 가지 조건에 부합하는 유일한 사람이어서 하현에게 손을 뻗치긴 했지만, 그의 의사에 반해서 강제하고 싶지는 않았다. 채윤은 하현의 추측에 대해 긍정도 부정도 하지 않고 대신 차분하게 질문했다.

"……만일 그런 거라면, 여기서 그만 돌아가고 싶어?"

"그런 거 아니에요. 나 클럽에서 일하잖아요. 볼 꼴 못 볼 꼴 다 보고 살았고 생긴 거랑 다르게 의외로 겁 없어요. 난 괜찮은데 누나가 걱정되어서 하는 말이에요. 지금 돌아가는 걸 보니까 저놈들 일부러 유인하려는 것 같은데, 그러다 진짜 험한 일 겪게 될 수도 있어요. 성차별적 발언하려는 건 아닌데, 누난 여자잖아요."

여자잖아요. 그 한 마디에, 오랫동안 묻어두었던 기억 하나가 채윤의 머릿속 서랍을 덜컥 열고 뛰어나왔다. 단우의 로드매니저를 한 지 석 달이 막 지났을 무렵, 한겨울 강원도 대관령에서 무려 28시간 연속으로 드라마 촬영 강행군을 하게 된 적이 있었다. 예산과 인력 부족, 촬영 직전에야 나오는 쪽대본 때문에 후반부로 갈수록 살인적으로 변해가는 드라마 촬영 환경에 익숙해진 단우는 하루 이틀 밤새 촬영하는 것 정도는 눈 하나 깜짝하지 않았지만, 초짜였던 채윤은 그렇지 못했다. 중간중간 자기 이름이 쓰인 의자에 앉아 휴식을 취하는 배우들과 달리 엄동설한에 오들오들 떨며 내내 서 있어야 하고, 컷이나 NG가 날 때마다 달려들어 단우의 메이크업과 옷매무새를 고쳐주고 물과 간식도 챙겨주어야 했기 때문에 단 한 순간도 긴장을 풀지 않은 채 촬영을 지켜보아야 했다. 밥차와 커피차가 와서 모두가 든든하게 배를 채우면서 한숨 돌리는 동안에도, 단우가 다음 신에서 입을 의상이며 착용할 소품을 미리 확인하고 준비하느라 혼자 바빴다. 그렇게 집요정처럼 혹사당하는 와중에 지독한 생리통까지 겹쳐서, 새벽 한 시가 넘어갔을 때는 걸어 다니는 시체나 다름없었다.

다행히 한동안 조연들이 나오는 신을 찍고 단우가 나오는 그 다음 신은 동틀 무렵에 찍을 예정이어서, 단우와 채윤에게는 약 네 시간의 소중한 휴식 시간이 주어졌다. 야외 촬영장이 차량 출입이 통제되는 곳이라 배우진과 스태프 전부 버스를 타고 오는 바람에, 평소 이동식 호텔처럼 즐겨 사용하던 밴은 없는 상태였다.

채윤은 주연배우의 가장 큰 특권인 고급 트레일러 앞까지 단우를 데려다 놓고, 본인은 약 스무 명의 남녀 스태프가 신문지 깔고 모포 덮고 새우잠을 자고 있는 대형 텐트로 가려고 했다. 난로 곁불을 쬐는 것만으로는 부족해서 아까부터 이미 감각이 없어진 손발과, 기차 바퀴에 깔린 것처럼 욱신거리는 허리를 안고 돌아서려는 그녀를 향해 단우가 무심한 투로 말을 던졌다.

—송채윤, 네가 트레일러에 들어가서 자. 난 천막에서 잘 테니까.

—아니에요, 오빠. 괜찮아요. 전 아무 데서나 자도 돼요. 정말이에요.

—인마, 너도 여자잖아. 고집부리지 말고 말 들어.

그러더니 채윤이 들고 있던 침낭을 빼앗듯이 받아들고 그녀가 뭐라고 더 하기도 전에 성큼성큼 텐트 쪽으로 걸어가버렸다. 스태프들은 그 대단한 차단우가 자기들 틈에 섞여 잔다는 것에 난리난리가 났지만, 정작 단우 자신은 아무 데서나 자면 어떠냐고 태연했다. 그 덕분에 채윤은 짧은 시간이나마 따뜻하고 편안하게 자면서 몸을 추스를 수 있었다.

두툼한 오리털 이불을 뒤집어쓴 채 단우의 흔적이 여기저기 남아 있는 트레일러 안을 둘러보면서, 이런 사람의 매니저가 되어 참 행운이라고 생각했던 기억이 났다. 언제나 한결같이 무뚝뚝하고 살가운 말 한 마디 하지 않았지만, 그렇다고 그의 마음까지 그런 건 아니었다. 오히려 남들 같으면 신경이 날카로워지고 성격이 파탄 날 수밖에 없는 비인간적인 스케줄 속에서도, 나름대로 채윤을 생각하고 챙기는 모습을 보여주고는 했다.

간간이 좋은 기억, 감동적인 기억도 많았는데, 나중에 가서는 왜 그렇게 서운하고 마음 아픈 기억만 남았는지 모르겠다. 어쩌면, 그를 끝까지 지키지 못했다는 미안함과 죄책감에 차라리 나쁜 사람이었다고 기억해버리고 싶은 비겁한 마음이었는지도 모른다.

"나도 무섭지 않다면 거짓말이겠지. 그런데 하현아, 사람이 살다 보면 아무리 무섭고 싫어도 꼭 해야 하는 일이 생기잖아. 예전에 했어야 한 일, 하지 못해서 후회한 일, 이번에도 안 하고 지나가면 평생 상처로 남을 일. 지금 이게 나한테는 그래. 내가 좋아하는 사람을 포기하지 않고, 떠나지 않고 끝까지 지켜내는 거."

손발이 오글거리는 말일 수도 있지만, 하현은 채윤을 비웃지 않았다. 대신 채윤이 한 번도 본 적 없는 사뭇 진지한 얼굴로 그녀를 물끄러미 바라보다가, 그 마음을 이해한다는 듯 가만히 고개를 끄덕였다. 아마 그에게도, 과거의 어느 순간 자신의 모든 것을 걸어도 될 만큼 좋아했던 여자가 한둘쯤은 있었을 테니까.

"그럼 전 잘게요. 부산 갈매기 소리 들릴 때쯤에 깨워줘요."

하현이 얼굴을 가리기 위해 간이 테이블에 이마를 대고 엎드려 자는 동안, 채윤은 캐리어 앞주머니에서 책 한 권을 꺼냈다. 새벽 바다가 그려진 진녹색 표지, '망각의 바다'였다. 지훈이 빌려 갔던, 아니 막무가내로 가져갔던 이 책을 채윤은 '러빙유 하우스'에 있던 그녀의 방 안 드레스룸에서 찾았다. 맨 아래 선반에 가지런히 놓여 있었던 걸 보면 그녀가 바로 발견하지는 못하게, 그러나 촬영을 마치고 짐을 챙길 때는 반드시 발견할 수 있도록 의도해서 그 자리에 놓아둔 것 같았다.

—난, 기억이 사라진다고 해서 그 시간까지 사라져버리진 않을 거라고 믿어. 어쩌면, 머릿속에서 지워진 기억은 사람의 가슴으로 옮겨져서 더 오래오래 남아 있는지도 모르지. 내가 죽어서 내 심장도 멈추게 되면, 그 자리에서 너와의 기억이 피처럼 흘러나올 거야.

—이 세상에는 우연으로 일어나는 일 같은 것도 없어. 나비 날갯짓 하나에 태풍이 시작되는 것처럼, 살아가면서 겪는 모든 만남도, 이별도, 아주 사소한 것일지는 몰라도 다 이유가 있어서 찾아오는 거야. 다만 세상의 흐름이 너무 거대하고 복잡해서 우리가 알지 못하는 것뿐이지. 그러니 지금 헤어지는 우리에게 다시 만나야 할 이유가 있다면, 그렇다면 애쓰지 않아도 언젠가 꼭 만나게 될 거야. 평생 만나지지 않는다면, 그것도 다 이유가 있어서니까 받아들여야지.

—발목을 말뚝에 묶인 채 서커스단에서 자란 아기코끼리는 어른이 되어서 그 말뚝을 뽑을 만한 힘이 생겨도, 심지어 말뚝을 없애도 도망가려고 하지 않는대. 기억 속의 말뚝이 너무도 크고 무서워서 앞으로 나아갈 엄두조차 내지 못하는 거야. 우린 그렇게 되지 말자. 과거가 우리 발목을 잡도록 내버려두진 말자.

지훈은 책 중간중간 나오는 등장인물의 독백에 연녹색 펜으로 자를 대고 그은 듯 반듯하게 줄을 쳐 놓았다. 채윤도 처음엔 이게 뭔가 싫었는데, 읽다 보니 그가 자신에게 하고 싶은 말들을 그렇게 대신한 것임을 알 수 있었다.

마지막 편지, 메시지, 유언, 뭐라고 불러도 상관없었다. 어차피 그녀는 그가 원하는 대로 순순히 포기해줄 마음 따위는 없었으니까.

'평생 만나지 못하더라도 다 이유가 있는 거니까 받아들이라고? 누구 맘대로? 그 이유가 다른 거라면 몰라도, 무자비하고 흉악한 조직폭력배 때문이라면 절대 용납할 수 없어. 두고 봐, 난 이대로 끝내지 않을 거야. 우린 반드시 다시 만나.'

차창 밖으로 빠르게 지나가서 가느다란 하나의 녹색 줄로 수렴하는 풍경을 멀거니 바라보며, 채윤은 책 모서리를 지그시 쥐었다. 아직, 슬퍼하기엔 일렀다.

'차단우 씨. 아니 김지훈 씨를 보게 되면, 남의 책에 함부로 줄 치는 거 아니라고 꼭 말해줘야지.'

위험천만한 덫을 놓다

"렌트 예약한 사람인데요. 송채윤, 흰색 아반떼, 5시간이요."

부산역에 내린 채윤은 하현을 데리고 곧장 역 앞 광장에 있는 렌트카 업체로 향했다. 오후 3시가 다 되어가는 시각, 광장은 오가는 사람들로 활발하게 붐볐고 그 사이에서도 어설픈 대학생 코스프레를 한 작두파 일당은 눈에 띄었다.

채윤은 그들이 적당한 거리를 두고 은근슬쩍 쫓아오는 것을 모른 척하며 렌트카 업체 사무실로 들어가 어제 전화로 예약한 렌트카의 키를 받았다. 중고지만 상처가 거의 없고 튼튼하게 생긴 아반떼는 주차장에서 얌전히 그들을 기다리고 있었다. 그 바로 뒤에는 연식이 좀 더 오래되어 보이는 검은색 고물 프라이드가 한 대 서 있었다. 캐리어는 트렁크에 싣고, 크로스백은 그대로 멘 채 차 앞쪽으로 돌아가는 채윤을 향해 하현이 물었다.

"여긴 사람들 없으니까, 이제 다시 누나라고 불러도 되는 거죠?

누나가 운전해요, 아님 제가 할까요?"

"네가 해. 목적지는 부산국제여객터미널. 그런데 바로 가지 말고, 빙빙 돌아서 가. 빨리 가도 3, 40분은 걸리게."

"어휴, 이건 뭐 갈수록 스케일이 크고 복잡해지네. 그럼 영도 거쳐서 동명부두 쪽으로 한 바퀴 돌아서 갈게요."

하현은 서울 사람인데도 부산 지리에 익숙한지, 채윤의 두루뭉술한 주문을 찰떡같이 받으며 차 키를 꽂고 시동을 걸었다. 채윤은 백미러를 통해 작두파 일당이 방금 그녀가 나왔던 렌트카 사무실로 우르르 몰려 들어가는 장면을 지켜보고 있었다. 그들은 갑작스럽게 렌트카가 등장한 것에 놀라고 당황한 것처럼 보였다. 그 얘기인즉 채윤이 어제 렌트카업체와 통화한 내용을 그들은 알지 못한다는 거였고, 다시 말해 염려했던 바와 달리 그녀의 휴대폰까지 도청되고 있지 않다는 거였다.

채윤은 안도의 한숨을 내쉬면서 안전벨트를 맸다. 광장 진입로로 나와 일반 도로로 들어서서 5분 남짓 달렸을까. 차량 세 대를 사이에 두고 아까 렌트가 업체 주차장에서 보았던 낡은 검은색 프라이드가 느린 속도로 따라붙는 게 보였다. 당장 뺄 수 있는 차를 아무거나 빌리다 보니 울며 겨자 먹기로 장정 여섯 명이 프라이드에 끼어 탔을 것이다. 고소하다 싶어서 채윤의 입꼬리가 슬며시 올라가는데, 그녀와 마찬가지로 프라이드의 존재를 눈치챈 하현이 긴장한 목소리로 물어왔다.

"누나, 아까 그놈들인가 본데요. 따돌릴까요?"

"하현이 너, 그런 것도 할 줄 알아?"

"작년까지 자동차 동호회 회원이었어요. 영화 찍어서 번 돈으로 스포츠카 한 대 리스해서, 유명하다는 코스는 다 누비고 다녔죠. 부산도 여러 번 왔고요. 여기 해안도로가 달리기 참 좋아서. 계속 그러다간 포르노보다 더 위험한 세계에 빠져들게 될 것 같아 결국 관두긴 했지만, 아직도 실력은 여전해요."

"그럼 진짜 따돌리지는 말고, 따돌리려다가 실패하는 척만 할 수 있겠어?"

"물론이죠."

하현은 한 손으로 운전대를 잡은 채 장난스럽게 씩 웃어 보이더니, 깊숙이 엑셀러레이터를 밟으면서 단번에 속도를 높였다. 이제 막 들어선 변두리 해안도로에는 차가 많지 않았고, 하현은 그 몇 안 되는 차들 사이를 지그재그로 여유롭게 종횡무진하면서 프라이드와의 간격을 넓혀갔다. 어두운 터널 안에 들어간 틈을 타서 일부러 커다란 화물차 앞으로 숨어들기도 하고, 신호가 걸릴 즈음 아슬아슬하게 교차로에 진입해 저 혼자 쏙 빠져 나가버리는 얄미운 짓을 하기도 했다. 겨우 아반떼 정도로 이 정도 테크닉을 구사하는 걸 보면, 진짜 스포츠카를 탔을 때의 위력이 어느 정도인지는 대충 짐작이 갔다. '위험한 세계에 빠져들게 될 것 같아 관뒀다'는 말도 납득할 만했다. 영화가 아닌 현실에서 과속 레이싱은 엄연한 불법이니까.

꾸준히 느린 속도로 달려오는 프라이드 앞에서 하현이 속도를 높였다가 낮췄다가 이리저리 커브를 틀기도 하고 느닷없이 유턴을 하면서 도망갈 듯 도망갈 듯하면서도 완전히 시야에서 사라지지 않는 장면은 마치 작두파 일당을 손바닥 위에 올려놓고 갖고 노는 것 같았다.

참 재주 많은 아이라고 감탄하면서, 채윤은 대시보드에 붙어 있는 디지털 시계를 확인했다. 오후 4시, 아마도 지훈은 그의 '보호자들'과 함께 있을 것이다. 지훈이 선불폰을 갖고 있다는 사실이 발각되는 즉시 끝장이기 때문에, 목소리를 듣고 싶은 마음이 굴뚝 같아도 지금 이 순간까지 초인적인 인내심을 발휘해 참았던 그녀였다.

채윤은 깊게 심호흡을 한 번 하고 나서 지훈에게 준 선불폰의 번호를 눌렀다. 터치패드를 하나하나 누르는 손가락 끝이 미세하게 떨려 금방이라도 미끄러질 것 같았다. 마침내 신호음이 걸리는 순간에는, 심장이 허공에 대롱대롱 매달려 있는 걸 보는 기분이었다.

뚜우우우—. 뚜우우우—.

채윤의 예상대로, 지훈은 그 시각 모텔 방 안에 류진과 함께 있었다. 1인용 소파에 등을 파묻고 앉은 지훈은 도를 닦는 수도승의 심정으로 이미 몇 번이나 읽은 조간 신문을 되풀이해서 읽고 있었고, 류진은 그 옆에 놓인 침대에 벌러덩 드러누워 집에 있는 아이들과 요란 빽적지근하게 영상통화를 하고 있었다.

"아이구우, 우리 공주님이 그랬쪄염? 아빠가 보고 싶어서 울었쪄염? 아빠도 공주님이 하늘만큼 땅만큼 보고 싶어염. 아빠한테 윙크으으—!"

자식들을 예뻐하는 아버지의 모습은 보기 좋아야 마땅했지만, 산만 한 덩치를 부산스럽게 흔들어가면서 과도한 애교를 부리는 게 꼭 필요한지는 의문이었다. 대놓고 말은 안 해도 온 얼굴로 의사표현을 하고 있던 지훈이 류진으로부터 아예 등을 돌려 앉으려는 찰나, 그 일이 일어났다. 그의 팬티 속에서 미니 선풍기를 틀어놓은 것 같은 작은 진동이 위이이잉 일어나기 시작한 것이다. 절대 들키지 않을 곳이 어딘지 고민하다가 팬티 속에 숨겨놓은 선불폰이었다.

이미 이 순간을 머릿속으로 수십 번 넘게 시뮬레이션해놓았기에, 지훈은 전혀 놀라거나 당황한 티를 내지 않고 침착한 표정을 유지했다. 그는 한때 우리나라에서 연기력으로 손꼽히던 전도유망한 프로 배우였다. 팬티 속에서 미세한 지진이 일어나고 있다는 것쯤은 얼마든지 태연하게 감출 수 있었다.

"형, 나 화장실 좀 다녀올게."

"응응, 아빠는 지금 삼촌하고 있쩌염. 응응응. 곰같이 생긴 삼촌 있짜나염. 삼촌이 밤에 혼자 자는 거 무섭다고 해서 그래염. 울 공주님은 혼자 잘 수 있쬬?"

누구더러 곰이라는 거야, 자기는 시베리아 불곰같이 생긴 주제에. 지훈은 그렇게 받아치고 싶은 것을 꾹 참으면서 반투명한 유리문으로 가로막힌 화장실 안으로 들어왔다.

언제 신호음이 끊길지 몰라 불안하고 초조한 마음을 애써 다스리면서, 오늘 아침 샤워할 때 미리 비워두었던 빈 샴푸통을 꺼내 들었다. 통 안에 물을 가득 채워 넣은 후, 왼손에 샴푸통을 쥐고 양변기에 쪼르르르 따르는 소리를 내면서 오른손만 사용해서 휴대폰을 꺼냈다. 그걸 그대로 얼굴에 가져다 대는 건 아무리 다른 사람 아닌 자기 팬티 속에 있었던 거라고 해도 기분이 좋진 않았지만, 지금은 0.1초라도 지체할 수 없는 긴급 상황이었다.

통화 버튼을 누르자마자, 나흘 내내 아득하게 꿈결을 맴돌던 그리운 목소리가 또랑또랑 선명하게 튀어나왔다.

—여보세요, 지훈 씨? 내 말 들려? 대답은 하지 말고 숨소리만 내봐.

역시 채윤은 눈치가 빨랐다. 지훈이 자유롭게 말할 수 있는 상황이 아니라는 걸 설명하지 않아도 이미 헤아리고 있었다. 지훈은 물

줄기를 만들어내던 손을 잠시 멈추고 푸우 소리 나게 숨을 내쉬었다. 채윤은 그 숨소리만 듣고도 지훈이 맞다는 걸 확신할 수 있었다. 조금 우습게 들릴지도 모르겠지만, 그 순간은 정말 그랬다.

—지훈 씨 정체를 작두파에 알려준 거, 임서준 짓이야 그 사람이 숙소에 있는 지훈 씨 사진을 몰래 찍어서 '회장님'이라는 사람한테 보내고, 민간조사업체에 시켜서 지훈 씨 뒷조사도 했어. 그 서류 내가 다 휴대폰으로 찍어놨다고.

임서준이었구나. 그를 볼 때마다 느껴지던 묘한 이질감과 불쾌감을, 그저 채윤의 마음을 뺏길지도 모르는 질투심의 발로라고만 생각했었다. 그런데 어쩌면 그건, 이빨을 감춘 하이에나가 근처까지 접근했을 때 초식동물이 본능적으로 느끼는 위기의식이었는지도 모른다. 채윤이 그 하이에나의 정체를 알고도 그를 최종 선택했다는 건, '적과의 동침'이라는 제목처럼 좀 더 가까이 접근해 뒤를 캐내려는 계산이었을 것이다.

그걸 깨달은 순간 지훈은 기쁘거나 반갑기보다 더럭 걱정이 앞섰다. 그는 휴대폰 수화기를 손바닥으로 감싸듯 막고서 속삭이듯 말했다.

"그건 아무 증거도 못 돼. 괜히 나서지 말고 있어. 잘못하다간 너까지 다쳐."

—그래, 증거가 더 필요하겠지. 임서준과 작두파가 지훈 씨를 죽이려 했다는 빼도 박도 못할 증거 말이야. 그래서 임서준을 통해서 작두파 일당을 유인해냈어. 그놈들이 지훈 씨 행방을 알아내기 위해 날 납치하게 만들 거야. 그 현장을 덮치면, 신 경감님이 현행범으로 한꺼번에 다 체포할 수 있을 테니까.

채윤은 바짝 약이 올랐는지 따라주지도 않는 차로 아득바득 따라오고 있는 작두파 일행을 백미러를 통해 힐끔거리면서 빠르게 말을 이었다. 그녀의 계획이 뭔지 마침내 알게 된 지훈의 반응은 충격과 경악 그 자체였다.

"그게 무슨 소리야? 송채윤, 정신 나갔어? 죽고 싶어? 그놈들이 어떤 놈들인지 알기나 해?"

—나도 알아, 사람 목숨을 파리보다 못하게 여기는 놈들. 무슨 수를 써서라도 반드시 잡아넣어야만 하는 악질들이잖아. 지훈 씨가 이럴 것 같아서, 하지 말라고 할 것 같아서 일부러 지금 얘기하는 거야. 나, 지금 하현이하고 같이 부산에 있어. 여기 국제여객터미널 가는 도로 위고, 그놈들이 뒤에서 따라오고 있어.

"송채윤!"

지훈은 몰래 통화 중이라는 사실도 잊어버린 채 버럭 고함을 쳤다. 그러자 반투명한 유리문 너머로 류진이 벌떡 일어나는 게 실루엣으로 보였다. 그 검은 실루엣이 화장실 쪽으로 성큼성큼 다가오는 것을 본 지훈은 샴푸 통을 던져버리고, 휴대폰을 귀와 어깨 사이에 끼었다. 그리고 마른 샤워타월을 집어 잠금장치가 따로 없는 문 손잡이와 수건 고리 사이를 단단히 묶어버렸다.

고작 그런 허술한 장치로 힘이 장사인 류진을 오래 막아낼 수는 없겠지만, 적어도 채윤과 통화할 시간 정도는 벌어줄 터였다. 지훈은 문을 등으로 막고 선 채 휴대폰에 대고 다그쳤다.

"서울도 아니고 부산이라니, 왜 그렇게 멀리까지 갔어? 내가 제때 맞춰 가지 못하면, 널 찾아내지 못하면 어떡하려고! 너한테까지 무슨 일이 생기면 난……!"

지훈은 밖에서 무슨 일이냐고, 이것 좀 열어보라고 고래고래 소리치며 문을 잡고 흔드는 류진을 온몸으로 막아내면서 피를 토하는 듯한 목소리로 말했다. 가슴 밑바닥에서부터 울컥 하고 뜨거운 것이 치받쳐 올라와 말을 끝맺을 수도 없었다. 끓어오르는 감정을 주체하지 못하고 있는 지훈을 향해 채윤이 달래듯이 말했다.

—괜찮아, 걱정하지 마. 내가 어디 있든지, 지훈 씨는 날 찾아낼 수 있어. 내가 준 휴대폰에 보면…….

채윤이 거기까지 말했을 때였다. 수화기 너머에서 언젠가 들어본 적 있는 쾅, 소리가 울려 퍼지면서 지훈을 움찔하게 했다. 그는 그 소리가 뭔지 알고 있었다. 어떻게 잊을 수 있을까. 3년 전 그가 들었을 때보다는 훨씬 작고 덜 요란하긴 했지만, 그건 큰 차가 작은 차를 앞에서 무자비하게 들이받는 충격음이 분명했다.

"채윤아! 송채윤!"

경악한 지훈은 휴대폰이 으스러지도록 세게 쥐고서 목이 터져라 소리를 질러댔고, 비좁은 욕실 안에서 사방으로 반사된 절박한 음성은 귀를 아프게 울렸다. 류진이 문을 흔드는 정도도 덩달아 강해졌지만, 지훈에게는 평소와는 비교도 할 수 없는 괴력이 솟아 나오고 있었다. 지금 휴대폰을 빼앗겨버리면 정말 끝장이었다.

"내 말 들리냐고 묻잖아, 대답해! 송채윤!"

그러나 수화기 건너편의 채윤은 대답을 할 수 없는 상태였다. 지훈이 걱정한 것과 달리, 접촉사고의 충격은 의외로 크지 않았다. 교차로에서 신호를 기다리고 있던 순간 느닷없이 돌진해오는 빨간 소나타를 미리 발견한 하현이 민첩하게 후진해 충돌하는 시점을 최대한 늦추었고, 덕분에 충돌하면서 접촉하는 면적도 힘도 확 줄어들었던 것이다. 그래도 충돌은 충돌이어서, 운전석에 앉은 하현도 조수석에 앉은 채윤도 몸이 확 뒤로 젖혀지면서 크게 휘청거렸다.

뼈가 부러지거나 삐는 정도는 아니어도 근육이 놀라긴 했을 것 같은데, 채윤은 지금 그런 것에 신경 쓸 틈이 없었다. 그녀는 빨간 소나타 문을 열고 내리는 세 명의 남자들을 바라보면서 어금니를 으득 소리 나게 깨물었다. 작두파 일당 여섯 명이 전부 한 차에 몰아 탔으리라고 생각한 게 오산이었다. 지금 벌어지는 상황을 보니 아까 렌트카 업체 사무실에서 세 명은 프라이드를 타고 곧바로 채윤을 쫓아오고, 나머지 세 명은 좀 더 시간을 들여 괜찮은 차를 빌린 후 채윤이 지나갈 것 같은 지점에 미리 대기하고 있던 것 같았다.

뒤늦게 도착한 프라이드가 끽 소리를 내며 멈춰 서고 거기서 나머지 세 명이 내리는 모습을 보며, 채윤은 메고 있던 크로스백에서 미리 준비해온 물건을 꺼냈다. 경찰 드라마에서나 볼 법한 은색 수갑을 한 쌍도 아니고 두 쌍이나 본 하현의 눈이 이번에야말로 제대로 휘둥그레졌다.

"누나? 뭐해요? 그건 왜 가지고 왔어요?"

"유하현, 시간 없으니까 내 말 똑똑히 들어. 지금부터 무슨 일이 벌어지더라도 절대 차 밖으로 나오지 마. 나오고 싶어도 그러지 못하겠지만."

"에?"

하현은 이미 여러 번 연습한 듯 깜짝 놀랄 만큼 능숙한 손놀림으로 자신의 양 손목에 철컥철컥 수갑을 채우는 채윤을 내려다보며 얼빠진 표정을 지었다. 순식간에 하현을 꼼짝 못 하게 만들어버린 채윤은 그걸로도 부족해 고리와 고리 사이의 사슬에 나머지 한 개의 수갑 고리를 채운 후, 그에 연결된 고리를 운전대에 걸고 채워버리는 것으로 완벽한 마무리 작업을 했다. 이제 하현은 운전대에 양손이 묶인 채 옴짝달싹하지 못하게 된 셈이었다. 채윤은 입을 떡 벌린 채 어버버버 하고 있는 하현을 향해 무서우리만큼 침착하게 지시했다.

"이 사태는 내가 사전에 계획해놓은 그대로니까 너무 놀라서도, 이성을 잃어버려서도 안 돼. 정신줄 단단히 붙잡고 있다가, 내가 저 사람들하고 사라지는 즉시 네 휴대폰으로 내가 알려주는 전화번호로 지훈 씨한테 전화해서 여기 정확한 위치를 알려줘. 휴대폰, 음성인식 되지? 112에는 전화하지 마. 아무 도움도 안 되고 괜히 시끄러워지기만 할 테니까. 지금 지훈 씨하고 같이 있는 사람이 경찰이야. 어떻게 해야 하는지 알 거야."

"누나! 채윤 누나!"

필사적으로 외치며 몸부림치는 하현을 내버려 둔 채, 채윤은 결연한 얼굴로 조수석에서 내렸다. 그러고는 키 박스에서 뽑아온 자동차 키를 이용해 차 문을 바깥에서 잠그고, 키는 도로 옆 맨홀 속으로 휙 던져버렸다. 이제 하현은 차 안에 갇혀 버렸으니, 채윤은 정말로 혼자 남겨진 셈이었다.

여태껏 두렵지 않은 척했지만, 그녀라고 해서 눈 하나 깜짝 안 하고 사람을 땅속에 파묻는다는 조폭들이 두렵지 않을 리가 없었다. 맨손으로 산짐승도 때려잡는 산적떼처럼 험악하게 생긴 패거리가 포위하듯 양쪽에서 다가오는 것을 보자, 머리끝이 쭈뼛 서면서 차디찬 기운이 등골을 파고들어 전신으로 퍼져나갔다. 살갗에는 오스스 소름이 돋고 심장이 맹렬한 펌프질을 해댔지만, 채윤은 중심을 잃지 않고 꼿꼿이 서 있으려 애썼다. 그녀를 지탱해주고 있는 생각은 오로지 하나, 이렇게 해야만 지훈을 살리고 또 지켜낼 수 있다는 것뿐이었다.

"야, 잠깐. 저놈은 그놈이 아닌데?"

차체가 들썩들썩 흔들리도록 온몸을 뒤틀며 난리법석을 피우고 있는 하현을 본 구레나룻이 돌연 이맛살을 찌푸리면서 말했다. 아둔한 편이라고 해도 두 눈이 똑바로 달려 있긴 하니, 패딩과 조끼를 벗고 마스크도 벗어버린 저 젊은 남자가 휴대폰으로 전송받은 사진 속 인물과 다르다는 것 정도는 곧바로 알 수 있었을 것이다. 어차피 이제 더 위장할 필요도 없었다. 채윤은 구레나룻의 시선이 하현이 아닌 그녀를 향하도록 한 걸음 성큼 앞으로 나서면서 위풍당당하게 말했다.

"김지훈, 아니 차단우를 찾는 거라면, 그 사람은 안전한 곳으로 피했어. 지금 공항에서 비행기 뜨기를 기다리고 있을 거야. 어느 공항인지, 어디로 가는 비행기인지는 절대 알려줄 수 없지만. 다시 말하면, 당신들은 보기 좋게 허탕 쳤다는 거지."

"!"

같은 조폭이라고 해서 지능이나 성향도 다 같은 건 아닌 모양이었다. 채윤의 신랄한 빈정거림에 대한 작두파 일당의 반응은 다 제각각이었다. 무슨 말인지 이해하지 못해 눈을 꿈벅거리는 눈치 없는 놈이 있는가 하면, 보스의 명령을 수행하는 데 실패했다는 생각에 낯빛이 퍼렇게 변하는 소심한 놈도 있고, 채윤을 향해 있는 대로 인상을 쓰며 주먹을 불끈 쥐어 보이는 다혈질도 있었다.

그러나 구레나룻은 그중 어느 쪽도 아니었다. 그나마 이 중에서 우두머리뻘로 보이는 그는 얼음처럼 냉랭한 시선으로 채윤을 위에서부터 아래로 쭉 훑어보더니, 점퍼 안주머니에서 휴대폰을 꺼내 어딘가로 전화를 걸었다. 직접 얘기하는 것도 아니고 그저 전화를 거는 것뿐인데도, 그의 자세는 어딘지 모르게 절도 있고 깍듯해졌다. 그를 둘러싸고 서 있는 다른 조직원들도 마찬가지로, 한없이 공손한 태도로 그의 통화를 경청했다.

"죄송합니다, 부회장님. 그 새낀 줄 알고 쫓아왔는데 그 새끼가 아닙니다. 다른 놈이에요. 네, 계집애는 여기 있습니다. 이년이 지 남자친구 빼돌리려고 장난질 친 거 같은데요. 그 새끼 지금 공항에 있는데, 어딘지는 안 알려준답니다."

구레나룻이 보고하고 있는 대상은 작두파 두목의 아들, 후계자, 저번에 '러빙유 하우스'로 찾아왔던 바로 그 마두진이었다. 구레나룻은 두진이 하는 말을 무슨 신탁 듣는 무녀처럼 경건하게 듣고 있다가, 그쪽 말이 끝나자마자 즉각 대답했다.

"네, 알겠습니다. 계집애는 당장 끌고 가겠습니다. 그러면 부회장님, 같이 있던 놈은 어떻게 할까요? 지금 문 잠그고 차 안에서 개기고 있는데요. 처리할까요?"

구레나룻이 말하는 '같이 있던 놈'은 누구이고, '처리한다'는 게 뭘 하겠다는 건지 지금 이 상황에서 눈치채기가 어렵진 않았다. 채윤은 관리를 제법 잘한 듯한 중고 아반떼가 강제로 문을 당기더라도 열리는 일 같은 건 없기를 간절히 바라면서 마른 침을 삼켰다.

채윤은 자기가 위험을 무릅쓸 각오는 되어 있었지만, 그렇다고 해서 애꿎은 하현까지 위험에 처하게 할 생각은 조금도 없었다. 이곳은 차량 통행이 많지는 않지만 그렇다고 아예 없지도 않은 도로 한복판이고, 차를 때려 부수든 불을 지르든 견인해가든 무슨 짓을 한다 해도 사람들의 눈을 피해서 하는 건 불가능했다. 채윤은 바로 그 점을 노리고 이 부근을 차로 돌았던 것이고, 머리 좋은 마두진도 같은 판단을 한 모양이었다.

구레나룻은 잠시 또 침묵하며 두진의 지시를 듣더니, 아반떼 주변을 에워싸고 있는 일당들을 향해 물러나라는 손짓을 해 보였다. 짤막한 대화가 오간 후 저쪽에서 먼저 전화를 끊은 듯했고, 구레나룻은 휴대폰을 도로 품에 집어넣으면서 이번에는 채윤을 손가락으로 가리켜 보였다.

"저년 휴대폰 뺏어. 전원 끄고, 유심 빼고. 메고 있는 가방도 뺏어. 그 새끼 잡을 단서를 찾아야 하니까 버리진 말고. 회장님 계신 곳으로 끌고 간다."

호랑이를 잡으려면 호랑이굴에 들어가야 한다. 조선시대도 아닌 21세기에 속담 같은 게 얼마나 맞아 떨어질지는 몰랐지만, 채윤은 그 한마디에 자기 운명을 걸어보기로 했다. 그녀는 굶주린 늑대 떼처럼 눈빛을 형형하게 번득이며 자신을 향해 다가오는 남자들을 차마 마주 볼 수 없어서 두 눈을 질끈 감았다. 그녀가 친 이 덫은 잘못하면 자신이 잡아먹히고 마는 아주 위험한 덫이었다.

그녀를 만나기 400km 전

"너 인마, 도대체 무슨 짓거리를 하는 거야!"

류진의 거친 고함과 함께 우당탕 소리를 내며 문이 열렸다. 지훈이 문고리에 묶어두었던 샤워타월이 무지막지하게 밀어붙이는 힘을 이기지 못하고 찢어져 버렸다. 어차피 지훈으로서는 더 이상 류진이 들어오지 못하게 막을 이유도 없었다.

지훈이 자살 시도라도 하는 줄 알고 혼비백산했던 류진은 식은땀에 흠뻑 젖은 이마를 손등으로 훔치면서, 한 군데도 다친 곳 없이 멀쩡하게 화장실 바닥에 주저앉아 있는 지훈을 내려다보았다. 지훈은 뚜뚜뚜뚜, 무정한 신호음만 흘러나오고 있는 선불폰을 멍하니 쳐다보다가 류진을 향해 고개를 돌리며 중얼거렸다.

"형, 도와줘…… 채윤이가……."

"송채윤 씨가 왜요?"

날카롭게 캐물으면서 화장실 안으로 들어온 사람은 갑작스러운 소음을 듣고 옆 방에서 달려온 서 검사였다. 그렇지 않아도 비좁은 모텔 화장실에 어른 세 명이 서 있으려니 발 디딜 틈도 없이 복작거렸다. 지훈은 그의 손에 쥐어진 선불폰으로 류진과 서 검사의 시선이 일제히 쏠리는 것을 알아채고는 더듬더듬 설명했다.

"잠깐 나갔다 왔었어. 형이랑 검사님 없을 때. 엄마한테 갔었는데, 채윤이가 이걸 맡기고 갔다고 하더라고. 내가 또다시 수술받지 않고 김지훈으로나마 살 수 있는 방법을 찾을 거라고. 그러더니 방금 전화가 온 거야. 작두파의 범행을 현장에서 잡기 위해 자기가 미끼가 되어 놈들을 유인해냈대. 부산에 있다는데, 말이 유인이지 놈들이 채윤이를 일방적으로 납치한 것 같아. 내 행방을 알아내기 위해서."

지훈은 당장이라도 두 발을 구르면서 고래고래 소리치고 싶은 충동을 어금니를 꽉 깨물면서 참았다. 마봉두가 어떤 인간인가. 평범한 사람 같으면 기적의 신약을 찾아다니거나, 영험하다는 기도원에 들어가거나, 그것도 아니면 자선활동을 하거나 소중한 가족들과 시간을 보내면서 마음의 평화를 찾으려고 발버둥 칠 암 말기에 지훈을 잡아 복수하겠다고 칼을 갈고 있는 미친놈이었다. 채윤이 그런 자의 손아귀에 들어가면, 정보를 캐내기 위해 어떤 무시무시한 고문을 가할지 몰랐다.

"구하러 가야 해. 형, 도와줘. 검사님, 도와주세요. 이대로 내버려두면 채윤이, 죽을 거예요."

지훈은 류진과 서 검사를 번갈아 보면서 절실한 어조로 호소하듯 말했다. 이렇게 급박한 상황이라는 걸 밝혔으니 당연히 어떤 반응이 있을 줄 알았는데, 뜻밖에도 그렇지 않았다. 류진도 서 검사도 마치 입에 풀칠한 사람들처럼 한 마디도 하지 않은 채 멀뚱멀뚱 눈만 굴리고 있을 뿐이었다. 바짝 속이 탄 지훈은 화장실 바닥을 손으로 짚고 벌떡 일어나면서 독촉하듯 소리쳤다.

"둘 다 내 말 못 들었어? 지금 당장 구하러 가야 한다니까!"

"지훈아, 그게 그렇게 말처럼 쉽고 간단한 일이 아니야. 검사님도 나도 지금은 공식적인 수사 권한이 없어. 당연히 차량이나 인력 지원을 요청할 권한도 없고. 마봉두와 마두진, 둘 다 복수에 눈이 뒤집혀서 검사고 경찰이고 눈에 뵈는 게 없는 놈들이잖아. 선불리 나섰다간 오히려 우리가 당할 수도 있어. 다 죽는다고."

난처한 듯 어물어물 말하는 류진을, 지훈은 도저히 믿을 수 없다는 듯한 눈길로 쳐다보았다. 그러니까, 류진은 지금 작두파 놈들과 맞서는 게 두려워서 채윤을 죽게 내버려 두겠다는 얘기를 하고 있는 거였다.

지훈은 지금까지 농담 반 진담 반 류진의 능력 부족과 융통성 없음을 탓한 적은 많아도 비겁한 겁쟁이라고 여긴 적은 없었는데, 지금 이 순간 얼마나 실망스러운지 이루 말할 수 없을 지경이었다.

"그래, 알았어. 그럼 나 혼자라도 가게 해줘. 난 이미 죽은 사람이잖아? 한 번 더 죽는다고 해도 남들보단 덜 억울하겠지. 아무런 '지원'도 안 해줘도 되니까 가져갔던 내 지갑이랑 휴대폰만 돌려줘. 내가 알아서 부산이든 어디든 찾아갈 테니까."

"무슨 소리야, 네가 죽는 게 왜 덜 억울해, 더 억울하지. 너도 못 보내."

류진은 갈 테면 나를 쓰러뜨리고 가보라는 듯 화장실 입구에 떡하니 양반다리를 한 채 버티고 앉았다. 서 검사 또한 같은 생각인 듯 그 뒤에 팔짱을 끼고 섰다. 지훈은 오랜 콤비처럼 호흡이 척척 맞는 두 사람을 빤히 쳐다보다가, 느닷없이 선불폰을 조작하더니 카메라 기능을 켜고 그들을 향해 불쑥 들이밀었다.

"스마일!"

심각한 상황에 어울리지 않는 밝고 경쾌한 촬영음이 화장실 안에 울려 퍼지면서 몇 겹으로 반사되었다. 그와 동시에 플래시가 터지자, 서 검사는 눈이 부신 듯 이마를 손으로 가렸고 류진은 이맛살을 찌푸리며 지훈에게 따지듯 물었다.

"뭐냐? 갑자기 사진은 왜 찍어?"

"형, 나 형수님 휴대폰 번호 알아."

"어?"

"당장 거기서 비키고 내 휴대폰이랑 지갑 돌려주지 않으면, 방금 찍은 이 사진 형수님한테 전송할 거야. 5초 준다. 5, 4, 3……."

"야, 야! 잠깐만!"

류진은 두 눈을 왕방울만 하게 뜨며 허겁지겁 엉덩이를 털고 일어났다. 지훈이 힐끗 보여준 휴대폰 화면에는, KTX 타고 지나가면서 봐도 모텔 객실 안임을 확연히 알 수 있는 배경에 커플 포즈처럼 대칭으로 자리 잡은 서아진 검사와 신류진 경감이 또렷하게 찍혀 있었다. 물론 모텔에 불륜하러 온 사람들 치고는 어색한 구도였고 둘 다 옷을 멀쩡히 입은 상태지만, 사진을 받고 깜짝 놀랄 아내의 눈에 그딴 게 들어올 리 만무했다. 이건 해명도 정상 참작의 여지도 없이 최소 한 달 이상의 친정행이었다. 류진은 그게 깡패 떼거리와 맨몸으로 맞서는 것보다 훨씬 무서웠다.

"알았어, 알았다고! 내가 항복할 테니까 그 빌어먹을 놈의 사진은 지워!"

류진은 두 손을 번쩍 쳐들고 항복하는 시늉을 하면서 엉거주춤

자리에서 일어났다. 그러나 지훈이 요구한 대로 그의 지갑과 휴대폰을 돌려주진 않았다. 그 대신, 벽 옷걸이에 걸려 있던 윈드브레이커를 집어 들어 주섬주섬 어깨에 걸쳤다.

"나 하나 간다고 해서 뭐가 크게 달라지진 않겠지만, 나라도 괜찮다면 같이 가줄게. 와이프 얘기가 나와서 말인데, 나도 내 와이프나 자식들이 작두파 새끼들한테 인질로 잡혀 있다면 딱 너처럼 할 것 같다."

"신 경감님!"

두 눈을 샐쭉하게 치켜뜨는 서 검사를 향해, 류진은 단호하게 고개를 저어 보였다. 검사와 경찰이라는 신분 차이 때문에, 그리고 그것보다 더 본질적으로는 마음먹은 대로 일이 풀리지 않으면 히스테리를 부려대는 서 검사의 성질머리 때문에 늘 그녀에게 저자세로 나가던 류진이었지만 사실 그에게도 서울시경에서 난다 긴다 하는 형사들을 휘하에 거느리던 시절부터 갖추었던 일당백의 카리스마가 있었다.

"검사님도 포기하세요. 저 사진으로 협박당해서 하는 말이 아니라, 이게 맞는 것 같아서 그래요. 우리 때문에 얼굴을 버린 녀석인데, 이제 와서 인간성까지 버리라고 할 수는 없는 거잖아요. 그건 해서는 안 될 짓이라고요."

"……."

"지훈아, 가자. 젠장, 죽이 되든 밥이 되든, 너랑 나랑 끝까지 가보자고."

지훈은 류진이 던져주는 패딩점퍼를 얼떨결에 받아들고, 행여 그의 마음이 바뀌기라도 할까 봐 재빨리 객실 입구까지 쫓아나갔다. 이제 지훈보다 더 적극적으로 변한 류진이 객실 문을 거침없이 열어쭛히려는데, 주먹을 불끈 쥔 채 장승처럼 서 있던 서 검사가 추상 같은 목소리로 그들을 불렀다.

"잠깐, 아무리 그래도 둘만 가게 할 순 없어요. 나도 같이 갈게요."

"하지만 검사님……."

"여자라서 위험하다느니 뭐 그런 말을 하면 사타구니를 걷어 차 버릴 줄 알아요. 백만 분의 일의 확률이지만 작두파를 체포해 올 수 있을지도 모르는데, 그 경우 적법절차에 따라 지휘할 사람이 필요할 거 아니에요. 나 말고 누가 있어요? 가요."

똑 부러지게 말하면서 대열에 합류하는 서 검사를 류진도, 지훈도 더는 말릴 수 없었다. 솔직히 말하면, 애초에 싸움이 되지 않을 만큼 불리한 상황이라 여자가 아니라 고양이 손이라도 빌리고 싶은 심정이었으니까.

세 사람은 류진의 선배가 지키고 있는 로비 카운터를 지나 주차장으로 나갔다. 미리 논의한 것도 아닌데 당연하다는 듯 류진이 운전석에 타고, 지훈이 조수석, 서 검사가 뒷좌석을 차지했다.

"어디로 갈까요? 이대로 부산까지 차로 가면 적어도 4시간은 걸릴 거고, KTX 타고 가면 2시간 반으로 줄겠지만 거기서부터 움직일 차를 또 구해야 할 거라서."

"4시간은 너무 길어요. 일단 김포공항으로 가서 비행기를 타죠. 차량은 내가 부산지검에 연락해서 혹시 지원받을 수 있는지 물어볼 테니까."

아까까지만 해도 주도권이 류진에게 있었는데, 서 검사가 합류하자마자 자연스럽게 그녀에게 주도권이 넘어갔다. 류진은 군말 없이 고개를 끄덕이며 시동을 걸었고, 서 검사는 휴대폰을 붙잡고 부산

지검에 있는 동료들에게 연락하기 시작했다.

"박 검사. 나야. 잘 지냈어? 음, 내가 오늘 급하게 부산 갈 일 있어서 그러는데, 아, 수사 사건은 아니고 그냥 내사 사건 비슷한 건데, 자세히 말하긴 그렇고 여튼 뭐 그런 게 있어. 혹시 오늘 청 차량 배치 상황이 어떻게 돼? 아, 행사 있는 날이구나. 그럼 박 검사 차는? 아, 그치, 아무래도 좀 그렇지. 보험 문제도 있고. 렌트카? 생각 안 해 본 건 아닌데 빌리는 데 아무래도 시간이 걸릴 거 같아서……."

자신만만하게 말했던 것과 달리 서 검사가 차를 빌리는 건 영 순조롭지 못하게 진행되는 것 같았다. 그 모습을 보며 부쩍 조바심을 내던 지훈은, 류진이 교차로 신호 앞에서 칼같이 멈춰 서자 급기야 속이 부글부글 끓기 시작했다. 조금만 더 속력을 냈어도 신호가 걸리기 전에 지나갈 수 있었는데.

물론 교통 신호를 지켜가며 안전운전하는 게 나쁜 건 아니었다. 그러나 지금은 특수한 상황이 아닌가. 비행기가 무슨 마을버스처럼 몇 분마다 오는 것도 아니고 공항까지 미친 듯이 밟아도 부족한 판에, 얌체같이 끼어드는 차를 먼저 가시라는 수신호까지 하면서 보내주고 앉아 있는 걸 보니 부처님 가운데 토막이 온다고 해도 분통 터져 죽을 것 같았다.

"형, 좀 빨리 갈 수 없어? 서울 시내 신호는 한 번씩 다 걸리고 갈 셈이야?"

"미안, 교통순경을 오래 하다 보니 준법정신이 뼛속까지 속속들이 배어서. 나도 어쩔 수가 없다. 내 의지와는 상관없이 발이 벌써 브레이크를 밟게 된다고."

"저리 비켜, 인생에 브레이크 밟고 싶지 않으면."

지훈은 신체의 일부분이라도 되는 것처럼 소중하게 쥐고 있던 휴대폰을 잠시 내려놓고, 안전벨트를 풀더니 다짜고짜 운전대를 잡고 차를 갓길에 댔다. 류진을 조수석으로 보내고 운전석에 앉자마자, 지훈은 엑셀러레이터를 길게 누르며 폭풍 운전을 시작했다. 10년 된 류진의 중고차는 이제껏 그런 적 없을 정도로 시원하게 서울 시내를 종횡무진 질주했고, 사방에서 다른 차들의 클랙션 소리가 메아리쳤다.

"야, 김지훈! 살살 해, 면허도 없는 놈이!"

"딱지 떼라고 해. 어차피 통지서 날아올 때쯤 난 죽었거나 아니면 죽은 걸로 처리되어 있을 테니까."

지훈은 단호하게 잘라 말한 후 한 번 더 엑셀러레이터를 밟았다. 류진은 으어어어 고래 울음소리를 내며 조수석 옆에 달린 손잡이에 매달렸고, 허탕만 잔뜩 치다가 전화를 끊은 서 검사도 뒤늦게 사태를 파악하고 조수석 목받이를 양손으로 꽉 붙잡았다. 차가 왼쪽으로, 오른쪽으로 기울어질 때마다 세 사람의 몸뚱이는 장단을 맞추는 것처럼 반대 방향으로 기울어졌다.

20분도 채 되지 않아 김포공항 국내선 청사 앞에 도착했을 때, 차 멀미에 시달린 류진의 얼굴은 새파랗게 질려 있고 서 검사의 머리카락은 산발이 된 상태였다. 그러나 두 사람은 채 수습할 틈도 없이 차를 세워놓고 청사 안으로 뛰어들어가는 지훈을 뒤따라가야 했다.

숨 쉴 틈도 없이 에스컬레이터 위를 달려 올라가 항공사 카운터에 도착한 지훈은 류진이 미리 휴대폰으로 예매해놓은 내역을 내밀었지만, 회색 유니폼을 입은 여자 승무원은 정중한 태도로 카운터를 닫으면서 기계적인 안내 멘트를 읊을 뿐이었다.

"죄송합니다, 손님. 이 비행기는 출발 5분 전이어서 게이트 클로

징되었습니다. 20분 뒤에 출발하는 다른 비행기가 있으니 그걸 이용해 주시면……."

"5분 전이면 아직 이륙준비 중인 거잖아요. 비켜주세요, 들어가야 해요!"

지훈은 마치 그 뒤에 비행기가 기다리고 있기라도 한 것처럼 카운터 난간을 붙잡고 펄쩍펄쩍 뛰었다. 마치 미친 사람처럼 고함을 쳐대는 행태에, 승무원은 가끔 공항에 출몰하는 난동꾼 중 한 명이라고 판단하고 경비를 부르려고 했다.

그때, 한발 늦게 나타난 서 검사가 '대검찰청' 네 글자가 대문짝만하게 박혀 있는 공무원증을 당당하게 내밀면서 사뭇 엄숙한 어조로 말했다.

"대검찰청 공안3과 소속 서아진 검사입니다. 국제 테러조직의 일원으로 의심되는 사람이 이 비행기에 탑승했다는 제보를 받았습니다. 불편을 끼쳐 드려 죄송하지만, 공무집행의 일환이니 적극 협조해 주시길 부탁드립니다."

"테, 테, 테러요? 어떡하지? 비행기를 멈추라고 할까요? 아니면 공항경찰대를 부를까요? 아니, 일단 윗선에 보고부터……."

곱게 화장한 얼굴에 핏기가 싹 가시면서 어쩔 줄 몰라 하는 승무원을 향해, 서 검사는 손가락을 입술 끝에 가져다 대면서 괜히 목소리를 낮춰 소곤거렸다.

"쉿! 소란 피우면 안 됩니다. 아직 혐의가 확실한 것도 아니고, 괜히 소란을 피웠다간 용의자의 돌발 행동을 유발할 수 있습니다. 저와 함께 오신 분들이 서울시경 대테러 전문 수사관들이니, 걱정하지 말고 조용히 들여보내 주세요. 기내에 있는 승무원들에게도 알리지 마시고요. 동요하는 모습을 보이면 좋지 않습니다."

"네, 넷!"

지금까지는 도대체 있어서 뭐하나, 국 끓여 먹는 건가 싶었던 서 검사의 '검사' 타이틀이 제대로 그 진가를 발휘하는 순간이었다. 누구에게도 알려져선 안 되는 사기극이긴 했지만 그 효과는 확실해서, 승무원은 빛의 속도로 수속을 마치고 티켓을 내주었을 뿐만 아니라 그들을 비행기 승강장까지 곧바로 연결되는 승무원 전용 통로로 데려다주기까지 했다.

삼인방은 우여곡절 끝에 비행기 이코노미석 한 자리씩을 차지하고 앉았지만, 그들에겐 아직 해결해야 할 문제가 남아 있었다.

"김해공항 출구에서 바로 픽업할 수 있는 렌트카 업체가 몇 개 있어. 문제는 그다음인데, 공항에서 부산 시내까지 아무리 빨라도 20분 넘게 걸려. 차 막히면 얼마나 더 길어질지 모르고. 타이밍 안 맞아서 퇴근시간대에 걸려버리면 최악인데……."

"그건 안 돼, 절대로. 늦어도 10분 내에 시내로 들어가야 해."

부지런히 손가락을 움직이며 휴대폰으로 인터넷 검색을 하던 류진의 설명에, 지훈은 눈썹을 찌푸리며 세차게 고개를 저었다. 비행기를 타고 가는 55분도 엄청난 시간 낭비인 것 같아 전전긍긍하던 그였다. 익숙하지 않은 부산 도로를 언제 도착할지 기약도 없는 상태에서 헤매면서 길바닥에 귀중한 시간을 내버릴 수는 없었다.

"야, 그럼 어떡하라고. 구급차라도 타지 않는 한 10분은 무리야!"

"……구급차?"

류진의 말을 들은 지훈의 눈이 번쩍 빛났다. 그는 뭔가 더 말하려는 류진의 입을 왼손으로 막고는 오른손으로 전화번호를 누르기 시작했다. 이건의 딸이 다쳐서 응급실에 갔을 때, 이건의 휴대폰 번호를 외워둔 게 신의 한 수였다.

—여보세요?

신호음이 두 번 울리고 연결된 이건은, 모르는 번호가 뜬 것에 의아하고 경계하는 기색이 역력했다. 스팸전화면 단번에 끊을 준비를 하고 있을 것이다. 지훈은 가볍게 헛기침을 해서 목을 고르고 말을 꺼냈다.

"형, 저예요. 지훈이."

—지훈? 김지훈 씨? 어떻게 된 거예요? 괜찮아요? 별일 없어요?

캐묻는 어조가 아니라 걱정해주는 어조였다. 결코 호들갑스럽진 않지만 믿음직한 큰형처럼 든든한 목소리에, 지훈은 왠지 모르게 감정이 벅차올랐다. 천천히 입술을 떼고 사정 설명을 하려는 참에, 지나가던 여자 승무원이 휴대폰을 귀에 대고 있는 그를 보고 가볍게 이마를 찡그리며 제지했다.

"손님, 이제 곧 비행기가 이륙합니다. 안전벨트 착용하시고 휴대폰은 꺼주세요."

하여간 이 사람이고 저 사람이고 자기가 통화하는 것만 보면 잡아먹지 못해서 난리다. 지훈이 승무원의 경고를 못 들은 척 슬쩍 고개를 돌리는데, 그의 옆에 앉아 있던 서 검사가 불쑥 끼어들어 변호사 역할을 해 주었다.

"딱 2분만 더 통화할게요. 어차피 바로 뜨는 거 아니고 이것저것 하다가 미적미적 뜰 거잖아요. 지금 이 사람 와이프가 양막이 파열돼서 긴급 수술에 들어가요. 와이프도 애도 위험한 상황이라고요. 인간적으로 봐줘야 하는 거 아니에요?"

"……2분 뒤에는 꼭 끊어주셔야 해요. 비행기 운행에 지장이 있을 수 있어요."

양막이 파열된 임산부의 이야기가 여자 승무원의 동정심을 자극했는지, 그녀는 안됐다는 눈길을 보내고선 모르는 척 삼인방의 옆을 스쳐 지나갔다. 이쪽으로 다가오려는 다른 승무원에게 귓속말로 얘기를 전달해주기까지 했다.

매일 거짓말쟁이들만 상대하다 보니 서당개 삼 년에 풍월을 터득한 것일까. 눈 하나 깜짝 안 하고 다양한 거짓말을 둘러대는 서 검사의 천재적인 능력에 지훈도 류진도 놀랐다. 저렇게 임기응변에 능하면서 왜 내 정체는 제대로 숨기지 못했을까. 지훈은 속으로 그렇게 생각하면서 이건과의 통화를 이어 나갔다.

"시간이 없어서요. 본론만 얘기할게요. 채윤이가 지금 부산에 있는데, 대단히 질 나쁜 조직폭력배들에게 잡혀 있어요. 전 지금 비행기 탔는데, 55분 후 김해공항에서 부산까지 최대한 빨리 들어갈 수 있는 차편이 필요해요. 도와줄 수 있으세요?"

"위급상황이군요. 마침 김해소방서에 아는 사람이 있어요. 김해공항 출구 앞에 구급차를 대기시켜달라고 부탁해 놓겠습니다. 8분 내로 시내 진입 가능할 겁니다."

평범한 사람 같으면 이게 뭔 소리냐고, 어떻게 된 건지 자세히 설명해보라고 요구했겠지만, 노련한 소방관인 이건은 그런 식으로 시간을 잡아먹지 않았다. 지훈이 고맙다고 말하려는데, 이건의 침착한 목소리가 그를 가로막았다.

"구출 인력을 조직해야 할 테니까, 나도 지금 내려갈게요. 응급 헬기를 타면 75분 정도 걸릴 테니, 김지훈 씨보다 조금 늦게 도착할 겁니다. 부산에서 봐요."

그리고 지훈이 미처 대답할 틈도 없이 전화가 끊어졌다. 지훈은 믿기 힘든 자신의 말을 의심 없이 그대로 믿어주고, 기대하지도 않았던 큰 도움을 주겠다고 나선 이건이 고맙고 감동적이어서 전화가 끊어진 후에도 한동안 미동조차 하지 못했다. 호기심에 가득 차서 이쪽을 빤히 쳐다보는 서 검사와 류진의 시선이 느껴져서, 그제야 휴대폰을 비행기 모드로 돌려놓으면서 설명했다.

"리얼리티 프로그램 같이 찍었던 한이건 씨예요. 직업이 소방관인데, 김해소방서에 연락해서 응급차 타고 부산 시내까지 갈 수 있게 해주겠대요. 그리고 자기도 지금 헬기 타고 와서 구출 작전 도와주겠다네요."

"구급차에 헬기까지? 아무리 소방관이라도 화재나 재난도 아닌 사건에 그렇게 동원하기는 어려울 텐데. 나중에 틀림없이 문제가 생길……."

서 검사는 염려스러운 투로 말하다가, 지금 남 걱정할 때가 아니란 걸 깨달았는지 조용히 말을 멈췄다. 더 이상 수사할 권한이 없는 사건에 개입하고 핵심 증인을 빼돌린 것부터 시작해서 본업을 하러 나가지 않은 것, 공항에서 가짜 소속과 직위를 대면서 이륙 직전인 비행기에 억지로 올라탄 것까지 일일이 따지자면 서 검사와 류진이야말로 당장 내일 해임당하고 길바닥에 나앉아도 전혀 이상하지 않을 판이었다. 깍지 낀 두 손을 이마에 댄 채 기도하듯 고개를 숙이고 있는 지훈을 바라보면서, 류진은 나지막한 목소리로 중얼거렸다.

"문제가 생기는 게 뭐 그리 중요하겠습니까? 생기는 문제는 어떻게든 막으면 됩니다. 검사님. 그보다는 사람 목숨 살리는 게 더 중요하죠. 그거야말로 다신 돌이킬 수 없는 거니까요."

송채윤 구출 작전

"혀어어엉! 지훈이 혀어어어엉!"

지훈 일행이 사이렌 달린 구급차를 타고 현장에 도착했을 때, 하현이 탄, 아니 갇혀 있는 아반떼 승용차는 갓길에 서 있었다. 아마도 제 갈 길 바쁜 사람들이 경찰에 신고해서 구해주거나 꺼내줄 생각은 안 하고, 차를 도로 밖으로 밀어내기만 한 모양이었다. 수갑을 찬 상태로 운전석에 앉아 있던 하현은 구급차에서 내리는 지훈을 보자마자 엄마 오리를 본 새끼 오리처럼 그의 이름을 꽥꽥 부르짖었다.

"잠깐 기다려, 하현아. 문 열어줄게."

지훈은 길 위에 혼자 남겨진 하현을 보자 그래도 한 사람이라도 무사해서 다행이다 싶은 동시에, 채윤이 의지할 사람도 없이 철저히 혼자일 거라는 생각에 가슴 밑바닥이 싸늘하게 식어 내렸다.

그는 수갑에 묶인 하현이 안에서 문을 열 수 없는 상태임을 깨닫고, 다짜고짜 길가에 놓인 돌멩이를 집어 들었다. 차창을 깨고 그 틈으로 손을 집어넣어 문을 열 작정이었다. 느닷없이 짱돌을 들고 들이닥치는 지훈을 보고 수갑 찬 하현이 어디 도망가지도 못하고 잔뜩 겁먹은 표정을 지었다.

"아서라, 선무당이 사람 잡는다더니. 의욕 넘치는 건 좋은데 그러다 안에 있는 애 다쳐. 이걸로 하자, 이걸로."

지훈이 돌을 허공으로 번쩍 쳐들었을 때, 류진이 재빨리 그를 뒤에서 잡으며 만류했다. 류진이 구급대원으로부터 빌려온 가늘고 기다란 꼬챙이를 창유리와 차 문 안쪽을 덮은 고무 패킹 사이에 집어넣고 위아래로 몇 번 왔다 갔다 하자, 어느 순간 덜컥하고 안쪽에서 뭔가가 걸렸다. 류진이 그 부분에 꼬챙이를 넣고 힘주어 잡아당기자, 찰칵 잠금쇠 풀리는 소리가 나면서 거짓말처럼 문이 열렸다.

문이 열리자마자 지훈은 매의 눈으로 차 안을 살폈고, 뒷좌석 구석에 나동그라져 있는 수갑 열쇠를 찾아냈다. 하현의 손이 닿지 않도록 채윤이 그곳에 던져놓은 것이었다. 지훈이 수갑을 푸는 동안 하현은 그의 귀가 따갑도록 소리를 쳐댔다.

"형, 옷 구리게 입고 조폭같이 생긴 놈들이 채윤 누나를 끌고 갔어요! 당장 경찰에 연락해요! 아, 부산도 112 쓰는 거 맞죠? 112!"

"경찰이라면 이미 와 있어. 넌 어디 다친 데 없어?"

하현은 괜찮다고 말하려 했지만, 지훈의 눈은 이미 그의 손목에 생긴 제법 심각해 보이는 상처를 발견한 후였다. 어떻게든 수갑에서 빠져나가 보려고, 그게 안 되면 수갑 찬 상태로 손을 억지로 뻗어서라도 운전석 문을 열고 나가보려다가 단단하고 무거운 금속 사슬에 손목 살갗이 쓸리고 벗겨진 것이다.

핏방울이 송알송알 맺히다 못해 뚝뚝 떨어지고 있는 찰과상을 보면서 지훈은 울컥했다. 어쩌면 하현은 저번에 클럽에서 치한에게 당할 뻔했던 채윤을 구하지 못하고 내버려 뒀던 게 생각나서, 그 미안함까지 더해서 이번에는 뭐든지 해보려고 더 필사적이었는지도 몰랐다. 하현은 그의 상처를 뚫어지게 내려다보는 지훈을 알아차리고는 넉살 좋게 웃었다.

"그건 별 거 아니에요, 그냥 후시딘 바르면 돼요."

"후시딘은 무슨. 잘 들어, 유하현. 작은 상처라고 얕보면 안 돼. 제대로 처치 안 하면 파상풍 생길 수도 있어. 일단 병원으로 가. 마침 구급차가 있으니까."

"아니, 형. 난 병원 가는 것보다 이게 어떻게 된 상황인지 알고 싶은데……."

하현의 말을 못 들은 척하고, 지훈은 구급차 뒷문을 열고 대기하고 있던 구급대원들을 향해 이리 와 달라고 손짓했다. 총알같이 달려온 구급대원들이 하현을 커다란 담요로 감싸고 들것에 눕히는데, 서 검사가 재빨리 끼어들면서 캐물었다.

"잠깐만요, 유하현 씨. 송채윤 씨가 끌려가는 걸 봤다고 했죠? 혹시 그놈들, 차 번호판 못 봤어요?"

"안 그래도 보려고 했는데, 번호판에 청테이프를 붙여놔서 알아볼 수가 없었어요. 죄송해요."

하현은 번호판에 장난쳐놓은 게 자기 잘못이라도 되는 양 미안해하면서 말했고, 그 말을 들은 지훈 일행은 맥이 탁 풀리는 표정이 되었다. 채윤의 행방에 대해 그들에게 주어진 단서라고는 그녀의 휴대폰 발신 기지국 신호뿐이었다. 요즘은 경찰이나 검사라고 해도 아무 근거 없이 통신 조회를 할 수 있는 게 아니라서, 서 검사가 데리고 있는 수사관에게 부탁해서 겨우 추적했는데, 그나마도 이 도로 위에서 끊긴 게 마지막이었다. 휴대폰을 부숴버리거나 아니면 유심 칩을 빼서 버렸을 거라고, 서 검사와 류진은 그렇게 추론했다. 하현이 차량 번호를 봤다면 도로 CCTV를 통해 차량 영상을 찾아볼 수 있을 텐데, 그럴 여지마저 사라져버린 것이다.

—괜찮아, 걱정하지 마. 내가 어디 있든지, 지훈 씨는 날 찾아낼 수 있어. 내가 준 휴대폰에 보면…….

지훈은 채윤이 마지막으로 통화하면서 했던 말을 떠올렸다. 어디 있어도 찾아낼 수 있을 거라는 그 말이 단순한 희망 사항은 아닐 것 같았다. 휴대폰을 보라는 게 무슨 말일까. 휴대폰에 뭐가 있다는 말일까.

지훈은 선불폰을 꺼내 이미 비행기 타고 오는 길에 몇 번이나 뒤져보았던 문자메시지함과 사진보관함, 전화번호부를 다시 한번 샅샅이 살펴 보았지만 아무 것도 저장되어 있지 않은 상태는 여전했다. 혹시 메모장에 뭐가 남아 있는 건지 확인해보려고 어플리케이션 목록을 훑어보던 지훈의 눈에 처음 보는 나침반 모양의 아이콘이 들어왔다.

"응? 이게 뭐지?"

지훈은 고개를 갸웃하면서 아이콘을 눌러 어플리케이션을 실행시켜 보았다. 상단에는 내비게이션 비슷한 지도 화면이 뜨고, 하단에는 녹음기처럼 재생 버튼과 정지 버튼이 달린 바가 나왔다. 지훈은 버튼을 함부로 눌러보지도 못하고 머뭇거리다가, 저만치 떨어진 곳에서 소득 없는 현장조사를 하고 있던 류진을 불렀다,

"형, 이거 뭔지 알아?"

"이거? 내비게이션 아냐?"

류진도 지훈보다 나을 게 없는지 똑같이 고개를 갸웃거리는데, 돌연 저 멀리서부터 두다다다 하는 프로펠러 소리가 허공을 가르면서 오케스트라의 음악처럼 웅장하게 울려 퍼졌다. 소리가 들려온 지 몇 초 후 느닷없는 돌개바람이 불어와 모두의 옷자락과 머리카락을 붕 띄워놓았다. 눈꺼풀 사이를 찌르듯 습격해오는 바람에 누구도 눈을 뜨지 못하고 있을 때 낮은 상공에서 빨간색 헬리콥터가 모습을 드러냈다. 몸체에 하얀 글씨로 '성운 119구조대'라고 쓰인 헬기는 귀를 멀게 할 듯이 점점 커지는 소음과 함께 낮은 상공으로, 계속해서 도로 옆에 위치한 죽은 잔디밭 가까이로 내려앉았다.

이런 광경을 처음 보는 지훈도 류진도 서 검사도, 헬기 문이 열리고 그 안에서 붉은색과 검은색이 섞인 유니폼 차림의 사람들이 줄줄이 내리는 광경을 보며 입을 다물지 못했다.

가장 먼저 나타난 사람은 이건이었고, 나머지 서너 명은 그의 동료들인 듯했다. 이건은 땅바닥에서 적어도 1미터 넘게 떨어져 있는 거리가 조금도 신경 쓰이지 않는 듯 훌쩍 가볍게 뛰어내리더니, 마치 어제 만난 사람처럼 거리낌 없이 지훈의 곁으로 다가왔다.

거추장스러운 인사도 필요 없었다. 그는 상황 파악이 빨랐다. 지훈과 류진이 뭔가 설명하기도 전에, 두 남자의 어깨 사이로 고개를 살짝 들이밀고 선불폰 화면을 살펴보더니 명쾌하게 말했다.

"위치 추적 어플리케이션이네요, 도청 기능까지 겸한. 엄밀히 따지면 불법이긴 한데, 당사자 동의가 있으면 괜찮다고 해서 쓰는 사람들이 암암리에 꽤 있습니다."

눈 하나 깜짝하지 않고 태연하게 설명하는 이건을 보고, 지훈과 류진의 얼굴에 동시에 '그걸 어떻게 아느냐'는 표정이 떠오른 모양이었다. 이건은 지훈의 손에서 휴대폰을 자연스럽게 건네받으며 설명했다.

"아, 돌아가신 장인 어르신이 치매 환자셨어요. 걸핏하면 간병인 몰래 집을 빠져나와 피난 간다고 아무 데나 돌아다니셨거든요. 아내가 하도 걱정하기에 이런 장치를 알아봤었죠. 저희가 샀던 건 단순한 위치추적기였지만, 더 비싼 기종 중에서는 도청이나 영상녹화, 심지어 심박수나 체온 측정까지 되는 것도 있다고 들었어요."

'장인 어르신? 아내? 이게 다 뭔 소리냐?'

이건을 단순히 '러빙유' 출연자 중 한 사람으로만 알고 있고, 채윤의 생일 파티에서 세쌍둥이를 그의 조카라고 소개받았던 류진은 어리둥절한 얼굴로 지훈을 쳐다보았다. 하지만 지훈은 지금 이건의 복잡한 가정사를 일일이 설명해주고 있을 시간적 여유가 없었다.

"그럼 이걸로 채윤이 위치를 파악할 수 있는 거예요? 소리도 들을 수 있고?"

"원리상으로는 그렇죠. 하지만 이런 종류의 어플리케이션이 작동하려면 상대방에게 발신기가 있어야 한다는 게 문제예요. 만일 채윤 씨가 발신기를 가지고 있다면, 작두파가 이미 몸수색을 해서 다 찾아내지 않았을까요?"

"글쎄요, 혹시 모르죠. 작두파가 그걸 생각하리라는 것까지 채윤이가 미리 계산해 놨을지도."

지훈이 아는 송채윤은 아무 대책 없이 일만 저질러놓고 남이 구해주고 수습해주기를 바라는 민폐형 인물이 아니었다. 틀림없이 뭔가 계획을 해두었을 것이고, 그렇기에 지훈에게 자신을 찾을 수 있을 거라고 장담했을 것이다.

지훈은 그런 굳건한 믿음을 가지고 어플리케이션 상단에 있는 나침반 모양 버튼을 눌렀다. 그러자 지도 위에서 화살표 하나가 깜박이면서 빠르게 회전하더니, 이내 한 지점에 정지하면서 한 줄의 주소를 뱉어냈다. 해운대구 송정동에 위치한 어느 건물이었다.

류진이 긴장감에 가득 차 침을 꿀꺽 삼키는 소리를 들으며, 지훈은 계속해서 이번에는 하단 바에 달려 있는 재생 버튼을 조심스럽게 눌렀다.

—차단우 어디 있어? 공항에 있다는 건 외국으로 튄다는 건가? 아니면 국내? 아무도 찾지 않는 촌구석에 처박혀 있겠다는 속셈인가?

지훈은 남극의 빙하처럼 차갑고 사막의 모래처럼 무미건조한 마두진의 음성을 단번에 알아들었다. 예상대로 그는 채윤을 신문하는 중이었다. 지훈은 대뜸 튀어나온 죽은 영화배우의 이름에 이건이 놀랄 것이라고 생각했지만, 아이들이 다쳤을 때를 제외하면 도통 놀라는 법이라곤 없는 이건은 이번에도 동요하는 기색을 전혀 보이지 않았다. 채윤이 당연히 마두진과 함께 있을 거라는 걸 머리로는 알아도 가슴으로는 실감하지 못했던 지훈은 속이 타는 나머지 금방이라도 죽을 것 같았지만, 극한의 자제력을 발휘하면서 어플리케이션 중계에 귀를 기울였다.

—난 처음부터 송채윤, 네가 수상했어. 내 경험상 남자가 도망 다닐 때는 반드시 여자가, 여자가 도망 다닐 때는 반드시 남자가 그 뒤에 있거든. 차단우는 생긴 것과 다르게 털어도 별로 나오는 게 없어서, 그렇다면 맨날 붙어 다니던 여자 매니저와 뭔가 관계가 있지 않을까 생각했지. 그 머저리 같은 리얼리티 프로그램에 임 변호사

를 투입한 것도 그래서였고. 너, 언제부터 차단우와 연락하고 지냈던 거지? 처음부터?

머저리 같은 리얼리티 프로그램이라니, 그 프로그램 하나에 사활을 건 '러빙유' PD가 듣는다면 뒷목 잡고 쓰러질 만한 말이었다. 임서준이 첩자라는 사실은 채윤을 통해 들어 알고 있었지만, 처음부터 계획적으로 프로그램 촬영에 참여한 줄은 몰랐던 지훈은 뒤통수를 세게 얻어맞은 기분이었다. 하긴, 그렇지 않고서야 그 많은 사람들 중 하필 작두파의 일을 봐주는 변호사가 채윤과 같은 프로그램에 출연하게 됐다는 걸 설명하기 어려웠다. 우연이라는 것에도 정도가 있는 거니까.

—마, 됐다. 뭘 그리 시시콜콜 캐물어 쌌노, 쪼잔하구로. 가스나라 캐서 봐줄 생각하지 말고 일단 족치라. 시간 없다카이.

바늘로 찔러도 바늘 끝도 안 들어갈 것같이 철두철미한 마두진의 말투와 완전히 상반되는, 걸쭉한 사투리 속에 섞인 격한 감정이 고스란히 느껴지는 거친 말투. 지훈과 채윤이 함께 국제여객터미널에 나타날 줄로만 알았던 마봉두가 직접 휠체어를 타고 부산까지 내려온 모양이었다. 그가 말하는 '족친다'는 단어가 채윤을 정중하게 모셔놓고 이것저것 궁금한 것들을 신사적으로 물어본다는 의미는 결코 아닐 터였다. 지훈이 주먹을 꽉 쥐면서 지그시 입술을 깨무는데, 이번에는 또 다른 목소리가 휴대폰 스피커를 통해서 흘러나왔다.

—내 말 잘 들어요, 송채윤 씨. 우리에게 순순히 협조하는 이상 필요 이상으로 거칠게 나가거나 해칠 생각은 없어요. 우리 회장님도, 회장님 아드님도, 기본적으로 채윤 씨에게는 악감정이 없고, 난 열흘 동안 한집에서 지내면서 인간적으로 정도 들었으니까. 지금은

김지훈 행세를 하고 있는 차단우가 지금 어디 있는지, 누구와 있는지, 앞으로 어디로 갈 예정인지 그 세 가지만 말해주면 돼요. 그럼 털끝 하나 건드리지 않고 내보내 줄 겁니다. 아니, 아예 서울 올라가는 KTX 특실 표를 끊어서 역까지 고이고이 모셔다드리도록 하죠. 어때요?

그 차분하고 나긋나긋한 목소리는 마두진처럼 냉혈한의 인상을 풍기지도, 마봉두처럼 깡패의 인상을 풍기지도 않았다. 그 대신 한 마리 뱀과 같이 지독한 교활함이 느껴졌다. 단정하고 준수한 얼굴 아래 독 묻은 혀를 감춘 남자, 임서준이었다.

어린애도 속아 넘어가지 않을 뻔한 거짓말을 사탕발림하듯 능청스럽게 늘어놓는 것을 듣고, 지훈은 처음으로 서준에 대해 살의에 가까운 적개심이 치솟았다. 가식과 위선으로 점철된 그에 비하면 마봉두 부자가 차라리 인간적으로 느껴질 정도였다. 다행히, 지저분하고 풍파 많기로 따지면 조직폭력배 세계 못지않은 연예계에서 오랫동안 굴러온 채윤도 결코 호락호락하진 않았다.

—웃기지 마. 그 사람이 어디 있는지 말하는 즉시 난 이용 가치가 없어질 거고 살려둘 이유도 없어지겠지. 증인은 절대 살려두지 않는다고, 그래서 3년이 넘는 세월 동안 미저리처럼 그 사람 뒤를 쫓아다니는 거잖아. 나도 이제 증인이 된 셈인데, 밥 먹듯이 사람 죽이는 당신들이 날 고이 모셔다준다고? 어디로? 저승으로? 생각해줘서 고맙지만 사양할게.

채윤이 신랄하게 비웃으며 코웃음 치는 소리가 들렸다. 센 척하고 있지만, 험악하게 생긴 조직폭력배들 사이에 젊고 연약한 여자 혼자 갇혀서 내심 얼마나 두려움에 떨고 있을지 짐작하기 어렵지 않았다. 곁에 있어 줄 수만 있다면, 아니면 저 고통을 온전히 대신해 줄 수만 있다면……. 어린아이의 그것처럼 보드랍고 매끄러운 손의 감촉이 떠올라 지훈은 바늘 끝으로 후벼 파는 것처럼 가슴이 따끔거렸다. 그때, 이번에는 도청기 너머에서 뭔가 시끄럽게 바스락거리는 소리가 들렸다.

—보스, 여기 무슨 책 같은 게 있는데요. 여자들 읽는 소설책 같습니다. 제목이 웃기네요.

뭐가 그렇게 웃긴지 자기들끼리 낄낄거리는 비웃음 소리가 귀 아플 정도로 스피커를 뒤흔들었다. 작두파 깍두기들인 것 같았다. 마봉두는 '회장님'으로 부르더니, 마두진은 '보스'라고 불러서 구별하는 모양이었다. 이탈리아 유학파라 그런가, '보스'는 영어일 텐데, 외국물 먹은 척을 제대로 하고 싶다면 '카포'라고 해야 하는 거 아닌가. 이탈리안 마피아가 주인공으로 등장하는 '대부' 영화를 감명 깊게 보았던 지훈은 그 와중에도 시니컬하게 생각했다. 웃음소리가 그친 후에도 스피커에서 나는 지지직거리는 소음은 계속되었고, 그러자 이건이 심각한 얼굴로 고개를 기울이며 지적했다.

"소리가 흔들리네요. 아무래도 저 책이라는 것 안에 채윤 씨가 도청기 겸 발신기를 숨긴 것 같습니다."

"책 안에요?"

"작은 사이즈는 시계에 넣는 수은 건전지만 한 것도 있으니까요. 책 커버를 뜯어 그 안에 넣으면 겉으로 보거나 만져봐서는 모를 겁니다."

이건의 말대로라면, 정말이지 영리하면서도 위험한 방법이었다. 마봉두 부자나 임서준이 책의 존재를 진지하게 받아들이지 않고 넘어갈 가능성도 컸지만, 만에 하나 책을 뜯어보고 발신기 겸 도청기를 발견한다면 교활하게 그들을 속이려고 했다는 괘씸죄가 더해질 터였다. 만일 자신이었다면 그런 위험을 무릅쓸 수 있었을까.

지훈은 채윤의 용기와 결단력, 그리고 과감한 도박에 탄복하면서도 조마조마하기 그지없었다. 등골을 타고 식은땀이 쭉 흐르는데, 깍두기 중 한 명이 책을 흔들어보는 것 같더니 무심한 투로 말하는 게 들렸다.

—쓸데없는 물건인 것 같은데, 다른 잡동사니랑 같이 버릴까요?

—이리 줘 봐.

소리의 각도와 방향이 달라지는 것을 통해, 책의 위치가 한 사람의 손에서 다른 사람의 손으로 넘어가고 있음을 알 수 있었다. '이리 달라'고 말한 사람은 마봉두 부자가 아닌 임서준이었다.

—여기저기 줄을 쳐 놨군. 잉크가 마른 정도를 보면 친 지 얼마 안 된 것 같은데. 이 책을 김지훈이 갖고 다니는 걸 본 적이 있어. 어쩌면 둘이 이걸로 무슨 암호 같은 걸 교환했는지도 몰라.

—…….

서준의 말에 채윤은 긍정도, 부정도 아닌 교묘하게 계산된 묵묵부답으로 반응했다. 서준은 그녀의 침묵을 알아서 좋을 대로 해석했다.

—그래, 내 생각이 맞는 것 같군. 이건 일단 버리지 말고 있어. 불 때가 되면 알아서 불 테니까.

깍두기들에게 지시하는 서준의 목소리는 지극히 사무적이고 감정이 배제되어 있었다. 평생 공부만 해왔을 변호사가 아무리 깍두기라지만 그래도 조폭인데, 전혀 주눅 들지 않고 자연스럽게 아랫 사람 부리듯 하는 걸 보니 그와 작두파의 관계는 생각보다 훨씬 깊은 것 같았다. '불 때가 되면'이라는 말이 어떤 뜻인지 상상해보던 지훈이 자기도 모르게 몸서리치는데, 이건이 일단 정지 버튼을 눌러 음성 송출을 멈추게 하더니 자못 심각한 낯빛으로 말했다.

"안에서 들리는 목소리로 판단하면 마봉두와 마두진을 포함, 최소 7, 8명은 있는 것 같아요. 그리고 건물 안에 산발적으로 흩어져 있는 것 같은데, 한 번에 진압하기는 어려울 것 같아 걱정이군요."

하현이 있었다면 작두파 일당이 서울에서 내려온 깍두기들만 여섯 명이라고 말해주었겠지만, 그는 이미 구급차에 실려 병원으로 호송된 후였다. 그래도 이건의 추측이 얼추 들어맞긴 했다. 물론 이건이 경찰은 아니었지만, 대형 테러 사건이나 인질극에는 경찰뿐만 아니라 구조대와 소방대도 함께 동원되는 경우가 많아 기본적인 프로토콜에 익숙했다. 류진도 고개를 끄덕이며 이건의 말에 맞장구쳤다.

"섣불리 들이닥쳐 놈들을 자극했다간 인질을 다치게 할 가능성이 큽니다. 일단 헬기는 건물 가까이 접근하지 않는 게 좋겠습니다. 큰 소리가 나면 안 되니까요. 가장 좋은 방법은 소수 정예, 그러니까 한두 명 정도가 기습적으로 진입해서 곧장 인질에게 접근해 보호하고, 나머지 인원이 사방에서 동시다발적으로 급습해서 혼을 쏙 빼놓는 건데……."

이론적인 얘길 하긴 쉬웠지만, 실천에 옮기는 게 어려웠다. 지금 이 자리에 있는 사람이라고는 법률 지식만 해박한 여검사 한 명, 주먹질은 잘 하지만 특수훈련은 받은 적 없는 전직 경감이자 현직 교통순경, 그리고 사람을 살리는 데는 특화되어 있지만 공격하는 데는 익숙지 않은 소방관과 구조대원들뿐이었다. '태양의 후예' 드라마처럼 쥐도 새도 모르게 적진에 침투해서 원샷원킬로 적을 쓰러뜨리고 인질을 구해올 수 있는 인재는 없었다.

류진과 이건, 그리고 그들의 대화를 가만히 듣고 있던 서 검사까지 합류해서 셋이 막막한 고민에 빠져 있을 때, 아까부터 선불폰으로 부지런히 인터넷 검색을 하던 지훈이 입을 열었다.

"저 건물과 주변 부지 말이야, 예전에 서바이벌 게임장으로 쓰였던 곳이야. 해병대 체험프로그램도 있었고. 지역신문 기사를 보니 토지 소유권 문제로 분쟁이 생겨서 제대로 폐업신고도 못 하고 영업 중단한 거 같은데……."

"근데? 주인한테 연락해보자고? 그래 봤자 별 수 없을 텐데."

류진은 시큰둥하게 대꾸했다. 서울시경에 있을 때 다양한 작전을 지휘해본 그의 경험상, 집주인이나 건물주, 땅 주인들은 이런 일이 생겼을 때 하나같이 비슷한 반응을 보였다. 왜 굳이 자기 땅이나 건물에서 그런 작전을 해야 하는 거냐고 화를 내거나, 아니면 다짜고짜 얼마 보상해줄 거냐고 눈에 불을 켜고 따지고 들거나.

주인도 방치해 둔 건물이라고 하니 차라리 잘됐다고 조용히 작전을 펼치려는데, 지훈이 갑자기 소유권 얘기를 꺼내니 달갑지 않은 게 당연했다. 떫은 표정이 된 류진을 향해, 지훈이 보일 듯 말 듯 입꼬리를 끌어올리며 의미심장하게 말했다.

"나한테 아이디어가 하나 있어."

작두파 VS 송채윤

'임서준 씨, 당신 완전 헛똑똑이네. 머리를 지나치게 쓴다는 거, 그게 당신 발목을 잡는 거야. 나와 김지훈을 잡고 싶으면 우리 둘 수준에서 생각해야지.'

채윤은 제 체격보다 훨씬 작은 간이의자에 불편하게 걸터앉아 '망각의 바다'를 몇 번이나 거듭해서 훑어보고 있는 서준을 보며 쓴웃음을 지었다. 본문 안에 접선 암호 같은 게 숨겨져 있지 않은지 찾는 모양인데, 그럴 시간에 왜 책을 북북 뜯어서 책 기둥 속에 넣어놓은 초소형 수신기를 찾을 생각은 하지 못하는 걸까.

하긴, 한 번 분해했다가 뭔가를 넣고 다시 붙여놓았다고 알아차리기에는 채윤의 눈에도 봉합 상태가 너무 완벽하기는 했다. 팬픽 작가로 활동하던 고등학교 시절, 하라는 공부는 안 하고 부모님 몰래 제본소와 우체국을 문턱이 닳도록 왔다 갔다 할 때 자기 의도와는 상관없이 배우게 되었던 파본 고치는 기술이 8년이 지난 지금

빛을 발하게 될 줄이야 누가 알았을까.

"임 변호사님, 어떻게든 해 보세요. 이러고 있다가 차단우가 어디 제3국으로 튀기라도 하면 어쩔 겁니까? 고작 그런 책이나 읽으면서 쉬라고 우리가 비싼 수임료 드리는 거 아니잖아요?"

인적이 사라진 지 한참 된 듯한 이 건물에서 찾아낸 것 중 그나마 쓸 만한 3인용 소파를 혼자 차지하고 앉아 있던 두진이 제법 신랄하게 말을 내뱉었다. 우습게도 이 조폭 무리들은 앉는 것도 철저히 서열에 따라 하는지, 마봉두는 극세사 담요가 푹신하게 깔린 편안한 휠체어에, 그 아들인 두진은 부하 중 한 명의 재킷을 방석 대신 깔아놓은 허름한 소파에, 전속 변호사인 서준은 등받이 없는 의자에 앉아 있었다.

그때까지도 손발이 오그라드는 닭살스러운 대사들을 거듭 되뇌며 머리를 굴리고 있던 서준은 그 말에 슬쩍 짜증이 나는 듯했지만, VVIP 고객의 심기를 거스를 수는 없었기에 재빨리 그 기색을 지우면서 책을 내려놓고 자리에서 일어났다.

"다시 한번 말하지만 송채윤 씨, 우리는 저항하지 못하는 힘없는 여자에게 손대는 건 별로 내키지 않아요. 우리를 믿고 얘기해주면 좋겠지만, 그건 절대 싫다고 하니 안타깝군요. 그렇다면 이건 어떻습니까? 우리와 채윤 씨가 거래하는 겁니다."

"거래? 돈을 주겠다는 거야? 마음은 고맙지만 됐어. 내 뒷조사를 하면서 이미 다 알았겠지만, 난 로또 당첨자거든. 어줍잖은 돈으로는 눈 하나 깜짝 안 해."

채윤은 자신만만하고 야무진 태도로 냉랭하게 코웃음 쳤다. 그녀에게는 서준이 앉아 있는 간이의자보다는 조금 더 나은 등받이 있는 의자가 주어졌지만, 그건 융숭한 대우를 해 주기 위해서가 아니라 오히려 그 반대였다. 그녀의 양 손목과 발목은 노끈으로 의자 팔걸이와 다리에 단단히 결박되어 있어서, 피가 제대로 통하지 않는 사지가 납덩이를 매달아 놓은 것처럼 묵직하게 느껴지고 간간이 저렸다.

채윤을 묶은 의자가 약 마흔 평 남짓한 넓은 창고 같은 곳 한가운데 놓여 있었고, 그와 대치되는 지점에 봉두의 휠체어와 두진의 소파, 서준의 의자가 심문하는 구도로 놓여 있었다. 그리고 나머지 깍두기들은 채윤이나 봉두, 두진의 주변을 둘러싼 형태로 삼삼오오 모여 서 있었다.

의자와 소파를 제외하면 창고 안에는 아무런 가구도 집기도 없었고, 남향에 창문이 나 있는 대신 엉뚱하게 그 반대 방향에 테라스 비슷한 게 달려 있었지만 그나마 나무 합판으로 다 막아버려 빛도 잘 들어오지 않는 상태였다. 군데군데 칠이 벗겨져 나가고 비 샌 흔적이 있는 천장에는 정체를 알 수 없는 기다란 철제 구조물 같은 게 붙어 있어서 위압감을 조성했고, 흙먼지가 겹겹이 쌓인 바닥은 장판이 뜯어져 나가 딱 삼류 조폭 영화에 나오는 취조 공간으로 보였다.

너무 전형적이라서, 그래서 오히려 비현실적으로 다가오고 공포감이 제대로 느껴지지 않았다. 중소기획사 대표가 아닌 영화배우 로드매니저 시절로 돌아가 촬영을 위해 만들어놓은 세트장 한가운데 있는 기분이었다. 당장이라도 성격 더러운 감독이 나타나 의자를 옮기라며, 현장 드나드는 구경꾼을 통제하지 않고 뭐하느냐며 고래고래 소리를 질러댈 것만 같았다.

"돈에 혹하지 않을 거라는 건 알고 있습니다. 송채윤 씨가 원하는 건 CY엔터테인먼트를 자기 힘으로 번듯하게 일으켜 세우는 거겠죠. 그러기 위해서는 단순한 돈뿐만 아니라 힘이 필요할 거고요."

서준은 다 안다는 듯 고개를 끄덕이면서 의자에 묶여 있는 채윤의 주변을 서서히 맴돌았다. 조폭의 뒤를 봐주는 더러운 변호사라는 사실이 밝혀졌음에도 불구하고 어쩌면 그는 그렇게도 태연하고 여유만만한 모습인지 얄미울 정도였다. 납치, 감금 등 누가 봐도 범죄라고밖에 할 수 없는 이런 상황에서도 그의 목소리를 가만히 듣고 있자면 저도 모르게 신뢰와 호감을 느끼면서 현혹되어 버릴 것 같았다.

"그거 압니까? 대한민국 연예계는 아직도 조직폭력배와 연계되어 있는 부분이 상당히 많다는 거. 우리 회장님께서 마음만 먹으시면, 채윤 씨 기획사에 유일하게 남아 있는 그 연습생, 당장 지상파 드라마에 꽂아줄 수도 있고 대기업 CF 찍게 할 수도 있습니다. 아, 물론, 제작비 빵빵하게 투자받고 매스컴 광고에, 여기저기 입소문 떠들썩하게 타면서 데뷔앨범 나오게 해줄 수도 있고요. 게다가 이 협력관계는 단발성으로 끝나는 게 아니라, 그 후로도 쭉 좋게좋게 지내면서 CY엔터를 물심양면으로 지원하게 될 겁니다. 그러기 위해서 송채윤 씨가 해야 할 일이라고는 단 하나, 차단우가 지금 누구와 함께 어디에 있는지 말하는 것뿐입니다."

"아니, 그것도 사양하겠어. 우리 유노는 출세하기 위해서라면 스폰이든 뭐든 가리지 않고 하는 그런 닳디 닳은 연예인 지망생과는 거리가 멀거든. 유노 부모님이 그 애를 맡길 때 나한테 했던 부탁도, 성공시켜 달라는 게 아니라 나쁜 길로 빠지지 않게 지켜 달라는 거였어. 조폭의 손을 빌려서 스타가 되는 건 그 애도 원하지 않을 거야. 실력이나 재능 면에서 좀 딸리긴 하지만, 티끌 없이 착하고, 나름대로 매력도 있고, 맨 밑바닥부터 한 계단씩 차근차근 올라가다 보면 언젠가 많은 사람들로부터 사랑받는 사람이 될 수 있겠지. 난 그걸로 만족해."

서준을 약 올리기 위해 하는 말이 아니라, 채윤은 정말 그렇게 생각했다. 기획사 대표로서 많은 돈을 벌기에 적합한 마음가짐은 아니겠지만, 그동안 연예계에서 온갖 것들을 보고 겪으면서 채윤이 깨달은 바가 그랬다. 걸어 다니는 상장 기업이라고 불릴 정도로 어마어마한 돈을 쓸어모으는 대스타가 되어도, 여기저기서 상을 타고 1위를 해도, 그 사람의 어딘가에 구멍이 나 있다면 무너지는 건 한순간이었다. 우울증으로 목숨을 끊거나 잠적해 버리기도 하고, 세상을 깜짝 놀라게 할 만한 범죄나 스캔들의 주인공이 되는 일이 비일비재했다. 아니면 반대로 차단우처럼 어떤 거대한 공작이나 음모의 희생양이 되어 사라져버리기도 했다.

그래서 채윤은 유노가 유명해지기보다, 일단 행복해지기를 바랐다. 행복하고 건강한 삶을 살기를. 야심 차게 시작한 CY엔터테인먼트가 1년도 채우지 못하고 파산하는 한이 있어도, 차라리 떳떳하게 파산하고 말지 조직폭력배와 엮이다니 절대 안 될 말이었다. 그랬다가는 자기 자신을 절대 용서할 수 없게 될 것이다. 그러나 양쪽 입꼬리에 지그시 힘을 주며 결심을 굳히는 채윤을 보고도 서준은 조금도 안달하지 않았다.

"그래요? 자존심, 신념, 뭐 그런 건가요? 나쁘지 않죠. 돈이나 힘, 권력이 없는 사람들에게는 좋은 자기 위안거리가 되니까. 그런데 송채윤 씨, 그거 압니까? 채윤 씨보다 훨씬 오만하고 고고했던 차단우도, 결국 무릎 꿇고 검찰청에 설설 기어 들어가 보호해달라고 애원했다는 거? 그렇게 만든 게 뭐라고 생각합니까?"

"뭐긴 뭐겠어, 당신들의 비열한 협박과 무자비한 깡패 짓거리였겠지."

경멸이 가득 담긴 채윤의 빈정거림에도 서준은 일말의 동요를 보이지 않았다. 그는 원래 타고나기를 감정에 휩쓸리지 않고 철저히 이성에 따라 반응하고 행동할 뿐만 아니라, 직업적으로도 이런 종류의 신경전에 특화된 사람이었다. 가지고 있는 카드가 많을수록, 숨기고 있는 카드의 위력이 강할수록 게임 플레이어는 오히려 여유만만해지고, 그럴 때 상대방의 불안과 초조함은 극에 달한다는 걸 그는 잘 알고 있었다. 서준은 전기가 끊겨서 켜지지도 않는 백열등 아래를 배회하듯 천천히 걸으면서 말을 이었다.

"대한민국 국민이 자기 얼굴을 다 아는데 누가 감히 건드리겠느냐고 큰 소리 치던 차단우도, 홀어머니가 그 공격 타깃이 되자 오래 버티지 못하고 무너졌습니다. 그게 차단우의 치명적인 약점이었죠. 처음에는 검찰청에 가지도 않고 버티다가, 우리 쪽 사람들이 그 어머니 주변에 미행을 붙고 쓰레기봉투나 우편물을 훔치자 그제야 처음으로 검찰청에 갔던 겁니다. 아마 교통사고가 있던 날 죽은 사람이 되기로 마음 먹었던 것도, 우리가 어디까지 할 수 있는지 똑똑히 알았으니 어머니를 지켜야겠다는 생각이 컸겠죠. 나도 그걸 알고 있었기 때문에, 3년이나 지나면서 WIN엔터 대표나 송채윤 씨 당신으로부터는 완전히 눈을 뗐지만, 차단우의 엄마가 운영하는 식당에는 여전히 끄나풀을 붙여놓았던 겁니다."

서준은 양복 재킷 안주머니에서 고화질로 출력한 사진 몇 장을 꺼내어 채윤의 눈앞에 흔들어 보이며 말했다. 첫 번째 사진에는 '엄마의 손맛' 식당 입구에 들어가는 채윤과 지훈의 뒷모습이 찍혀 있었다. 채윤이 기획사 건물 이사를 마치고 나서 도와준 보답으로 지훈에게 밥을 사주겠다고 식당에 데려갔던 날이었다.

채윤과 지훈은 까맣게 몰랐지만, 그 식당 바로 옆에 있는 칵테일 바 '미스터 선샤인'이 바로 작두파의 은퇴한 중간 보스 하나가 운영하는 곳이었다. 감옥에 세 차례 다녀온 이후 조직 생활을 하고 싶지 않고 지병이 생겨 더 할 수도 없다는 그에게, 두진은 서준과 협의해서 차단우 엄마가 개업한 식당 옆에 작은 바를 차려주었다.

어차피 생계는 조직에서 지급하는 의리 연금으로 해결될 테니, 인적 드문 곳에서 띄엄띄엄 찾아오는 손님만 취미 삼아 상대하면서 누군가 수상한 사람이 찾아오면 사진이나 찍으라는 지령을 내려두었던 것이다. 그때부터 가물에 콩 나듯 드물게 보내오는 사진이 단우의 먼 친척 아니면 채윤이 전부여서 이제 그만 두라고 할까 하던 찰나, 바 주인이 두진과 서준에게 동시에 보냈던 이 마지막 사진에서 의외의 인물이 포착된 것이다. 바로 채윤과 함께 식당에 들어가는 지훈이었다.

물론 채윤이 그냥 아는 사람 맛있는 밥 한 끼 먹여준다는 생각으로 지훈을 데려온 것일 수도 있었기에, 그것만으로 서준에게 어떤 확증이 생긴 건 아니었다. 그래도 일단 의심해보기에는 충분했고, 그래서 뒷조사를 의뢰했는데 거기서 잭팟이 터진 것이다.

"이 세상에 태어날 때 하늘에서 뚝 떨어지는 사람은 없죠. 송채윤 씨 당신에게도, 시골에 사는 부모님과 동생이 있는 걸로 알고 있습니다. 우리가 고용한 조사업체는 꽤나 유능하거든요. 주소와 연락처는 물론이고 하루 일과는 어떻게 되는지, 자주 가는 곳이 어딘지, 다른 사람 없이 혼자 시간 보내는 때가 언제인지 이미 다 파악해놨습니다. 아버님이 동네 선술집 단골이시던데, 물론 잘 알고 있겠죠?"

"!"

가족에 대한 언급을 듣는 순간, 그리고 두 번째 사진에 찍혀 있는 붉은 차양 드리운 허름한 선술집을 발견한 순간, 여태껏 이 모든 게 한 편의 영화처럼 비현실적으로만 느껴지던 채윤의 감각 속으로 예리한 칼날 같은 현실감이 파고들었다. 머리끝이 쭈뼛 서면서 등골이 오싹해지는 기분이었다. 읍내에 있는 작은 철물점으로 출근해 한나절 근무하고, 퇴근길에 동네 어귀에 있는 선술집에 들러 대포 한 잔 하는 게 소시민 그 자체인 아버지의 유일한 낙이자 도락이었다. 천하태평하게 마른오징어를 씹으며 술잔을 기울이고 있는 아버지, 그리고 그 아버지를 작두파에서 고용한 누군가가 지켜보고 사진도 찍고 했을 것을 생각하자 거대한 바퀴벌레를 만났을 때처럼 온몸에 소름이 쫙 돋으면서 걷잡을 수 없는 혐오감이 밀려왔다.

'우리 가족은 괜찮을 거야. 사람을 해치는 게 그렇게 간단할 리 없어. 집 바로 근처에 파출소도 있잖아. 여차하면 거기로 달려가면 돼.'

채윤이 스스로를 달래듯 되뇌면서 급격히 약해지려는 마음을 간신히 다잡는데, 서준이 악마처럼 사악한 미소를 띠며 마지막 쐐기를 박았다.

"가족 간의 정이 그리 두텁지 않다고요? 아니면 미리 언질해 놔서 안전할 거라고요? 그럴 가능성도 물론 대비해놨죠. 채윤 씨에게는 친언니처럼 믿고 따르는 사람이 있죠? 생일 파티 때도 왔던, 그 WIN엔터 소속의 화경이라는 스타일리스트 말입니다. 사고뭉치 남편과 이혼하고 지금은 혼자 초등학생인 아들을 키우면서 살던데, 아이가 참 귀엽고 영특하게 생겼더군요. 만일 그 아이에게 무슨 나쁜 일이라도 생긴다면, 어머니로서는 도저히 감당할 수 없겠죠? 미쳐 버리거나, 아니면 자살할지도 모르죠. 채윤 씨는 어떻습니까? 채윤 씨로 인하여 무고한 가족이 불행의 나락으로 떨어진다면, 그 죄책감과 책임감을 감당할 수 있겠어요?"

서준이 펼쳐 든 마지막 사진 속에서는 화사한 외모의 중년 여성과 그녀를 빼닮은 똘망똘망한 눈망울의 남자아이가 해맑게 웃으며 두 손을 꼭 잡고 걸어가고 있었다. 그게 화경과 그녀의 금지옥엽 아들 지오임을 알아본 채윤은 그만 정신이 멍해져 버렸다. 아까는 뒤통수를 세게 얻어맞은 느낌이었다면, 이번에는 우악스러운 발길질에 사정없이 배를 걷어차인 기분이었다.

채윤 자신의 가족을 빌미로 협박할지도 모른다는 것쯤은 생각했지만, 설마 친구와 그 가족까지 건드릴 줄은 몰랐다. 서준은 그녀가 상상했던 최악보다 훨씬 야비했다. 평소 욕을 거의 하지 않는 채윤이지만, 이번만큼은 '개자식'이라는 단어가 저절로 목구멍 너머에서 튀어나왔다.

"당신은 정말 개자식이야. 대놓고 나쁜 짓하고 다니는 저놈들보다, 겉으로는 정의로운 변호사인 척하면서 뒤로 호박씨 까는 당신이 훨씬 저질이라고. 수족관이나 동물원에서 물고기나 짐승들을 관찰하면서 사람 공부를 한다고 했지? 내가 한 가지 가르쳐줄까? 당신은 백상아리야. 톱날처럼 날카로운 이빨을 숨기고 있다가 먹잇감을 발견하면 득달같이 달려들어 갈가리 찢어버리는 무시무시한 괴물이라고."

“백상아리라, 아주 맘에 드는 별명이군요. 흔히 오해하는 것과 달리 백상아리는 지능이 대단히 높은 동물이죠. 매우 민첩하고 공격력이 뛰어나 생태계 최상위 포식자로 군림하는, 연어 따위와 비교도 안 되는 바다의 절대 권력자라고나 할까요.”

화나게 하려고 한 말을 서준이 오히려 칭찬으로 받아들이자, 오히려 약이 오르는 건 채윤 쪽이었다. 그녀는 아무 소용없다는 걸 알면서도 의자에 묶인 채로 발을 쾅쾅 구르면서 몸을 들썩였다. 이 일에 대해 알지도 못하는 선량한 사람들의 목숨을 위험에 처하게 할 수는 없었다. 하지만 그렇다고 해서 지훈이 어디 있는지 그들에게 알려줄 수도 없었다. 애초에 자기가 감당하기 어려운 절박한 상황이 올지도 모른다는 걸 감안해서, 일부러 지훈에게 어디 있는지 묻지 않았던 그녀였다.

“아야, 임변아. 니는 아까부터 뭘 그래 쫑알거려 쌌노? 고마 귀 아프고, 머리도 아프고, 시간도 없다카이. 내사마 언제 칵 뒤질지 모르는 판에 거래고 뭐고 다 치아뿟고, 아들 잘하는 거 하라캐라.”

손가락으로 귀를 후비며 만사 다 귀찮다는 투로 말한 사람은 마봉두였다. 두진이 말할 때는 정중한 태도를 유지하긴 해도 필요하다고 판단되면 조용히 끼어들거나 나서기도 하던 서준이었지만, 마봉두 앞에서는 절대 복종인지 일단 그가 입을 열면 자세부터 달라졌다.

서준은 입을 일자로 다문 채 마봉두를 향해 90도로 허리를 숙이더니 지체없이 뒤로 물러섰다. 서준 또한 포식자이기 때문에, 그의 표현대로라면 가장 최상위에 위치한, 수십 명의 피를 손에 묻힌 잔인한 포식자 앞에서는 본능적으로 고개가 수그러드는 것일까. 서준과 대화할 때는 그의 입을 발로 한 대 세게 걷어차고 싶다고 생각하던 채윤이지만, 막상 그가 물러나 버리자 덜컥 겁이 났다. 마봉두가 말하는 '아들 잘하는 것'은 서준이 그랬듯 신사적으로 대화하거나 한가롭게 거래 조건을 논하는 것과는 거리가 아주 멀 터였다. 아마도 몇백만 광년 정도.

'주먹으로 때리려는 걸까? 호, 혹시 각목 같은 걸로 패는 건 아니겠지? 애고 여자고 노인이고 가리지 않는 금수만도 못한 놈들이라고 했잖아. 차라리 머리 맞고 한 번에 기절해 버리면 좋겠다. 그럼 고통도 느끼지 못할 텐데. 이럴 줄 알았으면 정신 잃는 약이라도 구해올걸.'

채윤은 다른 건 다 생각했으면서, 정작 고통스럽게 심문당하는 상황에서 자기 자신을 지켜줄 필살의 아이템을 빼먹었다는 게 통탄스러웠다. 굶주린 고양이가 통통한 쥐를 쳐다보듯 탐욕스러운 눈으로 자신을 쳐다보는 작두파 행동대원들의 험상궂은 얼굴을 피해 시선을 내렸더니, 다채로운 문신이 새겨진 손목마다 하나씩 달린 솥뚜껑처럼 크고 두꺼운 형체가 보였다. 굳이 각목을 쓰지 않아도 그 손바닥에 후려 맞으면 단번에 죽을 수도 있겠다는 생각이 번쩍 들었다. 그러나 한주먹거리도 안 될 것 같은 연약한 여자와 육탄전을 벌이는 건 이탈리아 유학파 출신의 세련되고 스마트한 조폭인 마두진과는 맞지 않는 모양이었다. 그는 가장 가까이 서 있는 행동대원인 구레나룻을 향해 턱짓하며 짤막하게 지시했다.

"가져와."

잘 가요,
송채윤 씨

'뭘 가져오라는 거지? 각목? 아니면 삽? 날 뒷마당에다 산 채로 파묻으려는 걸까? 조폭 영화 보면 단골로 나오는 장면이잖아. 사람 머리만 빼꼼 남겨놓고 흙 속에 묻어버린 다음 불라고 협박하는 거. 그러고 보니 이 사건도, 마봉두가 선량한 사람을 야산에 생매장하면서 시작된 거라고 했어. 혹시 나도 그렇게 되는 걸까?'

어슬렁어슬렁 창고 밖으로 나가는 행동대원을 보며 채윤의 두뇌는 정신없이 바쁘게 움직였다. 아까 들어오면서 얼핏 보았는데, 창고 밖에는 마봉두 부자와 그들의 수행비서 격인 부하 한 명, 그리고 서준이 함께 타고 온 은회색 세단이 서 있었다. 그 고급스러운 세단의 트렁크에서 녹슬고 흙 묻은 삽이 잔뜩 나오는 광경은 상상하기 어려웠지만, 꼭 그러지 말라는 법도 없었다. 그러나 잠시 후 돌아온 행동대원의 양손에 들린 것은 각목도 삽도 아닌, 주황색 호스가 달린 크고 하얀 플라스틱 통 두 개였다. 그게 휘발유통이라는 걸 깨단는 순간, 누가 정수리에 플러그를 꽂기라도 한 것처럼 채윤의 온몸에 전율이 일었다.

"우리 애들이 삽질 참 잘하는데, 내가 유학 다녀와서 보니까 그 방법이 참 비효율적이더라고. 일단 사람 키만큼 구덩이 파는 데 시간이 너무 오래 걸리고, 다시 묻는 것도 만만치 않고. 그렇게 질질 끌다 보면 사람들이 쓸데없는 희망을 갖게 된단 말이야. 정말 묻으려는 건 아닌가 보다. 그냥 시늉만 하는 거겠지. 그렇게 혼자서 행복회로를 돌리다 보니 우리가 전하려는 '메시지'가 제대로 전달되지 않더란 말이지."

두진이 소름 끼치리만큼 무심한 톤으로 말하는 사이, 구레나룻과 다른 한 명의 행동대원은 휘발유통을 하나씩 들고 채윤의 주변을 돌며 안에 든 액체를 뿌리기 시작했다. 휘발유 냄새가 강하게 코를 찌르면서 사방으로 피어올랐고, 바닥은 질척하게 젖어 들었다.

그걸 지켜보는 채윤의 심장 박동이 급격히 빨라지면서 팔다리가 미세하게 떨리기 시작했다. 피 대신 공포감이 심장에서부터 온몸으로 혈관을 타고 질주하듯 퍼져나갔다. 이건 영화 촬영이 아니라 실제 상황이고, 자기 목숨이 달려 있다는 게 비로소 실감 나는 순간이었다.

"살아 있는 생명체가 느낄 수 있는 고통 중 가장 큰 게 불에 타는 고통이라는데. 알고 있나? 연기에서 나오는 일산화탄소 때문에 숨을 쉴 수 없는 것과 동시에, 뜨거운 열기에 피부의 수분이 나무껍질처럼 말라가면서 바짝바짝 타들어 가는 지독한 고통을 겪는 거지. 옷이랑 몸에다가도 부어야지. 불이 한 번에 확 붙을 수 있게."

마지막 두 마디는 채윤이 아닌 구레나룻에게 한 말이었다. 두진의 지시를 받은 구레나룻과 또 다른 한 명은 재깍 고개를 숙여 보이더니 휘발유통을 높이 들어 올려 안에 있는 기름을 채윤의 머리와 가슴 위에 콸콸 들이붓기 시작했다.

물벼락 맞는 것처럼 갑자기 들이치는 바람에 휘발유 몇 방울을 삼키고 만 채윤은 쓰고 역겨운 맛에 확 구역질이 올라오는 것을 참으며 질끈 눈을 감고 입을 꽉 다물었다. 그들은 단 한 방울도 남기지 않고 아낌없이 쏟아부으려는 듯 한참 동안 기름 세례를 계속했고, 마침내 끝이 났을 때 채윤은 기름에 빠진 생쥐 꼴이 되어 있었다. 아주 작은 불꽃 하나만 튀어도 순식간에 그녀의 온몸이 기세 좋게 활활 타오르는 불덩어리로 변해 버릴 것은 자명했다.

"마지막 기회를 주지. 차단우가 어디 있는지 말해. 지금 당장."

두진은 바지 뒷주머니에서 값비싸 보이는 은제 라이터를 꺼내며 채윤에게 최후통첩을 해왔다. 늑대처럼 형형하면서도 싸늘하게 빛나는 두 눈은, 이게 결코 허튼수작도 장난도 아님을 암시하고 있었다. 아버지로부터 진한 살인자의 피를 물려받은 그는, 산 사람 하나 태워 죽게 만드는 것 정도는 눈꺼풀도 움직이지 않고 할 수 있는 인물이었다.

달칵, 라이터 켜는 소리가 텅 빈 공간 안에서 메아리를 만들며 울려 퍼졌다. 폐건물 특유의 음산한 공기 속에서 불길하게 너울거리는 라이터 불꽃을 보자 채윤은 정신이 번쩍 들었다. 지훈과 신 경감이 선불폰에 깔려있는 어플리케이션을 찾아냈다면 지금까지 오가는 대화를 다 들었을 것이다. 거기에 하현이 작두파 행동대원들에게 끌려가는 채윤을 목격했던 것, 행동대원들이 부산역 앞 렌트카 업체에 들어가 직원과 직접 대화하고 렌트카를 빌렸을 것까지 감안

하면 증거는 충분히 모였다고 할 수 있었다. 납치, 감금, 협박과 살인미수로 이 일에 가담한 작두파 전원을 감방으로 보낼 수 있을 것이다. 일단 목표는 달성했으니, 이제는 자기 목숨 건질 궁리를 해야 할 때였다.

"마지막 기회는 당신들이 나한테 주는 게 아니라, 내가 당신들한테 주는 거야, 마두진 씨."

채윤은 온통 기름 범벅이 된 얼굴을 꼿꼿하게 쳐들고, 두 눈은 여전히 감은 채 당차게 대꾸했다. 문자 그대로 눈앞에 보이는 게 없으니 용감해지기가 차라리 쉬웠다. 그녀는 허세를 부리는 게 아니라 필사적으로 발버둥 치고 있었다. 상대는 프로 중의 프로였다. 조금이라도 기가 눌리거나 나약한 모습을 보였다가는 산 채로 잡아먹히고 말 것이다.

"그 사람하고 함께 가는 것도 아니면서 내가 왜 여기까지 왔다고 생각해? 그것도 엉뚱한 애한테 그 사람 흉내까지 내게 하면서. 임서준하고 둘이 온갖 똑똑한 척은 다 하더니, 날 쫓아오느라 급급해서 그것까진 미처 생각 못 했나 보지? 잘 들어, 난 당신들한테 잡힌 게 아니라 일부러 잡혀준 거야. 당신들이 저지르는 범죄의 증거를 잡기 위해서."

채윤은 미역 줄기처럼 이마에 달라붙은 머리카락 사이로 한쪽 눈만 간신히 떴다. 시야가 온통 안개 낀 것처럼 뿌옇고 가물거리는 상태에서 연신 눈을 깜박이면서, 그녀는 조금 전 서준이 바닥에 던져 놓은 책을 찾아냈다. 남들에게는 흑역사니 뭐니 했지만 그래도 그녀에게는 소중한 추억이고 은밀한 자랑거리였는데, 먼지투성이가 되어 바닥을 뒹굴고 있는 걸 자기 눈으로 똑바로 볼 수 없어서 오히려 다행이었다.

"저 책에 암호가 쓰여 있다고? 지금이 냉전시대도 아니고 그게 무슨 구닥다리 같은 사고방식이야. 그 책에 숨겨진 비밀이 궁금하면 책등을 뜯어봐. 그 안에 당신들이 지금까지 주고받은 대화와 현재 우리의 위치를 그 사람과 경찰에게 낱낱이 수신해주는 발신기가 있을 테니까."

"발신기라고?"

두진의 눈썹이 꿈틀거리며 위로 올라가는 것과 동시에, 서준이 놀란 어조로 소리치면서 바닥에 펼쳐진 채 엎어져 있는 책을 주워 들었다. 그건 채윤이 최초로 보는, 임서준이 진심으로 당황하는 모습이었다.

서준은 언제나 선비처럼 점잖고 침착했던 태도를 깡그리 내던져 버린 채 허둥지둥 힘주어 책등을 잡아당겼다. 우두둑 소리를 내면서 책등을 씌운 몽블랑지가 단번에 뜯어져 나가자, 본드로 붙여놓은 틈 사이에서 검지 손톱만 한 크기의 초소형 발신기가 툭 소리를 내며 떨어졌다.

"임변아, 이기 뭔 소리고? 발신기라캤나? 그기 참말로 있나?"

"면목 없습니다, 회장님. 미처 살펴보지 못한 제 불찰입니다."

마봉두가 당장이라도 휠체어를 박차고 일어날 것 같은 기세로 추궁하자, 서준은 황급히 머리를 조아리며 사죄했다. 낭패한 기색을 역력히 드러내던 서준은 발신기를 바닥에 놓고 구둣발로 거칠게 짓이겼지만, 세계 최고의 IT강국인 대한민국답게 그 조그만 기기 하나도 어찌나 정밀하고 튼튼하게 만들었는지 부서지지도 않았다. 망치 같은 것으로 때리면 부서지긴 하겠지만 그래 봤자 화풀이일 뿐 이미 늦었다는 건 이 자리에 있는 모두가 다 알았다.

그와 작두파가 작당하여 살인사건의 중요 증인이었던 차단우와 그 모친을 위협하고 심지어 3년간 찾아다니기까지 했으며, 이번에는 차단우가 신분 세탁을 한 것으로 의심되는 인물인 김지훈의 신원을 불법으로 조회하고 미행, 염탐하였을 뿐만 아니라 그를 잡아 복수하기 위해 그 지인인 채윤을 납치하고 잔인하게 고문하다 죽이려고 했던 정황이 마봉두, 마두진, 임서준 세 사람의 자백이나 다름없는 말로 송두리째 밝혀져 버렸으니 말이다.

"아버지, 지금 당장 뜰까요? 짭새 새끼들이 어디까지 왔는지 모르겠지만, 프로토콜대로 하면 도중에 마주치더라도 잡히지 않고 빠져나갈 수 있을 겁니다."

두진은 발신기에 포착되지 않도록, 휠체어에 앉아 있는 제 아버지의 귓가까지 얼굴을 가져다 대면서 소곤거렸다. 태생적으로 경찰의 추적을 피해 도주해야 할 일이 워낙 많기 때문에, 작두파에는 두진이 만들어놓은 '비상 탈출 프로토콜'이 있었다. 물론 그대로 한다고 해서 전원이 무사히 탈출할 수 있는 건 아니었다. 행동대원들이 여러 무리로 흩어져 차를 몰고 서로 다른 방향으로 최대한 요란하게 도주하면서 경찰의 주의를 끄는 동안, 두진과 봉두는 서준의 차를 타고 샛길을 통해 은밀하게 빠져나간다는 게 그 프로토콜의 핵심이었다. 작두파에 협력하는 변호사 서준의 존재는 아직까지도 경찰에게 파악되지 않은 상태였고, 그의 차량도 알려지지 않았기 때문이다. 행동대원이 경찰에 체포되었을 경우에는 모든 혐의를 대신 뒤집어쓰고 감옥에 다녀오게 되어 있었으며, 출소 후에는 대기업 퇴직연금 따위는 애들 장난처럼 보이게 할 만큼 두둑한 포상과 노

후보장이 약속되어 있었다.

"갈 때 가더라도, 할 일은 해놓고 가야지 않긋나."

머리만으로는 이길 수 없는 연륜이라는 게 이런 데서 나오는 건지, 아니면 죽음을 눈앞에 둔 인간만이 가질 수 있는 초연함인 건지. 당장 언제 경찰이 들이닥칠지 모르는데도 마봉두는 태연자약한 것을 넘어 거의 느긋하게까지 보였다.

그는 왼손으로 휠체어 팔걸이를 붙잡은 채 앞으로 몸을 수그려 신중하게 오른손을 뻗었다. 그의 손끝이 가서 닿은 곳은 다름 아닌 서준의 발치, 발신기가 떨어져 있는 곳이었다. 서준이 얼른 도우려 했지만, 마봉두는 그 손길을 뿌리치고 자기 힘으로 천천히 발신기를 집어 들었다. 계속해서 큼큼 헛기침을 하면서 목을 고른 마봉두는 무슨 마이크라도 대는 것처럼 발신기에 대고 말했다.

"차단우, 아니, 김지후이. 니 내 말 듣고 있나? 니하고 내하고 보통 인연이 아닌데, 얼굴 함 보고 얘기하기가 와 이리 힘드노. 법정에서도, 니 들어와 증언할 때 내는 나가 있으라카대? 고마 아새끼들 숨바꼭질도 아니고 이기 뭐 하는 짓이고? 이 사람 저 사람 그만 욕 보이고 퍼뜩 니 발로 찾아 온나. 알긋나?"

3년 넘게 절치부심하며 찾아 헤매던 불구대천지 원수에게 하는 것치고는 그리 험악하지 않다고 생각했던 건 채윤의 오산이었다. 마봉두는 경상도 할배처럼 걸걸하고 구수한 그 말투로 그동안 빚장부 챙기듯 가슴 속에 차곡차곡 쌓아놓은 원한을 풀어냈다.

"김지후이 니도 알재, 내 곧 뒤지는 거. 밖에 있을 때는 고뿔만 걸려도 밑에 아들이 병원 모시고 간다카고, 산삼에 자라에 녹용에 척척 대령해싸서 병날 틈도 없었는데. 빵에 드가니 신경 써 주는 사람이 있어야 말이제. 윗배가 슬슬 아파서 소화제만 억수로 먹었는데, 알고보이 그기 암이라 카는기다. 일찍 발견했으믄 살 수 있었는데, 쪼매 늦어뿟단다. 자식 놈들 키와서 결혼시켜 놓고, 인자 은퇴해서 손주 재롱 떠는 거 보면서 알콩달콩 살아볼라캤더만, 니 같으믄 억울하지 않겠나."

발신기 너머의 지훈으로부터 대답이 들려올 리가 만무했지만, 어차피 마봉두도 상대방의 입장을 주의 깊게 경청하는 타입은 아니었다. 그는 휘발유 냄새가 진동하는 창고 안을 한 번 쓱 둘러보더니 다시 발신기에 대고 말했다.

"내도 회장이라꼬 체면이 있는데, 살풀이 한다고 이래 판을 벌리노코 그냥 내빼뿌믄 되긋나. 김지후이 니가 내 명줄 끊어놓은 거 맹키로, 내도 느그 애인 명줄은 끊어놓고 가야겠다. 니한테서 제일로 소중한 걸 뺏어 놔야, 그래야 내도 나중에 눈 감을 때 쪼매 맴이 편치 않겠나 이 말이다."

그러니까, 너 죽고 나도 죽는 이판사판 격이 되더라도 당장 복수할 수 있는 건 해야겠다는 얘기였다. 채윤은 가지고 있는 카드를 모두 꺼내 들었던 자신의 시도가 헛수고로 돌아갔음을 깨닫고 맥이 쫙 풀렸다. 사람 몸에 휘발유 들이붓는 걸 밥숟가락 뜨듯 천연덕스럽게 하는 이 일당이 도청되고 있다는, 경찰이 곧 올 거라는 위협이 곧이곧대로 들어 먹힐 만큼 상식적이지 않다는 걸 생각했어야 했다.

"뭐하노, 불 안 붙이고."

마봉두는 이제 자기 할말은 다 끝났다는 듯 발신기를 채윤이 묶인 의자 쪽으로 획 던지면서 두진을 독촉했다. 그녀가 고통에 못 이겨 처절하게 지르는 비명을 지훈이 좀 더 크게, 생생하게 들을 수 있게 해 주려는 전혀 고맙지 않은 배려였다.

두진이 라이터를 켜면서 이쪽으로 성큼성큼 걸어오는 것을 흐릿하게나마 보고, 채윤은 그만 더 견디지 못하고 고개를 떨어뜨렸다. 여기서 이렇게 포기해야 하는 걸까. 정말 마지막인 걸까. 혼자 작두파와 싸워서 이기려는 건 역시 처음부터 무모한 시도였던 걸까. 자신이 죽은 후에라도, 신 경감과 그의 동료들이 마씨 부자와 서준을 살인 혐의로 잡을 수 있을 거라는 데 만족해야 하는지도 몰랐다.

'지훈 씨, 단우 오빠, 뭐라고 부르든. 조금도 원망하지 않아요. 나한테 미안해하지 말고, 나중에라도 자기 삶을 찾아서 자유롭게 행복하게 살았으면 좋겠어요.'

채윤은 지훈에게 절대 가 닿지 못할 유언을 속으로만 되뇌면서 지금까지 바짝 긴장하고 있던 몸의 힘을 쫙 뺐다. 닥쳐올 고통스러운 죽음을 피할 수 없다면, 그렇다면 마봉두에게 그녀와 지훈을 동시에 짓밟고 부수었다는 승리감만은 주고 싶지 않았다. 아마도 어느 순간 분명 이성을 놓아버리고 울부짖게 될, 아니 그마저도 하지 못해 숨만 토하면서 몸부림치는 시점이 오겠지만, 적어도 그 전까지는 용감하고 의연한 모습을 보이고 싶었다. 그렇게라도 끝까지 저항하고 싶었다.

"잘 가요, 송채윤 씨."

진정한 해피 엔딩을 위하여

두진이 불 켠 라이터를 허공으로 높이 들어 올려 떨어뜨리기 직전, 서준이 무미건조하게 중얼거리는 게 들렸다. '러빙유 하우스'에서 매일 아침 저녁 식탁에서 일상적으로 듣던 것과 조금도 다를 바 없는 음성이었다. 인생의 마지막이 될 이 순간, 채윤은 임서준을 만났던 기억 따위는 싸그리 지워버리고 오로지 지훈과 함께했던 추억만 생각하기로 했다.

밤공기를 타고 잔잔하게 울려 퍼지던 그의 노랫소리, 그가 손수 만들어줬던 소박하지만 맛있고 정성스럽던 음식들, 지금 생각해보면 왜 몰랐을까 싶을 정도로 예전과 비슷했던 부드러운 미소, 바닷가 민박집에서 서로 기댄 채 잠들던 밤 동이 틀 때까지 그녀의 몸을 따스하게 데워주던 그의 체온도. 라이터를 쥔 두진의 손가락에서 스르륵 힘이 풀리는 순간까지도 채윤은 감은 눈꺼풀 안으로 해면처럼 스며들어오는 기억의 물결에 잠겨 있었다. 곧 화르륵, 하고 맹렬하게 불붙는 소리가 들려올 거라고 예상하면서.

우지끈—!

그러나 다음 순간 그 자리에 있던 모두의 귓가를 때린 것은 전혀 엉뚱한 소리였다. 라이터를 떨어뜨리려던 손짓을 반사적으로 멈춘 두진이 고개를 드는 순간 임시로 막아놓은 테라스 부분이 지진 난 것처럼 거세게 흔들리는가 싶더니, 얼기설기 막아놓은 나무 널빤지가 튕기듯 떨어지면서 벽 한쪽 면이 통째로 터져 나갔다. 그 부서지고 갈라진 틈에서 날아다니는 슈퍼히어로처럼 나타난 사람은 바로 김지훈이었다.

“지훈 씨?”

채윤은 처음에 지훈이 허공에 둥둥 떠 있는 것인지 알고 소스라치게 놀랐다. 억지로 눈을 부릅뜨고 자세히 보니, 그의 어깨와 등허리에 엑스자로 안전띠가 채워져 있고 그게 다시 고리로 천장에 설치된 구조물에 연결되어 있는 게 보였다. 그제야 채윤은 황폐하게 버려진 이 건물이 레저 체험장으로 활용되던 장소이고 테라스라고 생각했던 곳은 짚라인 하차장이었으며, 천장에 설치된 구조물은 바로 짚라인이 안쪽까지 움직일 때 필요한 레일이라는 사실을 깨달았다.

이 건물 뒤편에는 부산 항구와 바다가 한눈에 내다보이는 경치 좋은 언덕이 있었고, 한때 그 언덕에서부터 이곳 체험장까지 짚라인을 타고 내려오는 게 반짝 인기를 끈 적이 있었다. 물론 건물 안에 갇혀 있는 채윤이 거기까지 알 도리는 없었지만, 인터넷 검색을 통해 그 사실을 알게 된 지훈이 짚라인을 타고 현장을 급습하겠다는 아이디어를 낸 것이다.

류진과 이건도 얼핏 듣기에는 미친 소리 같았지만, 곰곰이 따져

보니 의외로 나쁘지 않은데다 제법 괜찮기까지 하다는 걸 인정하지 않을 수 없었다. 짚라인으로 건물 북쪽에서부터 접근하면 당연히 경찰차가 나타날 줄 알고 진입 도로가 난 남쪽 방향만 경계하고 있을 작두파의 감시망을 손쉽게 피할 수 있을 뿐만 아니라, 일종의 게릴라 작전처럼 작두파의 허를 찔러 잠시나마 빈틈을 만들어낼 가능성도 있었다.

이건의 요청을 받아 인근 소방서에서 보내준 구급차를 타고 오는 길, 류진이 관할 경찰서 강력팀에 전화해서 사정을 설명하는 사이서 검사는 재빨리 건물주에게 연락해 짚라인 사용 허락을 받았다. 건물주는 서 검사가 염려했던 것처럼 어깃장을 놓기는커녕 오히려 문제의 짚라인이 언제 마지막으로 점검했는지 기억도 안 나는 고물이라며, 잘못하다간 사람 하나 잡을지도 모른다고 걱정했다. 폐업하면서 돈이 될 만한 물건은 모조리 중고나라에 갖다 팔았기 때문에 헬멧과 같은 기본적인 안전 장비도 없고, 도와줄 안전요원도 없다고 했다. 모든 위험 부담은 짚라인을 타고 건물 안으로 침투하는 당사자가 짊어져야 하는 상황이었다. 자칫하다가는 작두파 놈들과 대면하기도 전에 짚라인이 오작동하거나 부서져서 추락사할 수도 있었다.

—내가 하죠. 짚라인은 안 타 봤지만 소방 훈련할 때 그 비슷한 건 몇 번 해봤으니까. 그럭저럭 해낼 수 있을 겁니다.

먼저 선뜻 나선 사람은 '러빙유 하우스'의 자타공인 히어로 이건이었다. 아마 위험에 처한 사람이 채윤이 아닌 전혀 알지 못하는 타인이었더라도, 그는 마찬가지로 서슴없이 자원했을 터였다. 그러나 이번에 구해야 하는 사람은 불타는 아파트에 갇힌 일가족도 아니고, 발목을 다친 상태로 조난된 등산객도 아니고, 송채윤이었다. 바로 그 이유 때문에 지훈은 이건이 짚라인에 오르는 것을 가만히 두고 볼 수 없었다.

—아니요, 제가 할게요. 형보다 제가 나을 거예요. 전에 액션영화 찍으면서 전문가에게 와이어 타는 훈련만 한 달 동안 집중적으로 받았거든요. 실감 나는 장면 찍으려고, 안전장비 없이 타 본 적도 있어요.

—아무리 그래도 일반인에게 이런 일을 맡긴다는 게…….

—형은 책임져야 할 아이들이 셋이나 있지만 저는 아니잖아요. 저 때문에 애꿎은 누군가가 다치고 피해 보는 거, 이제 더는 못 보겠어요.

휴대폰에 켜놓은 지도 검색 화면을 통해 목적지인 언덕이 점점 가까워지고 있음을 파악한 지훈은, 이건의 후배가 구급차 안에 있는 이런저런 도구를 긁어모아 만들어준 엑스 자 안전벨트 비슷한 것을 스스로 제 몸에 채우면서 단호하게 말했다.

앞으로 봐도 뒤로 봐도 옆으로 봐도 평범하고 겸손하게 생긴 남자가 자기 입으로 '액션영화를 찍었다'고 말하는 것에 구급차 안에 타고 있던 사람들이 어리둥절해진 게 피부로도 느껴졌지만, 지금은 기나긴 뒷이야기를 늘어놓고 있을 때가 아니었다. 이건이 선불폰에 연결해놓은 차량 스피커를 통해, 채윤에게 으름장을 늘어놓는 마부자의 목소리와 함께 뭔가가 뿌려지는 소름 끼치는 소리가 싸리비처럼 세차게 귓가를 때려 왔던 것이다.

지훈은 파란만장했던 그의 생에서도 여태껏 느껴보지 못한, 그야말로 살인이라도 할 수 있을 것 같은 격렬한 분노가 솟구치는 것을 느끼며 중얼거렸다.

—그 애 머리카락 하나라도 다치면, 암세포가 널 죽이기 전에 내가 먼저 죽이고 말 거야, 마봉두.

언덕 비탈길을 올라온 구급차가 문도 잠기지 않은 채 훤히 열려 있는 짚라인 승강장 앞에 섰을 때, 시동이 채 꺼지지도 않았는데 구급차에서 훌쩍 뛰어내려 달려가는 지훈을 이건도 류진도 더는 말리지 못했다. 까마득한 예전에 충무로 최고의 액션스쿨 원장으로부터 받았던 일대일 레슨이 무의미하진 않아서, 출발 지점으로 성큼 뛰어 올라간 지훈은 누가 가르쳐주기도 전에 짚라인 레일에 고리를 걸고 온몸의 체중을 실은 후 힘차게 발을 구르며 뛰어내렸다.

스릴 넘치는 것으로 이름난 레저 스포츠답게 짚라인의 속도는 굉장히 빨라서, 언덕을 날 듯이 내려와 폐건물까지 도착하는 데는 5분이 채 걸리지 않았다. 지훈은 미처 그곳에 있는 줄 몰랐던 나무 벽을 정면으로 뚫고 들어온 충격을 온몸으로 흡수하면서, 두진으로부터 서너 걸음 떨어진 곳에 앉은 채로 묶인 채윤을 향해 버럭 고함쳤다.

“송채윤, 고개 숙여!”

아직도 이게 어떻게 된 영문인지 몰라 어리벙벙하고 있던 채윤은 재빨리 양 무릎 사이에 고개를 파묻었다. 그와 동시에 지훈은 천장에 설치된 레일을 따라 쭉 미끄러지면서 그대로 두진의 손을 발끝으로 걷어찼다. 언덕에서부터 여기까지 내려오면서 가속도가 붙은 발차기의 위력은 엄청나서, 두진의 손에 쥐어져 있던 라이터는 어디론가 휙 날아가 버렸다. 윽, 하고 외마디 신음소리를 내뱉은 두진이 손을 양 허벅지 사이에 끼우면서 주저앉는 것을 보고, 그의 주변에 흩어져 있던 행동대원들이 화들짝 놀라 크게 소리쳤다.

"부회장님!"

"괜찮으십니까?"

하늘 같은 부회장님을 흙 묻은 더러운 운동화 발로 걷어차다니, 행동대원들은 괘씸하기 짝이 없는 습격자를 잡기 위해 우왕좌왕했지만, 그들의 키보다 훨씬 높은 위치에 있는 사람을 제압하는 건 결코 쉬운 일이 아니었다.

지훈은 짚라인의 하강이 완전히 끝난 후에도 내려오지 않고 일부러 안전띠에 대롱대롱 매달려 있었다. 사방의 벽을 발판으로 삼은 그가 스파이더맨처럼 온 창고 안을 종횡무진하는 동안, 당황한 행동대원들은 파리채를 피하는 날파리처럼 이리저리 피하느라 바빴다.

지훈은 날쌘 총알처럼 이 방향 저 방향으로 튕겨 다니면서 서준의 등짝을 발로 걷어차 쓰러뜨렸고, 그 바람에 마봉두의 휠체어까지 함께 넘어졌다. 그 장면을 본 행동대원 서너 명이 '회장님'을 일으키려고 일제히 달려들었지만, 지훈은 엉덩이부터 그들에게 돌진해 한꺼번에 와르르 넘어뜨리면서 아수라장을 만들어놓았다. 그러나 모두가 우왕좌왕하고 있는 건 아니었다. 이런 상황이 되면 무리에서 하나쯤은 남보다 빨리 정신을 차리고 약삭빠르게 움직이는 놈이 있기 마련이었다.

"이거 놓지 못해, 이 망할 자식아!"

채윤의 앙칼진 목소리를 들은 지훈이 곧장 그쪽으로 눈을 돌리자, 느끼하게 구레나룻을 기른 깍두기 하나가 채윤의 의자 뒤에 바짝 붙어 있는 게 보였다. 구레나룻은 채윤의 손목을 묶은 노끈 매듭을 풀어버린 후 그녀의 목덜미를 억지로 잡아 일으키려고 하고 있었다. 인질을 확보하려는 시커먼 속이 훤히 들여다보였다.

어금니를 으득 깨문 지훈은 그 두 사람으로부터 반대 방향에 있는 벽을 한 번 발로 밟은 다음, 그 반동을 이용해 구레나룻을 향해 날아가면서 두 손으로는 재빨리 안전띠를 풀어버렸다. 구레나룻이 채윤을 의자째로 끌고 가기 직전, 마침내 안전띠에서 벗어난 지훈이 귀신처럼 절묘한 타이밍으로 그 위로 뛰어내렸다.

"으윽!"

결코 가볍지 않은 지훈의 몸뚱이를 정통으로 얻어맞고, 계속해서 그 아래 깔려버리기까지 한 구레나룻은 묵직한 신음을 내지르며 발버둥 쳤다. 지훈은 액션 영화를 찍은 경력이 있어봤자 진짜 조폭과 주먹질로 맞장 뜰 정도는 결코 아니라는 걸 스스로 잘 알고 있었다. 그래서 어설픈 펀치를 날리는 대신, 한 마리 성난 황소처럼 혼신의 힘을 다해 구레나룻의 면상 한가운데를 이마로 냅다 들이박아 버렸다. 그 충격이 어찌나 컸는지 구레나룻은 찍 소리도 못 낸 채 코피를 흘리며 기절해버렸고, 지훈은 그제야 손바닥을 탁탁 털면서 구레나룻의 위에서 일어났다.

"지훈 씨, 이쪽으로 오지 마! 위험해!"

채윤은 그녀를 향해 성큼성큼 걸어오는 지훈을 향해 고개를 세차게 저으면서 필사적으로 소리쳤다. 지금 그녀는 휘발유 구덩이 속에 빠져 있는 거나 다름없었다. 두진의 라이터는 사라졌다고 해도, 조폭 무리가 금연 금주 캠페인에 앞장서 동참할 리는 없으니 틀림없이 다른 누군가 라이터를 가지고 있을 터였다.

"오지 말라니까!"

언제 활활 타오르는 횃불 덩어리로 변할지도 모르는 위험 속으로 지훈을 끌어들이고 싶지 않았던 채윤은 계속해서 외쳤지만, 지훈은 그 말이 들리지도 않는 사람처럼 주저 없이 그녀 곁으로 다가왔다.

한 걸음, 한 걸음, 그리고 또 한 걸음. 서로의 간격이 짧으면서도 참 길었고, 걸음을 떼어놓을 때마다 기름이 튀면서 그의 바짓단이 축축하게 젖어 들었다. 마침내 채윤 앞에 선 지훈은 더는 참을 수 없다는 듯 두 팔을 활짝 벌려 그녀를 온몸으로 와락 끌어안았다.

"바보야, 지금 네가 내 걱정할 때야? 너 때문에 미치겠다, 정말."

대한민국 최고의 미남자였던 차단우에게 있어 여자란 존재는 그랬다. 너무 쉽게 매혹당하고, 너무 쉽게 다가와서 조금 시시하고 재미없기도 한데다가, 모든 걸 허물없이 터놓는 사이가 되기에는 믿기 어려웠다. 가끔 외로움을 달래볼까 하고 짧은 기간 사귄 여자들은 있지만 교감한다는 느낌 없이 의례적으로 만나다 헤어졌고, 헤어지기 전에도 후에도 딱히 신경 쓰이거나 마음이 가지 않았다. 어차피 그들도 유명 영화배우와 사귀어 보았다는 자랑거리가 필요한 것뿐이었을 테니까.

그 번듯한 허울이 벗겨지고 김지훈이 된 후에는, 역시 아무도 그에게 접근하지 않았다. 역시 여자는 다 똑같다고, 아니 사람은 다 똑같고 결국 연애도 사랑도 이기적인 목적으로 하는 것뿐이라고, 지훈은 뿌리 깊은 회의에 빠지게 되었다. 그냥 스치는 인연인 줄 알았던 여자, 채윤을 다시 만나게 되기 전까지는 그랬다.

그녀는 지훈의 보잘것없는 외피 아래 숨겨진 참된 내면을 발견하고, 알아주고 사랑해주었다. 죽음까지 무릅쓴 그녀의 진실한 애정과 용기 앞에서, 사랑을 모른 채 오랫동안 굳어져 있던 지훈의 심장도 깨어났다. 마치 동화 속 미녀의 키스로 흉측한 야수가 잘생긴 왕자로 변신했던 것처럼. 지훈은 무슨 일이 있어도 다시는 채윤을 놓지 않으리라고 다짐하면서, 살짝 잠긴 목소리로 그녀의 귓가에 대고 속삭였다.

"미안해, 늦게 와서. 많이 무서웠지?"

우물처럼 낮고 깊으면서도 한없이 다정한 음성에, 지훈의 가슴을 밀쳐내려던 채윤의 손길이 불현듯 멎었다. 식은땀에 흠뻑 젖은 채 가쁜 숨을 몰아쉬는 지훈의 모습, 그것만으로도 그가 얼마나 걱정하고 두려워하며 여기까지 달려왔는지 충분히 알 수 있었다. 그가 오지 않아도 된다고, 어디서든 무사하기만 하면 된다고 생각했는데, 어쩌면 자기도 의식하지 못한 깊은 곳에서는 다시 한번 그를 볼 수 있게 되기만을 간절히 빌어왔는지도 몰랐다.

채윤이 저항하는 것을 포기하고 그의 넓은 가슴에 안기면서, 두 몸은 한 치도 남기지 않은 채 빈틈없이 포개졌다. 채윤의 온몸을 뒤덮은 휘발유가 지훈의 옷과 머리카락, 살결을 통해 스며들었고 지독한 기름 냄새에 눈도 코도 다 멀어버릴 것 같았지만 둘 중 누구도 개의치 않았다. 주변은 하얗게 지워져 버리고 서로만의 세계에 갇힌 것처럼 안타깝게 보듬고 어루만지느라 그들은 미처 알아차리지 못했다. 옆으로 쓰러진 휠체어에 하반신이 깔린 채 허우적대던 마봉두가, 바득바득 이를 갈며 구석에 나뒹굴고 있는 라이터를 향해 손을 뻗는 것을.

"고마 쌔리……."

이쯤 되면 그냥 이판사판이다. 경찰에게 잡히든 말든 상관없다. 마봉두는 그저 김지훈과 송채윤이 눈꼴 시리게 꼭 붙은 채 통구이가 되는 모습을 보고 싶어 눈이 뒤집혀 버렸다. 휠체어 바퀴에 허벅지가 낀 채 왼손으로 바닥을 짚고 엉금엉금 기어간 마봉두는 오른

손으로 주워든 라이터를 주저 없이 켰다. 예순이 다 되어가는 노인인 마봉두가 젖먹던 힘까지 짜내 상체를 한 뼘 가량 들어 올리고, 지훈과 채윤을 향해 파랗게 불꽃을 피운 라이터를 집어 던지려는 순간이었다.

쾅! 쾅! 퍼엉!

조금 전 벽의 한 면이 뚫리는 정도였다면, 이번에는 남은 세 면이 한꺼번에 송두리째 터져나갔다. 그 범인은 마 부자나 서준이 예상했던 것처럼 경봉과 방패를 든 경찰 인력이 아니라, 산타클로스의 수염처럼 하얗고 풍성한 거품덩어리였다.

폭포수처럼 콸콸 무서운 기세로 쏟아져 들어온 거품 덩어리는 눈 깜짝할 사이에 창고는 물론이고 그 안에 있던 사람들까지 뒤덮었다. 마봉두는 손발이 얼어버릴 것처럼 차가운 기포에 라이터 불꽃이 힘없이 픽 꺼져버리는 것을 허망한 얼굴로 쳐다보았다. 소방 호스에서 뿜어져 나온 특수 냉각제의 하얀 빛깔이 앞으로 그가 입게 될 두 종류의 수의를 상징하는 듯했다.

어마어마한 압력을 이기지 못하고 무너져 버린 슬레이트 벽 너머로, 소방차와 구급차는 물론이고 여러 대의 경찰차까지 겹겹이 건물을 에워싸고 있는 게 보였다. 그중 맨 앞에 선 경찰차에서 뛰어내린 류진이 바람같이 이쪽으로 달려오더니, 라이터를 쥔 마봉두의 팔을 무자비하게 뒤로 꺾어버렸다. 마봉두가 욕설인지 신음인지 알아들을 수 없는 말을 내뱉으며 물 밖에 나온 생선처럼 파닥거리자, 이번에는 아예 묵직하게 체중을 실으며 상반신 전체를 찍어 눌러 숨도 편히 쉴 수 없게 만들어 버렸다.

"마봉두, 이 상놈의 새끼. 너 때문에 몇 사람 인생이 망가졌는지 알기나 하냐?"

류진은 지훈과 서 검사, 자신, 그리고 그들에게 각각 딸려있는 가족들이 그동안 겪어야 했던 이루 말할 수 없는 고초를 떠올리며 마봉두의 등짝을 짓누르는 허벅지에 더욱 힘을 주었다. 그동안 '조직폭력배에 의한 부녀자 납치' 신고를 받고 출동한 부산 경찰관들은 득달같이 달려들어 여기저기 나동그라져 있는 작두파 일당에게 수갑을 채웠다. 그리고 그중에는 당연히 마두진과 임서준도 끼어 있었다.

"마봉두, 마두진, 임서준. 그리고 기타 등등. 너희들을 특정범죄가중처벌등에관한법률위반, 폭력행위등처벌에관한법률위반, 감금, 살인미수 혐의로 긴급체포한다. 본인에게 불리한 사실을 진술하지 않을 권리가 있고, 변호인을 선임할 권리가 있다. 아, 그런데 당신들 같은 핵폐기물급 의뢰인을 선뜻 받아줄 변호사가 있을지 모르겠네. 딱 하나 있는 동급의 변호사가 같이 쇠고랑 차는 신세가 됐으니 말야. 이탈리아 유학 다녀온 것도 이럴 때는 별 소용이 없지. 안 그래, 마두진?"

서 검사는 굴비 두름처럼 줄줄이 엮여 나가는 우스꽝스러운 옷차림의 깍두기들과, 그들 사이에 사뭇 이질적으로 끼어 있는 두 양복쟁이를 보며 신랄하게 빈정거렸다. 검사 생활을 하면서 '인간쓰레기 백과사전'을 편찬해도 될 만큼 많고 다양한 범죄자들을 봐 온 그녀였지만, 이놈들은 그 백과사전에 특별 챕터를 만들어줘도 될 만큼 최악 중의 최악이었다. 촌구석으로 좌천된 후 검찰 조직에 대한 배신감과 인생 자체에 대한 회의감으로 인해 완전히 잃어버렸던 검사로서의 의욕이 휘발유 가득 찬 건물에 불을 지른 것처럼 폭발적으로 불타오르고 있었다.

"이번에는 감옥에서 장례까지 치르게 해 주지. 그래도 가는 길 외롭진 않을 거야. 아들과 부하들이 임종을 지켜줄 테니까."

휠체어를 타고 곱게 나가는 대신 류진의 손아귀에 잡혀 구차하게 질질 끌려나가는 조폭 두목의 최후를 보면서 서 검사는 비장하게 말했다. 이제 그녀에겐 잃을 것도 없었다. 아니, 그건 정확한 말이 아니었다. 그녀에게 남아 있는 거라곤 대한민국 검사라는 직위뿐이었다. 이번에는 그것까지 잃어버릴 각오를 하고 마봉두와의 재전투에 뛰어들 작정이었다. 반드시 이길 것이다. 그것만이 그녀가 한 남자의 인생을 구렁텅이에 처박아버렸던 과오를 보상할 수 있는 유일한 길이었다.

"난 PD도 작가도 아니지만, 한 가지는 확실하게 알겠군요. 이거야말로 진짜 제대로 된 해피엔딩이란 거 말입니다."

이건은 구급대원들이 들것을 들고 달려오는데도 아랑곳하지 않고 여전히 서로를 부둥켜안고 있는 지훈과 채윤을 바라보며 흐뭇하게 중얼거렸다. 이렇게나 허술한 작전이 이렇게나 기가 막히게 들어 먹힐 줄은 그도 누구도 몰랐다. 이 모든 게 서로를 위해 맨몸으로 사지에 뛰어드는 것도 마다하지 않은 저 용감한 연인들 덕분에 가능했다. 통째로 빌린 로맨틱한 유람선도, 강변의 밤하늘을 수놓는 불꽃놀이도 필요 없었다. 눈부신 해피엔딩을 위해 필요한 것은, 오직 진정으로 아끼고 사랑하는 마음뿐이었다.

Merry X-mas, and Happy new year

"I don't want a lot for Christmas—. There's just one thing I need—."

크리스마스이브 저녁, 서울 광장은 축제를 즐기러 나온 인파로 활기차게 붐비고 있었다. 청계천을 따라 여러 줄로 설치된 형형색색의 꼬마전구가 밤풍경을 알록달록하게 수놓았고, 가로수 사이마다 놓인 산타클로스와 천사, 루돌프 조형물들이 그 섬세함과 정교함을 자랑하며 근사한 광경을 연출하고 있었다.

"Make my wish come true—. All I want for Christmas Is you—."

LED 조명으로 이루어진 휘황한 일루미네이션을 배경으로 너나 할 것 없이 사진을 찍거나 찍어주느라 바쁜 사람들 가운데, 꼭 생애 첫 데이트를 하는 10대 소년 소녀처럼 유독 수줍고 또 유독 행복해 보이는 한 커플이 있었다. 바로 지훈과 채윤이었다.

납치당하고 심문당하고 조폭들과 싸움을 벌이는 험난한 우여곡절을 언제 겪었냐는 듯, 두 사람 모두 눈에 띄게 밝고 건강해 보이는 모습이었다. 옅은 색 청바지에 빨강 코트를 입고 흰 귀마개를 쓴 채윤은 발랄하고 귀여워 보였고, 몸에 잘 맞는 남색 코트를 입고 하늘색 머플러를 두른 지훈도 평소보다 훨씬 날렵하고 단정해 보였다. 누가 보기에도 그림처럼 잘 어울리는 선남선녀 커플이었다.

"우리 저기 가보자, 지훈 씨. 아니, 단우 오빠라고 불러야……하나?"

딱히 다친 데가 없음에도 불구하고 이런저런 검사를 해야 한다는 극성맞은 의료진 때문에 둘 다 사흘 동안이나 입원했다 퇴원한 후 이게 첫 외출이었다. 한껏 들뜬 나머지 세세한 것까지 생각 못 했던 채윤은 뒤늦게 호칭 문제가 애매해졌다는 걸 깨달았다. 눈앞에 있는 이 남자를 어떤 이름으로 불러야 하는 건지, 이대로 말은 계속 놓아도 되는 건지, '러빙유 하우스'에 있을 때 그랬듯 친구처럼 허물없이 대해도 되는 건지, 아니면 로드매니저로 지낼 때를 생각해서 어느 정도는 선을 지켜야 하는 건지. 그러나 그녀의 사소한 고민은 겨울 날씨마저 싹 잊게 할 만큼 부드럽고 온화한 지훈의 미소에 눈 녹듯 사르르 녹아 사라지고 말았다.

"네가 부르고 싶은 대로 불러, 뭐든지. 지훈이든, 단우든, 옆집 똥개든."

흔쾌히 대답한 지훈은 꼭 잡은 채윤의 손을 그의 코트 주머니 안에 집어넣고, 방금 그녀가 가리켰던 방향으로 성큼성큼 발걸음을 옮겼다. 채윤이 보고 싶어 한 것은 광장 언저리를 따라 쭉 늘어선 크리스마스 마켓이었다. 산타 옷을 입거나 루돌프 탈을 쓴 아마추어 상인들이 미니 황금종과 포인세티아 리스를 늘어뜨린 붉은색과 초록색 천막 아래 옹기종기 모여 직접 만든 음식이나 수공예품을 팔고 있었다. 아픈 데 없이 식욕만 왕성한데도 사흘 밤낮 총 아홉 끼를 밍밍한 병원 밥만 먹어야 했던 채윤은 수제 비누나 향초, 실뜨개 인형 같은 건 거들떠보지도 않고 좌판을 먹음직스럽게 장식한 각종 먹을거리에만 자석 반응하듯 시선이 끌려갔다.

"와, 저 트리 모양 쿠키 정말 예쁘지 않아? 통나무 롤케이크도, 초콜릿이 듬뿍 묻어서 엄청 맛있을 것 같아. 그 옆에 있는 마카롱도, 과일 펀치랑 에그녹도!"

아기자기한 파스텔톤 당의를 입힌 설탕 쿠키와 가나슈 크림을 나무결 모양으로 바른 부쉬 드 노엘 케이크, 바삭하면서도 쫀득하게 구워진 마카롱, 생과일을 아낌없이 큼직하게 썰어 동동 띄워놓은 장미색 펀치와 김이 따끈하게 피어오르는 황금색 달걀 술까지. 이게 꿈인가 생시인가 싶어 정신을 차리지 못하고 떠들어대던 채윤은 빙긋 미소 띤 얼굴로 그녀를 빤히 바라보고 있는 지훈을 발견하고는 바쁘게 움직이던 입술을 멈췄다. 아무리 저녁을 먹기 전이라지만 너무 게걸스러운 모습을 보였나 싶어 민망했다.

"왜? 나 너무 돼지 같아?"

"아니야, 귀여워. 먹고 싶은 거 다 먹어. 내가 사줄게."

지훈은 당장이라도 지갑을 꺼내 열어줄 것 같은 기세로 대답하고는, 채윤이 여기 갔다 저기 갔다 하는 대로 고분고분 그녀의 뒤를 따라다녔다. 가장 큰 밑천이었던 얼굴을 잃은 후로 언제나 그랬듯 지갑 상태는 빈약했다. 그러나 지금 이 자리에 채윤과 함께 있다는 것만으로도 믿을 수 없는 행운이고 기적이었기에, 지훈은 해야 한다면 입고 있는 옷가지라도 팔아 그녀의 배를 채워줄 준비가 되어 있었다.

선물 더미에 둘러싸인 어린애처럼 신이 나 좌판을 두리번거리던 채윤은, 이것저것 먹고 싶다고 호들갑 떨던 것과는 달리 마쉬멜로우를 넣은 코코아 한 잔만 받아들고 마켓을 나왔다. 채윤은 그녀가 깜박 잊은 컵홀더를 꼼꼼하게 챙겨 한 발짝 늦게 나오는 지훈을 물끄러미 바라보다, 빙그레 웃으면서 그를 불러보았다.

"오빠, 지훈 오빠."

'단우 오빠' 아니면 '지훈 씨'였는데, '지훈 오빠'라고 부르는 건 또 처음이었다. 채윤은 입술 사이에 기분 좋게 달라붙는 그 이름을 몇 번 더 중얼거려 보더니 바로 이거라는 듯 고개를 끄덕이며 덧붙였다.

"차단우라는 이름도 멋지지만, 난 역시 김지훈이 좋은 것 같아. 차단우는 앞으로도 만인의 연인이자 불멸의 연인으로 남겠지만, 김지훈은 나만의 연인인 것처럼 느껴지거든. 내 말, 혹시 너무 이기적이야?"

"아니, 전혀. 나도 김지훈으로 사는 거, 이젠 싫지 않아."

지훈은 채윤이 맨손으로 들고 있던 컵에 홀더를 끼워주면서 선뜻 대답했다. 그의 입가에는 시종일관 잔잔한 미소가 번져 있었지만, 채윤은 그 말을 곧이곧대로 듣기 어려워하는 눈치였다.

"정말? 오빠가 원했던 상금도 못 받았고, 얼굴 재수술도 결국 못하게 되었는데? 예전과 달라진 게 아무것도 없는데도 괜찮아?"

채윤과 지훈이 한바탕 모험을 벌인 덕분에 정의는 확실히 구현되었다. 형 집행정지가 취소된 마봉두는 당장 재수감되었고, 마두진을 비롯한 작두파 일당과 조폭 변호사 서준에게는 구속영장이 발부되어 모조리 창살 뒤에 갇히는 신세가 되었다.

—송채윤 씨를 해칠 생각은 결코 없었습니다. 김지훈 씨에게도

보복할 의도 같은 건 없었고요. 그저 제 아버님께서 3년 전 살인사건의 판결에 대해 억울하고 납득하기 어려운 부분이 있다고 하소연하셔서, 세상을 떠나시기 전에 김지훈 씨와 대화할 수 있는 자리를 한 번 마련해드리려던 것뿐이었습니다.

수갑 차고 포승줄에 묶인 채 검찰청에 끌려 나온 두진은 천연덕스럽게 연기를 하며 그런 말도 안 되는 변명을 늘어놓아 모두를 기가 차게 만들었다. 그러나 그보다 더 뻔뻔한 사람은 따로 있었는데, 바로 피의자 신세가 된 변호사 서준이었다.

—전 일개 변호사입니다. 의뢰인이 저에게 거짓말을 하고 범죄행위에 가담시키려고 한다고 해도 꿰뚫어 볼 방법이 없죠. 마봉두, 마두진 부자가 그런 극악한 범죄를 저지르려는 것인지 꿈에도 몰랐습니다. 김지훈 씨가 예전에 빚을 지고 도망간 채무자인 것 같다며 신원조회를 해 달라고 의뢰해와서 그대로 해 준 것뿐이고, 법률 자문이 필요하다며 부산으로 같이 가 달라고 하기에 따라가 준 게 전부입니다. 마 부자를 위해 일하는 사람들이 송채윤 씨를 납치해 온 것을 보고 얼마나 놀랐는지 모릅니다. 거기 가담하는 시늉을 하지 않으면 저에게도 위협을 가할지 모른다는 생명의 위협을 느껴서, 일단 함께 행동하는 척한 것뿐입니다.

구치소에서도 부지런히 면도를 하고 머리 모양을 다듬는지 밖에 있을 때와 조금도 다름없이 말쑥한 모습으로 검찰청에 나타난 서준은, 정색한 표정으로 그런 변명을 늘어놓으며 뒤늦게 작두파와의 사이에 선을 그으려고 했다. 그동안 서준이 변호사 선임료와 보수를 전부 현금으로만 받을 만큼 작두파와의 관계를 워낙 철저하게 숨겨온 탓에, 만일 상황이 달랐다면 수사기관에서도 그 능숙한 변론에 넘어갔을지도 몰랐다. 그러나 이번에는 채윤이 책등 속에 숨겨놓은 발신기에서 들려왔던 음성 내용 일부를 류진이 녹음해놓은 덕분에, 작두파와 서준이 아무리 발뺌해도 이번에는 절대 빠져나가지 못할 게 분명했다.

게다가 더 웃긴 건, 굴비 두름처럼 줄줄이 엮여 들어왔던 작두파 행동대원들이 어떻게라도 자기 형량을 줄여 보겠다며 '회장', '부회장', '변호사'의 악행을 앞다투어 불어대고 있는 거였다. 이번에야말로 제대로 붕괴해버린 작두파를 구해주러 나설 변호사도 없어서 국선 변호사에 의지하는 신세가 되었다고, 재판에서 그들의 코를 납작하게 만들어주는 건 식은 죽 먹기일 거라고 서 검사는 자신만만하게 말하고 있었다.

이 사건의 흐름에 대해 누구보다 잘 알고 있는 그녀는 파견 형식으로 다시 서울로 돌아와 작두파 일당에 대한 수사와 기소를 담당하게 되었고, 류진 또한 시경 강력계로 복귀할 예정이었다. 모든 게 제자리로 돌아오는 중이었다.

—이제 더 이상 작두파는 김지훈 씨를 위협할 수 없을 거예요. 다시 차단우로 돌아가서 살고 싶다고 한다면, 검찰청 차원에서 그동안의 사건 경위를 온 대중에게 밝히는 기자 간담회를 열어줄 수 있어요. 주민등록도 원래대로 되돌릴 수 있고요. 검찰총장님께서 재성형수술 비용도 특별히 지원하도록 지시하셨는데, 지훈 씨도 알다시피 부작용 문제가 있으니까 신중하게 생각해보고 결정을 내리도록 해요.

과장하지 않고 어린애 키만 한 과일 바구니를 손에 들고 지훈이 입원한 병실을 찾아왔던 서 검사는 진지한 표정으로 그렇게 말했다. 그녀가 돌아간 후, 지훈은 앞으로 어떤 이름으로 살아갈지에 대해 두 사람과 함께 오랫동안 이야기를 나누었다. 한 사람은 밤이고 낮이고 그의 침대를 지키고 있는 어머니였고, 다른 한 사람은 맞은편 병실에 입원해 있는 채윤이었다.

'러빙유'에 출연하기 전 혼자서 내렸던 결정과는 반대로, 지훈은 고심 끝에 재수술을 포기하기로 했다. 잘생겨진다는 게, 예전의 눈부신 유명세를 되찾는다는 게, 지금의 그에게는 목숨을 잃거나 불구가 될지도 모르는 위험을 감수할 만큼 대단한 것으로는 결코 느껴지지 않았다. 지금으로도 충분히 행복해질 수 있을 것 같았다. 아니, 그는 이미 행복했다.

"예전과 달라진 게 왜 없어? 나한테도 이제 가족이 생겼잖아. 엄마, 그리고 채윤이 너. 날 위해 목숨도 걸 수 있는 사람이 둘이나 있는데 이 정도면 행운아지."

지훈은 채윤의 머리를 쓱쓱 쓰다듬으면서 확신에 가득 차서 말했다. 수만 명의 팬으로부터 응원과 환호를 듬뿍 받으며 대한민국 최고의 스타로 군림하던 그 시절이 달콤하지 않았다고, 그립지 않았다고 말한다면 그건 분명 거짓말이었다.

그러나 이제 와 열 번 스무 번 재수술을 반복한다고 해서 그때의 모습으로 돌아갈 수 있으리라는 보장이 없었다. 그럭저럭 카메라 앞에 설 수 있는 외모로 돌아간다고 해도, 대중의 반응은 예측할 수 없었다. 처음에는 차단우의 드라마틱한 귀환 스토리에 폭발적인 관심을 갖고 몰려들겠지만, 예전보다 나이 들고 평범해진 지훈을 보면서 역시 예전 같지 않다며, 이제 한물갔다며 실망할 가능성도 컸다.

지훈은 가혹하고 변덕스러운 연예계의 생리를 누구보다 잘 알았다. 어떤 대스타도, 누구든 대체될 수 있었다. 더 젊고, 새롭고, 신선하고, 잘생기고 예쁘고 재능있는 누군가에 의해서. 그런 면에서 봤을 때, 어쩌면 차단우는 지금처럼, 제임스딘이나 리버 피닉스처럼 사람들의 기억 속에 영원한 청춘의 상징이자 전설로 남아 있는 게 나을지도 몰랐다.

물론 차단우의 이름 석 자는 점점 빛바래고 잊혀져서 십 년쯤 지나면 연예 프로그램의 '비운의 스타' 특집에서나 언급되고 지나갈 정도가 될지 모르겠지만, 지훈은 그래도 괜찮았다. 이제 그에게는 이름도 얼굴도 모르는 사람들의 평가보다는, 그를 누구보다 잘 알고 아끼는 사람들의 애정이 더 값지고 소중했으니까. 그건 어떤 풍파가 들이닥치고 오랜 세월이 흘러도 결코 변하지 않는 단단하고 영속적인 무엇이었다. 단조로운 일상을 반짝이는 색채로 채워주고 비춰주는 오색 빛깔 등불이었다. 대부분의 사람들을 견디고 살아가게 해주는 힘이었다. 그 단순한 진리를, 지훈은 두 번째 인생을 살아보고 나서야 깨달았다.

"아무리 그래도 난 오빠가 법정에 나가서 증언하는 건 불안해. 3년 전에도 마봉두가 감옥에서 다신 나오지 못할 줄 알았는데, 병을 핑계로 빠져나온 거잖아. 다음에도 같은 일이 반복되지 말란 보장이 없는데. 차라리 내가 증언하는 게 나을지도 몰라. 난 어차피 카메라 앞에서 피해자 진술도 했으니까."

"아니, 이건 내가 마무리해야 할 일이야. 이번에는 법정에서 마봉두와 마두진, 임서준을 똑바로 쳐다보면서 그들이 했던 짓을 낱낱이 고발할 거라고. 채윤이 넌 이제 아무것도 하지 않아도 돼. 다신 나 때문에 널 위험해지게 만들지 않을 거야. 남들처럼 손에 물 한 방울 안 묻히고 꽃길만 걷게 해주겠다는 약속은 못 해도, 남자로서 내 여자 하나는 지켜야지."

지훈이 단호하게 말하면서 채윤의 어깨를 든든하게 감싸 안자, 그녀는 부끄러운 듯 얼굴을 발그레하게 붉히면서도 싫은 티는 내지 않았다. 몇 주 전만 해도 남자란 종족은 태생적으로 답이 없고, 남자가 지켜주고 구해주기만을 목 빼고 기다리며 자기 발전을 하지 않는 여자들이야말로 여자의 인권을 하락시키는 장본인이라고 목청 높이던 그녀였다.

그러나 지훈을 만나고 그와 사랑에 빠지면서 그녀의 신념과 가치관도 변했다. 남자든 여자든, 나이가 많든 적든, 자기 뜻에 어긋나는 사건 사고가 쉴 새 없이 일어나는 이 세상을 나 홀로 살아가기에는 너무도 미약하고 미성숙한 존재들이었다. 우리에게는 결국 서로가 필요했다. 그게 가족이든, 친구든, 연인이든, 힘들 때는 보듬어주고 넘어질 때는 일으켜줄 동행이 있다면, 빡빡하기 짝이 없는 이 헬조선도 때로는 웃고 때로는 울어가며 그럭저럭 살아갈 만했다.

"저녁 7시에 트리 점등한다고 했지? 이제 슬슬 가볼까?"

지훈은 구경 나온 사람들의 머리 위로 높이 치솟아 있는 시계탑을 힐끗 쳐다보고는 채윤을 광장 한가운데 방향으로 이끌었다. 그곳에는 채윤이 내내 보고 싶어했던, 아시아 최대 규모의 크리스마스트리가 전시되어 있었다. 자동으로 천천히 회전하는 수십 미터 높이의 인공 전나무에 크고 작은 솔방울 모양의 전구 조명과 황금색과 은색, 붉은색과 흰색의 오너먼트가 빼곡하게 달려있는 장면은 그야말로 장관이었다.

트리 주변에는 눈 덮인 목가적인 마을 풍경이 꾸며져 있었고, 말

구유에서 이루어진 예수 탄생과 동방박사의 모습까지 완벽하게 재현되어 있었다. 분장한 산타클로스가 거대한 선물 꾸러미를 어깨에 메고 앉아 있는 루돌프 썰매 앞에는 산타와 함께 셀카를 찍으려는 사람들이 한껏 재잘대며 줄을 서고 있었다.

—Jingle bell, jingle bell rock—. Jingle bells swing and jingle bells ring—.

광장 가운데로 다가갈수록 점점 시끄러워지는가 싶더니, 트리 바로 근처까지 가자 지축이 쿵쿵 울릴 만큼 커다란 음악 소리가 들려왔다. 그러나 듣기 싫은 소리는 결코 아니었고, 오히려 줄 서 있는 사람들이 전부 어깨를 들썩거리거나 고개를 까닥이면서 장단을 맞추고 있을 정도로 흥을 돋워주었다. 루돌프 썰매 뒤쪽에 설치된 사각형의 DJ부스 안에 서서 턴테이블을 돌리고 있는 사람이 시야에 들어온 순간, 채윤은 두 눈을 동그랗게 뜨면서 지훈의 팔을 가볍게 잡아당겼다.

"오빠, 저기 봐. 지금 디제잉하고 있는 사람 하현이 맞지?"

"어, 정말. 짜식, 씩씩해 보이는데? '러빙유' 방영이 취소돼서 우울해하고 있을 줄 알았는데. 다행이네."

지훈은 눈꽃 무늬가 그려진 털 스웨터 위에 패딩 조끼 하나만 걸치고, 겨우살이로 장식한 헤드폰을 목에 두른 채 추위도 모르고 신나게 몸을 움직이는 하현을 보며 싱긋 웃었다. 팔목에 난 상처를 치료하기 위해 구급차를 타고 병원으로 호송되어 가던 하현을 본 게 마지막이었고, 그 후에는 아직 만나지 못했다.

검찰청의 공식 협조 요청을 받은 방송국에서 결국 '러빙유—히든 시크릿'의 방영 계획을 전면 취소했다는 소식을 류진으로부터 전해

들었을 때, 지훈이 제일 먼저 떠올린 사람도 하현이었다. DJ이자 준 셀레브리티로서의 인지도를 높이고 싶어 나왔다는 하현. 하현은 주변에 대한 관심도 호기심도 많은 성격인 데다가 그에게는 목숨 빚도 있으니, '무슨 일인지 다 설명해 주겠다'는 그 약속을 조만간 지켜야 할 터였다.

—3년 전에 죽었다고 알려진 영화배우 차단우 알지? 사실 내가 그 사람이야. 촬영해둔 프로그램을 방영하지 못하게 된 것도 전부 나 때문이야.

그 말을 들었을 때 하현의 반응은 어떨까. 모르긴 몰라도 포르노 영화에 출연했던 하현의 전적이 밝혀졌을 때 모두가 받았던 충격은 그에 비하면 애들 장난 수준일 거라고, 지훈은 입가에 머금은 웃음기를 지우지 못한 채 생각했다. 사실을 알고 나면 하현이 자신을 예전처럼 편안하게 대해 주지 않을지 모른다는 염려도 있었지만, 너무 앞질러 걱정하지 않기로 했다. 그가 꼬박 열흘 동안 같은 방에서 살면서 알게 된 유하현은, 이름이나 출신이 달라진다는 이유만으로 사람을 다르게 대할 만큼 계산적인 구석은 억지로 만들려고 해도 없는 순수한 사람이었으니까.

지훈과 채윤은 공연 중인 하현을 방해하지 말자는 암묵적인 합의를 한 것처럼, 손을 마주 잡은 채 누가 먼저라고 할 것도 없이 DJ부스로부터 슬며시 떨어져 나왔다. 지훈은 사람들에게 너무 치이지는 않으면서 비스듬한 각도에서 트리를 엿볼 수 있는 측면 방향으로 채윤을 데리고 가면서 슬쩍 다른 화제를 꺼냈다.

"잠시 잊고 있었는데, 나 무척 궁금했었어. 하현이한테 채웠던 그 수갑 말이야. 그거 어디서 난 거야?"

"아, 그거? 인터넷에서 산 건데. 구하기 힘들 줄 알았는데 파는 곳 많더라고."

별 생각 없이 대꾸하던 채윤은 입꼬리를 의미심장하게 늘이면서 쿡쿡 웃어대고 있는 지훈을 알아차리고는 의아한 표정을 지었다.

"왜? 뭐가 웃겨?"

"그런 거 주로 성인 사이트에서 팔잖아. 송채윤 씨, 평소에 관심 좀 많았나 봐?"

"죽을래! 내가 누구 때문에 그런 사이트까지 들어가게 된 건데!"

그제야 지훈의 짓궂고 음흉한 의도를 알아차린 채윤은 귓불 끝까지 잘 익은 사과 빛깔로 달아올랐다. 그녀가 빽 소리치며 솜주먹으로 등짝을 퍽퍽 때리는 동안에도, 지훈은 재밌어 죽겠는지 새어 나오는 웃음을 그치지도 감추지도 못하고 있었다. 바로 엊그제까지만 해도, 자발적으로 납치당한 채윤을 다른 사람들과 함께 구하러 갔던 그 사건을 생각하기만 하면 모골이 송연해지면서 저도 모르게 이마에 식은땀이 쭉 흐르곤 했다.

그런데 이젠 조심스럽게나마 그에 대해 농담을 하고 웃을 수도 있게 되었다. 지금으로부터 몇 주, 몇 달, 몇 년이 지나면, 사흘 전 사건뿐만 아니라 이 모든 일이 가볍게 미소지으며 돌이킬 수 있는 추억이 되기를, 가슴 속에 남았던 수많은 생채기도 단단히 아물어서 아주 희미한 흔적으로만 남기를 바랄 뿐이었다.

지훈은 암흑 같았던 그 시간을 오로지 회한과 치욕으로만 기억하고 싶지는 않았다. 잃어버려 보았기에, 가지고 있던 것의 소중함도 알 수 있었던 거니까.

지훈은 샐쭉하게 입을 내민 채윤을 사랑스럽게 내려다보면서, 그녀가 트리 구경을 더 잘할 수 있도록 허리를 잡고 자기 앞으로 끌어다 놓았다. 아직 새초롬해 있는 채윤이 병 주고 약 주는 거냐고 따지려는 순간, 빽빽한 인파 사이에서 언젠가 들어본 적 있는 두 개의 목소리가 또렷하게 허공을 가르며 귓가로 파고들었다.

"아빠! 나 목마 태워줘, 높이높이 보고 싶어! 높이높이!"

"엄마! 아이스크림 먹어도 돼? 초코 맛 먹어도 돼?"

듣기만 해도 아기사슴처럼 까만 눈망울이 떠오르는 야무지고 또랑또랑한 여자아이와 남자아이의 목소리가 화음처럼 어우러지며 울려 퍼졌다. 흠칫 놀라며 옆을 돌아보았던 채윤의 눈에, 사진관에 전시되어 있는 가족사진에서 튀어나온 듯한 예쁘고 단란한 가족이 들어왔다. 아니, 아직 완전한 가족은 아니었다. 잠자리 날개처럼 하늘거리는 발레리나 스커트를 사방으로 나풀거리며 아빠를 향해 양팔을 벌리고 팔짝팔짝 뛰어오르고 있는 여자아이는 이건의 딸 겨울이었고, 여름, 가을 형제와 나란히 서서 제 엄마를 향해 아이스크림을 조르고 있는 사내아이는 화경의 아들 지오였다.

아직 어린이집 다니는 아이가 넷이나 몰려다니니 정신이 없다 못해 혼이 쏙 빠질 지경이었지만, 과묵한 소방관 이건과 화끈한 스타일리스트 화경은 마치 처음부터 그랬던 것처럼 능숙하게 아이들을 케어하면서 나름대로 즐거운 데이트를 하고 있는 듯 보였다. 네 아이들 또한 서로 다투거나 견제하지 않고 그 또래 특유의 친화력을 발휘하며 고루고루 잘 뒤섞이고 있는 것 같아 다행이었다.

"'러빙유—히든 시크릿'이 탄생시킨 또 다른 시크릿 커플이네. 둘이, 그리고 두 가족이 참 잘 어울린다. 앞으로 오래오래 행복하면 좋겠어."

채윤 곁에 서 있던 지훈도 같은 장면을 보고는 진심 어린 목소리로 말했다. '러빙유 하우스'에서 보낸 열흘, 지훈은 상금은 따내지 못했지만 그보다 훨씬 많은 것을 얻었다. 함께 있기만 해도 기분이 좋아지는 유쾌한 동생, 언제든 믿고 기댈 수 있는 든든한 형의 존재도 그중 하나였다.

두 가족의 단란한 데이트에 끼어드는 불청객이 되고 싶지 않았던 지훈이 채윤을 이끌고 길 언저리에 설치된 산타의 집 조형물 쪽으로 가려는데, 겨울이를 양손으로 번쩍 들어 올려 목마를 태우던 이건과 순간적으로 눈이 마주쳤다. 데이트를 방해하고 싶지 않은 마음은 그쪽도 마찬가지였던 것일까. 절대 놓치지 않을 것처럼 채윤의 손에 깍지를 끼고 있는 지훈을 보면서, 이건은 소리 내어 아는 척하는 대신 엷게 눈으로만 웃었다. 생사를 함께 했던 사람들에게서만 생겨날 수 있는 깊은 연대감이 담긴 눈빛이 두 남자 사이를 말없이 오갔다. 그동안에도 채윤은 반짝반짝 빛나는 눈으로 지훈을 올려다보며 활기차게 재잘대고 있었다.

"앞으로라는 말이 나와서 말인데, 오빠, 이젠 뭐 하고 살 거야? 계속 구청 일 하진 않을 거지?"

"하고 싶진 않지만, 딱히 다른 수가 없잖아? 가짜 신분을 갖고 취직할 수 있는 곳에는 아무래도 한계가 있으니까."

"있잖아, 내가 오빠를 스카우트하면 어떨까? 우리 기획사 이사 겸 프로듀서로."

"뭐?"

지훈은 한 번도 생각해보지 않은 제안에 얼떨떨한 표정이 되었지만, 병원에 입원해 있을 때부터 이미 마음을 정했던 채윤은 확신에 가득 찬 태도였다. 사실 그녀는 유노에게 노래 발성을 가르쳐주던 지훈을 보았던 바로 그 순간부터, 그와 함께 일하면 어떨까 하는 아이디어를 스치듯 떠올렸었다.

"연예계에서 성공하는 방법을 오빠보다 더 잘 아는 사람이 어디 있겠어, 연예계 사람들에 대해서도, 누가 진국이고 누가 사기꾼인지 다 꿰뚫고 있잖아. 안 그래? 나 우리 유노를, CY엔터를 꼭 성공시키고 싶어. 오빠 힘이 필요해. 도와줘."

채윤은 농담이 아니란 게 알 수 있는 절실한 투로 말했다. 당연히 좋다고 할 줄 알았는데, 뜻밖에도 지훈은 손끝으로 턱을 문지르면서 몇 초 동안 고민하는 모습을 보였다. 채윤이 조금씩 조바심을 내기 시작할 찰나, 그는 고개를 들고 씩 웃으면서 떠보듯 물었다.

"내가 프로듀서가 되면 너도 유노도 지금처럼 슬렁슬렁할 순 없을 거야. 빡세게 굴릴 텐데, 감당할 수 있겠어?"

"에이, 그 정도야. 문제없지."

"월급은 구청에서 받는 것보다 25% 인상해줄 것, 4대 보험 보장해주고, 야근과 주말근무 수당 따로 챙겨주고 연가는 1년에 25일 이상. 10년 이상 경력자인 날 모셔가려면 이 정도는 할 수 있겠지?"

"뭐야, 그런 게 어딨어. 대표인 나도 설립 이래 한 번도 월급 못 받아 봤다고! 이런 날강도 같으니!"

채윤은 밉지 않게 눈을 흘기면서 지훈의 어깨를 때리는 시늉을 했다. 사실 지훈이 이런저런 조건을 내거는 건 다 장난이고, 채윤이 원한다면 하루 세 끼 자장면만 먹으면서도 몸 바쳐 일해줄 거라는 걸 그도 알고 그녀도 다 알았다. 그래도 행복할 것이다. 예전에는 연예인과 매니저 관계였지만 지금은 프로듀서와 기획사 대표로, 같은 곳을 바라보고 같은 꿈을 꾸며 달려가는 게 즐겁지 않을 리 없었다.

"앗, 트리에 불 켜진다!"

지훈은 날아오는 채윤의 손바닥을 피해 두 손으로 머리 감싸는 시늉을 하면서 반가운 어조로 외쳤다. 그러자 채윤도 손을 멈추고 그가 바라보는 쪽으로 시선을 돌렸다. 흥겹게 쾅쾅대던 '울면 안 돼' 메들리가 잔잔하게 울려 퍼지는 '고요한 밤, 거룩한 밤'의 피아노 선율로 변하면서, 초대형 트리에 달린 수천 개의 전구에 일제히 불이 들어왔다. 밤하늘의 은하수를 뒤집어 쏟아놓은 듯 눈 부신 빛의 향연이 펼쳐지면서 한 폭의 장관을 연출했다.

지금 이 순간만큼은 도심 한가운데가 아니라, 산타의 고향인 핀란드에 가서 겨울밤의 오로라를 구경하고 있는 기분이었다. 트리 맨 위에 달린 어른 주먹만 한 크기의 황금 별을 비롯해, 크리스탈 종과 원형 볼, 두둑이 채워진 빨간 양말과 크고 작은 인형 오브제들이 퍼레이드하듯 존재감을 과시했다.

"우와아!"

주변 사람들이 너나 할 것 없이 탄성을 터뜨리며 트리에 집중하는 순간, 지훈은 한 손으로 채윤의 허리를 받치면서 자기 쪽으로 확 잡아당겼다. 그리고 영화 속 한 장면처럼 그녀를 향해 몸을 기울이면서 부드러우면서도 과감하게 입술을 겹쳤다.

눈송이처럼 서늘하고 말랑말랑한 입술의 감촉, 그리고 그사이에 숨겨진 따뜻하고 촉촉한 속살의 감촉이 두 사람 모두에게 최면을 걸었다. 서로의 입술을 열렬하게 음미하는 두 연인의 어깨 너머로 환상적인 일루미네이션의 꽃밭이 더욱 풍성하게, 더욱 화려하게 펼쳐졌고, 어느 순간 그들을 발견한 구경꾼들 사이에서 장난기와 부러움 섞인 박수가 터져 나왔다.

지훈은 그 소리를 듣고도 입맞춤을 멈추기는커녕 채윤의 등을 감싼 손에 더욱 힘을 주어 당기면서, 지금까지 살면서 들어봤던 박수 소리 중에 지금 듣는 이 박수 소리가 가장 좋다는 생각을 했다.

역시, 김지훈으로 살기를 잘했다. 사람들의 시선을 피할 필요 없이, 어딜 가든 감시당하는 기분에 시달릴 필요 없이 마음껏 웃고 떠들고 사랑할 수 있는 지금이 좋았다.

"……."

영원히 지속될 것처럼 기나긴 키스가 끝나고 마침내 입술을 떼었을 때, 지훈도 채윤도 숨이 부족해져서 얼굴이 살짝 상기된 상태였다. 솜사탕처럼 달콤하고 마약처럼 감미로운 키스의 여운이 아직 가시지 않았지만, 그들은 서두르지도 안달하지도 않았다. 앞으로 주어진 시간은 많았다. 이 세상 모든 시간이 다 자신들의 것인 것처럼 느껴졌다. 지훈은 귀마개 아래로 삐죽삐죽 튀어나온 채윤의 머리카락을 가지런히 정돈해주면서 상냥하게 물었다.

"배고프지? 밥 먹으러 갈까? 뭐 먹고 싶은 거 있어?"

"먹고 싶은 건 없지만 가고 싶은 곳은 있어."

"어디?"

"'엄마의 손맛.' 오늘 아주머니 오후 장사까지만 하고 접으신댔는데, 우리가 가서 맛있는 거 차려드리자. 지훈 씨, 솜씨 발휘 한번 해봐. 어때?"

채윤은 지훈의 팔짱을 턱 끼고는 생글생글 웃는 얼굴로 그를 올려다보며 말했다. 지훈은 그런 그녀가 못 견디게 귀엽고 사랑스러워서 또다시 웃음을 머금지 않을 수 없었다.

오늘 아침, 늙은이는 신경 쓰지 말고 젊은 사람들끼리 알콩달콩 데이트하고 오라며, 총각 귀신 되기 전에 장가는 가야 하지 않겠냐며 마구잡이로 등을 떠밀던 엄마의 모습이 떠올라 더욱 재미있었다. 아마도 언젠가, 이 평화로운 나날들이 기적이 아닌 일상으로 자리 잡을 때가 온다면, 정말로 채윤을 신부로 맞을 수 있게 될지도 모른다. 그들은 이 세상 어떤 위협에도, 비밀에도 흔들리지 않는 단단하고 견고한 가족이 될 것이다. 작고 소박하지만 크고 위대한 행복을 아주 오랫동안 누리게 될 것이다.

"그래, 가자. 내가 세상에서 가장 맛있는 크리스마스 만찬 차려줄게."

지훈은 오른팔에 가볍게 매달린 채윤의 기분 좋은 무게를 느끼면서 발걸음을 옮기기 시작했다. 걸음을 내딛는 곳마다 온통 떠들썩한 웃음소리가 아름다운 음악처럼 귓가를 울렸다. 이토록 풍요롭고 따뜻한 겨울, 집이 그들을 기다리고 있었다. 3년 간의 증인보호 프로그램이 끝나고 마침내 찾아온 진정한 해피엔딩이었다.

〈끝〉